LE POISON
DE LA FAVORITE

JENNIFER AHERN

NOBLESSE DÉCHIRÉE TOME 2

LE POISON
DE LA FAVORITE

www.quebecloisirs.com

UNE ÉDITION DU CLUB QUÉBEC LOISIRS INC.

L'auteure tient à préciser que, tout en restant fidèle aux faits historiques,
elle s'est permis une certaine liberté quand il s'agissait de personnages et
de lieux secondaires.
© Avec l'autorisation du Groupe Librex inc., faisant affaire sous le nom de
Les Éditions Libre Expression
© 2009, Les Éditions Libre Expression
Dépôt légal — Bibliothèque et Archives nationales du Québec, 2009
ISBN Q.L. 978-2-89430-920-9
Publié précédemment sous ISBN 978-2-7648-0423-0

Imprimé au Canada

*À Serge, comme quoi on peut être
un gentilhomme et ne pas porter l'épée.*

*À David, mon frère, un héros
tel que je les imagine.*

Une femme, à Paris, faisait la pythonisse.
On l'allait consulter sur chaque événement:
Perdait-on un chiffon, avait-on un amant,
Un mari vivant trop, au gré de son épouse,
Une mère fâcheuse, une femme jalouse;
Chez la devineuse on courait,
Pour se faire annoncer ce que l'on désirait.

Extrait de *Les Devineresses*,
fable de Jean de La Fontaine

1

Mère et fils

Les nuages gonflés de pluie obscurcissaient l'horizon. Ils paraissaient si bas qu'un coup d'épée bien placé aurait pu abreuver la terre, assoiffée par de longues semaines de sécheresse. Dans le pâturage, un jeune homme s'essoufflait à balancer son arme dans des moulinets de plus en plus énergiques. Son visage à la mâchoire large et au front court rougissait sous l'effort. Profitant des mouvements, sa chemise s'était libérée de la ceinture de son pantalon, ouvrant le passage au vent qui s'y engouffrait en soulevant le tissu.

— Ne te mets pas dans cet état pour moi ! le nargua Nicolas de Razès, le fils du comte de Montcerf, tout en enjambant lestement la clôture de bois.

— Te voilà ! s'exclama Hyacinthe en arrêtant son bras dans les airs. J'avais commencé à croire que tu t'étais trouvé une excuse pour...

— Une excuse, moi ? Allons, allons, que n'allez-vous pas inventer pour me ridiculiser ? rétorqua Nicolas sur un ton offensé et en dégainant son arme.

Hyacinthe de Cailhaut réagit aussitôt et recula d'un pas.

— Ha ! Mais c'est que ma patience a des limites, monsieur de Razès ! Vous allez répondre de vos actes.

— Je ne demande pas mieux, affirma Nicolas, sourire aux lèvres, alors qu'ils engageaient le combat.

Les deux amis s'avancèrent l'un vers l'autre d'un pas nerveux, hésitant. Le fils du comte lança une première attaque. Le bruit du métal qui s'entrechoque fit dresser la tête d'une vache qui broutait non loin de là. Les lames dansèrent côte à côte un moment, puis se séparèrent. Les escrimeurs s'éloignèrent, de nouveau aux aguets. Nicolas releva sa manche droite, puis sa gauche, faisant passer son arme d'une main à l'autre avec une désinvolture qui frôlait la provocation. Hyacinthe ne se contint pas plus longtemps et décocha une botte vers les côtes de son opposant. Celui-ci la para habilement en se déplaçant vers la gauche. Le temps qu'il se remette en garde et Nicolas venait déjà à la rencontre de Hyacinthe qui s'esquiva de justesse et enchaîna avec une feinte bien placée, suivie d'une attaque qui manqua de peu l'épaule de Nicolas.

— Hééé! cria ce dernier en exécutant un bond de côté.

Il se passa une main sur le front et replaça quelques mèches noires derrière son oreille. Cette fois, il avait vu la lame de près. Ravi, Hyacinthe de Cailhaut sourit en fouettant l'air de son arme.

— Il n'est pas trop tard pour renoncer, conseilla-t-il, taquin.

Nicolas hocha la tête, l'air grave, et fit mine de ranger son épée dans son fourreau. Hyacinthe fronça les sourcils, hésitant à se réjouir d'une victoire aussi facile, mais, bon prince, abaissa son arme à son côté. Nicolas, jouant le jeu jusqu'au bout, ne leva pas les yeux; tout en espérant que le stratagème ait fonctionné, il tourna sur lui-même pour surprendre Hyacinthe sur le flanc droit. Ce dernier poussa un juron et, tentant maladroitement de dégager son bras, trébucha et se retrouva allongé dans l'herbe. L'instant d'après, Nicolas de Razès se dressait à ses pieds, la pointe de son épée narguant une longue brindille tout près de la botte de Hyacinthe.

— Damné Razès, marmotta Hyacinthe de Cailhaut.

— Allez, mon ami, l'amadoua le gentilhomme en lui tendant une main secourable.

Hyacinthe fit la moue, avant de saisir la main de son adversaire. Debout à son côté, il dépassait Nicolas de Razès de près d'une demi-tête. Toutefois, le corps élancé de Nicolas faisait paraître ce dernier plus grand.

— Tu as bien failli m'avoir, reconnut Nicolas en frottant son épaule heureusement indemne.

— Hum, grogna Hyacinthe, tu devrais mieux surveiller ta droite. Mais au fait, qu'est-ce qui t'a retenu si longtemps ?

— Un étalon, répondit distraitement son ami. On devrait se mettre à l'abri, ça va nous tomber sur la tête, remarqua-t-il en désignant le ciel.

Hyacinthe leva les yeux. Au même moment, un coup de tonnerre retentit dans le lointain. Nicolas tira la manche de son ami et dévala le pré en direction d'une vieille grange à foin.

— Obéron s'est esquinté le flanc, raconta Nicolas à tue-tête, ce matin, en promenade avec ma sœur. Elle craignait que notre mère l'apprenne et se fâche.

Hyacinthe émit un « ah ! » compréhensif. Il courait derrière Nicolas sans tenter de le rattraper, occupé à regarder où il mettait les pieds pour éviter les pierres et les aspérités du sol. Ils atteignirent le bâtiment de bois et de chaume, alors que les gouttes commençaient à s'abattre sur le tapis d'herbe desséchée.

— Espérons qu'il pleuvra suffisamment pour sauver les semailles, souhaita Nicolas de Razès.

— Mon père soutient que cet été sera meilleur que celui de l'an dernier, renchérit Hyacinthe en regardant tomber la pluie providentielle.

— Rien ne nous empêche de prier, mais je ne miserais pas là-dessus. Déjà, les paysans sont inquiets pour les récoltes…

Le fils du comte de Montcerf fronça les sourcils d'un air maussade. Ses yeux, déjà très noirs, parurent s'assombrir davantage. Hyacinthe de Cailhaut, pourtant peu versé en poésie, considérait que le regard de Nicolas prenait des allures de tempête lorsque celui-ci était préoccupé par des sujets sérieux. La vérité était que le jeune homme n'enviait pas son compagnon d'armes ; contrairement à lui, fils d'un hobereau sans terre, Nicolas de Razès hériterait de toutes les responsabilités qui sont l'apanage des comtes de Montcerf.

— Nous devrions rentrer, reprit Nicolas, l'accalmie ne viendra pas de sitôt.

— Tu veux passer par le village ? demanda Hyacinthe, d'un ton chargé de sous-entendus.

— Hum, non, rétorqua Nicolas sans hésitation. Je vais profiter de l'averse pour terminer les lectures que ma mère m'a donné à faire.

— Les lectures ? répéta Hyacinthe, sans dissimuler son ébahissement.

L'an dernier, à pareille date, tout était prétexte à aller au village de Montcerf, ne fût-ce que pour entrevoir les boucles fauves de la jolie Clémence.

— Des fables, écrites par Jean de La Fontaine, répliqua distraitement Nicolas, croyant que Hyacinthe l'interrogeait au sujet de ses lectures.

Ce dernier, qui suivait fidèlement Nicolas dans ses escapades, parvenait difficilement à s'adapter au changement qui s'était opéré chez son ami ; d'amoureux éperdu de la fille du notaire, il paraissait aujourd'hui avoir oublié jusqu'à son prénom.

Ils longèrent les pâturages et prirent congé l'un de l'autre à la fourche qui menait à leurs demeures respectives. Hyacinthe de Cailhaut habitait une maison vaste mais relativement modeste, à quelques pas du village, alors que le château comtal était juché sur une colline un peu plus loin.

Lorsque Nicolas arriva en vue des pierres anciennes, il était trempé jusqu'à la moelle. Il avait écarté l'idée de se protéger de l'ondée et accueilli avec désinvolture ce cadeau diluvien qui plairait tant aux métayers. Si seulement le père de Hyacinthe pouvait avoir raison ; les maux de la nature ne pouvaient continuer à s'abattre indéfiniment sur la région. Les soucis de Nicolas provenaient surtout du séjour de son père à Paris, car en son absence les habitants du comté se tournaient spontanément vers lui. Devant la fierté évidente de sa mère, il se sentait poussé tout droit vers son rôle de seigneur, alors que Xavier de Razès, son père, était aussi fringant qu'un étalon ! À dix-huit ans, Nicolas avait une soif de liberté qui s'accommodait bien de la santé de fer de son père. Et puis, d'un jour à l'autre, il s'attendait à recevoir une invitation à intégrer les armées du roi, à Paris.

— Tudieu ! monsieur Nicolas, vous êtes détrempé, s'exclama Marthe, sa nourrice, ouvrant de grands yeux.

Pour lui donner raison, Nicolas tira sur sa chemise, qui se décolla péniblement de sa peau.

— Je vais aller enfiler un vêtement plus confortable, convint-il en souriant. Vous pourrez dire à la comtesse que je suis de retour.

Sans attendre de réponse, il emprunta l'escalier qui menait à sa chambre. Ses bottes à panier laissaient de généreuses flaques sur le carrelage, qu'une des servantes s'aviserait d'éponger avant que la comtesse de Montcerf ne les remarquât. Quelques instants plus tard, il avait revêtu une chemise de lin propre, un haut-de-chausses et un pourpoint ajusté. Il terminait de nouer un ruban pour discipliner son abondante chevelure lorsque sa sœur demanda à entrer.

Il marmonna son consentement et la porte grinça, laissant passer un visage en forme de cœur, encadré d'un halo de boucles brun clair. La jeune fille se glissa à l'intérieur dans un mouvement furtif, presque cachottier.

— Tu es allé voir Obéron ? lança-t-elle sans attendre. Je me morfonds depuis ton départ, pauvre bête…

Nicolas s'amusa de voir sa sœur dans cet état, estimant qu'Élisabeth se souciait sans doute davantage de son propre sort, de peur que sa mère découvrît sa bêtise, que de celui de l'animal.

— Dans quelques jours, il sera remis, la rassura-t-il, quant à toi, comment est-ce que tu as pu laisser une telle chose se produire ? Tu as pourtant l'habitude de monter Obéron.

Les traits d'Élisabeth se détendirent.

— Comme mère ne peut le monter, j'avais décidé de le faire sortir un peu, expliqua-t-elle en rougissant légèrement. Je n'ai eu qu'une seconde de distraction… Nul besoin de me sermonner, je serai plus vigilante à l'avenir.

L'embarras, si sincère, que ressentait sa cadette frappa le jeune homme. Cette crainte de paraître ridicule à ses yeux, alors qu'ils avaient été complices en toute chose dans leur enfance, tenait-elle de leur avancement en âge ? Élisabeth venait d'avoir quinze ans et lui en aurait bientôt dix-huit… Il était à présent un homme et sa sœur, peut-être avant long-temps, se marierait…

— C'est vrai qu'il devrait sortir plus souvent, il a besoin de dépenser son excès d'énergie… C'est d'ailleurs probablement la raison pour laquelle tu n'as pas pu le maîtriser, admit-il en hochant la tête, nous verrons à cela lorsque sa blessure sera guérie.

Élisabeth sourit, ce qui creusa deux fossettes dans ses joues roses. Nicolas songea que sa sœur, bien qu'elle eût atteint l'âge où beaucoup de filles devenaient femmes, avait toujours un air juvénile.

— En attendant, je dois me mettre à mes lectures, sans quoi mère pourrait bien m'empêcher de partir pour Paris.

— Je serais étonnée… commença la demoiselle.

— Ah ! Mais je plaisantais, reprit le jeune homme sur un ton plus détendu, même s'il n'en pensait pas moins.

Leur mère était intraitable à ce sujet et, s'il n'en tenait qu'à elle, ce serait une raison de plus pour garder son fils à Mont-cerf.

ᴄ∽

Marguerite de Razès, comtesse de Montcerf, repoussa son assiette encore généreusement garnie de tranches de volaille. Ce soir, elle n'arrivait pas à avaler de viande et il ne fallait pas insister : son estomac pourrait très bien le lui rappeler.

— Vous avez terminé, madame ? demanda poliment la servante en avisant le visage las de sa maîtresse.

La comtesse fit un signe de la main qui signifiait, pour elle comme pour toute la maisonnée, « faites comme il se doit ». La domestique prit son couvert et s'éloigna.

— Vous vous sentez bien, mère ? interrogea Élisabeth, ses grands yeux noisette pleins de sollicitude. Voulez-vous que l'on vous fasse préparer un peu de lait chaud avec du miel ?

Nicolas guetta la réaction de Marguerite, si imprévisible ces temps-ci, surtout depuis que leur père avait quitté le comté.

— Non, je vais bien, je n'ai pas d'appétit. Avez-vous fait vos lectures, Nicolas ?

— Si fait, mère, s'empressa-t-il d'acquiescer. Qui plus est, j'ai rédigé une lettre pour le duc de Luxembourg, que j'espérais avoir la chance de vous lire…

Nicolas savait que sa tentative était hardie, le sujet étant encore contesté, mais il misait sur les rares périodes où Marguerite semblait bien disposée pour faire avancer son projet de séjour à Paris. Celle-ci leva ses yeux verts intrigués dans sa direction. Le jeune homme se força au calme, malgré l'expression outrée de sa sœur, qu'il devinait de l'autre côté de la table.

« Il m'importe aussi de ménager notre mère, songea-t-il, irrité. Malgré cela, j'ai des projets qui ne peuvent souffrir d'attendre cinq mois. »

— Vous me la donnerez plus tard, j'aurai peut-être le temps de la lire demain, laissa-t-elle tomber. Pour l'heure, me feriez-vous le plaisir de vous joindre à moi pour une partie d'échecs ?

— Volontiers, accepta le gentilhomme. Préférez-vous jouer ici ou dans le petit salon ?

Le « petit salon » était une pièce attenante à la salle commune et qui devait avoir eu une autre vocation à l'époque où le château avait été construit. Marguerite l'avait fait aménager avec des fauteuils confortables, des tabourets et une bibliothèque, habitée du désir manifeste de reproduire le confort des hôtels de Paris. Le jeu d'échecs en bois de rose en était la pièce centrale ; c'était un cadeau du baron de Mirmille, le grand-oncle de Nicolas.

— J'ai rencontré M. de Cailhaut ce matin, raconta la comtesse en déplaçant un pion blanc, il m'a confié qu'il espérait voir son fils se joindre aux gardes françaises à l'automne.

— Hyacinthe aimerait faire une carrière militaire, comme son père, mais devra sans doute envisager un début modeste, commenta Nicolas en avançant un pion noir. C'est un habile cavalier et il manie très bien l'épée, je pense qu'avec quelques distinctions il pourrait être admis parmi les mousquetaires.

Il reporta son regard vers elle et fut étonné de lui voir cet air espiègle qui creusait les sillons de chaque côté de ses yeux. Comme elle ne disait rien, il poursuivit :

— Vous ignoriez que Hyacinthe voulait s'illustrer dans les armes ?

— Non pas, en fait, je me doutais bien que sa passion pour l'escrime égalait la vôtre, répondit-elle en faisant glisser une pièce sur l'échiquier, mais j'ignorais qu'il prévoyait de partir cet automne.

Nicolas opina du chef et décida que l'air mystérieux de sa mère devait être dû à la partie qu'ils disputaient. Même s'il se considérait assez bon joueur, il arrivait rarement à battre sa mère, qui était un stratège émérite.

— Nous sommes convenus, M. de Cailhaut et moi, que vous ferez le chemin jusqu'à Paris en compagnie de Hyacinthe.

Nicolas eut un mouvement de surprise et poussa une exclamation :

— Mais cela ne se peut, je dois, enfin, je devais partir bien avant l'automne !

Il regretta immédiatement sa spontanéité, par laquelle il craignait d'avoir offensé sa mère.

— C'est ce qui avait été convenu avant le départ de votre père, je n'ai point oublié, confirma Marguerite de Razès, légèrement agacée. Cela dit, je répugne à vous voir vagabonder sur les routes, seul de surcroît, alors que vous n'avez jamais voyagé hors du comté.

Nicolas fronça les sourcils, se forçant à retrouver son calme, malgré l'immense déception qui le gagnait.

— Nous avions envisagé de demander à Armand de m'accompagner, plaida-t-il avec peu d'enthousiasme.

— Il est vrai que c'était notre intention au départ, mais c'était avant que Rose n'attende un enfant… Je n'oserais pas demander à Armand de quitter sa femme pour un si long voyage. Il accepterait probablement par amitié pour votre père, mais ce ne serait pas convenable, trancha-t-elle.

L'amertume transpirait sous les propos de la comtesse comme l'odeur de la pluie à travers les carreaux bordés de plomb ; elle emplissait tout le salon. Nicolas réprima un soupir d'exaspération, constamment partagé entre sa compassion pour sa mère, grosse de plusieurs mois, et la fidélité à son père, parti depuis des semaines ; la gymnastique était déjà assez épuisante avant qu'il n'en devînt lui-même l'enjeu. En outre, son père les avait quittés pour aller régler des affaires importantes, dont la moindre n'était pas de lui obtenir une charge d'aide de camp.

— Mon fils, ne faites pas cette tête-là ! pria Marguerite, il est heureux que nous ayons trouvé une façon de résoudre cette épineuse situation.

— Je ne vois guère…

— Vous oubliez que nous attendons toujours que votre père nous confirme qu'il vous a obtenu une charge d'aide de camp. Rien n'est encore assuré.

— C'est une question de quelques semaines, soutint Nicolas, confiant que son père ne saurait tarder. Vous négligez l'intérêt que le maréchal a exprimé, cet hiver, lors de sa visite au haras.

— Loin de moi l'idée d'en faire fi, je souhaite simplement vous éviter la déception de l'attente.

Marguerite se pencha sur l'échiquier pour se donner une contenance. Elle reconnaissait chez son fils l'entêtement caractéristique de son mari. Or, elle refusait de se laisser entraîner dans une nouvelle joute avec Nicolas, alors que le vrai responsable de la situation était à des lieues.

— Je pensais que la proposition vous sourirait. Pour ma part, je suis bien plus tranquille de vous savoir accompagné. Pouvons-nous reprendre la partie, maintenant ? lança-t-elle avec une pointe d'impatience tempérée par un sourire.

Nicolas tenta de reporter son attention sur le jeu, même si l'annonce qu'il ne partirait du comté qu'à l'automne le déconcentrait. Il se demandait si l'absence de son père ne ferait pas échouer son voyage à Paris. Sa mère n'avait jamais approuvé l'idée qu'il servît auprès d'un maréchal comme aide de camp ; c'était l'initiative de son père et dès les premières allusions à ce projet, elle avait exprimé son désaccord avec véhémence. Nicolas avait cru devoir en faire son deuil, puis sa mère avait paru s'y résoudre, la nouvelle de sa grossesse occupant toute son attention. Le nouveau séjour de Xavier à Paris et son départ précipité, qui l'avait courroucée, avaient ressuscité sa résistance, largement alimentée par les émotions qu'elle vivait.

2

D'un fonctionnaire à l'autre

— Je dois dire, monsieur de Louvois, que le ton de votre lettre et la diligence avec laquelle vous m'avez répondu ont grandement piqué mon intérêt, avoua Xavier de Razès en prenant place dans le bureau du secrétaire d'État à la Guerre.

— Je serai bref et sans détour, rétorqua Louvois. Dans les circonstances, je doute que le duc de Luxembourg puisse répondre heureusement à votre sollicitation. Vous n'ignorez pas les démêlés judiciaires qui l'accablent ?

Xavier de Razès hocha la tête sans faire de commentaire. Il avait à peine eu le temps de se défaire de la boue qui collait à ses bottes… Non, il ne connaissait pas les détails du procès, mais il répugnait à être moqué, à l'instar de ces hobereaux qui affichaient une totale méconnaissance des affaires du royaume.

— Or, il n'est pas impossible que je puisse me charger personnellement de la position de votre fils. Évidemment, compte tenu du traité que nous venons de signer avec la Hollande, il est peu probable que cela se fasse avant la fin de l'été, poursuivit le fonctionnaire du roi, qui avait une conception bien large de ce qui était concis et direct. La paix entre nos royaumes…

Au bout d'un moment, Xavier, qui écoutait d'une oreille le long préambule sur la résolution des conflits impliquant l'Espagne, la Hollande et la France, céda à son ennui en lâchant un bâillement discret, qui n'échappa pas à l'œil du secrétaire d'État.

— En fait, tout cela est fort éloigné de la raison qui m'a poussé à vous rencontrer aujourd'hui, affirma Louvois, ravalant son orgueil.

Xavier se redressa sur sa chaise, simulant un regain d'intérêt. C'est à ce moment-là que Louvois lança :

— J'ai besoin d'un homme habile. Votre réputation vous précède, monsieur de Razès, je ne vous le cacherai pas.

— Je ne doute pas que vous êtes entouré de gens habiles, monsieur de Louvois. À quelle fin, exactement, désirez-vous mon…

— Je souhaite que vous collaboriez avec La Reynie, dans l'enquête de la Chambre ardente.

Cette fois, la réaction de Xavier fut loin d'être subtile.

— Moi ? Travailler avec le lieutenant de police La Reynie ?

L'idée que le secrétaire d'État lui demande d'œuvrer sur une affaire juridique d'une si grande ampleur le renversait. Pourquoi lui ? Non pas qu'il serait contre… mais encore fallait-il qu'il sache quels motifs avait le secrétaire d'État pour lui confier une pareille responsabilité.

— J'ai dit que j'avais besoin d'un homme habile. J'aurais dû dire : j'ai besoin d'un homme apte à servir Sa Majesté et, surtout, qui ne craigne pas de faire un accroc à ses bas de soie, spécifia Louvois sans cacher son mépris. Allons, vous savez exactement ce à quoi je fais référence. Ces courtisans, qui se prétendent hommes d'armes sous prétexte qu'ils arborent une épée d'apparat, plutôt qu'une canne, ont leur place dans les couloirs de Versailles, pas ici où se joue le destin de la France.

Xavier pesa ses paroles avant de se décider à répondre.

— Pardonnez ma franchise, mais les ministres confondent parfois leurs intérêts avec ceux du roi…

— L'enquête du lieutenant de police La Reynie, se défendit le marquis de Louvois, rencontre d'ores et déjà des écueils. La moitié de l'aristocratie a été citée à comparaître et l'autre s'est exilée. Mon rôle est de m'assurer que cette investigation sera bien menée, afin que notre souverain connaisse la véritable nature des gens qui l'entourent depuis des années.

— Si vous me permettez, monsieur de Louvois, l'interrompit Xavier, un éclat amusé dans ses pupilles noires, vous paraissez bien sûr de vous pour avancer que l'entourage royal serait impliqué dans ce complot.

Le secrétaire d'État à la Guerre, tel un piètre escrimeur qui confond une feinte avec une ouverture, ne releva pas l'ironie. Alors que Xavier s'attendait presque à se faire reprocher son audace, il fut abasourdi d'entendre Louvois affirmer, avec une fierté à peine contenue :

— J'ai longuement médité des retombées de ce procès, monsieur le comte ; votre étonnement à ouïr mes prédictions se comprend aisément. Pour un autre que moi, les preuves que La Reynie présentera devant les juges passeront pour le résultat d'un exercice méticuleusement exécuté. Or, il y a des noms qui ne pourront être cités. Pas par eux. Mais *ma* police ne saurait être aveuglée par le népotisme d'un vieux fonctionnaire qui a accumulé plus de dettes de faveur que le dernier des flagorneurs.

La réponse de Louvois tombait, aussi aiguisée que la hache du bourreau. Un homme qui déclarait ouvertement son mépris pour Colbert, le plus proche conseiller du roi, ne pouvait être qu'un fou ou un orgueilleux. Xavier opta pour le second.

— Vous voulez que je mène une investigation dans les coulisses, si je vous comprends bien ? clarifia Xavier. Et… à qui donc me rapporterai-je ?

— À moi, directement. Je souhaite vous voir consigner vos recherches et m'apporter les notes chaque mercredi. Sauf s'il n'y a rien de nouveau, bien sûr. J'ai bon espoir que notre collaboration sera fructueuse.

ख

En rentrant à son hôtellerie ce jour-là, Xavier n'eut pas le cœur à écrire à son fils pour lui annoncer, selon toute vraisemblance, qu'il ne servirait pas sous le duc de Luxembourg, maréchal de France. Il n'avait pas menti au secrétaire d'État à la Guerre ; il savait que le maréchal, parfois appelé le maréchal de Luxembourg, était présentement détenu à la Bastille où il attendait sa comparution. La nouvelle de son incarcération s'était rendue jusqu'en Auvergne ; au demeurant, elle avait probablement fait le tour de la France. Peut-être avait-il péché par excès de candeur en croyant que ce procès ridicule serait expédié et le duc rapidement disculpé ? Qui pouvait croire que ce pair du royaume, ce grand homme de guerre et réputé tacticien, avait été mêlé à des affaires d'alchimie et d'envoûtement ? Il fallait du cran pour le mettre au banc des accusés, au même titre que les apothicaires et les pythonisses. Il avait rencontré le duc de Luxembourg en décembre dernier, chez lui, à Montcerf.

❧

— Hé ! Hé ! ordonna Nicolas de Razès, en levant le bras en direction du cheval, qui s'arrêta et recula en signe de respect.

Xavier, suivi du duc de Luxembourg, pénétra dans l'enclos qui servait à l'élevage et à la course par mauvais temps, surtout en saison hivernale.

— Nicolas ! interpella le comte à l'adresse de son fils aîné, qui jeta un coup d'œil dans sa direction sans perdre de vue l'étalon qu'il dressait.

— Ne vous interrompez pas pour moi, signifia le duc de Luxembourg, les yeux rivés sur l'entraînement en cours.

Xavier opina du chef et fit signe à son fils de poursuivre. La curiosité du maréchal de France était tangible et, quoique l'habileté de Nicolas fût une source de fierté pour Xavier, il n'était pas certain de vouloir en faire l'étalage devant ce grand seigneur.

— Clan ! Clan ! fit Nicolas en agitant la courroie qui était fixée au harnais de l'animal, lequel se remit à galoper de plus belle.

L'étalon fit quelques tours de piste, avant que Nicolas lui commande de nouveau de s'arrêter. Le physique imposant et, surtout, le charisme naturel du gentilhomme forçaient l'obéissance du jeune cheval.

— Quel âge a-t-il ? demanda le duc de Luxembourg.

— Il aura bientôt trois ans, répondit Xavier de Razès. S'il vous intéresse…

— Je parlais plutôt de votre fils, rectifia le maréchal. Ne m'avez-vous pas dit qu'il souhaitait servir dans les armées du roi ?

Le comte de Razès, surpris du tour de la discussion, acquiesça en silence. Nicolas avait remis les rênes du cheval à un palefrenier et s'approchait d'eux.

— M. de Montmorency, duc de Luxembourg, fit Xavier sur un ton posé. Mon fils, Nicolas de Razès, futur comte de Montcerf.

Si Nicolas était perturbé par l'apparence ingrate du maréchal, il n'en laissa rien paraître. Au contraire, sans rien perdre de sa dignité, il exprimait, par son regard et son maintien, un respect évident pour ce grand homme.

— Monsieur de Razès, dit le duc de Luxembourg en saluant le jeune homme, vous avez hérité de l'aisance de votre père avec les chevaux, si je me fie à ce que je viens de voir.

— Monsieur le duc, salua Nicolas, avec un sourire franc, j'ai certainement hérité de sa passion ; pour ce qui est du reste, si vous me permettez, je crois qu'en ce domaine nous sommes toujours des élèves.

Le duc de Luxembourg, qui gardait son œil vif fixé sur Nicolas, accueillit la réponse de celui-ci avec une approbation muette.

— Vous joindriez-vous à nous pour la visite du haras ? s'enquit le maréchal.

Nicolas acquiesça de bonne grâce et suivit les deux hommes. Xavier, qui avait ouï la réputation de viveur et de séducteur qui précédait le duc, comprit soudain ce qui pouvait attirer chez cet homme. En effet, il fallait des qualités humaines remarquables pour compenser son corps difforme : petit, maigre, bossu, il n'avait rien d'un don Juan traditionnel. Or, il dégageait une force de caractère, une volonté et une intelligence hors du commun. Des traits de personnalité qui se retrouvent chez ceux qui ont grandi parmi les loups et les fauves, mais qui n'ont pas leur constitution naturelle.

— Vous recherchez un étalon d'une robe particulière ? interrogea Xavier en poussant la porte de l'écurie. Avez-vous des critères qui nous permettraient de guider votre choix ?

— Je veux faire l'achat d'un étalon adulte, bien dressé, élégant. Un animal qui représenterait ce qu'il y a de meilleur dans votre haras. M. Colbert m'a loué votre élevage, soutenant qu'il n'avait pas d'égal en France.

La mâchoire de Xavier se contracta légèrement à ce commentaire. Le duc, qui portait son attention sur une belle jument andalouse, ne vit rien de son agacement. Or, Nicolas intervint malgré tout en lançant avec fierté :

— Chacun de nos pur-sang a été parfaitement dressé, tant pour la chasse que pour la promenade et certains, vous verrez, ont toutes les aptitudes des chevaux de guerre.

— Puis-je en monter un ? Je dois m'assurer qu'il est docile…

— Non seulement docile, mais que vous êtes à l'aise avec l'animal, rétorqua Nicolas, qui, une fois de plus, surprenait Xavier par son enthousiasme.

Son fils avait une facilité inattendue à interagir avec les nobles de haut rang sans contrefaire sa personnalité fougueuse ni surtout tomber dans la flatterie. En revanche, le comte de Montcerf, qui avait souvent eu à s'abaisser à des rôles moins que glorieux, montrait en vieillissant de moins en moins de patience pour les jeux de faveur.

— Bien, si je ne veux pas me fatiguer avec tous les étalons de votre écurie, lequel me conseilleriez-vous en tout premier lieu ?

Nicolas se tourna vers son père, qui lui adressa un sourire d'encouragement. Ce n'était pas la première fois qu'il accompagnait un acheteur dans la visite du haras, mais c'était le premier maréchal de France qui voulait se porter acquéreur d'un de leurs pur-sang.

— Je vais me fier à vous, mon fils…

Avec beaucoup de diplomatie, Nicolas de Razès présenta plusieurs choix au pair du royaume. Chaque fois, en vantant les principales qualités de l'animal tout en permettant au duc de Luxembourg de

faire un examen minutieux des dents, des jambes, de la démarche
après la flexion, sans jamais s'offusquer des remarques du noble visi-
teur. Après deux heures, que Xavier jugea éprouvantes, le duc jeta son
dévolu sur un étalon robuste de cinq ans, de souche andalouse, croisé
avec un arabe.

    — Quel est son nom, déjà ?

    — Apollon.

    — Ha ! C'est de bon augure. Je suis certain que Sa Majesté va
apprécier ce détail. De plus, cela lui va à merveille.

    — C'est… pour le roi ? s'émurent en chœur Xavier et Nicolas.

    — Si fait, affirma le duc de Luxembourg. Avais-je oublié de le
mentionner ?

⤸

Deux semaines plus tard, Xavier entrait d'un pas assuré dans les bureaux du secrétaire d'État. Louvois lui avait confié une tâche de haute importance : celle d'enquêter sur une ancienne femme de chambre de la marquise de Montespan. Contrairement à la majorité des femmes, cette servante ne s'était pas contentée de la banale combinaison « philtre d'amour, divination, neuvaine ». Selon plusieurs témoins, elle aurait trempé dans des procédés beaucoup plus sordides.

    — Monsieur de Razès, entrez ! l'invita Louvois. Vous avez des nouvelles à me donner ?

    — Si, monsieur, répondit Xavier, d'un ton tout aussi abrupt. La Chappelain, dont je vous ai parlé la dernière fois, a bel et bien rencontré la demoiselle Des Œillets. Cette fois-ci, plus de doute, elle me l'a décrite ; grande, brune, portant souvent une robe rouge avec une traîne avant et arrière.

    — Hum, la robe à double queue. Parfait, tâchez d'obtenir les dates de ces rencontres, recommanda Louvois, pesant ces récentes informations.

    Un silence s'installa, pendant lequel Xavier attendit que le secrétaire d'État lui donnât la permission de se retirer.

— Monsieur de Razès, connaissez-vous la duchesse de Fontanges ? Son frère, le marquis de Roussille, a ses terres en Auvergne.

Le comte de Montcerf, surpris par la question, ne réagit pas immédiatement. Ce nom… Fontanges… Il s'agissait de la nouvelle maîtresse du roi. Celle-là même qui supplanterait la marquise de Montespan au rang de favorite en titre, si le roi ne s'en lassait pas avant…

— Les terres de Roussille sont situées dans le sud de l'Auvergne, si je ne m'abuse. Je crois bien avoir déjà croisé une fois ou deux le frère de la duchesse.

Le marquis de Louvois fronça les sourcils.

— La duchesse de Fontanges éprouve de graves ennuis de santé, répondit le secrétaire d'État, dont le visage trahissait une sincère préoccupation. Je crois qu'une visite de votre personne pourrait lui être agréable. Elle est loin de chez elle et a peu d'amis à la cour sur lesquels elle peut s'appuyer.

— Mais je n'ai jamais rencontré cette jeune personne, souligna le comte de Montcerf, peu enclin à jouer les flatteurs auprès de la favorite. Certes, je suis auvergnat, mais cette démarche revient à un diplomate ou, mieux, à un proche…

— J'en conviens, monsieur de Razès, acquiesça le secrétaire d'État. Cependant, j'ai pensé qu'un homme aussi charmant que vous et qui vient de sa région natale pourrait lui plaire. Or, je veux lui transmettre mes souhaits de prompt rétablissement…

— De quoi souffre donc la duchesse ?

— Elle a fait une chute de cheval au cours d'une chasse. Depuis, elle souffre de maux qui s'apparentent fort à ceux que vivent les femmes qui perdent leur fruit.

Xavier fit la grimace.

— Croyez bien que, s'il existait une autre voie, je ne vous demanderais pas ce service. Mais vous êtes la seule personne qui puisse l'approcher sans que l'on s'en offense.

« Nous y voilà, pensa le comte de Montcerf. La maîtresse royale ne reçoit pas de gentilshommes de la cour sans que le roi en soit informé. La présence du marquis de Louvois, dans un moment aussi tragique, encouragerait les mauvaises langues. »

— Qu'attendez-vous de moi? demanda-t-il, son instinct lui dictant la prudence dans cette délicate entreprise.

— J'ai ici une lettre pour Mlle de Fontanges, expliqua Louvois. J'aimerais que vous la lui remettiez. Assurez-la également de mon amitié en toutes choses.

Hébété, Xavier leva un sourcil. François Michel Le Tellier, marquis de Louvois, était un homme imbu de sa personne, de la pointe des pieds jusqu'au dernier cheveu de sa perruque. Cette pauvre fille venait de perdre son enfant et il se figurait que son amitié la consolerait?

— Fort bien, acquiesça Xavier, se forçant au silence.

Quelques jours plus tard, il s'introduisit sans mal dans les appartements de la favorite. Le comte de Montcerf étant connu en Auvergne, la première demoiselle de compagnie le pria d'entrer.

— Pouvez-vous patienter un instant? demanda-t-elle.

Xavier de Razès acquiesça et s'assit sur un tabouret dans l'antichambre. Lorsque la porte de la chambre s'ouvrit sur la malheureuse, il se raidit, mal à son aise.

— Mon fils, elle m'a pris mon fils! Comment pourrais-je jamais guérir? lançait justement Angélique de Fontanges à l'adresse de son aumônier.

Sa voix n'était plus qu'un murmure, elle rendait l'âme. Et pourtant, il semblait à Xavier qu'il l'entendait aussi puissamment que si elle avait utilisé un porte-voix. Angélique avait pleuré des jours entiers. Ses yeux en étaient bouffis. Sa chevelure, qui avait autrefois fait l'envie de toutes, semblait avoir perdu son éclat. Qui eût pu croire, en la voyant ainsi, qu'elle n'était pourtant qu'à l'aube de ses tourments? Le gentilhomme aurait préféré se trouver dans les Faubourgs ou à la Bastille; la froide compagnie des policiers lui manquait soudain. Aussitôt, il s'en voulut de se montrer aussi lâche.

— Mlle de Fontanges va vous recevoir, annonça la demoiselle. Soyez bref, monsieur de Razès, elle ne doit pas se fatiguer.

Il s'approcha du lit à courtines. Une odeur de sang tiède flottait dans l'air : on avait pratiqué une saignée, laissant le teint de la demoiselle aussi blanc que les draps.

— Monsieur… chuchota-t-elle, en bougeant à peine les lèvres. On m'a dit que vous veniez de la part d'un ami ?

Sa vulnérabilité poignarda Xavier en plein cœur. Il s'approcha et mit un genou en terre.

— Mademoiselle de Fontanges, j'ai là une lettre de la part du marquis de Louvois, annonça-t-il.

Elle battit des paupières. Il remarqua que ses cils formaient des pointes d'étoiles autour de ses yeux tristes. Instinctivement, il sut qu'elle avait espéré des nouvelles d'un autre. Du roi, peut-être ?

— C'est bien aimable à M. de Louvois, reconnut-elle finalement. Vous pouvez laisser la lettre là.

— M. de Louvois m'a prié de vous la remettre en main propre, ou de vous la lire, insista-t-il à contrecœur.

— Bien, je vous écoute, monsieur de Razès.

Il décacheta la missive qui ne contenait en somme que l'expression de termes d'amitiés et des souhaits de prompt rétablissement. Toutefois, la dernière phrase disait :

Si vous avez besoin de parler à une personne de confiance, je vous recommande l'excellent M. de Razès, qui est à moi comme je suis à vous.

Xavier ne laissa pas paraître sa surprise et replia la missive, qu'il avait reçu l'ordre de rapporter avec lui. Alors qu'il s'apprêtait à se lever, il entendit Angélique murmurer :

— Monsieur, elle a fait empoisonner mon fils, mon bébé. Il n'avait que huit jours. L'enfant du roi… le nôtre.

Il y eut un silence. Xavier attendit, immobile.

— C'était un peu après la Noël, chuchota la demoiselle, fermant les yeux pour mieux contempler les réminiscences de son esprit.

Xavier comprit que la jeune femme était en proie à une sorte de délire. On était en plein mois de mai. Louvois lui avait dit qu'elle venait de faire une chute de cheval…

— La nourrice s'est trouvée mal, confia Angélique en posant une main tremblante sur son sein. Je ne peux dire si elle est toujours vivante, on l'a chassée. Mais c'est par elle, par ses tétons, qu'on a empoisonné mon fils. Elle avait un onguent…

Xavier s'approcha d'elle au point de sentir le souffle de la malade sur son cou. Délire ou non, il ne voulait pas perdre un mot de cette confidence aussi spontanée que troublante.

— J'en suis certaine, je sais que c'est elle, la Montespan. Tous, ils me croient prise de folie… Mon fils a été emporté. Le baume était fait de cette poudre qui, comme on le raconte partout, précipite le trépas.

La jeune femme regardait à droite et à gauche de l'air apeuré d'une brebis qui sent la présence du loup. Impuissant, Xavier cherchait les mots pour l'apaiser lorsqu'il perçut un bruissement derrière lui.

— Je veillerai à ce que mon maître entende bien que je vous ai vue, mademoiselle de Fontanges. Promettez-moi de prendre du mieux. Votre beauté et votre fraîcheur manquent déjà à la cour.

Il se leva et se retourna. Il n'y avait personne. Xavier s'éloigna en considérant, soucieux, les nombreuses portes qui permettaient d'aller et venir discrètement. Il décida d'aussitôt faire part de ses observations à Louvois.

3

Sur les traces de son père

La fraîcheur de l'alcôve en pierres offrait un refuge salutaire en cet après-midi d'été. De plus, les petits carreaux de verre cloisonnés en faisaient un lieu d'observation propice de la cour du château. L'épaisseur des murs et l'étroitesse des fenêtres comptaient pourtant sur la longue liste des reproches que Marguerite nourrissait, bien vainement, à l'égard du château de Montcerf. L'archaïsme de la bâtisse, qui datait de deux siècles, l'avait toujours rebutée, particulièrement dans les premières années de son mariage. Aujourd'hui, toutefois, les pieds nus reposant sur le banc taillé dans le mur, elle se sentait prête à lui pardonner son manque de raffinement. Au son du luth joué par Élisabeth, Marguerite fermait les yeux, somnolente, et ne les rouvrait que pour porter un gobelet d'eau fraîche à ses lèvres. En bas, dans la cour, la voix de Nicolas s'élevait plus ou moins clairement, selon qu'il s'exclamait ou discutait avec Hyacinthe.

— Mère, répéta la jeune femme avec plus d'insistance.

La comtesse battit des paupières, pour apercevoir une servante qui se tenait légèrement en retrait derrière sa fille.

— Une lettre pour vous, madame la comtesse, annonça-t-elle en tendant un pli scellé.

Marguerite fit un signe à la domestique d'approcher. La missive portait le sceau du comte de Montcerf. Elle demanda son coupe-papier. Élisabeth avait posé son instrument et observait sa mère avec un mélange de curiosité et d'appréhension. Sans la regarder, Marguerite demanda :

— Vous ne jouez plus, Élisabeth ?

La comtesse fit sauter le cachet de cire et déplia le papier. L'écriture énergique de Xavier de Razès apparut.

Ma chère Margot,

Je t'ai causé force chagrins en partant ainsi et j'implore ton pardon de toute mon âme. Je te prie de ne pas trop me détester ni me condamner injustement, je fais ce que je crois être le mieux pour nous et pour nos enfants.

Marguerite leva les yeux au ciel en signe d'impatience, bien qu'elle ressentît un pincement au cœur qui tenait à la fois de la nostalgie et du soulagement.

Sache que je m'emploie à mener mes affaires à bien afin d'être de nouveau à tes côtés. J'espère être de retour pour le mois de juillet. Par ailleurs, j'ai réussi à assurer à notre fils une position d'aide de camp, le marquis de Louvois se chargera lui-même de le mettre au service d'un maréchal, dès que Nicolas arrivera à Paris. Malgré ta réserve à ce sujet, je t'assure que l'appui du marquis de Louvois, en tant que secrétaire d'État à la Guerre, sera hautement favorable à la carrière militaire de Nicolas.

Elle arrêta sa lecture et s'éventa rageusement avec la lettre. Elle n'avait qu'à lire entre les lignes pour deviner que son mari avait bénéficié de la faveur du contrôleur général Colbert afin d'obtenir cette charge pour son fils. Margot ne doutait pas que les « affaires » de Xavier avaient trait à ce dernier, bien qu'il ne le lui eût jamais confirmé. Elle reprit sa lecture et passa hâtivement sur les termes d'affection que lui témoignait le comte de Montcerf. À la fin, il ajoutait ceci :

Afin que Nicolas ne prenne pas la route seul, j'ai demandé à mon vieil ami, Médéric Vennheimer, de lui servir de compagnon. J'ose espérer que cela te rassurera. Je ne doute pas que notre fils profitera de sa présence ; Médéric connaît la route aussi bien que moi et est aussi adroit que discret.

Marguerite replia la missive, comme pour dissiper l'amertume qui la gagnait. Nul doute que Xavier aurait souhaité qu'elle se réjouît du dénouement positif de la situation. Avec quelle insistance avait-elle défendu que Nicolas se rendît à Paris sans escorte ! Comme si c'était la seule cause de sa réticence à ce projet... Son fils ne tarderait pas à venir la questionner sur la lettre ; déjà, deux mois s'étaient écoulés depuis leur discussion dans le petit salon, et chaque jour il s'était empressé de lui demander si son père avait écrit. Marguerite regarda par la fenêtre. La vitre était légèrement bosselée, mais elle reconnut immédiatement la silhouette massive de Médéric Vennheimer.

Il discutait avec Nicolas. Instinctivement, Marguerite posa ses doigts sur les carreaux, juste par-dessus la chevelure noire de son fils. Puis, elle se tourna en direction de sa cadette qui sursauta et se pencha sur son instrument, feignant d'être entièrement absorbée par la musique. Marguerite haussa les sourcils ; elle n'était pas dupe.

— Lonla lonlère... émit la voix hésitante d'Élisabeth en grattant les cordes du luth.

— Élisabeth, voulez-vous aller quérir votre frère, j'ai à lui parler.

La jeune femme se leva aussitôt, ébaucha une révérence et se dirigea vers la porte avec une maîtrise qui contenait assez bien la fébrilité qui l'habitait. Lorsqu'elle fut dans le couloir, Marguerite entendit ses pas se précipiter sur la pierre. Elle eut un demi-sourire.

« Apparemment, je n'ai pas d'allié dans cette famille », soupira la comtesse en songeant que le chagrin qu'avait ressenti Élisabeth à l'annonce du départ de Nicolas avait été rapidement apaisé par l'arrivée prochaine d'une sœur ou d'un nouveau frère.

Quelques instants plus tard, Élisabeth sortait dans la vaste cour du château. L'espace comprenait à la fois le potager, un enclos pour le bétail, et jouxtait l'écurie seigneuriale. La jeune femme dévisagea l'homme qui s'entretenait avec son frère. Sa barbe grisonnante, courte, donnait à son visage un air sérieux que ses yeux bleus tempéraient par leur éclat espiègle. Une force émanait de lui, mais Élisabeth remarquait surtout les rides que les années avaient tracées sur son front. Son vêtement, pratique, usé et sans recherche, pouvait laisser croire qu'il appartenait à la classe roturière. Cependant, son élocution trahissait une certaine qualité :

— Mademoiselle Élisabeth ? Ma foi, vous êtes une dame maintenant !

Élisabeth ouvrit de grands yeux interloqués. Nicolas se hâta de prendre la parole, avant que sa sœur, sensible à la bienséance, ne se formalisât de cette familiarité :

— Ma sœur, ce gentilhomme hollandais est un ami de notre père. Lorsque nous étions enfants, M. Vennheimer venait parfois en visite à Montcerf. Tu étais très jeune, tu ne dois pas te souvenir…

— Médéric. Médéric Vennheimer, se présenta l'homme en retirant le large feutre qui lui couvrait la tête, exhibant une chevelure grise abondante.

— Monsieur Ven… èmeur, prononça la demoiselle.

— C'est presque cela, fit Médéric en souriant chaleureusement. Alors, Nicolas, votre mère se porte-t-elle bien ? Je me suis engagé à jouer au messager sans connaître le contenu du message… Et je crains franchement de souper en compagnie des domestiques si, comme je le pense, la lettre du comte…

— La santé de la comtesse est au mieux, ce qui est heureux, avec la chaleur qui sévit, l'interrompit Nicolas en essayant de cacher le malaise qu'il éprouvait à débattre de la relation conjugale de ses parents. Je ne doute pas que vous pourrez vous en enquérir vous-même. Est-ce que mère a demandé à nous voir ? demanda-t-il à Élisabeth.

— Si fait, mon frère, elle m'a demandé de venir vous quérir. Je vais conduire M. Venn-hei-mer dans le grand salon. Vous devez être affamé, n'est-ce pas ? s'enquit la jeune femme, qui aimait jouer à l'hôtesse depuis que sa mère gardait ses appartements.

Nicolas prit congé du visiteur sans plus attendre, impatient de connaître le contenu de la lettre.

« Tente de rester calme, quelles que soient les nouvelles », se répéta-t-il tout en se préparant au pire.

La voix de sa mère lui parut lointaine lorsqu'elle l'invita à entrer ; il s'avança dans l'antichambre et l'aperçut à la fenêtre de l'alcôve. Son visage et ses yeux mélancoliques, baignés par la lumière du jour, saisirent le jeune homme : on aurait cru l'incarnation d'une héroïne de l'Antiquité telle qu'on peut en voir dans les gravures de l'*Iliade*.

— Mère, dit-il doucement, craignant de troubler ses réflexions.

— Nicolas, approchez. Vous avez rencontré M. Vennheimer ? Vous vous souvenez de lui, n'est-ce pas ?

— À peine, je me rappelle qu'il m'emmenait faire du cheval sur la lande… et que cela vous causait du souci, raconta-t-il en prenant place près d'elle.

Marguerite hocha la tête en souriant malgré elle. Le temps avait passé si vite… À cette époque, elle n'imaginait pas qu'un jour viendrait où son enfant quitterait le comté pour aller faire carrière à Paris.

— J'ai été surpris de le revoir, avoua Nicolas. Il vous a apporté une lettre du comte, est-ce bien cela ?

— Votre père a écrit, annonça Marguerite, il s'agit d'une offre venant du marquis de Louvois, le secrétaire d'État à la Guerre. Votre père vous expliquera les détails une fois que vous l'aurez rejoint à Paris.

— Est-ce qu'il précise combien de temps le marquis restera à Paris ? questionna-t-il, inquiet de la réaction du secrétaire d'État, qui ne saurait patienter jusqu'en automne.

L'expression grave de son fils n'était pas feinte. Si Marguerite avait eu un doute sur la discrétion de Médéric Vennheimer quant au contenu de la lettre, il s'envola aussitôt.

— Nicolas, votre père a prévu que M. Vennheimer vous accompagne jusqu'à Paris. Vous n'aurez donc pas à attendre l'automne.

Devant le sourire qui transforma le visage de Nicolas, elle ressentit un mélange de soulagement et de tristesse.

— Vous dites vrai ! s'étonna Nicolas, incrédule et ravi. Mère, comment vous exprimer ma reconnaissance ? Je ne sais que dire, sinon que cette nouvelle me comble de joie.

— Votre enthousiasme me conforte, affirma-t-elle, s'efforçant de paraître sincère afin de ne pas troubler le bonheur de son fils.

Prenant conscience de son agitation, Nicolas, qui s'était levé sous l'impulsion de la nouvelle, se rassit et reprit contenance.

— Je suis fort aise d'entreprendre ce voyage, M. Vennheimer sera pour moi un compagnon fiable et avisé, fit Nicolas, qui voyait soudain de nombreux avantages à cette présence, dont le fait de pouvoir partager cette aventure avec quelqu'un.

— Je vous recommande de préparer vos affaires, vous partirez dans quelques jours. Maintenant, si vous voulez bien m'accompagner, je vais descendre pour dûment recevoir notre invité.

Quelques jours encore… Le changement d'attitude de sa mère n'était rien de moins que subit, et il se demandait, perplexe, ce que son père avait pu trouver comme argument pour la convaincre. Évidemment, elle aurait refusé de le laisser partir seul, de cela, il avait toujours été certain. Mais la simple éventualité qu'il se rendît à Paris pour servir comme aide de camp auprès d'un maréchal n'avait jamais plu à sa mère.

❧

Autrefois homme de confiance de feu le comte de Montcerf, Médéric Vennheimer revenait toujours dans son domaine avec un pincement au cœur ; il lui semblait que le fantôme de cet homme exceptionnel hantait toujours les couloirs de la demeure.

Il suivait Marguerite, qui se déplaçait d'un pas lent, bien que sa condition ne fût pas apparente sous sa robe habilement taillée. Sa féminité, exacerbée par sa grossesse, la rendait plus voluptueuse et peut-être encore plus belle que dans son souvenir. Le souper à la table familiale, entre un Nicolas qui trépignait à l'imminence de son départ, une jeune Élisabeth, pour qui il n'était ni plus ni moins qu'une curiosité, et la comtesse, qui s'était révélée aussi frugale en mots qu'en appétit, l'avait forcé à déployer des trésors de diplomatie.

Tout en marchant dans le corridor, il tentait de trouver les mots justes pour aborder la châtelaine.

— Vous n'aviez pas de bagages, outre ces sacoches ? s'enquit Marguerite en s'arrêtant devant la porte d'une chambre.

— Je voyage toujours léger, répondit Médéric avec un demi-sourire. Le vieux soldat en moi n'a pas perdu ses habitudes…

La comtesse entra dans la chambre, où un chandelier révélait un immense lit paré de riches étoffes.

— Eh bien ! Et moi qui croyais que vous me tiendriez rancune ! s'exclama le Hollandais en considérant la chambre seigneuriale.

Marguerite lui jeta un regard éloquent sur les sentiments contradictoires qui l'habitaient.

— Madame la comtesse, je comprends votre réticence à laisser votre fils partir pour Paris. Avec tout ce qui s'y passe de surcroît… le temps est mal choisi pour les gentilshommes qui aspirent à la gloire.

— Vous vous trompez, le coupa Marguerite. Sachez d'abord que je vous suis reconnaissante de bien vouloir escorter Nicolas à Paris. De plus, je ne doute aucunement de la droiture et de la force morale de mon fils, qui l'empêcheront de tomber dans les pièges et les leurres de la vanité.

C'était la vérité. Les nouvelles qui lui parvenaient de la capitale ne cessaient de dévoiler l'ignominie qui grugeait la bourgeoisie et la noblesse de Paris ; la France s'en alarmait et bientôt toute l'Europe en ferait des gorges chaudes. Mais, pas un instant elle n'avait douté de Nicolas.

— Vous m'en voyez ravi. J'avais cru sentir... enfin, qu'est-ce qu'un vieux loup comme moi peut bien connaître au cœur d'une mère ? hasarda l'homme aux yeux pétillants de malice.

— Votre sollicitude ne me laisse pas indifférente, croyez-moi, dit Marguerite. Vous avez dû confondre ma lassitude avec autre chose... Je ne suis certainement pas la plus avenante des hôtesses, j'en suis navrée. Maintenant, si vous le permettez, je vais me retirer pour la nuit.

Médéric Vennheimer s'inclina respectueusement. Il ne pouvait insister davantage sans manquer à l'étiquette, et ils le savaient tous les deux.

Marguerite s'éloigna en silence et regagna ses appartements, s'arrêtant un instant devant la chambre de Nicolas. La pensée qu'il habiterait bientôt à Paris et qu'elle ne le verrait plus chaque jour se formait lentement dans son esprit. Elle se répétait qu'elle avait eu le privilège de le voir grandir et de s'occuper de son éducation, ce qui était déjà assez rare en soi. Malgré sa maîtrise d'elle-même, elle s'était presque laissée aller aux confidences avec Médéric Vennheimer. Ce n'était pas une chose qu'elle se serait pardonné aisément ; une comtesse de Montcerf ne pouvait se permettre de livrer ses pensées intimes à un étranger. Une fois dans son cabinet, Margot sortit du papier, prit sa plume et se mit à écrire.

❧

Le gentilhomme hollandais fit un signe à son compagnon qui tira sur les rênes pour ralentir son cheval.

— Les chevaux sont las, annonça Médéric, soucieux, en caressant l'encolure de sa monture. On s'arrêtera pour la nuit à la prochaine enseigne.

— Si tôt ? N'avions-nous pas prévu de passer la nuit à Nevers ? rappela Nicolas, déçu.

— Si fait, admit Médéric, mais je ne tiens pas à ce que mon cheval soit fourbu demain. On gagnerait trois lieues, au mieux.

Nicolas poussa un soupir et hocha la tête, résigné à livrer au hasard le contenu de son couvert et la fraîcheur de sa paillasse. Ils avaient quitté l'Auvergne, mais plusieurs jours de voyage les séparaient encore de Paris. Or, les auberges et les relais méritaient leur mauvaise réputation, comme il avait pu le constater.

— Comment en arrivez-vous à être si bien portant, après toutes ces années passées sur les routes ? demanda Nicolas, taquin.

— Ha ! Monsieur de Razès, c'est qu'il y a des femmes dans les hôtelleries ! Elles font souvent la part belle aux hommes d'armes. À Paris, je vous promets un souper digne d'un prince ! poussa Médéric Vennheimer gaillardement.

— Ah ! Je ne dirai pas non. On m'a vanté les cabarets et les auberges de Paris. Quant aux femmes…

Le jeune homme laissa sa phrase en suspens. Certes, la capitale devait regorger de jolies jouvencelles aux abords peu farouches, surtout lorsqu'il s'agissait d'un gentilhomme à la jambe bien faite et aux yeux de velours. Par le passé, Nicolas avait eu son content de conquêtes féminines ; Montcerf ne manquait pas d'admiratrices pour les beaux garçons de son âge. Cependant, son voyage devait lui permettre de faire avancer sa carrière… c'était bien à cette dernière qu'il entendait se consacrer.

Nicolas redressa sa posture et, tout en veillant à ne pas perdre l'équilibre, adopta une position qui donnait un peu de répit à son cheval. Cavalier expérimenté, il évalua la monture du Hollandais et nota que les naseaux étaient déjà quelque peu dilatés sous l'effet de la fatigue. Nicolas sourit intérieurement en pensant à son père qui lui avait enseigné non seulement à monter à cheval, mais aussi à devenir bon cavalier.

⁓

— *Est-ce là l'étalon que vous avez tout récemment acquis à Montferrand ?*

Xavier lui jeta un coup d'œil, tout en maintenant la tête grise du cheval légèrement baissée à l'aide de la bride. Il veillait lui-même à l'achat de toutes les bêtes d'élevage pour le haras.

— *Oui-da, acquiesça le comte de Razès en soufflant sur les mèches de cheveux qui lui tombaient devant les yeux. Ce diable n'est pas commode.*

Soudain, le cheval rua en balayant l'air de sa crinière et Nicolas bondit de côté, en même temps que Xavier poussait un cri autoritaire. L'étalon piaffait et tentait de se dégager de la solide poigne qui entravait ses mouvements. Nicolas s'avança de nouveau, réprouvant son manque de sang-froid.

— *Vous allez le monter, père ?*

Xavier lui fit un sourire en coin et lança un regard en direction de son fils.

— *Vous voulez donc que je m'estropie ? plaisanta-t-il. Non, ce drôle n'est pas encore mûr pour être monté. Par contre, avec du temps et de la patience, il apprendra à me respecter.*

— *Mais vous seriez capable de le monter, non ? reprit Nicolas en considérant son père, qui était, à sa connaissance, le meilleur cavalier d'Auvergne.*

Xavier de Razès libéra le cheval dans son enclos et se tourna vers son fils.

— *Le monter, sans doute… mais il est encore un peu jeune pour être dressé. Chaque chose en son temps, pourquoi le presser ? Puis, d'ailleurs, nous venons à peine de faire connaissance, affirma-t-il avec philosophie.*

Le jeune homme observa le jeune étalon gris qui galopait maintenant dans l'enclos et une moue de déception apparut sur son visage juvénile.

— *C'est comme lorsqu'on apprend le maniement de l'épée. J'ai beau être la meilleure lame d'Auvergne, comment pourrais-je vous enseigner quelque chose si je ne vous ai jamais vu vous battre ?*

Nicolas plissa ses yeux noirs, signe qu'il réfléchissait à ce que venait de lui dire son père.

— *Lorsque nous irons en Champagne visiter la famille de votre mère, vous comprendrez mieux. En attendant, allez mettre de l'avoine et de l'orge dans sa mangeoire.*

⌒

Près d'une heure plus tard, ils aperçurent une enseigne indiquant un poste de relais qui servait aussi d'auberge pour les voyageurs.

— On dirait que la fortune nous sourit, fit remarquer Nicolas en désignant le poulet à la broche peint sur l'écriteau.

L'endroit était confortable, même si avec les quatre tables et la cheminée, on y mangeait à l'étroit. Le tenancier, fort affable, leur offrit sa meilleure chambre, au rez-de-chaussée, qui était meublée de deux lits, de deux chaises et d'un coffre.

— Je parie que le pinot de cette auberge n'est pas mauvais, affirma Médéric en s'attablant.

Nicolas s'assit à son tour et balaya la pièce du regard. Il posa une main sur son ventre et répliqua :

— Tant que la cuisine est bonne.

Le propriétaire de l'auberge, comme s'il avait deviné l'état d'esprit du jeune voyageur, s'approcha.

— Je vous amène la fricassée, annonça-t-il avec un fort accent bourguignon en déposant un pichet et deux gobelets en étain devant eux.

Nicolas se pencha sur le pichet et, constatant la couleur cramoisie du vin, demanda de l'eau. Le Bourguignon acquiesça sans entrain.

— Apparemment, il n'a pas l'habitude qu'on trempe son vin, nota Nicolas en remplissant les gobelets.

Médéric allait ajouter quelque chose lorsque la porte claqua, livrant passage à une rafale de vent suivie d'un jeune homme. À ses vêtements poussiéreux et à ses bottes crottées, on ne doutait pas qu'il était sur la route depuis un bon moment. Il enleva prestement son feutre, découvrant une chevelure brune et droite comme des roseaux. Après un coup d'œil furtif aux deux gentilshommes attablés, il se dirigea vers le comptoir, ses éperons résonnant sur le dallage.

— Aubergiste ! s'exclama-t-il en frappant le comptoir de bois de son poing fermé.

Nicolas fit un clin d'œil de connivence à Médéric et se décida à prendre une gorgée de vin. Il grimaça et reposa aussitôt le gobelet. C'est alors que le tenancier sortit de la cuisine avec un pichet d'eau et deux assiettes fumantes sur un plateau.

— Ça vient, dit-il en s'adressant au voyageur.

Celui-ci poussa un soupir bruyant et pivota pour ne pas lâcher l'homme des yeux ; comme pour s'assurer que son attente ne serait pas prolongée inutilement.

— Merci, mon brave, fit Médéric en recevant l'assiette généreusement garnie de légumes et de morceaux de viande.

Le fumet de la volaille chatouillait leurs narines et les deux hommes se mirent à manger sans un mot. Nicolas tendit l'oreille : les dimensions modestes de la pièce leur permettaient de saisir sans peine les propos échangés entre l'aubergiste et le voyageur. Le jeune homme indiqua qu'il devrait repartir à l'aube et au ton supérieur qu'il employa, Nicolas en déduisit qu'il était de noble naissance, certes pas un hobereau. L'inconnu se retira ensuite en martelant le sol de ses éperons.

— Ahh ! lâcha Nicolas en s'écartant de la table pour allonger ses jambes. J'ai la panse bien remplie. Aubergiste, cette fricassée vaut bien les fricassées de chez nous !

Le Bourguignon s'approcha, un sourire de fierté éclairait son visage, et ramassa les assiettes.

— Désirez-vous du fromage, pour clore votre dîner ?

Ils ne se firent pas prier, et quelques instants plus tard ils grignotaient une part de fromage gras accompagnée d'un pain de maïs.

— Je doute qu'à Paris l'hospitalité des aubergistes égale celle de ce Bourguignon, fit remarquer Nicolas en partageant la galette. Nous demanderons des vivres pour la route de demain.

Médéric, qui semblait perdu dans ses pensées, hocha la tête en signe d'assentiment.

— Je vais aller voir les chevaux pendant que vous terminez votre repas, annonça Nicolas en se levant, balayant nonchalamment de la main les miettes tombées sur son justaucorps.

L'écurie, située sur la gauche de l'auberge, semblait de construction plus récente que le bâtiment abritant les chambres, la salle commune et la cuisine. Le soleil, sur le point de se coucher, drapait la route et les environs d'un clair-obscur bleuté. Nicolas respira à pleins poumons, envahi par la tiédeur de la soirée et par le vin corsé auquel il avait fait honneur. Le battant de la porte grinça légèrement, révélant un sol couvert de paille fraîche et des stalles bien aménagées que se partageaient quelques montures. Nicolas reconnut la voix du voyageur avant de l'apercevoir.

— Pourquoi avoir mis mon cheval près de l'entrée ? Je veux que vous l'installiez dans cette stalle-ci, les courants d'air sont mauvais pour lui…

— C'est que… le maître réserve ces stalles pour les chevaux des courriers, messire, hésita le palefrenier, qui devait avoir à peine quinze ans.

Nicolas pénétra dans l'écurie. La lumière vacilla, projetant des ombres floues sur le sol. Le voyageur poussa un profond soupir alors que le palefrenier se tournait vers le nouveau venu.

— Ah, c'est vous, monsieur…

Nicolas fit un geste de la main pour signifier qu'il n'avait pas besoin d'assistance. Il se dirigea vers la bête qu'il venait d'apercevoir dans le coin droit de la baraque. D'un regard satisfait, il constata que les rations de foin étaient généreuses et que l'eau de l'abreuvoir était claire. Il posa la main sur le flanc gris tacheté de Mercure et ce dernier l'accueillit d'un mouvement de tête affectueux. Nicolas examina le compartiment à la recherche d'une brosse.

— Vous pouvez mettre votre monture ici, messire, suggéra le palefrenier d'une voix mal assurée en désignant la stalle voisine de celle qu'occupait Mercure.

Nicolas leva la tête et vit que le jeune noble avait pris les rênes de son cheval, un anglais à la robe alezane. L'étalon, comme son maître, semblait considérer avec dédain le lieu où il aurait à passer la nuit.

— Ce n'est guère mieux, mon cheval ne cohabite pas aisément avec les carrossiers, protesta le jeune homme. J'ai peur qu'il fasse la vie dure à ce pauvre bougre…

Nicolas secoua la tête, abasourdi, et, d'un mouvement agile, sortit du compartiment. Le gentilhomme, le palefrenier et l'étalon anglais se tournèrent vers lui dans une pantomime presque comique. Nicolas hésita à peine un instant avant de lancer à l'adresse du jeune homme :

— Ainsi, votre cheval n'a pas la force de caractère d'un vrai meneur ?

— Que dites-vous ? rétorqua l'autre, sur la défensive. Sachez, monsieur, que ma monture est du meilleur haras, de la meilleure naissance possible, vanta le gentilhomme en examinant Nicolas avec un nouvel intérêt.

Ils devaient être à peu près du même âge. L'inconnu s'attarda à l'épée longue, d'une longueur peu commune, qui pendait au ceinturon de Nicolas.

— Vraiment ? J'ose donc croire que vous êtes allé le chercher en Angleterre pour vous en assurer ! suggéra Nicolas, sceptique. Comment, sinon, pourriez-vous soutenir cette affirmation ?

— Voyons, monsieur, quel gentilhomme serais-je si je ne pouvais différencier un carrossier d'un pur-sang ? Maintenant, si vous me le permettez…

— Et pourtant, monsieur, il m'apparaît à moi que vous ne sauriez distinguer un ânon d'un destrier, riposta férocement Nicolas.

L'homme, interloqué, tendit les brides de son cheval au palefrenier sans quitter Nicolas des yeux. Puis, il s'avança vers lui.

— Plaît-il ?

— Je dis que vous ne pouvez distinguer un âne d'un palefroi, répéta Nicolas de Razès en prononçant soigneusement chaque mot. Ne venez-vous pas de qualifier ma monture de cheval de selle ?

— Monsieur, l'insulte, car insulte il y a...

— Si fait, coupa Nicolas. Mais c'est vous qui m'avez outragé.

Le gentilhomme passa une main sur le devant de son justaucorps pour se donner contenance et souffla bruyamment par la bouche.

« Décidément, je n'aime pas cet homme », rumina Nicolas.

— Soit. J'admets avoir dit que je ne voulais pas que mon cheval soit rangé près du vôtre, affirma-t-il en balayant l'air de sa main. Me pardonnerez-vous ?

Une ride se dessina sur le front de Nicolas. Le ton, soudain condescendant, presque moqueur, rajoutait à sa frustration. Derrière, le palefrenier, embarrassé, se balançait d'un pied sur l'autre.

— Vous vous moquez, monsieur ?

— Que voulez-vous que je vous dise ? répondit l'inconnu, agacé. Je n'ai pas envie de m'éterniser ici. Ce n'est qu'une bête histoire de cheval, ajouta-t-il.

— Alors, vous me présentez vos excuses ? résuma Nicolas, se forçant au calme. Vous admettez votre erreur et avouez que mon coursier est de qualité égale au vôtre ?

— Je... hésita le gentilhomme en considérant l'étalon gris moucheté, de taille bien inférieure au sien.

Soudain, un petit sillon se creusa dans la joue du propriétaire du cheval de sang anglais.

— Par mes saints, avouez qu'il n'en a point l'allure ! lâcha-t-il, se livrant, d'esprit sinon de corps, aux conséquences d'une querelle.

Nicolas serra les dents et pensa à son père, le comte de Razès, qui l'avait mis en garde au sujet des duels d'honneur. Il aurait cher payé pour savoir ce qu'il aurait fait en pareille circonstance.

— Monsieur, commença Nicolas, constatant qu'il ne connaissait pas le nom du gentilhomme, ce pur-sang vient du haras de mon père, en Auvergne. Il est de souche arabe, croisé avec un andalou. Je l'ai dressé moi-même, déclara-t-il pour finir, satisfait de sa tirade. Maintenant, puis-je savoir avec qui j'ai l'heur de m'entretenir ?

— Je me nomme Vincent, chevalier de Chambon, monsieur, et je n'ai nullement l'intention de tirer l'épée contre vous, ne vous en déplaise, annonça-t-il avec calme.

Le palefrenier tressaillit et recula en murmurant :

— Les duels sont interdits.

— Nicolas de Razès, du comté de Montcerf, annonça-t-il à son tour. Ainsi, vous ne voulez pas me permettre de laver mon honneur et vous persistez à m'insulter…

À ce moment, un grincement se fit entendre et l'imposante silhouette de Médéric Vennheimer se profila dans la pénombre. Les deux gentilshommes sourcillèrent à peine.

— Veuillez me retrouver ici même à l'aube ! continua Nicolas, nous courserons et je vous prouverai que vous êtes un ignare.

Vincent parut réfléchir à la singulière requête de son vis-à-vis. Si les duels étaient interdits, la course à cheval ne l'était pas, elle. Il avisa le cheval gris et eut un élan de pitié pour son futur adversaire.

— Fort bien, j'y serai, monsieur de Razès.

— À demain donc !

Lorsque le chevalier de Chambon eut quitté l'écurie, Médéric rejoignit Nicolas. Il n'avait pas perdu un mot du rendez-vous fixé au lendemain.

— Dame ! Vous ne perdez pas de temps ! s'exclama l'homme à la barbe grisonnante en considérant son compagnon d'un air mi-soucieux, mi-amusé. Que vous a donc fait cet homme ?

— Cet insolent va voir ce qu'il en coûte d'insulter un Montcerf ! rétorqua Nicolas, les lèvres encore tremblantes d'émotion. Nous allons lui montrer, Mercure.

Il étendit une main sur la tête de l'animal.

— Vous allez courser contre lui ? À quelle fin ? Pour lui prouver que vous êtes plus habile cavalier ? questionna Médéric.

— Précisément, répondit enfin Nicolas en tournant son regard sombre vers l'homme.

— Une course ? répéta-t-il, incrédule.

— Il m'a insulté. Il a dit que Mercure était un carrossier, se justifia Nicolas, bien que l'explication ne rendît pas justice à l'affront qui lui avait été fait. Il n'a pas cessé de me rire au nez, même si je lui ai fait entendre que ses propos m'offensaient.

La colère de Nicolas était bien réelle et Médéric se retint de questionner plus avant ses motivations.

— Donc, au lever du jour nous devrons être prêts.

Médéric hocha la tête en songeant, non sans une certaine fierté, que la comtesse de Montcerf avait eu raison de lui demander d'accompagner Nicolas. Il était le digne fils de son père.

Ce qu'il en est de la haute politique

— Omelettes et pâtés, dit M. Goulet en déposant le déjeuner de Xavier devant ce dernier. Monsieur le comte désire-t-il autre chose ?

— Ce sera tout, merci. Ah ! Non, se ravisa Xavier, saisissant l'offre du restaurateur dans son sens le plus strict. Allez donc me chercher les plus récents libelles qu'on distribue sur la place de Grève en ce moment.

— Moi, monsieur ? s'offusqua l'aubergiste en prenant un air de bourgeois courroucé.

Xavier leva les yeux de son assiette et regarda un moment le tenancier.

— Envoyez quelqu'un, monsieur Goulet, je crois en effet que ce serait plus approprié, suggéra Xavier, qui prenait plaisir à jouer les grands seigneurs.

Quelques minutes plus tard, un gamin essoufflé revenait avec un échantillon convenable de pamphlets. Le comte de Montcerf le remercia généreusement pour la course et, tout en terminant son pâté, commença sa lecture. Deux choses sautaient immédiatement aux yeux : la première, l'acquittement du duc de Luxembourg débridait les imaginations, la deuxième, la police avait relégué au second plan l'arrestation des pamphlétaires, et ces derniers en profitaient pour noyer les rues de leurs écrits venimeux. Et quoique Xavier déplorât les vers pitoyables qu'on imprimait ces jours-ci, il connaissait, d'expérience, les informations que l'on pouvait obtenir à écouter cette racaille.

Parmi l'abondance des libelles, un nom avait attiré l'attention de Xavier : Morban. L'écrivain, prolifique, et surtout acharné, avait choisi pour cible le maréchal de Luxembourg. En soi, cela n'avait rien de surprenant, mais le contenu des tracts laissait à penser que ce libelliste bénéficiait d'informations privilégiées. En outre, le lieutenant de police La Reynie avait, une fois de plus, ordonné à ses commissaires de renforcer la sécurité à la Bastille et au donjon de Vincennes. Les fuites pouvaient sérieusement compromettre l'intégrité des témoignages.

« C'est le moment de voir si je vaux encore quelque chose à la chasse aux poètes satiriques », songea Xavier en glissant le dernier tract signé Morban dans sa veste.

Il ne s'attarda pas longtemps sur les quais ni dans les tavernes ; lorsqu'on cherchait le feu, le mieux était encore de suivre la fumée. L'entrée inopinée du comte de Razès dans l'imprimerie de M. Guéret fit grand effet sur l'apprenti, qui s'empressa de quérir son maître.

— M. de Razès ? Il fallait que je voie cela de mes yeux pour y croire, affirma Benjamin, un sourire narquois dissimulé sous une épaisse moustache. C'est bien toi, en chair et en os, et tu as à peine changé, mon ami.

— Ce qui prouve au moins une chose, rétorqua Xavier, c'est que ta vue a bien baissé !

Les deux hommes se firent une accolade en riant de bon cœur. Quelques instants plus tard, après une bonne dizaine de reproches mutuels, entrecoupés de « Ah ! Que le temps passe vite », ils devisaient sur un ton léger de leur vie familiale respective. Après plusieurs années de célibat, Benjamin avait épousé la fille d'un avocat, et il en avait eu trois enfants, dont le plus jeune était encore au berceau.

— Quant à l'aînée, elle n'en a que pour la mode, les gazettes mondaines et les rubans… Bah ! Cela lui passera. Mais, dis-moi, comment se porte Margot ?

Une ombre passa sur le visage de Xavier, furtive, tel un nuage soufflé par le vent.

— Elle n'était pas très en faveur de ce séjour à Paris. Vois-tu, dans quelques mois, je serai père pour la troisième fois, annonça Xavier, avec une fierté évidente. C'est un événement qui nous réjouit. Sinon, Margot se plaît toujours à Montcerf. Lorsque la vie de châtelaine lui laisse un peu de répit, elle se consacre à l'éducation d'Élisabeth et de Nicolas.

Benjamin se l'imaginait bien, malgré les années qui le séparaient de leur dernière rencontre, dans ce château auvergnat qu'il avait visité grâce aux lettres de son amie. Sa chevelure ébène devait s'orner de quelques fils d'argent, alors que son regard vert-jaune avait certainement gardé la même brillance incomparable.

— Je suis ravi que tout soit pour le mieux, confia l'ancien pamphlétaire. J'avais un peu peur, mon ami, que ta présence inattendue soit porteuse de mauvaises nouvelles.

— En fait, je te dois d'être honnête et de t'avouer qu'il y a un autre motif à notre dîner. L'affaire qui m'amène ici aujourd'hui concerne ce méchant procès de la Chambre ardente.

Benjamin eut une réaction vive qui prouvait que, malgré son âge, son aversion des intrigues de la noblesse ne lui avait pas passé. Pour se justifier, Xavier lui expliqua comment Louvois en était venu à lui demander de conduire une enquête parallèle.

— Mon fils entend faire carrière dans les armes. Cet hiver, le maréchal de Luxembourg lui avait fait une offre concrète, et cela est venu aux oreilles de Louvois. Après les déboires récents du duc, je doute que ce cher homme soit en position d'accorder des faveurs à qui que ce soit. Or, le secrétaire d'État avait besoin d'un homme capable de mener cette investigation, et moi, d'une charge d'aide de camp pour mon fils. La requête était plutôt difficile à refuser. Et puis, il ne me déplaît pas de me dégourdir un peu.

— Franchement, Xavier, je devrais te faire bastonner! s'exclama Benjamin. Cela t'a pris des années à te défaire du joug de Colbert et voilà que tu te places sous la bannière de

Louvois. En guise de trahison, on peut dire que tu ne pouvais faire mieux !

Ce dernier commentaire ébranla Xavier : ce qui passait pour une évidence aux yeux avertis de Benjamin, et qui lui avait échappé au départ, confirma qu'il avait été habilement manipulé par Louvois. En réquisitionnant ses services, Louvois s'assurait de compter dans son camp l'un des hommes les plus habiles de Colbert. Comment est-ce que lui, qui avait intrigué pendant près de dix années pour l'intendant du roi, avait-il pu être aveugle à ce point ?

— Hum, ce que j'en comprends, répliqua le comte, ignorant l'allusion à la trahison, c'est que les deux ministres ont leurs protégés, leurs amis. Et chacun veut s'assurer qu'ils ne seront pas inquiétés par cette affaire.

L'ancien pamphlétaire acquiesça et ajouta, preuve qu'il suivait toujours attentivement les complots politiques :

— Les amis de Colbert forment à peu près la moitié de la cour. Les autres sont à Louvois. Ah ! La belle justice ! En vérité, cela a commencé avec le duc de Luxembourg. Tu aurais dû voir tout ce que Louvois a tenté pour trouver des faits l'incriminant !

— Louvois ? s'étonna Xavier. Tu veux dire le lieutenant de police La Reynie.

Benjamin eut un sourire moqueur. Décidément, l'amour et la paternité avaient bien adouci son vieil ami.

— Si La Reynie est commissaire de la Chambre ardente, il ne subit pas moins l'influence de Louvois… et de Colbert. Prends garde, Razès, tu t'es lancé à l'aveuglette dans une querelle qui te dépasse, et de loin.

— N'exagère rien, je ne suis pas assez naïf pour croire qu'il n'y a pas de rivalité entre les conseillers du roi. Du reste, cet échange de faveurs avec Louvois, s'il s'avère être un affront pour Colbert, ne m'apportera pas moins une charge d'aide de camp pour Nicolas.

Benjamin fut tenté d'ajouter une réplique cinglante, du genre : « Que pense Margot de ce commerce ? » mais il choisit de se taire. Xavier n'était pas venu le trouver pour entendre un sermon.

— Pardonne-moi mon manque de tact, soupira Benjamin. Je ne suis qu'un ancien pamphlétaire revêche… Il y a des jours où je ne désire qu'une chose, c'est d'aller sur la place publique pour crier à tue-tête tout ce qui me pèse sur le cœur. C'est alors que ma femme me tend ma pipe et ma plume, et je rédige mes mémoires, qui ne seront vraisemblablement jamais lus. Je ne vaux pas mieux que toi. Alors, que puis-je faire pour toi, mon ami ?

— Ainsi, tu es un vrai bourgeois maintenant, monsieur Guéret ? lança Xavier, savourant sa vengeance en s'imaginant Benjamin, avec son bonnet et sa pipe, devant l'âtre de sa maison cossue.

Benjamin fit bouger sa moustache comme un chat et plissa les yeux.

— Il te reste bien quelques liens dans le milieu ? Je cherche un dénommé Morban… tenta le comte de Montcerf. Tu dois le connaître, il est en quelque sorte ton héritier… au figuré, bien sûr.

❦

Que l'on soit comte, duc ou prince, se vanter de la discrétion de ses domestiques équivalait à se vanter de la fidélité de sa femme : c'était avant tout les cornards qui le faisaient. Méditant cette sage pensée, Xavier se rendit dans un cabaret de la place de Grève qui se peuplait les jours d'exécution, mais qui aujourd'hui était plus tranquille. Il se faufila entre les tables et aperçut l'individu décrit par Benjamin. C'était un très jeune homme aux joues rosées et aux boucles blondes, qui cadrait mieux avec l'idée qu'on se faisait d'un page qu'avec celle d'un officier de la bouche.

— Eustache, salua Xavier, prenant place à sa droite.

Le jeune homme le salua en retour et fit signe à la servante d'apporter à boire.

— On m'a dit de fort bonnes choses à votre sujet, commença le comte en guise d'introduction. En vérité, vous faites un métier des plus hasardeux, surtout en ce moment.

L'officier de la bouche ne cacha pas sa fierté. En outre, depuis le début du procès, ses gages avaient doublé ; plusieurs redoutaient de se faire prendre dans une affaire de « poudre de succession ». Que l'on soit au service de la bourgeoisie, de la noblesse ou à la cour, et même si les apothicaires rivalisaient d'astuce en empoisonnant les étoffes, la manière la plus courante d'assassiner passait encore par la nourriture.

— Je me demande parfois ce qui est plus périlleux, goûter les plats destinés à la noblesse ou distribuer des pamphlets vitrioliques, s'interrogea à voix haute le jeune homme. Une chose est sûre : dans un cas comme dans l'autre, c'est lucratif.

— Je n'en doute pas, répondit Xavier, comprenant qu'il devrait montrer la couleur de ses écus s'il comptait délier la langue de cet individu.

Cela fait, Eustache se fit encore plus volubile et conta comment il avait eu commerce avec Morban. L'auteur des tracts les plus scandaleux sur le duc de Luxembourg recourait à lui pour introduire ses libelles dans l'enceinte du Palais Royal. Xavier, en prétendant avoir un secret de premier ordre à partager avec Morban, obtint ce qu'il désirait : savoir comment rencontrer ce dernier. Il prit congé de l'officier de la bouche et hâta le pas. Il n'était qu'à moitié surpris d'apprendre que le libelliste fréquentait les auberges les plus renommées. Tant de choses avaient changé depuis vingt ans : si on invitait les faux-monnayeurs dans les salons, pourquoi les gazetiers ne mangeraient-ils pas eux aussi aux meilleures tables de la ville ? Dans le quartier Saint-Honoré, l'Hôtellerie de la Fourchette faisait bonne figure parmi les jolies façades et les enseignes peintes. Xavier souleva son feutre, en guise de salutation, à l'adresse d'un groupe de dames en promenade. Au moins deux d'entre elles portaient des coiffures hautes, à la

Fontanges. Cette mode, qui n'était plus nouvelle maintenant, lui fit penser à sa femme. Margot et sa chevelure lourde et foncée. Que faisait-elle en ce moment ? Ils avaient si rarement été séparés pour une longue période… Le gentilhomme se surprenait à imaginer le moment de leurs retrouvailles. Le maître d'hôtel le tira de sa rêverie.

— Hem ! Monsieur ? Vous désirez dîner ?

Le comte fit signe que oui et se replongea dans son rôle d'enquêteur. Dès qu'il avait pénétré dans la salle lambrissée, son œil vif s'était consacré non plus à l'admiration des toilettes féminines, mais à la recherche de sa proie. L'endroit exhalait un fumet de viande bien rôtie qui le faisait saliver. Xavier s'attabla et demanda à goûter aux spécialités de l'endroit. Entre les mets, il guetta l'arrivée de Morban. Il achevait de déguster une poularde regorgeant de truffes lorsqu'il le remarqua enfin. Il émit un soupir d'aise ; c'était parfois une bonne chose de pouvoir se fier à la fourberie d'un domestique. Xavier attendit que le pamphlétaire eût demandé à dîner pour l'aborder.

— Monsieur le vicomte, je présume ? demanda Xavier, s'introduisant selon les directives du jeune officier de la bouche.

Aucune nervosité ne trahit le libelliste lorsqu'il leva les yeux vers Xavier. D'abord, il s'essuya le coin de la bouche avec la délicate serviette blanche, puis il invita Xavier à se joindre à lui.

— Je ne veux pas interrompre votre dîner, s'excusa le gentilhomme avec un sourire navré, mais on m'a indiqué que je pourrais vous trouver ici. Je suis le comte de Montcerf, Xavier de Razès. J'ai une affaire à traiter avec vous.

Cette fois, il perçut un frémissement dans la joue rebondie du pamphlétaire.

« Il n'a pas l'habitude de frayer avec des nobles. Ce qui confirme mon intuition, il n'a pas beaucoup d'informateurs », pensa Xavier en voyant se décomposer la façade d'aristocratie de Morban.

— Que puis-je pour vous, monsieur le comte ? s'enquit le pamphlétaire après avoir examiné discrètement l'habillement de son vis-à-vis.

Xavier avait eu le loisir de soupeser les différentes options avant ce tête-à-tête.

— Répondre à mes questions, répliqua-t-il sans ambages. Ce qui vaudrait mieux pour vous, monsieur Morban.

Le pamphlétaire eut un mouvement de recul, qu'il tempéra aussitôt. La résolution de Xavier avait dû lui faire craindre le pire, car il brandissait sa fourchette comme une arme.

— Que me voulez-vous ? balança le gazetier entre ses dents.

— Aucun mal, l'assura Xavier. Je n'ai pas l'intention de vous arrêter, quoique j'en aurais le pouvoir. En fait, la raison de ma présence est simple et vous n'aurez aucun mal à me satisfaire. Dès que cela sera fait, je retournerai tranquillement à la poularde qui m'attend à ma table. Je veux connaître vos sources à propos du maréchal de Luxembourg. Et si vous savez autre chose, que vous n'avez pas encore divulgué…

Le poète eut un rictus railleur.

— Vous êtes acheteur ?

— Non ! coupa Xavier. Je crois que tu n'as pas bien saisi. L'acheteur, c'est toi, et c'est ta liberté qui est en jeu. Sinon, je t'emmène faire un tour au Châtelet.

— Vous êtes policier ? demanda l'autre, apeuré.

— Enquêteur. Donc, Morban, tu me dis comment tu as su que le duc organisait des orgies.

Il sortit le pamphlet et récita :

Nuits de chair et de sang,
Douze femmes nues priant,
Le prince Asmodée,
Sacrifiant un bébé,
Rien de surprenant,
Pour ce duc bossu qui,
À la guerre a fait pis.

En terminant sa lecture, Xavier crut entendre Morban déglutir.

— Je ne… Je n'ai pas… balbutia le pamphlétaire. C'est une histoire qu'on m'a contée. Je n'ai jamais assisté à…

— Évidemment ! répondit le noble. Qui t'a rapporté cette affaire ? Tu connais la personne ?

— Euh, non. C'est un homme. Riche.

Xavier laissa planer un silence. L'attitude de Morban le déroutait. Il n'avait rien d'un pamphlétaire qui risquait le gibet pour sa cause et Xavier ne savait qu'en penser.

— C'est lui qui te paye ?

Hochement de tête. Regard fuyant.

— Ma sœur était lingère pour Luxembourg, renchérit le libelliste, sans cacher sa hargne.

« Bien, se réjouit Xavier. Ça sent la vengeance. Mon instinct ne m'aura pas trompé, pour finir. »

— Il l'a engrossée. Cet horrible diable a lutiné ma sœur, cracha Morban. Après quoi, il a pris l'enfant et a renvoyé ma sœur.

— Qu'a-t-il fait de l'enfant ?

— Il a dit à ma sœur qu'elle n'avait pas à s'en soucier, qu'il serait placé en nourrice et bien élevé, mais qui sait ce que ce sorcier a réellement fait du petit ? Je sais ce dont ces nobles sont capables, moi !

— C'est pour cela que tu t'en prends à Luxembourg ? Tu lui en veux pour ce qu'il a fait à ta sœur ?

— En fait, c'est cet homme, celui dont je vous ai parlé, qui m'a grassement payé pour écrire les pamphlets, répondit Morban, sans fausse honte. Il m'a donné de quoi dire pour des mois !

— Mais Luxembourg a été acquitté. À quoi bon t'acharner ? Tu pourrais écrire sur les autres suspects.

— Que nenni ! Mon informateur m'a grassement payé pour que je continue à écrire sur le maréchal. Puis, tout le monde sait que c'est un sorcier, même si La Reynie n'a rien pu prouver. Ce pacte diabolique avec l'Esprit…

En entendant cela, Xavier tressaillit. Se pourrait-il que ?

— Cet homme qui te donne des informations, décris-le-moi !

— Pourquoi ?

— Comment, pourquoi ? reprit Xavier, menaçant.

Le gazetier sursauta et s'empressa de répondre.

— Il est grand et porte une moustache. Et une perruque. Il n'a pas l'air d'un noble mais… il a des manières. Vous voyez ?

— Portait-il l'épée ? A-t-il des traits particuliers ? s'impatienta Xavier. T'a-t-il donné un nom ?

— Euh… Il porte l'épée, mais une petite. Un fleuret, je crois. Pour le reste, il n'a pas dit son nom.

— À quand remonte ta dernière rencontre avec lui ?

Morban, pour la première fois, parut indécis. Il considéra Xavier avec circonspection et finalement avoua :

— Il y a trois semaines.

Xavier tâcha de ne pas laisser paraître le trouble qui grandissait en lui. Il tendit une bourse bien ronde au gazetier en lui intimant de ne pas rapporter à quiconque leur rencontre. Morban, l'air soulagé, l'assura de sa discrétion. Quelques instants plus tard, Xavier quitta l'hôtellerie en direction de la Seine. Ses pensées étaient pêle-mêle, il marchait d'un pas lent, sans s'apercevoir que, derrière lui, un homme vêtu de noir, au visage marqué par une brûlure, l'avait pris en filature.

« La relaxe du duc de Luxembourg est un échec pour Louvois, qui espérait que le duc serait déclaré coupable. Or, la population n'est pas favorable au duc, car ce dernier suscite la crainte et même, à certains égards, l'animosité, songea Xavier. Est-ce que le secrétaire d'État à la Guerre cherche à ce que le roi disgracie son maréchal ? »

La perspective que Louvois aurait pu aller jusqu'à fournir des informations au pamphlétaire le choquait et le troublait. Il y avait sûrement quelqu'un d'autre derrière tout cela. Mais si ce n'était pas Louvois, c'était quelqu'un sous ses ordres, ce qui revenait au même. À l'Hôtellerie des Ormes ce soir-là,

Xavier sortit le carnet dans lequel il consignait le résultat de son travail. Il hésita à noter en autant de mots ses hypothèses concernant Morban... et reconnut que son allégeance lui pesait lourdement. Xavier de Razès regrettait, bien en vain, d'avoir accepté la charge que lui avait assignée Louvois. En somme, il en était de la politique comme des ministres : les années passaient, les noms changeaient, mais en fin de compte l'histoire se répétait. Aujourd'hui, s'il s'était trouvé devant Margot, il aurait vaillamment admis son erreur.

⤳

Ce soir-là, l'orage inondait les quais et les éclairs zébraient le ciel. Le repas avait été copieux. L'hôtelier venait de leur servir une tarte aux myrtilles, à laquelle le lieutenant Desgrez n'avait pas encore touché, lorsqu'il reçut un billet qui paraissait important.

— Hum... fit Desgrez en glissant la missive dans sa veste. Monsieur de Razès, j'ai bien peur de devoir vous quitter.

— Des nouvelles de la Bastille ? s'enquit Xavier en scrutant l'expression du policier.

Leur mine sérieuse ne quittant jamais les policiers, elle donnait à penser que c'était un trait de caractère indispensable pour travailler à cette enquête.

— Si, répondit l'assistant du lieutenant de police La Reynie, avant de partir.

Quoique la contribution du comte de Razès fût tolérée, les argousins ne demeuraient pas moins pointilleux sur la confidentialité. Après son départ, Xavier s'étira et se prépara à rédiger un mot pour Marguerite. Il ne lui avait pas écrit depuis la lettre que Médéric lui avait remise.

— Monsieur de Razès. Je suis désolé de vous importuner à une heure si tardive, s'excusa un nouveau venu en lui tendant un billet.

59

Le comte de Montcerf prit le papier et fit un petit signe de tête à son porteur. En soi, la visite d'un messager n'avait rien de singulier. Au cours de la dernière semaine, il en avait reçu à quelques reprises. Or, cette fois, il tressaillit en reconnaissant la signature au bas de l'invitation. François de Montmorency, duc de Luxembourg. Aussitôt, il leva les yeux. L'homme qui avait apporté le message disparaissait par la porte d'entrée. Xavier renonça à le suivre et lut le mot :

Cher Monsieur de Razès,

J'ai appris que vous étiez à Paris pour des affaires de votre famille. Or, j'ai pensé que nous pourrions en profiter pour deviser, entre autres, de la charge d'aide de camp de votre fils. Vous êtes le bienvenu en mon hôtel au moment où il vous plaira.

François de Montmorency, duc de Luxembourg

Il avait lu les quatre lignes qui composaient le message en quelques secondes. Toutefois, son esprit n'arrivait pas à déchiffrer les intentions de son noble auteur. Pour quelle raison le duc du Luxembourg souhaitait-il réellement le rencontrer ? La rumeur voulait que, depuis sa sortie de la Bastille, le maréchal n'eût pas été revu à la cour. Évidemment, Xavier était fort bien placé pour le savoir, mais, en somme, chaque habitant de Paris connaissait les aboutissants du procès. La rumeur voulait également que le duc fût à un cheveu d'être exilé dans ses terres par le roi. Bien que la Chambre ardente eût rendu un verdict d'innocence, la fréquentation ouverte d'un homme en semi-disgrâce pouvait avoir de fâcheuses conséquences… Selon le camp dans lequel on était, tout était là. Xavier poussa un soupir qui se transforma presque en rugissement. Est-ce que Luxembourg savait qu'il avait fait alliance avec Louvois ? C'était peu probable. Pourtant, le duc, dans son billet, faisait allusion aux « affaires de famille » qui l'amenaient à la ville. Or, bien qu'il eût rencontré Pierre de Roquesante, son beau-frère, à deux reprises, c'était toujours dans le cadre de son enquête, et personne ne pouvait connaître ce détail. Non, Xavier devait se rendre à l'évidence, même s'il lui déplaisait de l'admettre, le duc de Luxembourg devait se douter que Xavier était en intelligence avec le secrétaire d'État Louvois.

« Fouchtra ! J'aurais mieux fait d'attendre la fin de ce damné procès ! Je ne peux pas me présenter tout bonnement à son hôtel. À moins de jouer les naïfs… Car, s'il est vrai que Louvois m'a promis de prendre en charge Nicolas, c'était en premier lieu pour pallier la défaveur du duc. »

Réflexion faite, Xavier décida d'accepter l'invitation du maréchal. Il irait le voir dès que le moment serait opportun. Que pouvait-il y perdre ? Après tout, son âme n'appartenait pas à Louvois. Ils avaient une entente bien concrète, qui s'achèverait avec la fin de l'enquête. À la fin de l'été, Nicolas pourrait enfin se joindre à l'armée comme aide de camp. Il y avait au moins deux autres maréchaux qui avaient exprimé le désir de le prendre à leur service. Quant à lui, il serait à Mont-cerf pour le mois d'août.

5

L'honneur des Razès

Nicolas était soulagé que Médéric Vennheimer n'eût pas tenté de le dissuader de faire la course. Il n'aurait su dire si le Hollandais approuvait ou non la situation ; celui-ci n'avait dit mot et attendait calmement à ses côtés que l'insolent se présentât au rendez-vous. Pourtant, il devinait que, si quelque chose de fâcheux lui arrivait, son compagnon aurait à fournir des explications au comte et à la comtesse de Montcerf. Pour la sixième fois, le jeune homme tourna la tête en direction de l'écurie. La brume matinale, en se dissipant, formait de longs rubans au ras du sol. Il entendit le hennissement du cheval avant de le voir. Nicolas ordonna à sa monture d'avancer et quelques instants plus tard les deux gentilshommes se faisaient face ; leurs visages également blêmes révélaient qu'ils n'avaient pas fermé l'œil de la nuit.

— Monsieur de Razès, dit le chevalier posément, êtes-vous toujours désireux de faire cette course ?

— Assurément !

Il tira sur les rênes de Mercure pour faire face au chemin. La silhouette de l'alezan anglais apparut à sa droite.

— À une demi-lieue d'ici se trouve l'embranchement qui mène à Nevers, annonça Vincent. Je suggère que nous chevauchions jusqu'à ce point.

— Cela me semble bien, consentit Nicolas, qui fixait ses prunelles noires sur l'horizon afin de ne pas laisser paraître sa nervosité.

Médéric se plaça sur le bas-côté du chemin. Sans que personne n'eût dit un mot à ce sujet, il semblait entendu que le vieux gentilhomme donnerait le signal de départ.

— Je vous attendrai à la fourche, l'avertit Nicolas.

Le visage ridé de Médéric, empreint de sévérité, donnait à la situation un sérieux digne de cet étrange duel d'honneur. L'homme regarda les compétiteurs tour à tour avant de balancer son feutre dans les airs.

Les adversaires poussèrent un « hue ! » qui se perdit dans le tapage des sabots surexcités. Les bêtes galopèrent rapidement à une vitesse folle, poussées par la détermination de leurs maîtres. La route étroite aurait eu raison de cavaliers moins habiles, et Nicolas comprit aussitôt que la joute serait ardue. La distance qui les séparait d'une chute dans le fossé était si ténue que la moindre maladresse pouvait coûter la vie à leurs montures, voire à eux-mêmes. Le jeune homme misait sur l'endurance de Mercure et sur son tempérament de vainqueur. En effet, le cheval, élevé dans un petit haras dont il était l'étalon dominant, ne se laissait pas facilement intimider par les mâles de son espèce. Résolument, il commença à prendre le dessus sur l'alezan anglais. Nicolas pouvait entendre son rival clamer des ordres à son cheval, mais il était sorti de son champ de vision.

« La croisée ne doit plus être bien loin », pensa Nicolas en sentant l'appréhension le gagner.

Ils approchaient d'un tournant duquel un attelage surgit soudain de la brume. C'était une diligence et elle fonçait à vive allure. Les muscles de Nicolas se tendirent et, sans une hésitation, il relâcha les rênes, se fiant à l'instinct de son cheval. L'étalon gris dévia sa course afin de sauter par-dessus le fossé. Ses sabots venaient à peine de quitter le sol lorsque les cris de panique du cocher parvinrent aux oreilles de Nicolas. L'air balaya la crinière de Mercure, souffleta le visage de Nicolas. L'impact de la réception du saut se répercuta dans ses reins. Mercure s'arrêta et le jeune homme releva la tête ; derrière l'attelage qui poursuivait son chemin, il aperçut la silhouette de l'alezan qui avait ralenti. Nicolas devina plus qu'il ne vit le cavalier qui agita la main dans sa direction avant de disparaître dans le tournant.

La course, la diligence, le saut, il s'en était fallu de peu… Nicolas leva les yeux au ciel comme pour remercier la providence qui l'avait épargné malgré son étourderie. Il ne lui restait plus qu'à attendre Médéric.

« Au moins, songea-t-il avec fierté, il n'y avait aucun doute sur l'issue de la course, j'avais une bonne avance lorsque cette diligence est apparue. »

Il le clarifierait volontiers avec le gentilhomme, si l'occasion se présentait un jour.

⁂

Le va-et-vient des voitures, des passants et des chevaux étourdissait Nicolas. Son compagnon et lui étaient parvenus à passer sous l'impressionnant arc de triomphe qui dominait la rue Saint-Denis et se retrouvaient plongés dans la cohue citadine. Le terme « capitale » prenait tout son sens à l'intersection des rues Saint-Sauveur et Saint-Denis. Un chariot chargé d'étoffes s'était renversé, et les badauds, indifférents aux vociférations du commerçant, piétinaient la mosaïque de draps colorés. Plus loin, des gamins, échevelés et vêtus de fripes trouées, tourmentaient un chien miteux dont les aboiements se mêlaient à la clameur du marché aux poissons. Contrairement à Nicolas, qui affichait un air d'étonnement qui frisait la fascination, Médéric ne cachait pas sa désapprobation devant le chaos qui obstruait leur chemin.

— Holà, un peu de nerfs ! cria-t-il à l'endroit d'un curieux qui s'éternisait devant eux avec une brouette chargée de foin.

— Il doit y avoir un moyen plus rapide d'atteindre la Seine, commenta Nicolas en arrêtant sa monture pour céder le passage à un fiacre.

— À partir d'ici, dit son compagnon, le plus sûr est encore la rue Saint-Denis ; nous déboucherons directement sur les quais.

Nicolas souleva son chapeau au passage d'un groupe de jeunes femmes qui bavardaient, un panier à la main. L'une d'elles, exhibant une chevelure généreuse et dorée, lui rendit la politesse avec un sourire enjôleur, ce qui lui attira des boutades de ses compagnes.

Il la suivit des yeux jusqu'à ce que la foule la dérobât à son admiration.

— Bon, bon, gagnons d'abord notre auberge, suggéra Médéric en accélérant la cadence.

La nature fougueuse de Nicolas n'étonnait pas le Hollandais. Encouragé par l'effet que son regard sombre et son corps svelte produisaient sur la gent féminine, ce fils aîné de seigneur s'adonnait sans crainte au jeu de la séduction. Médéric le soupçonnait d'ailleurs d'avoir laissé bien des cœurs brisés dans le comté de Montcerf.

Près d'une demi-heure plus tard, la rue s'élargissait et ils distinguaient, à l'horizon, les contours de l'île Notre-Dame. Les cimes de pierre de la cathédrale produisirent un effet marquant sur le jeune Auvergnat ; il était décidément loin de sa campagne. Bientôt, le son de ces cloches mythiques baptiserait chacune de ses matinées.

— Comment s'appelle l'hôtellerie, déjà ? s'enquit-il.

— L'Hôtellerie des Ormes, répondit l'homme en s'engageant sur les quais qui bordaient l'île Notre-Dame. C'est à quelques pas d'ici…

Nicolas songea à leur périple, qu'il aurait tôt fait de relater à son père. Selon les indications que Médéric suivait, l'auberge ne devait plus être bien loin maintenant. Un gargouillis dans son ventre lui fit espérer qu'ils ne s'étaient pas trompés de chemin. Le jour déclinait lorsqu'ils aperçurent la façade de l'établissement. Ils passèrent une porte cochère pour arriver dans une cour intérieure où un garçon d'écurie prit leurs montures et, avisant leurs vêtements poussiéreux, déclara :

— Vous n'auriez pas pu trouver meilleure enseigne après votre long voyage, messieurs. Allez vous restaurer, je m'occupe de vos chevaux.

L'établissement était cossu et mieux tenu que les relais qu'ils avaient fréquentés, avec un souci évident de confort. Le propriétaire, maître Goulet, leur fit un accueil empressé et servile qui ne trompa pas Nicolas ; il sentit aussitôt une habileté peu commune à la flatterie.

— Hortense, qu'as-tu donc dans la tête ? Ces messieurs méritent mieux que ce petit vin, va leur chercher un bon clairet dans ma cave ! Ah ! Je suis navré, messieurs, ma servante n'a pas l'habitude du beau monde.

Nicolas sourit timidement, gêné par la remarque. M. Goulet compensait par des manières empressées une apparence peu avenante. Ses yeux, démesurés dans son petit visage, surprenaient par leur intensité.

— Vous devez être las ! L'Auvergne, me disiez-vous ? Je vais vous faire préparer mes meilleures chambres, résolut l'aubergiste. Elles partagent une antichambre pour vos laquais, et cela vous facilitera les choses si vous recevez…

— Des chambres simples feront l'affaire, monsieur Goulet, l'interrompit Nicolas. Nous ne séjournerons pas longtemps et nous n'avons aucun serviteur avec nous.

— Ah, je vois, répondit maître Goulet, sans cacher sa déception de ne pas avoir affaire à d'aussi grands personnages qu'il l'avait d'abord cru.

La servante arriva alors avec le vin et les gobelets. Médéric lui fit un hochement de tête et se servit lui-même.

— On nous a recommandé la cuisine de votre hôtellerie, affirma Nicolas. Qu'est-ce que nous aurons pour le souper ?

— Le souper ne sera pas servi avant une bonne heure, j'en ai peur, mais je peux vous apporter de quoi calmer votre appétit, si monsieur le désire, répondit M. Goulet en s'adressant directement à Nicolas, dont les vêtements neufs laissaient croire qu'il était mieux nanti que son vieux compagnon.

— À la bonne heure ! s'exclama Nicolas. Qu'en dites-vous, Vennheimer ?

— Je veux bien manger un morceau avec vous, mais j'aimerais me dépoussiérer d'abord. Aubergiste, où se trouvent nos chambres ?

Lorsque le propriétaire revint avec une assiette de charcuteries, Nicolas en profita pour l'interpeller :

— Monsieur Goulet, si vous pouvez m'indiquer la chambre de M. de Razès, ce serait bien aimable. Il attend ma visite.

Le bourgeois fronça ses sourcils touffus et hésita un moment, considérant Nicolas avec circonspection.

— M. de Razès… Que lui voulez-vous ?

Le jeune homme leva les sourcils, étonné par la méfiance du tenancier.

— M. de Razès est mon père, répondit Nicolas, dont la ressemblance frappante avec ce dernier était indéniable.

— Pardon, cher monsieur, mais j'ignorais qu'il attendait quelqu'un, confia M. Goulet. Je ne crois pas qu'il soit dans sa chambre en ce moment, mais vous pouvez laisser un message, je le lui transmettrai.

— Inutile, puisque je serai ici toute la soirée, rétorqua Nicolas. Vous l'avertirez de mon arrivée lorsque vous le verrez.

— Bien, à votre convenance.

Nicolas attaqua l'assiette goulûment. Les saucissons, les pâtés, la confiture de coings : son appétit fit grand honneur à la collation. Quelques bourgeois, familiers de l'endroit, s'attablèrent à leur tour. Nicolas commençait à se demander si Médéric ne s'était pas assoupi lorsqu'il apparut enfin.

— Monsieur votre père… commença ce dernier.

— J'ai demandé à l'aubergiste, il est sorti. Il m'a assuré qu'il l'aviserait de ma présence dès qu'il rentrerait.

Médéric plissa ses yeux bleus et regarda M. Goulet, qui décrivait les plats du souper aux clients qui venaient d'arriver.

— Il vous a dit que le comte de Montcerf était sorti ? reprit le Hollandais, d'un air suspicieux.

— Si, acquiesça le jeune homme. Pourquoi, vous en doutez ?

La mine confiante et légèrement candide du jeune homme alarma le vieil aventurier qui prit sur-le-champ la résolution de demeurer auprès du fils de Xavier aussi longtemps que le lui dicterait sa conscience.

— La servante m'a raconté qu'un comte séjournait ici, mais que, deux semaines plus tôt, il s'en est allé en laissant chausses et chemises, sans régler son dû, rapporta-t-il à voix basse. Selon elle, maître Goulet, insouciant, avait d'abord cru qu'il avait ripaillé ailleurs. Mais quelques jours plus tard, sa chambre a été saccagée par des intrus.

Nicolas se dressa si vivement que les clients remarquèrent son mouvement. Médéric secoua sa crinière grise d'un air désapprobateur et l'avertit, avec un sourire forcé :

— Asseyez-vous, Nicolas, attendons que l'hôtelier soit seul !

Malgré le sang qui battait à ses tempes, le jeune homme se rassit. Ses pupilles noires ne quittaient pas le tenancier.

« Que cache cet avaricieux ? Où est mon père ? »

Devant lui et tout à fait calme, Médéric Vennheimer sirotait son gobelet de vin. Son impassibilité agissait sur le jeune Auvergnat, qui finit par se détendre. Nicolas n'envisageait pas le fait que quelque destin funeste eût croisé Xavier de Razès, et si tel était tout de même le cas, il ne faisait aucun doute que le « destin funeste » se serait trouvé en bien pire posture. Cependant, il s'offusquait à l'idée d'avoir été tourné en bourrique par un bourgeois de Paris. Ce n'était pas digne d'un Razès… Habité par ces pensées, le jeune homme trouva que le souper s'éternisait, et l'endroit s'était si bien rempli qu'il lui sembla que tous les gourmets du quartier s'y étaient donné rendez-vous.

— Faisons une partie de piquet ! proposa Médéric. Ça nous aidera à patienter.

Nicolas acquiesça avec un grognement. Les tables se vidèrent les unes après les autres. Lorsque la servante vint leur offrir un autre pot de vin, le jeune homme releva les yeux de son jeu pour découvrir qu'ils étaient seuls dans la salle.

— Apporte-nous une bonne cuvée, demanda Médéric. Aubergiste ! Ce repas était un délice, ça vaut bien un pot en bonne compagnie.

Alors que le visage de M. Goulet s'éclairait comme une lanterne, sa silhouette voûtée personnifia la modestie affectée des gens friands de flatterie.

— Messires, je ne veux pas prétendre à quelques largesses de votre part, susurra-t-il tout en se tirant une chaise. Vous devez avoir l'habitude de tables beaucoup mieux pourvues que celle de mon humble hôtellerie.

Nicolas vit que Médéric, tout en remplissant trois verres, surveillait la servante qui disparaissait dans la cuisine.

— Allons donc, vous êtes un hôte remarquable, mon bon monsieur Goulet, complimenta le Hollandais. Nous en discutions justement, n'est-ce pas, monsieur de Razès ? Nous recommanderons votre enseigne au duc de Noailles, lorsque nous le verrons.

— Vraiment ? Au duc…

— M. de Razès arrive à Paris pour prendre service auprès du duc lui-même, mentit Médéric, impassible. C'est son père, le comte de Razès, qui lui a procuré sa charge d'aide de camp pour l'armée du roi. Tout un honneur ! Même pour un homme d'aussi illustre naissance.

En d'autres circonstances, Nicolas eût ri de la pâleur spectrale de l'aubergiste. Cependant, il perdit son sang-froid dès qu'il vit que les propos de Médéric avaient fait mouche.

— Vous m'avez menti, accusa le jeune homme, véhément. Mon père n'est pas sorti, comme vous le prétendez !

Le fautif se dressa et regarda autour de lui comme une proie traquée. Il blêmit encore davantage.

— Je n'ai rien à voir dans cette histoire ! se défendit-il, les yeux démesurément sortis de leurs orbites. Dieu seul sait ce qu'il est advenu de lui.

Médéric eut un rictus mauvais, qui exposa une cavité sombre à la place d'une dent qu'il avait perdue dans une lointaine bagarre.

— Je te conseille de nous raconter ce qui s'est passé, sinon tu peux compter sur moi pour avertir la police qu'un noble a disparu sous ton toit.

— Vous aurez beau dire ce que vous voulez, il est sorti un soir et n'est jamais revenu ! Il aura rencontré un coupe-jarret, qu'en sais-je ? Morgué ! jura le bourgeois. Ce n'est pas comme s'il avait été attaqué dans sa chambre…

— Justement ! intervint Nicolas. Votre servante nous a raconté que sa chambre avait été forcée !

Vennheimer se promit de réprimander son compagnon pour ses emportements irréfléchis.

— Alors ? renchérit Médéric, qui profitait de la stupeur de l'aubergiste pour tenter de lui tirer les vers du nez.

— J'ai trouvé des malfrats en train de fouiller les affaires du comte, avoua-t-il, penaud. Ils étaient trois, armés et l'air pas commode. Pour un peu, j'y laissais ma vie…

— Ont-ils volé quelque chose ? Que cherchaient-ils ?

— Je… je n'en suis pas certain. À ma souvenance, ils n'ont pas pris son argent, j'ignore ce qu'ils cherchaient… Votre père avait de drôles de fréquentations, lança-t-il comme pour faire diversion. Plus d'une fois, il a soupé avec des argousins.

— Des argousins ? répéta Nicolas.

— Les policiers du guet, le renseigna Médéric. Tu leur as dit que la chambre avait été fouillée, je présume ?

— Je… non, avoua l'homme. Personne ne veut de problème avec le guet ! En plus, ces canailles m'ont menacé de revenir s'occuper de moi si je racontais ce que j'avais vu…

— De quoi avaient-ils l'air ? interrogea Médéric.

— Vulgaires, spécifia l'aubergiste. L'un d'eux en outre… avait une brûlure de l'oreille droite à la nuque.

— Une brûlure récente ?

— Non, la peau était flétrie, c'était une cicatrice, précisa l'aubergiste, soulagé de pouvoir ainsi démontrer sa bonne foi. Il a tenté de la dissimuler lorsque j'ai ouvert la porte.

— N'y a-t-il rien d'autre dont tu te souviennes ? Conduis-nous aux affaires du comte de Montcerf, et prions pour toi que rien ne manque.

6

Visages familiers

L'hôtel ressemblait à tous ceux qui bordaient la rue des Oiseaux. Pour le quartier du Marais, c'était une demeure plutôt modeste ; la façade dénudée n'avait pas de porte cochère. Nicolas cogna à l'huis, deux fois plutôt qu'une, avant d'entendre des voix résonner à l'intérieur. Le panneau de bois s'ouvrit brusquement, révélant un visage bourru qui le fixait avec sévérité.

— Euh… bonjour, hésita le jeune homme, intimidé.

Les traits singulièrement austères se détendirent légèrement, et Nicolas vit qu'il s'agissait d'une femme, assez avancée en âge, dont la tenue irréprochable indiquait avec quelle fierté elle remplissait son rôle de domestique.

— Qui êtes-vous ? demanda-t-elle avec autorité, tout en scrutant les abords de la maison avec méfiance.

Nicolas tourna la tête de droite à gauche, et, ne voyant rien d'autre que Médéric et les chevaux, il répondit :

— Mon nom est Nicolas de Razès, je viens de la part de ma mère…

— Thérèse ? fit une voix à l'intérieur. Qui est le visiteur ?

— Ce n'est pas lui, grommela la dénommée Thérèse d'un air mauvais.

Nicolas adressa un sourire ambivalent à Thérèse, intrigué par ce « lui » qui méritait les mauvaises grâces de cette femme peu commode.

— Entrez, l'invita Thérèse, quelque peu apprivoisée par son sourire policé.

Nicolas pénétra dans le vestibule en la remerciant. Sa mère l'avait chargé d'un paquet pour la fille de son ancienne amie, une femme qu'il n'avait lui-même jamais rencontrée ; sa visite était essentiellement une formalité.

— Je suis navrée de cet accueil peu avenant, s'excusa une jeune femme en venant au-devant de lui. Ce n'est pas dans nos habitudes de manquer de civilité, insista-t-elle en lançant ce dernier trait à la vieille femme, qui haussa les épaules.

— Je n'ai pas annoncé ma visite, je suis seul à blâmer.

Il profita d'un bref échange à voix basse entre Thérèse et la demoiselle pour examiner cette dernière discrètement.

Sa robe, taillée dans une belle étoffe mais usée par endroits, s'harmonisait parfaitement avec son teint pâle et ses grands yeux bruns. Elle avait mis un soin évident à se coiffer. Sa chevelure, sombre et opulente, retenue par un ruban large, ornait son front de petites bouclettes. C'était sa seule coquetterie ; elle n'avait pas d'autre parure. La jeune femme dirigea son attention vers lui et lança, sur un ton de connivence :

— Thérèse joue les cerbères pour que les jeunes hommes du quartier ne franchissent pas notre seuil. Heureusement pour vous, elle a vu tout de suite que vous n'étiez pas de la ville. Prenez un siège, je vous en prie.

Nicolas l'avait suivie dans un salon confortable attenant au vestibule. La décoration, de bon goût, faisait oublier l'usure évidente de l'ameublement.

— Je me présente, Nicolas de Razès. Je viens de la part de ma mère, la comtesse de Montcerf. Elle m'a chargé d'un paquet pour... il hésita, puis regarda sur le billet qui accompagnait le colis et annonça : Mlle Isabelle de Coulonges. C'est bien vous ?

Le visage de la jeune femme s'illumina et elle s'exclama :

— Nicolas de Razès ? Je croyais que vous ne deviez pas venir avant l'automne ! Vous me voyez ravie de vous rencontrer enfin. Dans ses lettres, votre mère m'a dit tant de choses à votre sujet, si bien que, parfois, j'ai l'impression de déjà vous connaître en personne !

Le jeune homme ne put retenir un sourire embarrassé ; l'idée d'être un sujet de conversation entre sa mère et cette jeune inconnue le prenait au dépourvu, et il se demanda ce qu'elle savait de lui.

— Quelle femme exceptionnelle, votre mère ! s'enthousiasma Isabelle. Vous avez sans doute beaucoup d'admiration pour elle. Je ne l'ai rencontrée qu'à une seule occasion, vous savez, mais jamais elle ne m'oublie.

Nicolas constata alors qu'il tenait toujours le colis. Il le tendit à Isabelle.

— Vous ressemblez beaucoup à votre père, c'est à s'y méprendre, continua-t-elle, songeuse, en dénouant le ruban qui enserrait la boîte. Et votre sœur, Élisabeth, ressemble-t-elle aussi à votre père ? Oh ! Désirez-vous boire quelque chose ? Me voilà de si belle humeur que j'en oublie tous mes devoirs.

La jeune femme lui fit apporter un verre de vin et se servit de l'eau. Nicolas suivait avec intérêt le soin qu'elle prenait à ouvrir le paquet et à examiner son contenu, tout en pensant à Médéric qui l'attendait dehors avec les chevaux. Ils devaient par la suite se rendre chez sa tante, qui demeurait à bonne distance.

— Quelle jolie pensée ! murmura Isabelle en sortant un livre de la boîte.

L'ouvrage n'était pas très volumineux. La liseuse, faite de beau cuir rigide, protégeait les feuilles délicates qui, ainsi, conservaient leur finesse pour des mains et des esprits adroits.

— C'est un recueil de poésie ancienne… Elle m'en avait recommandé la lecture, expliqua Isabelle, visiblement émue de l'attention.

— Je suis bien aise d'avoir pu vous être agréable, dit le jeune homme, qui préparait sa réplique depuis quelques instants. Je ne veux cependant pas abuser de votre temps…

— Vous me quittez déjà ? se désola Isabelle de Coulonges. Nous venons tout juste de faire connaissance, vous m'avez à peine parlé de vous.

— C'est que je dois me rendre chez ma tante, s'excusa Nicolas, qui ne s'attendait pas à une protestation aussi spontanée. Je serais ravi de revenir…

Un sourire radieux illumina le visage de la fille de Geneviève. Lorsqu'elle lui proposa de revenir souper le lendemain, Nicolas ne manqua pas de constater que les joues de la jeune femme se coloraient discrètement.

છ

— Souhaitez-vous que je vous accompagne ? demanda Médéric.

Il y avait plusieurs années que Nicolas n'avait pas vu sa tante Claudine. La dernière fois, elle avait passé l'été à Montcerf ; comme toutes les aristocrates parisiennes, elle aimait la province dans la saison estivale. Maintenant que ses enfants étaient plus âgés, ses visites se faisaient plus rares.

— Je ne pense pas que ma tante serait gênée par votre présence, cela dit, ne préférez-vous pas profiter de l'aprèsmidi pour vaquer à vos affaires ? suggéra Nicolas, qui sentait que le Hollandais se faisait un devoir de le chaperonner depuis qu'ils avaient appris la disparition de son père. Ou encore pour vous rendre aux adresses laissées par mon père ?

Maître Goulet avait fini par parler et leur avait remis de bonne grâce les effets de Xavier. Il n'y avait aucune arme ni articles de toilette, ce qui laissait à penser qu'il avait prévu de s'absenter pour quelques jours. Perspicace, Médéric avait guidé la fouille, laquelle leur avait permis de mettre la main sur un carnet. Les notes étaient multiples et disparates : il y avait des noms, accompagnés de commentaires, mais aussi des adresses et quelques réflexions. De toute évidence, les obligations qui avaient amené le comte de Montcerf à Paris étaient complexes ; parmi les noms, certains étaient évidemment de noble souche, alors que d'autres semblaient plutôt appartenir à la bourgeoisie, voire à la roture. Nicolas, qui ne savait pas grand-chose des relations qu'entretenait son père, s'étonnait de la diversité des inscriptions. Le lendemain de leur arrivée, il avait trouvé Médéric feuilletant le carnet page à page. La lecture de ces notes se révélait un exercice long et ardu.

Jusqu'à présent, il n'avait trouvé aucune mention du secrétaire d'État Louvois ni du contrôleur général Colbert, les deux hommes qu'il considérait comme susceptibles d'avoir un lien avec les affaires de son père. Malgré la découverte du carnet, Nicolas était loin de s'alarmer, et si cela n'avait tenu qu'à lui, il aurait préféré attendre le retour de Xavier, qui ne saurait tarder. Or, Médéric ne partageait pas cet avis et, déjà, il avait relevé quelques noms et lieux qui constitueraient le point de départ de leurs investigations.

— Soit ! Je vais m'y rendre. De votre côté, interrogez votre tante, elle sait peut-être quelque chose au sujet des occupations du comte.

— Je vais lui demander si elle l'a reçu, ce qui est probable, répondit le jeune homme qui commençait à se rendre compte du sérieux avec lequel Médéric envisageait la situation. De votre côté, faites montre de prudence ! Il est somme toute possible que mon père…

— J'y veillerai, l'assura Médéric en s'éloignant.

Nicolas prit donc seul la direction du Pont-Neuf. Le quartier du Marais n'était pas encore très loin derrière lui lorsqu'un sentiment de liberté, anticipé depuis des mois, l'envahit enfin. Simple quidam dans cette ville immense et anonyme, il se sentait pousser des ailes. Du haut de son cheval, il pouvait à loisir observer la foule, puisant dans son imagination des rôles à l'intention de chacun. Près d'une heure après avoir quitté la rue des Oiseaux, il s'engageait dans la rue du Bac, où résidait sa tante. L'après-midi était avancé et il n'ignorait pas qu'une visite à l'improviste, dans certaines sociétés, passait pour impertinente. Heureusement, Claudine de Roquesante n'était pas de ces gens-là. Tout en souhaitant que son souvenir ne le trahissait pas, il franchit la porte cochère. Le soleil déclinait dans un orangé qui réchauffait la cour. Au milieu, deux enfants caracolaient sur des manches de bois surmontés d'une tête de cheval. Le garçon, âgé d'environ douze ans, tenait dans sa main une baguette de bois avec laquelle il fouettait le flanc de sa monture imaginaire. Lorsqu'il aperçut Nicolas, il s'arrêta net et s'écria:

— Su… zanne ! Su… zanne !

Une dame apparut sur le seuil de la demeure. Peu émue par les cris du jeune garçon, elle s'essuyait les mains sur son tablier en cherchant ce qui pouvait avoir déclenché cette alarme. Nicolas retira son feutre et s'approcha d'elle. Avant qu'il l'eût rejointe, l'autre enfant, une fillette aux boucles blondes, s'élança dans sa direction.

— Qui êtes-vous ? demanda-t-elle en levant vers Nicolas un minois angélique.

— Henriette ! l'interpella fermement la servante. Puis-je vous aider, monsieur ?

Le jeune homme sourit aux enfants et se dirigea vers la femme.

— Je me suis permis de passer par-derrière… Je suis le neveu de Mme de Roquesante, Nicolas de Razès.

La fillette poussa un « oh » d'émerveillement tandis que le garçon abandonna prestement son jouet sur le sol.

— Cousin, fit le garçon, quel plaisir de vous voir !

— Je vais demander qu'on prenne soin de votre monture, dit la servante. Henriette, Olivier, nous allons bientôt souper. Allez vous changer !

Tout en tenant précieusement son cheval de bois, Henriette rentra, jetant des coups d'œil intrigués à ce grand monsieur qui se disait son cousin. Olivier, quant à lui, salua avec distinction son parent avant de se mettre à courir, devançant sa sœur à l'intérieur. Nicolas était ébahi, encore une fois, par la différence marquée entre sa mère et sa tante en ce qui avait trait à la discipline et à la bienséance. Lorsqu'il était enfant, Nicolas était convaincu que toutes les dames étaient comme sa mère. Jusqu'à ce qu'il rencontrât Claudine.

— Nicolas ! Quelle surprise ! s'exclama Claudine de Roquesante, ouvrant les bras pour accueillir son neveu.

Le jeune homme se laissa étreindre par cette femme tout en rondeurs et en blondeur qui lui rappelait davantage sa propre sœur que sa mère. Il la dépassait maintenant de plus d'une tête. Lorsqu'elle se dégagea, il vit qu'elle avait les cils mouillés de larmes.

— Margot a finalement consenti à vous laisser partir, lança-t-elle en s'essuyant furtivement le coin des yeux.

Le jeune homme faillit s'étouffer. D'un air de connivence, Claudine lui sourit.

— Allons, vous pouvez vous confier à moi, Nicolas… Ah ! Mon neveu, mais c'est que vous avez bien grandi. Et moi qui vous embrasse comme si vous étiez encore un damoiseau…

— C'est bon de vous revoir, ma tante, répondit Nicolas avec tendresse. En parlant de damoiseau, Olivier…

— Oh, celui-là, il est tout excité de vous voir, l'interrompit Claudine avec entrain. Mais dites-moi ? Vous souperez avec nous ? J'ignore si M. de Roquesante sera des nôtres… mais les enfants vous en voudront si vous ne restez pas.

— J'accepte avec joie l'invitation, chère tante. Je viens d'arriver à Paris et la route a été dure pour ma panse. Pour un peu, on croirait que j'ai volé mes habits à un homme bien portant.

Le rire de Claudine résonna dans le vaste salon où il l'avait suivie. Elle versa deux verres de vin et l'invita à s'asseoir sur une banquette. Sur le dessus des meubles s'étalaient bibelots de faïence, poupées, assiettes peintes, carafes, chandeliers en argent de diverses formes. L'ensemble formait une équation disparate, somme des coups de cœur de la maîtresse de maison.

— Mon oncle est au Parlement, aujourd'hui ?

— Si fait. Vous le verrez sans doute ce soir. Avez-vous pris votre service auprès du maréchal ?

— Je ne l'ai pas encore rencontré, répondit Nicolas. Dès que mon père sera de retour, j'irai me présenter à lui. En attendant, je loge à l'Hôtellerie des Ormes.

— Votre père aurait-il quitté Paris ? s'étonna Claudine. Je croyais qu'il séjournait justement dans cette hôtellerie, sur le quai.

Nicolas, qui voulait retarder l'annonce de la disparition de son père, se résolut à raconter les récents événements à sa tante. Bien qu'il insistât sur l'hypothèse du voyage, en laquelle il avait foi, Claudine de Roquesante parut inquiète.

— La dernière fois que j'ai vu le comte de Montcerf, c'était il y a trois semaines. Il semblait très pris par ses affaires, mais nous avons surtout discuté de la grossesse de Marguerite et de la prochaine venue de l'enfant. Au demeurant, j'ignore tout des fréquentations de votre père, je crains de ne pas être d'une grande aide, se désola Claudine. Mais M. de Roquesante pourrait peut-être nous éclairer. Ils ont eu un entretien. Je crois me souvenir… cela concernait la Chambre ardente.

— La Chambre ardente… répéta le jeune homme.

— Vous savez bien, le procès de la Voisin ?

Partout en France, en Auvergne comme ailleurs, le procès de la sorcière et empoisonneuse Catherine Deshayes, veuve Montvoisin, avait suscité horreur, crainte et consternation. Depuis son arrestation, en 1679, ses déclarations avaient fait trembler l'aristocratie ; de fait, elle recevait chez elle à peu près tout ce qu'il y avait de nobles bien vus à la cour ou qui espéraient le devenir. Elle avait fini ses jours en place de Grève, dévorée par les flammes.

— Oui-da, la dame Voisin. Elle a bien été condamnée et exécutée, non ?

— La Chambre n'est pas dissoute pour autant, affirma Claudine, l'air grave. Il y a des dizaines de gens mêlés à ce commerce de poisons. L'affaire est tellement sordide, je ne m'y fais toujours pas. Il y a même des prêtres, des abbés, et ce sont, paraît-il, les plus corrompus ! La comtesse du Roure, que je saluais chaque semaine aux Tuileries, aurait voulu empoisonner la duchesse de La Vallière… Elle s'arrêta net et secoua la tête. Voilà que je recommence ! Il y a des mois que j'en fais des cauchemars, murmura-t-elle en vidant son verre.

Nicolas posa sa main sur l'épaule de sa tante dans un geste de compassion, mais ses pensées étaient ailleurs.

« Quel lien y a-t-il entre mon père et ce procès d'empoisonnement ? » se demanda-t-il, perplexe. Puis, il prit conscience qu'il avait vu le nom de la comtesse du Roure dans le carnet de son père. Xavier l'avait-il rencontrée ?

— Ma tante, savez-vous qui est chargé de l'enquête ? Il se pourrait que mon père soit mêlé à cette affaire, affirma le jeune homme, optimiste malgré les circonstances.

La tante de Nicolas cligna des yeux. S'il avait le regard intense de son père, Nicolas avait indubitablement hérité de la détermination de sa mère. Elle secoua la tête. Honteuse, elle constatait tout à coup qu'elle n'avait pas demandé de nouvelles de sa sœur.

— Mon neveu, j'espère sincèrement qu'il n'a rien à voir avec ce procès, répondit Claudine avec douceur. Je n'aurais pas dû vous ennuyer avec cela. Dites-moi plutôt comment se porte votre mère ?

La quasi-certitude que Xavier avait baigné dans ce complot, mêlant sorcellerie et poison, ne quitta plus le jeune homme. Réticente à revenir sur le propos, Claudine animait la discussion avec enthousiasme et vivacité, sans jamais que la source infinie des sujets légers ne se tarît. Nicolas reconnaissait là l'art de la conversation dont sa mère lui avait inculqué les règles de base : éviter les sujets graves, faire rire, tourner de jolies phrases et soigner ses termes.

Lorsque l'horloge marqua sept heures, ils passèrent à table, où Olivier et Henriette les rejoignirent. La fillette, timide au début, se révéla vite aussi volubile que son frère.

— Vous portez l'épée, comme les mousquetaires du roi, donc vous allez entrer dans les mousquetaires, conclut Henriette. Il va vous falloir un mousquet, dans ce cas…

— Henriette, laissez votre cousin répondre, demanda Claudine en roulant des yeux.

Le laxisme dans lequel ils avaient été élevés était d'autant plus apparent à table, où, à cet âge, Nicolas devait demander la permission de prendre la parole.

— Servir dans les mousquetaires est certes honorable, mais je souhaite obtenir une charge d'officier, afin de partir avec les armées du roi à l'étranger, répondit Nicolas avec indulgence.

— Ahh ! fit-elle en écarquillant ses yeux bruns.

— Vous voulez faire la guerre aux Hollandais ? Comme le duc de Luxembourg ? relança Olivier, content de faire étalage de ses connaissances en politique.

Il allait répondre, mais c'est à ce moment que son oncle arriva, coiffé d'une opulente perruque. Nicolas ne le reconnut pas immédiatement.

— Monsieur de Roquesante, l'accueillit Claudine en se levant, nous avons le plaisir de recevoir Nicolas de Razès, le fils de ma sœur. Venez-vous nous rejoindre ?

Pierre de Roquesante était vêtu de sa toge de conseiller au Parlement, charge qu'il avait héritée de son père.

— Bonsoir à vous, monsieur de Razès, salua Pierre de Roquesante avec une grâce presque loufoque au regard de la convivialité de la soirée. Ma femme, mes enfants. Le temps de me changer et je vous retrouve au salon.

Les Roquesante appartenaient à la noblesse de robe. Ils avaient négocié le mariage de Pierre avec la famille de Collibret, après le procès de Fouquet qui avait lourdement touché leurs familles respectives. Cet arrangement avait permis à Claudine de faire un mariage qui, même s'il n'avait rien de romantique, lui conférait un statut enviable à Paris, où elle était aujourd'hui l'épouse d'un homme respecté.

Le jeune homme accompagna sa tante au salon. Les rires des enfants, qui disputaient une partie de jeu de l'oie, ponctuaient leur discussion.

— Henriette, bientôt, sera une demoiselle, constata Nicolas.

— Comme l'a fait votre mère avec Élisabeth, je prévois d'instruire ma fille à la maison. Le couvent cantonne les jeunes filles dans l'apprentissage du catéchisme et des bonnes manières, ce qui est loin de les préparer à la vie en société, déclara Claudine de Roquesante. De plus en plus de dames suivent l'exemple de Mme de Sévigné, qui prône l'éducation de mère en fille. Pour le latin, qui me fait malheureusement défaut, je compte engager un précepteur... C'est une enfant au caractère posé et curieux, elle n'aura aucune difficulté à apprendre, conclut sa tante avec fierté.

— Elle me fait penser à Élisabeth au même âge, murmura Nicolas.

— Est-elle toujours aussi douée pour le luth ?

— Si fait, répondit le jeune homme. Elle s'y consacre parfois des heures entières.

— Je crois bien lui avoir légué ce talent, se vanta Claudine sans modestie.

Même si Nicolas estimait que sa mère était elle aussi une fine joueuse de luth, il ne voulut pas contredire sa tante, qui s'accordait, avec un orgueil évident, le crédit du talent d'Élisabeth. Ces commentaires, teintés de jalousie, n'étaient pas rares de la part de sa tante ; ils compensaient l'admiration manifeste qu'elle vouait à sa sœur, la comtesse de Montcerf. La discussion tournait autour des souvenirs d'enfance de Nicolas lorsque son oncle entra dans le salon.

— Ma mie, vous m'avez cruellement manqué aujourd'hui, fit Pierre en embrassant sa femme. Je vous assommerais si je vous racontais ma journée au Parlement...

— Épargnez-nous, je vous en prie ! plaisanta Claudine.

— Mon neveu, êtes-vous à Paris pour de bon ? J'espère que nous allons avoir le bonheur de vous recevoir convenablement.

Malgré les manières empesées que son oncle empruntait parfois devant la noble famille des Razès, Nicolas éprouvait une sincère affection pour cet homme si différent des autres membres de sa famille.

— C'est déjà fait, répondit gentiment Nicolas. Cependant, je reviendrai volontiers si vous m'y invitez. Mon oncle, je m'en veux de vous demander cela alors que vous venez tout juste de retirer votre toge, mais je voudrais pouvoir vous entretenir un instant, au sujet de mon père. Il ajouta, voyant que son oncle ne saisissait pas : ma tante m'a dit qu'il était venu vous parler à propos de la Chambre ardente ?

Le visage mince aux traits pointus exprima la surprise.

— C'est vrai, mon neveu, mais en quoi cela vous intéresse-t-il ?

— Le comte de Montcerf n'était pas à l'hôtellerie lorsque Nicolas est arrivé, expliqua Claudine. Il n'aurait laissé aucun message et Nicolas n'a pas la moindre idée de l'endroit où il pourrait être.

Claudine avait évité d'emprunter un ton alarmiste, mais elle sentait une sorte d'angoisse naître en elle. Ni Pierre ni son neveu ne parurent le remarquer. Elle fit un signe de la main à son mari lorsque les deux hommes se retirèrent dans le cabinet de travail. L'arrivée de Nicolas avait ranimé la peur qu'elle refoulait depuis sa visite à la devineresse. Et si c'était Xavier de Razès qui était en cause dans la prédiction sordide ?

« Deux hommes de votre entourage seront mêlés à un complot impliquant des personnages de haute noblesse. L'un d'eux fera une rencontre qui lui sera fatale… »

Claudine profita de sa solitude momentanée pour se remplir un second verre de liqueur qu'elle vida aussitôt. Une sorte de soulagement s'installait en elle à la pensée que ce n'était peut-être pas son mari qui était concerné par les propos de la pythonisse. Elle se signa et adressa une prière silencieuse à la Vierge Marie. À l'instar de nombre de dames issues de la petite noblesse, Claudine de Roquesante redécouvrait la force

84

des gestes de dévotion enracinés dans le quotidien. Comme elles, Claudine avait visité, trépignante, l'antre moderne de cette sorcière qui lisait l'avenir dans les astres et surtout dans les cœurs. D'abord cantonné aux alcôves, l'attrait pour la dame Voisin s'était répandu dans les jardins et jusque dans les salons comme une nouvelle mode de coiffure. Chacune avait ses raisons d'aller la voir ; pour Claudine, sa curiosité première s'était muée en un besoin grandissant de se faire annoncer le succès qu'elle attendait : amants, amitiés, faveurs. Après chaque visite, l'illusion que son bonheur se rapprochait était plus complète.

Loin de se douter que l'éventail des services de la pythonisse comprenait des procédés abjects entremêlant liturgies sataniques, fœtus avortés et entrailles de chèvres, elle avait été sidérée d'apprendre l'arrestation de la Voisin. Le désenchantement l'avait frappée. Pénitente, elle avait expié son péché d'orgueil pendant des mois en se jurant de ne jamais recommencer. Le procès de la Voisin avait suivi son cours, éclaboussant sur son passage la fine fleur de l'aristocratie. Claudine, hantée par la crainte que son nom ne sortît au cours de l'interrogatoire, avait décidé d'aller consulter une autre devineresse. Il était alors facile de trouver dans Paris une de ces sorcières prédisant l'avenir ; dans les faubourgs, il y avait autant de devineresses qu'il y avait de rues. La première impression de Claudine avait été qu'elle n'avait jamais aussi mal investi les cinq pistoles que la Filastre lui avait soustraites contre une histoire grotesque qui n'avait rien de commun avec les visions de la Voisin. Quelques jours plus tard, son mari avait pourtant été nommé juge à la Chambre ardente tel que l'avait annoncé la Filastre. Depuis ce moment, Claudine était en proie à une sourde angoisse qui minait sa tranquillité d'esprit. Pourquoi avait-il fallu qu'elle aille consulter cette devineresse ? Maintenant que Xavier de Razès avait disparu… l'avertissement de la Filastre se concrétisait. La punition divine s'abattait sur la famille de Marguerite, alors que c'était elle qui avait trouvé refuge dans les divinations qui nourrissaient son orgueil. C'était elle, la coupable !

— Ma mie, vous rêvez ?

Claudine secoua ses boucles blondes et s'efforça de sourire à son mari.

— Vous avez terminé votre entretien, constata-t-elle, voyant que Nicolas était allé rejoindre ses cousins à la table de jeu.

— J'ai bien peur de ne pas avoir été d'une grande utilité, admit Pierre de Roquesante. M. le comte et moi avions discuté de certains faits, mais rien qui permît de savoir où il pourrait se trouver maintenant. En outre, je doute que le déroulement du procès pût avoir un lien avec son absence…

— Bien, fit Claudine, soudain lasse. Je vais demander à Suzanne de coucher les enfants et je vais me retirer, si vous le permettez.

Pierre prit le bras de sa femme et la conduisit auprès de son neveu qu'elle salua avant de quitter le salon. Quelques minutes plus tard, Nicolas prit congé de ses cousins.

— Ma tante m'a semblé préoccupée, confia le jeune homme à son oncle, une fois seuls.

— C'en est ainsi depuis le début du procès, Claudine est si sensible, affirma Pierre de Roquesante, contrit. Je lui épargne les détails les plus horribles, mais que voulez-vous, tout Paris ne parle que de cela…

— J'espère que tout cela sera bientôt terminé, souhaita Nicolas. Merci pour votre soutien. Dès que j'aurai des nouvelles de mon père, je vous en informerai.

7

Hospitalité

Élisabeth remit les documents en ordre et rangea les plumes. Elle avait pris toute la matinée pour mettre les registres à jour, c'était la première fois qu'elle terminait aussi tôt. Bien sûr, sa mère vérifierait tout. La jeune femme fut tentée de rouvrir les livres afin de s'assurer que ses calculs étaient bons, mais elle se retint au dernier moment. Si la comtesse lui avait confié cette tâche, c'est qu'elle avait confiance en ses habiletés, en outre, n'importe qui, même Marguerite de Razès, pouvait commettre une erreur d'arithmétique. Depuis son quinzième anniversaire, qui avait coïncidé avec la nouvelle de la présente grossesse de sa mère, Élisabeth avait gagné en autonomie et pris davantage de responsabilités. L'état de sa mère et l'absence de son père n'étaient pas étrangers à la situation ; néanmoins la jeune femme se plaisait à croire que c'était d'abord son âge qui justifiait ce nouveau statut. Elle se leva et regarda par la fenêtre ouverte. Le temps était plus doux. Au fond du pré, les feuilles du chêne dansaient doucement sous la caresse d'un zéphyr.

« Mère ne dînera certainement pas, songea-t-elle en regardant le paysage bucolique. Je devrais en profiter pour sortir. Après un exercice aussi ardu, rien ne vaut une balade sur la lande. »

Elle saisit son luth, qui n'était jamais loin, et sans s'attarder davantage, quitta le cabinet. La jeune femme fit un détour par la cuisine où elle ramassa une miche, du fromage et des fruits.

— Vous ne dînerez pas ici, mademoiselle Élisabeth ? s'informa la cuisinière.

— Non, je pars en promenade, annonça-t-elle, les bras chargés de victuailles.

Une fois qu'elle fut à l'extérieur, ses pas la menèrent instinctivement dans le pré. Le pied de l'arbre, généreusement couvert de bruyère, était son lieu de prédilection pour jouer de la musique. La jeune femme installa son luth entre ses genoux, ferma les yeux et pencha la tête. Elle pinça délicatement les cordes, comme pour les amadouer, puis se laissa porter par la mélodie. Son corps épousait celui de l'instrument, et elle sentait les vibrations résonner jusque dans sa poitrine. Elle ouvrit les lèvres et son chant s'unit parfaitement à la musique.

La brise chatouillait sa nuque et l'arrière de son oreille, s'intensifiait sur sa joue, jusqu'à provoquer un réflexe irrépressible chez Élisabeth. Ses doigts montèrent à son visage, et elle sursauta lorsque sa main entra en contact avec une peau chaude et rugueuse qui n'était pas la sienne.

— Antoine ! s'exclama-t-elle, et les battements de son cœur redoublèrent, puis diminuèrent pour accélérer de nouveau lorsqu'elle réalisa que c'était bien lui.

— Ha ! Ha ! s'esclaffa le jeune homme en s'appuyant contre l'arbre. Alors, fauvette, je croyais que tu ne t'apercevrais jamais de ma présence. J'ai failli t'embrasser, même, pour voir si tu roucoulerais…

— Antoine ! gronda Élisabeth, en rougissant. Ne dis pas cela, on pourrait t'entendre…

— Ici ? dit-il en balayant le pré du regard.

Elle déposa son luth et, sans réfléchir, se leva et s'approcha de lui. Le sourire d'Antoine se figea lorsqu'elle se dressa sur la pointe des pieds pour poser ses lèvres sur les siennes. Tièdes et douces. Antoine simula une perte d'équilibre et se laissa tomber sur le tapis herbeux.

— Je… suis… terrassé !

— Idiot ! l'insulta-t-elle à la blague.

Le jeune homme, allongé sur le côté, cueillit un brin d'herbe et le plaça entre ses lèvres charnues. Élisabeth détourna la tête. La position presque indécente du corps d'Antoine la choquait et la titillait à la fois ; ses cuisses musclées, son bassin et son entrejambe s'offraient à elle sans la moindre retenue.

— Tu veux monter à cheval ? lui proposa-t-elle pour faire diversion.

— Toi, en as-tu envie ? Je croyais qu'après la dernière fois tu ne voudrais plus que je monte un de vos chevaux.

Au cours de leur dernière escapade, Antoine avait blessé Obéron. Sans le concours de son frère, Élisabeth aurait eu à expliquer d'où venait l'entaille et aurait eu du mal à cacher la vérité ; soit que ce n'était point elle, mais le nouveau tailleur qui en était le responsable.

— Tu as raison, décida-t-elle en choisissant une pommette parmi les fruits qu'elle avait apportés. Par ailleurs, je ne suis pas habillée pour monter.

Elle croqua dans la chair acide et ferme. Les sucs humectèrent le contour de sa bouche, ce qui provoqua chez elle un gloussement amusé et presque enfantin. Antoine s'accroupit près d'elle.

— Si tu as faim… commença-t-elle, mais déjà il mettait la main sur une pommette ronde.

Dès le premier regard échangé, un lien singulier s'était établi entre cette fille de seigneur et ce fils d'artisan. Lui arrivait de Clermont-Ferrand en apprenti confirmé. Elle, du haut de ses quinze printemps, avait suivi chacun des mouvements que les mains de l'apprenti faisaient en épinglant le brocart délicat. L'enfant chérie du comte n'avait jamais approché un homme à moins de cinq pas et, derrière son maintien princier, se terrait une sensualité qui ne demandait qu'à s'éveiller.

᠌᠎⁓

— *Levez les bras*, lui ordonna le jeune homme, qui portait fièrement une moustache qui le faisait paraître la vingtaine.

Il passa son centimètre de tailleur sous les aisselles de la jeune femme et, bien qu'il prît garde à ne pas la toucher, il la sentit tressaillir. Antoine leva un sourcil et fit glisser le ruban sur la taille d'Élisabeth. Une profonde inspiration de la demoiselle gonfla sa poitrine.

— *Ne retenez pas votre souffle, les mesures doivent être justes,* murmura-t-il à son oreille.

— *Je... oui,* répondit-elle en tournant la tête vers lui, ses boucles brunes caressant la joue du tailleur comme la plus fine des soies.

Leurs visages se touchaient presque.

Il prit la mesure des hanches de la jeune femme, s'attarda à admirer leurs rondeurs.

— *Vous montez à cheval, mademoiselle ?*

Pour toute réponse, elle bougea son menton pointu, qui complétait son visage en forme de cœur.

— *Dans ce cas, je vais avoir besoin des mensurations précises de vos jambes. Les dames de la ville portent des culottes pour monter à cheval,* dit-il en s'agenouillant à ses pieds.

Elle jeta un regard craintif autour d'elle. Une biche aux abois.

C'est alors que la voix de la comtesse retentit et, immédiatement, Élisabeth se raidit.

❦

— Tu rêves ? dit-elle en admirant l'abondante chevelure d'Antoine.

— Hum. Je ne vais pas pouvoir rester longtemps, cette fois-ci, répondit-il. Mon père m'attend au village pour aller chercher les ballots de tissus que nous avons commandés.

Malgré l'apparente désinvolture qu'ils s'efforçaient de donner à leurs rencontres, aucun des deux ne réussissait à faire vraiment fi de leur différence de classe sociale.

— Quant à moi, je profitais encore un peu de la brise, mais je vais devoir retourner à mes occupations, répliqua-t-elle aussitôt.

Antoine eut une moue ennuyée. Elle surprit sa réaction et, ainsi qu'il lui arrivait très souvent de faire, tenta d'apaiser sa déception. L'idée de déplaire à son amoureux amenait la jeune femme à des actes irréfléchis, voire inconvenants.

— Nous pourrions tout de même faire une courte promenade à cheval, avant que le soir ne tombe…

La proposition fit sourire Antoine et égaya Élisabeth qui prit immédiatement le chemin de l'écurie. Elle réapparut quelques instants plus tard avec sa jument, Cassandre, et celle de sa mère, une jument plus âgée, qui la suivait docilement. Élisabeth, afin de ménager l'orgueil de son amoureux, annonça qu'Obéron n'était pas encore tout à fait remis de sa blessure et qu'il n'y avait pas d'autres étalons prêts à être montés. Antoine, s'il se doutait que l'argument masquait l'inquiétude de son amie quant à ses habiletés de cavalier, n'en laissa rien paraître. Ils trottèrent côte à côte pendant un moment, dans un petit bois qui abritait leur inavouable fréquentation.

— Veux-tu marcher jusqu'à la lande ? proposa Antoine en sautant à bas de son cheval. Tu vas devoir enlever tes jolis souliers, si tu veux me suivre…

Comme chaque fois, la jeune femme ne résista pas à la provocation de son amoureux. Ce n'était pas tant par orgueil que par peur qu'il ne se lasse de sa pudeur, de sa jeunesse, de sa naïveté… Élevée par une mère soucieuse de la bienséance, n'ayant pas de compagnes de son âge avec qui discuter de sentiments, Élisabeth était par trop consciente de son inexpérience. D'une main, elle fit glisser ses chaussures au sol. Il n'eut qu'une brève seconde pour apercevoir le grain immaculé de ses pieds, avant que la jupe ne le recouvrît.

Elle partit devant lui et le nargua :

— Alors ? Maître Millet, on se laisse distraire par quelques orteils ?

Embarrassé, il la relança :

— Tu as raison, opina-t-il. Un maître tailleur ne doit pas s'émouvoir pour si peu.

Leur relation s'alimentait de propos voilés, d'œillades suggestives et parfois de baisers furtifs. Élisabeth se plaisait à croire que cela suffisait à son amoureux, même s'il n'en était certainement pas à sa première amourette. Il lui offrit son bras, qu'elle accepta en souriant, et ils marchèrent dans la bruyère. Quelques minutes plus tard, le bois et les chevaux étaient loin derrière eux, alors qu'ils approchaient d'un empilement rocheux. Antoine se hissa sur le plus petit des rochers et s'y assit.

— C'est une pierre aux fées.

— Nous avions l'habitude de venir ici, mon frère et moi, raconta la jeune noble en contournant la sculpture naturelle.

— Où vas-tu ? demanda Antoine en la suivant des yeux.

L'instant d'après, elle était debout sur un deuxième menhir. Il la regarda avec un mélange de curiosité et d'admiration. Elle tenait ses jupes d'une main, ce qui découvrait ses mollets.

— Élisabeth… commença-t-il, troublé par la hardiesse de sa compagne.

Pour toute réponse, elle poussa un rire limpide qui résonna à des lieues à la ronde. Séduit, Antoine renonça à toute pudeur et s'assit en tailleur pour jouir du spectacle des chevilles ainsi exposées. Le tissu de la jupe montait et descendait sur les genoux de la demoiselle. La puissance du regard du jeune homme était telle que le sourire d'Élisabeth s'évanouit, laissant place à une expression plus grave, mais tout aussi intense. Encouragée par l'effet qu'elle provoquait, elle s'abîmait dans des mouvements de danse de plus en plus recherchés. Soudainement, elle perdit l'équilibre et tomba. Antoine sauta au sol, paniqué.

— Élisabeth ! cria-t-il en se précipitant vers son corps immobile.

Elle essaya de bouger les bras en geignant. Le mouvement ne lui était pas douloureux. La jeune femme redressa la tête et vit Antoine à quatre pattes, penché sur elle. L'expression de ses yeux écarquillés était telle qu'elle prit peur.

Ses mains suivirent le regard de l'homme et rencontrèrent la peau dénudée de ses cuisses. Aussitôt, elle comprit. Elle contracta ses muscles et tenta de rouler sur elle-même, ce qui lui tira une plainte.

— Ne bouge pas, ordonna-t-il, tu t'es blessée à la cuisse.

Il posa une main à plat sur le ventre de la jeune femme, et ce contact la figea complètement. Elle remarquait bien que, de son angle de vue, le jeune tailleur ne manquait rien du spectacle de son intimité féminine. Ses doigts cherchè-rent le tissu et, d'un geste maladroit, elle tira dessus pour se couvrir. Antoine sembla recouvrer ses esprits et l'aida à re-placer sa jupe. La pression des doigts de ce dernier à travers le tissu la fit trembler. Avait-il osé la toucher ? Elle battit des cils et tenta de s'asseoir. En se levant, elle rencontra le torse d'Antoine, qui retirait sa chemise pour lui en faire un cous-sin. La sueur du ventre de l'homme l'affola et elle manqua de souffle. Ses forces l'abandonnèrent, sa tête devint lourde et sa gorge se souleva en halètements de plus en plus rapi-des. Un voile noir l'envahit.

Lorsqu'elle revint à elle, la première chose dont elle prit conscience fut les bras qui soutenaient sa tête. Le visage incliné sur le sien exprimait l'inquiétude.

— Élisabeth, chuchota le jeune homme. Est-ce que tu m'entends ?

Pour toute réponse, elle grimaça. Elle rassembla ses forces et essaya de s'asseoir. Il l'aida et la chaleur de son corps de mâle la troubla tant qu'elle crut défaillir de nouveau. Elle toucha sa propre poitrine et s'aperçut alors que son corset était délacé, et que ses seins bougeaient librement sous sa chemise fine.

— Que... Qu'as-tu fait ? Impertinent ! s'écria la demoiselle.

Antoine recula prestement, apparemment déconcerté par la violence de cette réaction, et la jeune femme dut s'accouder pour ne pas retomber.

— Élisabeth... commença-t-il sur un ton impérieux.

— Non, pas ça ! Cesse de me parler sur ce ton ! Tu as profité de mon malaise pour me regarder à ta guise. C'est… c'est… intolérable ! explosa-t-elle.

Le fils du tailleur se releva mais, décidé à ne pas se laisser injurier, revint sur son premier instinct. Il s'agenouilla et lui prit les poignets. Elle poussa un cri, plus d'indignation que de peur.

— Comment ? Tu me sermonnes ! Tu l'as bien cherché, pourtant, lorsque tu t'es tortillée là-haut. Tu devrais me remercier de t'avoir libérée de ton corset.

— Ça, c'est trop fort ! Antoine, je ne te le permets pas !

— Tu fais la mijaurée, maintenant… Avoue que tu ne te préoccupes pas de savoir ce que je ressens, moi, lorsque tu te plais à me tourmenter.

Le visage d'Élisabeth s'empourpra et elle tenta de dégager ses poignets. Il lutta pour la maintenir.

— Ne bouge pas, tu vas te faire mal !

Le coup de hanche qu'elle fit pour se lever provoqua un douloureux élancement dans sa jambe et elle se mordit les lèvres pour étouffer sa plainte. Du coup, elle se calma. Elle avait vu son genou éraflé et la chemise d'Antoine sous sa cuisse marquée d'une ecchymose. Ses poignets tremblaient sous les doigts du jeune homme et, lorsqu'elle leva vers lui ses yeux pleins de larmes, il n'y tint plus, il l'embrassa à pleine bouche. La pensée de ses lieux intimes, de leur moiteur et de leur peau rose foncé les obsédait tous les deux. Elle parce qu'elle ne s'était jamais montrée à quiconque… lui parce que la beauté et la fragilité de ce sexe l'avaient sidéré.

— Je te promets que je n'ai rien fait… murmura-t-il entre deux baisers.

Élisabeth pleurait et le goût du sel se mêlait à celui de la salive. Il enserra ses deux poignets menus dans une seule main, et de l'autre, il chercha sa poitrine. Elle suffoqua lorsqu'il prit son sein dans sa paume et le massa délicatement.

— Arrête, arrête, Antoine ! plaida Élisabeth, submergée par les sensations qui se livraient bataille dans son corps et son esprit juvénile.

— Il n'y a rien de plus beau, de plus pur que toi, Élisabeth… souffla-t-il en passant la main dans ses boucles en désordre. Je n'en peux plus…

La jeune femme se mit à rire, un rire saccadé, nerveux. Tranquillement, à contrecœur, il desserra son étreinte et libéra les mains de sa douce amie. Elle avait oublié sa blessure. Avec un peu d'aide, elle se remit debout. Le sol lui parut instable l'espace d'un instant.

— Crois-tu que tu seras capable de…

Elle poussa un cri et pointa un doigt vers l'horizon.

— Quoi ? Qu'y a-t-il ? s'inquiéta Antoine en scrutant le pré au loin.

La fille du comte chancela. Elle avait vu une silhouette qui les épiait. Les pâturages étaient maintenant déserts. Pourtant, elle n'avait pas rêvé…

— Nous sommes découverts… Il y avait quelqu'un à l'orée du bois lorsque j'ai levé les yeux.

Il eut le réflexe de regarder de nouveau, tout en sachant qu'il n'y aurait rien.

— Tu t'es heurté la tête en tombant… dit-il, soucieux. Viens, ta mère va s'inquiéter…

Élisabeth ne répondit pas. Elle aurait juré avoir aperçu une tignasse noire dans le vent.

∽

Élisabeth n'aurait su dire ce qui lui était le plus agréable : le souci dans le regard du jeune homme ou le contact de ses bras qui la soutenaient de leur force virile. Quoi qu'il en soit, elle s'abandonnait à ses soins sans culpabilité, enivrée par une sensation qui rappelait la caresse du miel sur la langue. Ils étaient maintenant à quelques pas du lieu où se trouvaient leurs montures.

— Ça va, Antoine, murmura-t-elle. Nous y sommes, je peux marcher…

Elle s'interrompit brusquement. Au milieu de la verdure se dressait une femme. Ses nippes maculées de terre, son bâton et sa besace lui donnaient une allure de vagabonde.

« Je savais que je n'avais pas rêvé, pensa Élisabeth, en se mordant l'intérieur de la lèvre. Qui est cette femme ? »

Antoine déposa la jeune fille au moment même où la femme se tournait vers eux. Le cœur d'Élisabeth se mit à battre plus vite : elle les avait vus, mais avait-elle compris ce qui se passait entre eux ?

— Merci monsieur, c'est bien aimable de votre part de m'avoir soutenue jusqu'ici. Je vais pouvoir continuer seule.

— Je ne… balbutia-t-il, hébété par ce revirement soudain.

Élisabeth effleura son ami du bout des doigts, mortifiée à l'idée qu'il prît ombrage de sa soudaine froideur. Le jeune homme considéra Élisabeth et l'étrangère, hésitant et confus, puis se résigna à repartir seul. Soulagée, Élisabeth s'approcha de la femme qui se tenait à proximité des chevaux.

— Que faites-vous ici ? s'enquit Élisabeth, considérant la femme qui rôdait sur les terres de son père.

Les fougères recouvraient le bas de ses jupes, et son bonnet, qui descendait jusqu'à ses sourcils, dissimulait son regard.

— Savez-vous à qui appartiennent ces bêtes ? lança l'inconnue d'une voix rauque.

Élisabeth n'eut pas le temps de répondre que la vieille jument poussait un hennissement plaintif. L'animal manifestait des signes de malaise ; ses naseaux étaient dilatés, il agitait la tête dans tous les sens et piaffait. Élisabeth jeta un regard accusateur à la femme et, alarmée, s'approcha de la bête.

— Qu'avez-vous fait ? s'exclama la noble.

L'autre recula sans broncher, cédant le passage à Élisabeth.

— Votre animal a avalé de l'herbe au diable, répondit l'inconnue en désignant une plante aux feuilles sombres et effilées.

L'état de l'animal, agité de spasmes, intimida Élisabeth et la découragea d'approcher davantage. Luttant pour ne pas céder à la panique, elle saisit les brides de Cassandre, qu'elle entraîna plus loin. Du même coup, elle en profita pour chercher Antoine et le vit qui disparaissait déjà au détour d'un sentier. Désespérée, elle poussa un soupir. En se retournant, Élisabeth constata que l'étrangère palpait le cou de la jument.

— Chut ! murmurait celle-ci à l'animal.

Elle ouvrit la besace qui pendait à son épaule. Élisabeth, interloquée, distingua un livre, divers sachets de cuir et quelques vêtements.

— Qu'allez-vous faire ? murmura Élisabeth, à la fois méfiante et pleine d'espoir à l'idée qu'on puisse sauver Circé.

L'étrangère choisit deux flacons et referma prestement le sac tout en adressant à Élisabeth un coup d'œil farouche.

— Vous voulez que je la guérisse, non ? lança-t-elle avec brusquerie.

Elle fit sauter le bouchon de la première fiole et, aussitôt, une odeur entêtante se répandit alentour. Ses doigts habiles imbibèrent un chiffon qu'elle plaqua contre les naseaux de l'animal tout en lui marmonnant des mots inintelligibles. Au grand étonnement de la jeune femme, cela ne rebuta pas la jument. Au contraire, elle manifestait une confiance peu banale envers l'étrangère. Élisabeth avait déjà vu un homme exercer pareille emprise sur les chevaux : son père, Xavier de Razès. Mais quelque chose chez cette vagabonde lui donnait la bizarre impression que son don tenait plus du mystère, voire de la sorcellerie, que d'une connaissance équine. Rapidement, la femme, tout en maintenant la tête de l'animal, lui fit avaler le contenu de l'autre bouteille. Quand ce fut terminé, elle relâcha Circé, qui hennit et s'agita encore pendant de longues minutes. Puis, peu à peu, sa respiration redevint régulière. Élisabeth se détendit à son tour.

— C'est une bête remarquable, complimenta l'étrangère.

Élisabeth hocha la tête et, jalousement, s'approcha de l'animal pour en reprendre les rênes. La jument de sa mère la toisa avec rancune et eut un mouvement, comme pour la mordre. Élisabeth fit un pas en arrière. L'étrangère émit un petit rire sec.

— Elle a de quoi être en rogne, commenta-t-elle. Là, là, laisse-toi faire !

— Qu'avez-vous utilisé pour la guérir ? demanda Élisabeth, qui, si elle était reconnaissante, n'en était pas moins intriguée, voire méfiante.

La guérisseuse se tourna vers elle, un sourire énigmatique sur son visage aux joues creuses.

— C'est une vieille recette de berger. C'est une chance que je sois arrivée à temps, l'herbe du diable est poison pour les chevaux. Elle en aurait pris davantage que rien n'aurait pu la soustraire à la mort. Il ne faut jamais laisser un cheval brouter librement de par les bois ; qui sait sur quoi il peut tomber... Vous-même m'apparaissez plutôt mal en point.

La remarque fit tressaillir Élisabeth, qui prit alors conscience qu'elle favorisait sa jambe droite.

— Ce n'est rien, j'ai fait une mauvaise chute, répliqua-t-elle. Je voudrais vous témoigner ma gratitude, pour avoir sauvé ma jument. Près du village, de l'autre côté du bois, se trouve le château de mon père, le comte de Montcerf. Venez demain me trouver et je vous récompenserai pour votre peine.

L'étrangère ne dit mot, mais ébaucha un signe de tête pour signifier qu'elle avait compris. Élisabeth, le cœur plus léger, récupéra les bêtes et s'apprêtait à repartir lorsqu'elle entendit la voix rauque demander :

— Vous allez rentrer seule ? Dans votre état, je me demande s'il ne vaudrait pas mieux que je vous escorte... La lune est sur le point de se lever. Vous ne devriez pas vous promener sans compagnie...

Élisabeth se figea. Sans se retourner, elle répondit, d'une voix mesurée :

— Ne vous inquiétez pas, j'ai l'habitude.

∽

Lorsqu'elle vit sa maîtresse absorbée dans sa lecture, Bertille faillit renoncer, mais un mouvement des sourcils ainsi qu'un soupir lui indiquèrent qu'elle avait été entendue.

— Madame la comtesse, je suis navrée de vous déranger, s'excusa-t-elle en entrant dans le petit salon.

Marguerite leva les yeux sans cacher l'agacement qu'elle ressentait.

— Il y a une femme qui demande à vous voir… Elle n'est pas d'ici, ajouta la domestique. Je lui ai dit que vous ne receviez personne, encore moins une étrangère, mais elle insiste pour vous parler. Elle dit que cela concerne une rencontre qu'elle a eue avec Mlle Élisabeth.

— Soit, je vais la voir. Où se trouve-t-elle ? demanda la châtelaine en faisant un effort pour se lever.

La servante se précipita pour lui prendre le bras, mais Marguerite était déjà debout.

— Je l'ai fait attendre dans l'entrée, madame.

La comtesse opina du chef. Les paysans empruntaient généralement la porte principale, alors que les voyageurs arrivaient par la cour, pour accommoder leur équipage. La pièce où ils recevaient les habitants des environs était dépourvue d'ornement et meublée avec sobriété. C'est Xavier qui l'avait voulu ainsi : il tenait à mettre les métayers à l'aise durant leurs visites. La vérité était que la majorité d'entre eux restaient malgré cela figés, impressionnés par la grandeur du lieu et par les murs de pierre, même dépouillés.

La comtesse fit un petit sourire lorsqu'elle vit que la femme, assise sur une banquette, examinait avec sa main le velours défraîchi. Choquée par cette attitude, Bertille poussa une exclamation, ce qui alerta l'étrangère.

— Merci, Bertille, laissez-nous !

À contrecœur, la servante s'éloigna. Marguerite attendit que l'étrange femme se levât. Sa jupe crottée jusqu'aux genoux et son châle usé ne la différenciaient en rien des paysannes de la région ; toutefois, elle exhalait une odeur qui rappela à Margot les mélanges d'herbes que son amie Geneviève avait l'habitude de préparer.

— C'est vous, la comtesse de Razès ?

La grossièreté de la femme choqua Margot, qui la toisa avec hauteur, déconcertée par une attitude aussi familière. Cette seconde évaluation révéla que sous son bonnet trop grand se dissimulait un regard vif, intelligent.

— Je suis effectivement la comtesse de Razès. Ma servante m'a dit que vous vouliez me parler ?

— Je ne m'attendais pas à ça. Vous êtes jeune, constata la femme, sur un ton qui tenait plus de la surprise que du compliment. En fait, je suis venue réclamer mes gages. C'est votre fille… j'ai guéri sa jument hier dans l'après-midi, celle avec l'étoile sur le front. Elle vous l'a dit, sans doute ?

Marguerite ne cacha pas sa surprise. Sûrement que, si c'était le cas, Élisabeth l'en aurait informée. D'autant plus que la jument avec l'étoile était la sienne.

— Vous avez guéri Circé ? Et de quoi, je vous prie ? questionna Marguerite, suspicieuse.

— Elle ne vous l'a pas dit ? La pauvre bête avait avalé de l'herbe au diable. Pour un peu, il aurait trépassé, votre cheval.

« Se pouvait-il qu'Élisabeth m'eût caché cet incident, pour ne point m'alarmer ? Mais alors, pourquoi avoir dit à cette femme que je lui donnerais une récompense ? »

Il était notoire que la comtesse de Montcerf consacrait beaucoup de temps à ses œuvres de charité ; jamais elle ne manquait une occasion de se montrer généreuse envers les nécessiteux. En vertu de cette réputation, le château hébergeait, souvent l'hiver, des voyageurs qui demandaient l'hospitalité pour quelques nuits. Marguerite avait d'abord cru qu'il s'agissait de cela, mais maintenant elle devait bien admettre que l'allure de cette femme, sa brutale familiarité et la fierté qui se dégageait d'elle ne ressemblaient en rien à l'attitude des chercheurs d'asile qu'ils avaient coutume d'héberger.

— Ma fille vous aurait dit de venir me voir? Voilà qui m'étonne… si elle vous a promis des gages, elle aurait pu vous les donner sans que vous ayez à passer par moi, affirma Marguerite. À moins que vous cherchiez l'hospitalité pour la nuit?

— C'est très aimable à vous de me l'offrir, rétorqua aussitôt l'étrangère. Je n'aurais jamais osé le demander, madame la comtesse.

Margot sourit intérieurement, comprenant qu'elle avait affaire à quelqu'un de rusé.

— Vous ne m'avez pas dit votre nom?

— Françoise Filastre, répondit-elle, mais on m'appelle généralement la Filastre. Je vais aller quérir mon sac.

— Permettez, madame Filastre, que je vérifie d'abord auprès de ma fille, pour ce qui est de vos gages?

— Bien entendu, madame la comtesse, répondit la Filastre. Je peux m'asseoir?

— Oui, faites.

⌇

Une fois dans sa chambre, Élisabeth retira ses vêtements et passa une chemise propre. Heureusement, le palefrenier semblait avoir cru à son mensonge et n'avait posé aucune question. Il n'avait d'ailleurs pas à questionner les allées et venues de la fille du maître, bien entendu, mais d'autres domestiques auraient probablement soupçonné quelque chose en la voyant passer autant de temps dans l'écurie. Circé était sauvée, c'était le principal. La jeune femme n'avait pas dormi sur ses deux oreilles, préoccupée à la fois par l'état de l'animal et par la visite imminente de l'étrangère. Bien en vain, finalement. De toute la journée, la mystérieuse guérisseuse dont elle ignorait le nom ne s'était pas montrée. Restait Antoine. Son cher Antoine, à qui elle n'avait pas rendu visite aujourd'hui, en dépit de sa volonté. Leur relation était si complexe, chaque fois elle devait inventer un prétexte pour le voir, afin de ne pas éveiller les soupçons. La jeune femme se palpa la cuisse, le visage plissé d'appréhension. La chute avait laissé un gros hématome mauve qui la faisait souffrir lorsqu'elle marchait.

— Mademoiselle Élisabeth, appela Bertille. Puis-je vous voir ?

— Un instant, dit-elle en passant une robe « innocente » par-dessus sa chemise et en se composant un visage serein. Vous pouvez entrer.

La servante approcha et déposa des vêtements propres sur le coffre, au pied du lit.

— Avez-vous besoin d'aide pour votre coiffure, mademoiselle Élisabeth ?

La jeune femme tendit un peigne à la chambrière qui lui sourit, satisfaite de pouvoir se rendre utile.

— Voulez-vous que je refasse vos boucles ? Oh, vous avez de la paille dans les cheveux, vous êtes allée à l'écurie ?

Élisabeth eut un sourire gêné, presque intimidé, puis elle se ressaisit.

« Je n'ai pas à lui rendre compte de mes sorties, Bertille est une domestique au même titre que les autres. »

Au service de sa mère depuis quelques années maintenant, Bertille venait de la ville. Contrairement aux autres servantes de la maison, elle avait déjà servi dans d'autres familles et avait des prétentions de demoiselle de compagnie.

— Votre mère vient de recevoir une femme… une étrangère, laissa tomber Bertille en attachant un ruban.

Élisabeth se raidit.

— Une étrangère ? De quoi a-t-elle l'air ?

Une lueur de malice traversa le regard de la domestique.

— Oh, vous savez, je ne l'ai aperçue qu'un instant. Mais elle m'a semblé de condition douteuse, très douteuse.

— Elle portait une coiffe étrange ? questionna nerveusement la jeune femme.

— Vous l'avez rencontrée ? C'est ce qu'elle a dit, mais je n'ai pas prêté foi à ses propos, cela m'a paru inconcevable, s'indigna Bertille, en finissant de fixer sa chevelure.

— Merci Bertille, ce sera tout, indiqua Élisabeth, angoissée à l'idée que l'étrangère racontât ce qu'elle avait vu à sa mère.

Au même moment, on frappa à la porte.

— Mademoiselle, votre mère vous fait mander dans le vestibule.

« Allons ! Tôt ou tard, cela devait arriver, pensa-t-elle, se préparant au pire. Tu ne pouvais tout cacher indéfiniment. »

Élisabeth se redressa et releva le menton, dans un mouvement presque théâtral qui lui donna le courage nécessaire pour affronter son destin. C'est dans cet état d'esprit qu'elle descendit dans le vestibule où elle trouva sa mère et la guérisseuse, toutes deux assises.

— Ma fille, commença Marguerite, du ton officiel et courtois qu'elle employait pour régler les affaires du comté. Cette femme prétend vous connaître ?

— C'est exact, je l'ai croisée hier lorsque j'étais en promenade, répondit Élisabeth en faisant un hochement de tête à l'attention de la femme dont elle ignorait toujours le nom. Je lui ai demandé de se présenter au château afin que je puisse la récompenser pour avoir soigné une de nos juments, ajouta-t-elle, omettant délibérément de dire qu'il s'agissait de Circé.

Il y eut une courte pause pendant laquelle Élisabeth sentit l'intensité du regard de l'inconnue sur elle.

— Bien, déclara Marguerite en se levant. Voilà qui lève l'ambiguïté de la situation. Veillez à ce qu'elle reçoive de justes gages pour sa peine.

— Oui, bien sûr, je vais m'y employer, répliqua Élisabeth, docilement.

Elle connaissait bien sa mère : une fois loin des yeux et des oreilles de cette étrangère, elle lui demanderait de lui relater en détail les circonstances particulières de leur rencontre. La comtesse se préparait à sortir lorsque la voix rauque de la femme résonna dans la vaste salle :

— Je vais accepter votre offre d'hospitalité, c'est très aimable à vous, madame la comtesse.

Sous les yeux étonnés d'Élisabeth, sa mère fit signe qu'il était inutile de la remercier de nouveau. Dès qu'elle fut certaine que Marguerite ne pouvait plus l'entendre, Élisabeth se tourna vers la Filastre :

— Il me semblait vous avoir fait comprendre que je vous attendais pour vous remettre moi-même la récompense ?

La guérisseuse, feignant d'ignorer les reproches voilés, répondit par un éloge :

— Au village, on m'a raconté que la comtesse offrait l'hospitalité aux voyageurs. Après plusieurs nuits à redouter les bêtes sauvages et à dormir à la belle étoile, la charité de votre mère est une bénédiction.

Élisabeth soupira ; feinte ou réelle, cette reconnaissance l'irritait. Selon ce que cette femme avait raconté, elle serait forcée de mentir à sa mère et, comme si cette perspective n'était pas déjà assez redoutable, sa relation avec Antoine reposait sur l'issue de leur entretien. La jeune femme se surprit à se demander si tous ses tourments valaient bien la vie de la jument.

« Pourquoi ne suis-je pas libre d'être courtisée par Antoine ? Nous ne faisons rien de mal », s'indigna la jouvencelle, qui mettait leurs emportements d'hier sur le compte de l'émotion due à sa chute.

— N'empêche, la comtesse ne s'intéresse pas beaucoup aux chevaux de votre élevage, elle ne m'a posé aucune question, souffla la voyageuse.

La jeune femme dévisagea l'étrangère : lisait-elle dans ses pensées, pour formuler tout haut un commentaire comme celui-là ? La femme lui décocha un sourire, l'air de dire « je connais ton secret, ma petite ». Un frisson parcourut l'échine d'Élisabeth.

— Je… je vais vous faire porter quelques pièces, promit-elle. Cette jument est très chère à mes yeux et je vous suis reconnaissante de l'avoir guérie.

— À la bonne heure !

Là-dessus, la fille de la comtesse tourna les talons. Refoulant les sentiments contradictoires qui l'assaillaient, elle se rendit à la chambre de sa mère, où celle-ci l'attendait.

— Mère, je suis navrée de ce désagrément. Si j'avais pu vous l'éviter…

Marguerite considéra sa fille avec un œil nouveau. Était-ce une idée qu'elle se faisait ou sa cadette avait beaucoup mûri en peu de temps ? Depuis quand la jeune femme ressentait-elle le besoin de lui épargner les embarras du quotidien ? Ses humeurs de femme enceinte, combinées à l'absence de Xavier, affectaient ses enfants beaucoup plus qu'elle ne l'avait supposé.

— Vous auriez dû me dire, Élisabeth, que Circé avait avalé une herbe mortelle. Ce n'est pas le genre de détail qu'il convient de me cacher, déclara Marguerite d'un ton ferme.

— Je suis désolée, cela ne se reproduira plus. Je ne voulais pas vous inquiéter inutilement. Mais rassurez-vous, selon le palefrenier, sa santé n'est plus menacée.

— Comment cela a-t-il pu se produire ? Vous savez pourtant fort bien qu'on ne doit jamais laisser des chevaux seuls sur la lande.

L'air coupable sur le visage expressif d'Élisabeth convainquit la comtesse que sa fille était atterrée de la faute commise, elle s'empressa d'ajouter :

— Bon, il ne sert à rien de s'éterniser sur cette bêtise. Avez-vous donné quelque chose à la dame Filastre ?

Élisabeth comprit qu'elle faisait référence à l'étrangère.

— J'allais lui donner quelques menues pièces, assura-t-elle. Sans son concours…

— Faites, je ne veux pas que cela traîne inutilement.

— J'ai cru comprendre que vous lui aviez offert le gîte ? Cette pauvre femme passait ses nuits dehors, témoigna Élisabeth, évidemment horrifiée à cette idée.

Marguerite sourit, enchantée de constater que la compassion de sa fille n'excluait pas des femmes telles que la Filastre. Loin d'être aussi candide, Marguerite avait pris conscience que la voyageuse suscitait son antipathie et qu'elle avait hâte de la voir quitter sa demeure.

— Pour cette nuit seulement. Il n'est pas souhaitable qu'elle s'attarde au château sans raison. Déjà, les commères du village en auront pour des jours à jaser sur sa présence ici.

— Vous croyez ? s'étonna Élisabeth. Parce qu'elle a soigné une jument ?

— Non, quoique cela alimentera sûrement les clabaudages… Les étrangères qui voyagent seules ne sont pas les bienvenues partout. Elles passent rarement inaperçues dans les villages. Ne vous faites donc pas de souci pour elle, elle est habituée à cette vie, affirma-t-elle en saisissant à quel point son enfant n'avait pas l'expérience du vaste monde. Vous joignez-vous à moi ? Avez-vous terminé de faire les registres ?

Élisabeth s'assit près de sa mère.

— Oui. Vous avez eu le temps de vérifier ?

Margot acquiesça et en profita pour la féliciter. Depuis que Xavier était absent, Élisabeth était encore plus vaillante qu'à l'habitude.

« Elle ne se plaint jamais et accomplit la moindre tâche avec un soin infini. Quelle enfant dévouée ! J'étais tellement plus frivole à cet âge », songea Marguerite avec affection.

Après cet entretien, la jeune femme prit congé de sa mère et chargea une servante d'apporter une bourse bien garnie à la visiteuse.

Mariage

L'ombrelle la protégeait du soleil, mais pas de la chaleur. Marguerite posa ses mains sur son ventre ; depuis quelques jours, elle sentait bouger la vie en elle et cela l'attendrissait. Cette nouveauté la mettait d'humeur joyeuse et lui insufflait le courage de sortir dans la cour. L'enfant qui se développait en son sein serait là avec l'automne. Elle le bercerait à la Toussaint. Si tout allait bien ; une femme grosse a un pied dans la fosse, disait le proverbe. Même si les autres délivrances avaient été heureuses, Margot avait maintenant trente-six ans et ne s'illusionnait pas ; les risques étaient plus grands à cet âge.

— Madame, fit le vieux maître d'hôtel. Il y a une lettre pour vous.

— Nicolas ? souhaita la comtesse en se tournant vers le domestique.

Il lui tendit une missive et lui fit un hochement de tête poli. Le papier raffiné démentit ses espoirs. Il y avait bientôt trois semaines qu'il était parti, et déjà elle souffrait de le savoir si loin d'elle. Est-ce que toutes les mères ressentaient cette nostalgie douce-amère, ce même serrement dans leurs entrailles, lorsque leur enfant était loin d'elle ? Elle-même avait perdu sa mère lorsqu'elle n'était encore qu'une fillette… Il lui restait bien peu de souvenirs de cette femme belle et intrépide à qui on l'avait si souvent comparée. Était-ce pour cette raison qu'elle se dévouait si entièrement à son rôle de mère ? Il y avait certainement un peu de cela. Margot brisa le sceau de cire et déplia le papier. Son visage exprima la surprise lorsqu'elle reconnut l'écriture stylisée qui signait l'envoi. Gabriel de Collibret écrivait si rarement… C'était bien la dernière personne de qui elle s'attendait à recevoir des nouvelles aujourd'hui.

— Mère, l'interrompit Élisabeth en s'élançant vers elle.

Marguerite fronça les sourcils et leva un doigt pour lui indiquer d'attendre. Elle parcourut rapidement le message et le replia lorsqu'elle eut terminé.

— Est-ce mon frère qui écrit ? demanda la jeune femme, pleine d'enthousiasme.

Margot prit la main de sa cadette dans la sienne.

— Non, malheureusement. C'est une lettre de votre oncle Gabriel, annonça Marguerite. Il sera de passage à Montcerf dans quelques jours.

— Mon oncle Gabriel ? répéta la demoiselle, aussi surprise que sa mère.

La dernière visite de son oncle remontait à plusieurs années. Toutefois, sa personne avait laissé un souvenir impérissable à Élisabeth. Le moins qu'on puisse dire était que la présence du cadet de la famille de Collibret avait fait souffler un vent de fraîcheur sur le vieux château de Montcerf.

— Votre frère vous manque donc ? relança Marguerite. Nous n'aurons pas de nouvelles de lui avant quelques semaines, j'en ai peur.

La sentimentalité de sa mère fit sourire Élisabeth et elle hocha gentiment la tête. Nicolas lui manquait, certes, mais moins qu'à sa mère.

— Voulez-vous rentrer, mère ?

— Je vais rester encore un peu. Auriez-vous l'obligeance de me jouer un peu de musique ?

Élisabeth acquiesça et entra quérir son instrument dans le salon. Sur son chemin, elle croisa Bertille qui montait des seaux à l'étage.

— Mademoiselle Élisabeth, êtes-vous pressée ?

— La comtesse m'attend dans la cour, qu'y a-t-il ?

— C'est la dame Filastre… Je ne sais comment vous dire, Marthe m'a raconté qu'elle l'avait vue près de la ferme des Mathieu, l'autre soir. Vous savez qu'elle traîne de par le village ?

Certaine d'avoir capté l'attention de la jeune femme, Bertille poursuivit :

— Elle partait de la ferme avec un poulet.

Élisabeth plissa son visage en signe d'incompréhension.

— Il semble qu'elle soit un peu sorcière… révéla la servante, évidemment excitée par cette rumeur. La femme Mathieu lui aurait commandé un charme et, en échange…

— Ce sont des sottises ! l'arrêta Élisabeth, profondément troublée à cette idée. Par ailleurs, c'est très mal de colporter de telles médisances. Vous feriez mieux de retourner à vos tâches.

Sur ce, la jeune femme partit rejoindre sa mère dans la cour. Après avoir passé la nuit au château, la Filastre l'avait quitté, emportant avec elle la généreuse bourse qu'Élisabeth lui avait donnée. Selon la jeune femme, ce n'était pas cher payé pour se voir enfin soulagée de la crainte que cette espèce de sorcière ne dévoilât son secret. Elle lui aurait donné le double, si cela n'avait risqué d'éveiller les soupçons de sa mère… Son raisonnement était simple : pour s'assurer qu'elle ne la trahirait pas, il suffisait de s'en faire une amie. Élisabeth, intriguée, se demanda si sa mère savait que la guérisseuse traînait toujours dans les parages et ce qu'elle y faisait… Bertille était une écervelée, toujours la première à raconter n'importe quoi sur n'importe qui.

Sur son luth, elle entama une mélodie toute simple. Tandis que la musique s'élevait dans la cour, son imagination fertile l'accompagnait d'un ballet où des corps lascifs dansaient la sarabande autour d'un feu, parmi des ombres furtives mi-homme, mi-bouc.

❧

Comme chaque fois qu'elle était préoccupée, Marguerite de Razès se penchait sur son jeu d'échecs. Elle avait gardé cette manie de jouer contre elle-même, excentricité qui lui attirait les boutades de son mari, dont l'orgueil ne s'était jamais remis de la première partie qu'ils avaient disputée. En jouant ainsi, Marguerite réussissait bien souvent à vider son esprit et trouvait alors la réponse à ses interrogations. Son frère serait là dans quelques jours et, si elle regrettait l'absence de Xavier, elle devait s'avouer que cela n'aurait probablement rien changé à la situation. En outre, son mari avait très peu de patience pour l'homme puéril et inconséquent qu'était Gabriel de Collibret, alors qu'elle-même était toujours prête à lui accorder crédit, en dépit de ses écarts de conduite. Cette fois, il voulait l'entretenir d'un projet de mariage concernant Élisabeth. La comtesse de Montcerf voyait mal comment un courtisan jaloux de ses distractions mondaines pouvait avoir un projet d'épousailles sérieux à proposer. Cependant, Margot ne répugnait pas à un peu de compagnie et, le temps venu, elle expliquerait à son frère qu'elle n'envisageait pas de marier Élisabeth, du moins avant quelques années.

— Échec, murmura Margot, en déplaçant la reine noire.

Elle s'appuya au dossier de sa chaise et s'étira. Ses doigts étaient enflés et elle ressentait un serrement à ses articulations. Un autre malaise lié à sa grossesse. Elle soupira. Derrière elle, le pas feutré de la servante se fit entendre.

— Voilà, madame, j'ai pensé qu'un peu de lait chaud vous ferait du bien.

— Merci, Bertille.

— Vous avez toujours les mains bouffies, à ce que je vois.

— Hélas, répondit Margot, c'était la même chose lorsque j'étais grosse d'Élisabeth. C'est désagréable, mais je m'y fais.

À l'époque, Geneviève lui avait envoyé une décoction aux herbes qui lui avait fait beaucoup de bien, mais elle n'arrivait pas à s'en rappeler la composition.

— Puis-je me permettre, madame la comtesse, de vous faire une suggestion ? glissa Bertille. Cette dame Filastre, l'étrangère que vous avez récemment accueillie au château pour la nuit, séjourne au village ; elle semble versée dans la préparation des simples. Peut-être connaît-elle un remède de sage-femme qui vous soulagerait ?

— Je ne pense pas, rétorqua aussitôt Marguerite, rebutée à l'idée de revoir cette femme.

« Pourquoi suis-je si réticente envers cette Filastre ? s'interrogea Marguerite en massant ses doigts. Après tout, il ne serait pas surprenant qu'elle connaisse un remède pour mes maux. »

— Vous n'auriez pas à la voir, je pourrais me charger moi-même de vous obtenir ce remède, continua la servante, entêtée. Je pourrais dire que c'est pour ma cousine, qui attend elle-même un bébé.

— C'est gentil à vous, Bertille, répondit Marguerite. Je vais considérer votre offre.

La domestique se retira sans rien ajouter. Soulagée, la comtesse trempa ses lèvres dans la tasse de lait. Depuis qu'elle avait élu domicile au village, la Filastre alimentait les ragots des domestiques, qui s'intéressaient à ses moindres faits et gestes. On se scandalisait que la femme du notaire l'ait invitée chez elle pour se faire prédire l'avenir. Les légendes des sabbats en haut du Puy-de-Dôme, des nuits de la Saint-Jean et des boucs maudits n'étaient pas des sujets de moquerie dans le comté. Lors de leur mariage, Xavier avait instruit Margot sur les mœurs et les croyances des paysans ; ils avaient aussi eu droit à tout un éventail de superstitions qui devaient leur assurer une union heureuse et fertile.

Dans son for intérieur, la comtesse déplorait ces coutumes rustres et archaïques ; des années d'instruction et la fréquentation de la société du Marais la séparaient de ces peurs absurdes qui sévissaient depuis des temps immémoriaux. Nonobstant cela, elle s'abstenait surtout de commercer avec la Filastre pour ne pas choquer les habitants du comté. Non, ce n'était pas vraiment ça. Son malaise ne découlait pas de la maîtrise du secret des plantes ni même des prétendus dons de voyance de la « sorcière ». Il tenait plutôt au fait que l'étrangère lui avait révélé qu'Élisabeth avait emprunté Circé sans lui en avoir mandé la permission. Margot avait encore de la difficulté à accepter cette incartade, d'autant plus que sa fille n'avait plus abordé la question ; elle n'y avait jamais refait allusion. Pourtant, Circé avait bien failli périr par son étourderie !

« Je me laisse une fois de plus emporter par mes émotions, constata la comtesse. Demain, je demanderai à Bertille d'aller rencontrer la dame Filastre. Qui sait, elle pourra peut-être quelque chose pour moi ? Qui plus est, je n'ai rien à y perdre. »

Satisfaite, Margot reposa ses mains sur son ventre, qui frémit imperceptiblement à travers le tissu de la robe.

᙭

— Ma chère Margot ! s'enthousiasma Gabriel en sortant de son carrosse frappé aux armes du prince de Condé.

Il sauta la dernière marche et, bras ouverts, s'élança avec toute sa flopée de rubans en direction de la comtesse de Razès. Margot sourit et eut le réflexe de toucher sa coiffure sobre et dépouillée.

— Alors, c'est vrai ? La famille va encore s'agrandir ? Félicitations, chère sœur, vous êtes superbe. Ha ! Mais, ma parole, que voilà une charmante demoiselle ! Venez m'embrasser, Élisabeth !

Amusée et déjà à demi-conquise, la jeune femme se livra aux politesses d'usage avec la grâce d'une jouvencelle bien élevée. Gabriel lança une œillade appréciative à sa sœur.

— Vous avez fait bon voyage, mon frère ? s'informa la comtesse, distraite par les deux pages qui sortaient au même moment de la voiture.

Les damoiseaux s'embourbaient avec leurs souliers à talons. Leurs visages, couverts de poudre et d'une blancheur extrême, étaient criblés de mouches. Élisabeth posa une main sur sa bouche pour dissimuler un fou rire irrépressible.

— Ma nièce, n'est-il pas blâmable de s'amuser aux dépens des autres ? Tout le monde n'a pas la chance d'avoir un teint aussi radieux que le vôtre…

Élisabeth se mordit les lèvres et tant bien que mal recouvra son sérieux.

— Germain, Louis, venez que je vous présente la comtesse de Razès !

Les garçons s'empressèrent de s'avancer et se courbèrent dans une révérence au milieu du tapis de boue et de paille.

Marguerite, désarmée par tant de bonne volonté, s'adressa à sa fille :

— Ma chérie, veillez à ce que ces jeunes hommes soient convenablement logés. Votre oncle et moi, nous irons vous attendre dans le petit salon.

Sur ce, elle prit le bras de son frère et précéda le petit groupe à l'intérieur. Un généreux goûter, destiné aux visiteurs, attendait au centre de la pièce. Gabriel se servit une coupe de vin et s'assit dans un fauteuil.

— Ah… ma sœur, j'ai de plus en plus de mal à voyager ! La chaleur m'étouffe, l'inconfort, enfin… Je vous envie d'être à l'abri de cette vie trépidante.

— Vous m'enviez, vous, mon frère ? lança-t-elle, sceptique.

Le gentilhomme avait toujours refusé de s'établir ; encore aujourd'hui, sa vie était régentée par l'humeur de son maître, le prince de Condé.

— Cela vous surprend ? C'est pourtant la vérité… Mais cessons ce bavardage futile. Avez-vous des nouvelles de Nicolas ? J'ai cru comprendre qu'il avait gagné Paris, c'est donc chose faite, s'anima le gentilhomme.

— Je n'ai pas encore eu de ses nouvelles. Je ne vous cache pas que de le savoir seul là-bas m'inquiète fort, avec tout ce qu'on raconte sur ce procès, en plus…

— Mais voyons, Margot ! Nicolas est un jeune homme honnête et droit, affirma Gabriel. Qui plus est, avec les appuis que possède le comte de Montcerf à Paris, il sera à des lieues de tout scandale. Franchement, c'est une chance inouïe pour votre fils ; je connais des dizaines de pères qui vendraient leur âme pour obtenir une charge d'aide de camp pour leur aîné !

« Inutile d'insister, songea-t-elle, Gabriel est la dernière personne qui pourrait comprendre mes réticences. N'est-il pas entré comme page au service du prince à l'âge de onze ans ? »

— Je me rassure en me disant que Claudine et son mari sont là-bas, ils lui apporteront leur soutien au besoin.

— À votre place, je ne m'inquiéterais pas trop. Il sera entouré de la crème de la jeune noblesse. Il aura plus d'amis que jamais. Ah ! Que ne donnerais-je pour revenir à cet âge tendre ? rêva Gabriel en croisant les pieds sur un tabouret.

— Mon frère, vous nourrissez des aspirations bien contradictoires… D'un côté, la jeunesse retrouvée, de l'autre, la vie de châtelain ? Votre situation vous cause donc tant de déplaisir ?

— Margot, toujours le mot juste pour me délabyrinther les idées ! s'exclama Gabriel en gesticulant afin de masquer son agacement. Mais ne sommes-nous pas toujours nostalgiques de notre jeunesse ? Vous-même, n'avez-vous pas le regret du temps où vous étiez Margot la belle ?

— Gabriel ! s'offusqua la comtesse de Razès en jetant des regards inquiets vers la porte. Vous savez très bien que non, ajouta-t-elle, se forçant au calme. Je vous prierai de ne plus parler de ce sujet sous mon toit.

— Ne vous emportez pas, ma sœur, je ne faisais que badiner, répondit-il, sur la défensive.

— Si par malheur Élisabeth vous entendait…

— Soit ! Je m'efforcerai d'éviter de parler de cela, à l'avenir.

L'indignation de Margot céda la place à de la froideur. Sa réaction était peut-être démesurée, mais Gabriel savait fort bien qu'elle ne tolérait pas qu'on aborde son passé de courtisane, à plus forte raison lorsque ses enfants étaient à proximité. Elle en arrivait tant bien que mal à apaiser sa rancune lorsque Élisabeth et les deux pages entrèrent.

— Mère, ai-je votre permission pour faire visiter le haras à M. de Blois et à M. de Hesse ?

Margot leva un sourcil et balbutia :

— Euh… oui, je n'y vois pas de mal. Pourvu que vous soyez de retour pour le souper, précisa Marguerite.

Pendant que la jeune fille faisait une courbette, Margot tentait de deviner lequel des deux était le fils de son ancien amant.

— Oh, j'oubliais, ajouta Margot, demandez à Octave de vous accompagner.

— Bien, mère.

Lorsqu'ils furent sortis, Gabriel se laissa aller à rire.

— Un chaperon ? Vous êtes incroyable, ma chère sœur ! Vous croyez ces damoiseaux capables d'enjôler Élisabeth ?

Margot se surprit à réfléchir à la question.

— C'est avant tout par bienséance, répondit-elle finalement. Élisabeth en a l'habitude.

— J'admets qu'elle n'a pas eu l'air contrariée.

Rien, chez Gabriel, ne laissait à penser qu'il avait eu connaissance de la relation entre Henri de Hesse et Margot.

— Alors ?

— Alors… répéta-t-il.

— Lequel de vos deux pages est le fils du chevalier de Réchignac ?

Gabriel porta la coupe de vin à ses lèvres. Il avait l'expression du renard lorsqu'il réussit à faire tomber le fromage du bec du corbeau.

— Louis. C'est le plus grand, dit-il en se régalant du regard songeur de Margot.

— J'ai bien fait, alors, dit-elle sur un ton badin.

— La vertu est assurément un atout pour faire un mariage avantageux. Quoique… ironisa Gabriel en regardant autour de lui.

Malgré elle, Margot eut un demi-sourire.

— Je vais me faire une toilette. Puis, si vous êtes disposée à m'entendre, j'aimerais vous parler du mariage avant le souper, annonça Gabriel avec sérieux.

— Comme vous voudrez, mon frère.

༄

Élisabeth caressa la crinière du fougueux Obéron. L'étalon secoua la tête, indiquant qu'il se livrait de bonne grâce à ses cajoleries.

— C'est le père de Cassandre, expliqua la jeune femme aux jeunes hommes. Mon père l'a acquis lorsqu'il était encore un poulain. Il est de souche arabe et d'une rare qualité.

— Ce haras a été financé par Colbert, si je ne me trompe ? s'enquit Louis de Hesse, qui montrait un intérêt marqué pour l'élevage.

— Si fait, répondit-elle, mais il est maintenant entièrement indépendant. Il y a un an, nous avons fourni des montures à des hauts militaires de la région.

— Les cadets d'Auvergne ?

— Hum, je ne saurais le dire, répondit-elle, déçue de ne pas connaître la réponse. Voulez-vous voir les poulains ?

Louis acquiesça avec entrain, tandis que Germain, apparemment peu impressionné, suivait sans cacher son ennui. Élisabeth s'efforçait d'être aussi plaisante que possible, sans se faire d'illusions sur l'attrait improbable que représente une vingtaine de chevaux pour des gentilshommes de la ville. Lorsqu'ils atteignirent la stalle où étaient gardés les rejetons, Germain poussa un soupir bruyant. La jeune femme lui adressa un sourire contrit.

— Préférez-vous rentrer, monsieur de Blois ? Le souper sera servi sous peu.

— De toute évidence, mon compagnon se plaît à faire le tour des enclos et je ne voudrais pour rien au monde le priver de cette joie, répondit-il, poli, mais obséquieux. Je vais demander à votre serviteur de me raccompagner à l'intérieur.

Élisabeth hésita. Octave était resté à l'entrée de l'écurie et veillait discrètement sur le déroulement de la visite. Sa mère ne serait pas favorable à ce qu'elle demeurât seule avec l'un des jeunes hommes.

— N'ayez aucune crainte, mademoiselle de Razès, votre oncle nous tient la bride haute, intervint Louis, aussi inoffensif qu'un carnassier lorsqu'il porte une muselière. Il en irait de notre position… si nous nous permettions la moindre inconduite à votre égard.

La jeune femme le dévisagea avec surprise, la confidence créant une ambiance étrangement familière à laquelle elle n'était pas préparée.

— Vraiment ? réagit-elle, amusée. Et, cela ne va pas de soi, lorsque vous êtes en présence de jeunes femmes ?

Louis et Germain échangèrent un coup d'œil espiègle qui ne passa pas inaperçu.

— Généralement, les demoiselles qui se destinent à un prochain mariage sont davantage… disons… sensibles à nos discours enflammés, confia Germain. Il va sans dire que dans ces situations nous prêtons volontiers notre savoir amoureux à la cause. Au demeurant, M. de Collibret n'est pas le plus sévère des maîtres, pour autant que la jouvencelle soit bien disposée…

— Un prochain mariage… Je ne… On vous a mal informé, monsieur.

— Mon ami est d'une maladresse, intervint Louis en lançant à l'autre page un regard plein de reproches. Il devrait se retenir de colporter des affirmations qui ne sont, au demeurant, que des rumeurs.

Les propos eurent l'effet d'un poison foudroyant sur Élisabeth. Elle perdit toute couleur et un serrement dans l'abdomen lui donna l'impression qu'elle allait rendre l'âme. Médusée, elle se dirigea vers le château, avec, sur ses talons, les deux jeunes hommes qui se confondaient en excuses.

Lorsqu'elle atteignit le vestibule, elle avait distancé Louis et Germain. Élisabeth voulait en avoir le cœur net. Elle s'arrêta soudain à la vue de Bertille, immobile près de la porte du salon. La servante leva les yeux et, penaude, s'esquiva vers la cuisine. Sans réfléchir, Élisabeth la poursuivit.

— Mademoiselle, se confondit-elle. Je n'étais pas… je suis…

— Chut, ordonna Élisabeth, avec une toute nouvelle autorité. Qu'avez-vous entendu ? Racontez !

— Ils… Mme la comtesse parlait d'un possible mariage pour vous, relata Bertille à voix feutrée. Je n'ai pas compris avec qui, mais c'est votre oncle…

Élisabeth n'écouta pas la suite. Elle fit irruption dans le salon avec, sur son visage, les marques de la plus vive émotion.

— Élisabeth ? s'étonna sa mère.

— Vous osez arranger mon mariage sans m'en parler ? dénonça la demoiselle, au bord des larmes. Qui est-ce ?

— Ma chérie, tempéra Marguerite, attendrie et soucieuse. Voyons, calmez-vous.

— Qui est-ce ? répéta Élisabeth.

— Le neveu du prince de Condé, répondit Gabriel, d'un calme olympien. Maintenant, reprenez-vous, ma nièce !

Elle darda sur lui son regard chargé de tristesse et exécuta une sortie digne d'une tragédienne de Racine. Marguerite se leva pour l'arrêter, mais beaucoup trop tard.

— Vous disiez quoi, ma sœur, au sujet de son caractère ?

— Taisez-vous, Gabriel ! commanda-t-elle.

❧

— *Mais…*

— *Je ne m'explique pas votre réserve, ma fille, intervint Alain de Collibret. La proposition du comte est honnête. Il est jeune et sans* héritier, et sa rente est suffisante pour subvenir à vos besoins. Selon ses dires, il n'a pas l'intention de fréquenter la cour, ce qui, dans les circonstances, est pour le mieux.

L'exaspération de Marguerite se sentait aussi sûrement dans ses gestes que dans sa voix.

— Je ne prétends pas le contraire, rétorqua-t-elle d'un ton délibérément sarcastique. J'estime simplement que le temps aménagera d'autres voies, peut-être plus conformes à mes désirs. Car, s'il est vrai que vous vous inquiétez pour moi, je sens surtout que c'est notre réputation que vous cherchez à rétablir par ce mariage.

Le père de Margot passa une main dans ses cheveux ; l'argumentation s'éternisait et le mettait à bout de patience.

— Vous voulez que j'admette que cette offre me soulage ? Soit, je l'avoue. C'est la raison principale qui me fait pencher en faveur de ce mariage. L'autre est que, depuis mon retour à Mirmille, vous êtes d'une humeur exécrable et il semble n'y avoir qu'une chose qui affecte votre état.

La joute oratoire à laquelle ils se livraient chaque jour depuis une semaine se terminait invariablement sans qu'un vainqueur ne se déclare.

— Ah oui, et laquelle ?

— Les visites de M. de Razès, déclara Alain en guettant la réaction de Margot.

Cette affirmation ne perturba pas la jeune femme autant qu'il l'aurait imaginé. Une fois de plus, il se demanda quel lien unissait ces jeunes gens. Avaient-ils été amants, à Paris ? Une pudeur nécessaire entourait le passé de la courtisane, et Alain n'était pas prêt à connaître la vérité.

— Je vais y réfléchir, annonça Margot avec lassitude.

Elle se leva et prit congé de son père. Sans entrain, elle gagna sa chambre. Elle avisa la table où l'attendait le courrier qu'elle avait reçu la veille. Les habitants de la baronnie s'étaient accoutumés à la correspondance volumineuse de Margot. Or, depuis un mois, l'éloignement et le détachement se manifestaient par une diminution marquée du nombre de lettres qu'elle recevait. Soudain, la jeune femme eut un haut-le-cœur. Elle eut le réflexe de tirer le pot de chambre et ferma les yeux pendant que son estomac renvoyait son contenu. Encore des nausées.

« Cette histoire de mariage me met dans tous mes états, fulmina-t-elle. Que n'ai-je réagi avec plus d'assurance lorsqu'il m'a poursuivie jusqu'à Mirmille ? J'aurais évité tous ces tracas. »

Quelques minutes plus tard, elle s'étendit sur le lit en pressant un linge humide sur son front. Elle avait pourtant fait maigre hier… La jeune femme laissa la compresse sur sa tête et étira le bras pour attraper la lettre de Geneviève. De toutes ses amies, c'était celle qui écrivait le plus souvent. Sa plume agréable relatait souvent les événements cocasses ou mondains qui meublaient son existence de mère. Marguerite tressaillit en lisant la première phrase : « Comme je m'en doutais, je suis grosse à nouveau. Je m'entêtais à ne pas y croire, même si les signes étaient présents depuis quelque temps. »

Marguerite ferma les yeux comme si cela pouvait faire disparaître ce qu'elle s'efforçait de ne pas voir. Elle portait un enfant. L'enfant de Xavier de Razès.

9

Valets et gentilshommes

Il enfila la veste et la boutonna, puis tourna sur lui-même afin de présenter son dos à Médéric.

— Alors ? s'enquit-il avec entrain. Est-ce que le tissu bombe suffisamment ?

Le vieil Hollandais tira voluptueusement sur sa pipe.

— Soit ! J'ai été écuyer, mais jamais valet. Qu'en sais-je si ça gonfle bien. Il y a au moins une toise de tissu superflue sur cette chemise, argua-t-il en désignant l'étoffe fine qui dépassait de la veste.

Nicolas se contenta de sourire. Il devait se rendre à l'évidence, les commodités étaient choses du passé. Ni miroir ni chambrière et, pour seul compagnon, un vieil Hollandais qui se souciait comme d'une guigne de la mode. Comme s'il suivait le cours des pensées du jeune homme, Médéric ajouta :

— Lorsque vous serez aide de camp, vous n'aurez pas trop de tissu pour panser vos blessures. Quoique, durant les campagnes de Hollande, vos maréchaux vivaient dans le luxe, même au milieu des charniers.

Les volutes de fumée dégageaient un fort effluve. Nicolas ne pouvait pas se plaindre ; un goût prononcé pour le tabac était le seul travers de Médéric Vennheimer.

Quant à ses opinions sur la guerre en Hollande, le terrain était trop accidenté pour que le jeune homme s'y risquât. Même s'il y avait deux ans que le traité de paix entre la France et la Hollande avait été signé, il pouvait aisément imaginer les sentiments que Médéric nourrissait à l'égard des armées qui avaient envahi son pays.

— Il fait trop chaud pour mettre un justaucorps, constata Nicolas à voix haute. Bon, je ferais mieux d'y aller, si je veux arriver à temps.

— Je vous accompagne, annonça Médéric en déposant sa pipe. Nous pourrons ensuite nous rendre directement au faubourg Saint-Laurent pour nous occuper de votre père.

— Vous êtes certain ? C'est que… je crains, hésita le jeune homme, embarrassé de devoir donner une consigne à son compagnon.

— Ne vous en faites pas, je resterai auprès des chevaux. C'est moi qui ai proposé de me faire passer pour votre valet. Ah ! Ne vous méprenez pas : je préfère de beaucoup la compagnie de Mercure à celle des écornifleurs de la cour.

La remarque ne parvint pas à entamer la bonne humeur de Nicolas. Depuis le point du jour, il trépignait : il allait rencontrer le marquis de Louvois, secrétaire d'État à la Guerre.

— Vous n'oubliez pas quelque chose ? dit Médéric en lui tendant son épée. Heureusement que je suis là.

ে৹

— M. de Razès, annonça le majordome en enfilant une courbette après l'autre.

En pénétrant dans le cabinet, Nicolas fut frappé par l'ambiance trépidante qui y régnait. Les montagnes de documents, les secrétaires affairés, tout concordait pour montrer avec quel zèle Louvois s'occupait des affaires de l'État. Le temps paraissait ici plus précieux qu'ailleurs, et le jeune homme saisit aussitôt la valeur de l'entrevue et, surtout, l'importance d'être concis.

— Monsieur de Razès, commença le secrétaire d'État à la Guerre. Il est extrêmement rare que je reçoive moi-même les jeunes gentilshommes qui souhaitent obtenir une charge.

Cela étant dit, je m'étais engagé auprès de votre père à vous placer auprès d'un maréchal ; or, cela n'est pas encore conclu à ce jour.

Un secrétaire déposa une liasse de papiers devant le marquis de Louvois. Au milieu de subordonnés usés par le travail de bureau, la vigoureuse trentaine du secrétaire d'État contrastait avec d'autant plus de force.

— Vous n'êtes pas sans savoir que la France a connu par le passé des jours moins sereins, supposa-t-il, d'un ton où pointait une légère fierté.

Nicolas hocha la tête pour signifier qu'il était au fait des récents traités qui étaient venus régenter les relations avec les royaumes voisins.

— Ainsi, poursuivit Louvois, j'irai droit au but. Je vous écrirai dans les prochaines semaines pour vous faire part de votre assignation. Cela ne saurait tarder. Voyez cette attente comme une occasion de visiter la ville.

Le secrétaire d'État décacheta une lettre, qu'il lut distraitement. Il fallut quelques secondes au jeune homme pour prendre conscience que, par ce geste, le haut fonctionnaire lui signifiait que l'entretien était clos.

« Je devrais peut-être lui glisser un mot concernant la disparition de mon père », hésita Nicolas, qui ne voyait plus comment aborder le sujet.

Il se découvrit et agita son chapeau en révérence.

— Transmettez mes salutations à votre père, dit encore Louvois.

— J'y veillerai. Merci d'avoir consenti à me recevoir.

Aucun des trois secrétaires ne leva les yeux pour regarder Nicolas sortir. Le jeune homme ravala son orgueil et tâcha de jouer la désinvolture lorsqu'il traversa le salon où il avait patienté pendant plus d'une heure parmi les autres visiteurs. Dire qu'il y a quelques minutes il faisait encore le fier devant les militaires, déconfits eux-mêmes d'être devancés par un jeune arriviste. Il était abattu. Il ne voyait pas comment sa rencontre avec le secrétaire d'État Louvois aurait pu être plus décevante. Sa venue à Paris devait marquer le début de sa carrière militaire, le début d'une aventure, mais, jusqu'à maintenant, rien ne se déroulait comme il l'avait rêvé.

— Alors ? s'informa Médéric.

— Rien ! Il va m'écrire lorsqu'il sera en mesure de me donner des détails sur ma future charge.

Il fit un effort pour ne pas laisser voir son désenchantement, mais le Hollandais n'en fut pas dupe.

— Moi qui m'attendais à griller au soleil pendant des heures, ironisa-t-il. Au moins, il ne vous aura pas fait attendre toute la journée pour vous l'annoncer.

Nicolas lui répondit par une moue penaude.

— Qu'à cela ne tienne ! Nous aurons ainsi le temps de retrouver votre père, annonça Médéric, optimiste. À tout le moins de chercher ce qui se trame.

Nicolas hocha la tête en signe d'assentiment. Il avait été si absorbé par sa rencontre avec le secrétaire d'État Louvois qu'il avait relégué la disparition de Xavier au second plan. De son côté, Médéric, qui considérait que l'absence du comte avait toutes les apparences d'un complot, avait dressé une liste de gens suspects. Nicolas monta en selle, résigné à consacrer sa journée à dénouer ce mystère.

— Avec ce procès, les apothicaires et les autres charlatans de cette sorte doivent être sans cesse sur leurs gardes, estima Médéric. Le meilleur moyen de ne pas éveiller les soupçons serait de se faire passer pour des chalands étrangers. Et avec de l'argent…

— Justement. Y a-t-il une seule personne dans la ville qui soit assez imprudente pour se procurer du poison par ces temps ? Ça sonne faux.

— Qui parle d'acheter un poison ? rétorqua Médéric, avec son regard de vieux loup. De plus, nous ne sommes pas censés être au courant du danger. Nous arrivons justement de Hollande.

— Mais encore ? Avez-vous songé que l'on risque d'alerter la police. D'après mon oncle, elle est aux aguets et n'hésite pas à arrêter tous ceux qui lui semblent suspects.

— Si c'est le cas, on saura très vite si votre père travaille avec elle.

Devant l'assurance de son compagnon, Nicolas était à court d'arguments. Ils prirent le chemin du faubourg Saint-Laurent. La tenue du jeune homme ne laissait pas les badauds indifférents ; les bourgeois et les artisans s'écartaient volontiers sur son passage, alors que la multitude en haillons l'assaillait, implorant la charité. Le jeune homme, à la fois stupéfait et dégoûté, tentait de tenir ces miséreux à l'écart, mais son expression navrée avivait leur hardiesse.

— Pitié, monseigneur, j'ai cinq bouches à nourrir ! plaidait un homme maigre à faire peur.

— Messieurs, messieurs, quelques sous pour une vieille femme !

— Est-ce encore loin ? lança Nicolas, déjà essoufflé, à Médéric.

— Nous aurions dû venir à pied. C'est juste ici, pointa ce dernier en désignant une vieille masure.

— Ce n'est pas l'adresse d'un apothicaire, ça, constata Nicolas, qui cherchait une enseigne.

L'habitation était croulante et maussade, à l'image des autres maisons de la rue. Son toit difforme et les herbes éparses qui l'entouraient renforçaient son apparence de champignon vénéneux. Le jeune homme descendit de son cheval, luttant contre son manque d'enthousiasme qui lui murmurait de regagner le confort de son hôtellerie.

— Ce n'est pas un apothicaire, confirma Médéric. Autrement plus intéressant. Suivez-moi et laissez-moi faire !

Tenant Mercure par les rênes, il se plaça à côté du Hollandais qui, déjà, frappait à l'huis. Ils perçurent des bruits de pas et la porte s'entrebâilla.

— Bonjour, dit Médéric en ôtant son chapeau. Je peux entrer ?

L'accent qu'il masquait habituellement attisait la curiosité. Un visage se glissa dans l'ouverture. C'était celui d'une femme d'un âge incertain, aux joues rondes et aux traits charnus.

— Que voulez-vous ? lança-t-elle, bourrue.

Médéric jeta un rapide regard alentour, exprimant son hésitation à donner les raisons de sa visite. Comprenant qu'elle n'en apprendrait pas plus si elle n'invitait pas les deux hommes à entrer, la femme ne fut pas longue à se décider.

— Attachez vos chevaux là, ordonna-t-elle en se dandinant pour libérer le passage.

Sa silhouette corpulente s'engonçait dans une robe vert et brun qui avait sans doute été fort belle, mais qui, à présent, était très usée. Nicolas abandonna son cheval à contrecœur et suivit Médéric à l'intérieur. La femme prit place sur un tabouret qui disparut sous ses vêtements. Il n'y avait aucun autre siège dans le vestibule sombre et malodorant.

— Vous êtes la maîtresse de maison ? demanda le Hollandais. Je suis M. Vennheimer et voici mon neveu. Nous venons de loin et sommes à Paris pour vous consulter.

Nicolas tenta de ne pas laisser paraître son étonnement devant l'approche directe de son compagnon. En réalité, il s'attendait à ce que la grosse femme les éconduise lorsqu'elle dit :

— Vous avez de quoi payer ?

— Les dix pistoles que j'ai sur moi suffiront-elles ? répondit Médéric en faisant tinter sa bourse.

Un petit sourire se dessina sur les lèvres de la femme. Elle se leva et leur fit signe de la suivre dans une autre pièce. Nicolas, qui n'avait aucune idée de ce que la « consultation » comprenait, espérait que la ruse de Médéric tiendrait le coup.

— Asseyez-vous, dit-elle en désignant deux tabourets autour d'une table basse. Qui vous a parlé de moi ?

— Un gentilhomme du nom de Razès, répondit-il sans hésitation. Il a été très satisfait de vos services.

— Razès... murmura-t-elle en paraissant se souvenir de ce nom. Oui, je me souviens de lui. Foncé. Plus jeune que vous.

— Plus beau aussi, renchérit Médéric en riant. Il m'a dit que vous étiez habile à toutes sortes de choses.

Nicolas, qui regardait attentivement la femme, remarqua alors que son expression se transforma, devenant plus grave.

— Oh, si peu, corrigea-t-elle. Mon talent me vient de ma mère. Celui de lire dans les visages. La personnalité, vous savez ?

Le visage de Médéric exprima la surprise.

— Dans les visages ? Ce n'est pas pour cela que nous avons voyagé depuis la Hollande !

— Êtes-vous bien certain qu'il vous a parlé de Guillaumette Poulain ? le baratina la femme. Si c'est le cas, eh bien, il vous a mal guidé.

— Poulain, c'est bien le nom, affirma Médéric, qui se leva, coupant court à tout bavardage. Je vois que nos pistoles ne sont pas assez bonnes pour vous. Allez, mon neveu !

Nicolas copia l'air d'exaspération de son compagnon, bien en vain, car Guillaumette Poulain affichait une indifférence complète.

Ils aboutirent dehors et le jeune homme poussa un soupir de déception.

— Rentrons, suggéra-t-il en remontant sur Mercure. Nous n'apprendrons rien de plus.

Tout à l'opposé, le vieil Hollandais jubilait lorsqu'il se mit en selle.

— Pas encore ! Nous avons le temps de faire un tour jusqu'à la rue Montmartre. Il y a là un nom qui revient à quelques reprises dans les notes du comte. Un peu de patience, mon jeune ami ! l'encouragea-t-il. N'avons-nous pas la preuve maintenant que votre père menait une enquête ?

Nicolas haussa les épaules sans conviction.

— C'est peu de chose. On ne sait même pas qui est cette Guillaumette Poulain. Elle n'avait pas l'air d'une devineresse ni d'une sorcière, fit remarquer le gentilhomme.

— Je ne me fierais pas trop à l'image moyenâgeuse que l'on se fait de cette profession. Cette femme habite un quartier sordide, mais elle est grasse comme une oie. Elle paraît pourtant vivre seule… Elle doit donc faire bon commerce de ses dons de devineresse.

Les déductions de Médéric étaient justes, et le jeune homme en conçut de l'admiration à l'endroit de son compagnon. Il s'était attendu à une grandiose démonstration de magie qui l'aurait mis sur les traces de son père. Si cette femme était bel et bien une sorcière digne du bûcher comme toutes les autres, elle était décidément plus rusée ; en outre, contrairement à ses congénères, elle avait échappé à la condamnation. De plus, sa réaction devant le nom de Razès avait été immédiate, comme celle d'une bête reconnaissant l'odeur du chasseur.

— Médéric, s'inquiéta Nicolas. Croyez-vous que mon père ait été découvert et qu'il se soit fait…

— Votre père est un homme prudent, coupa Médéric. Néanmoins, il a dû faire une mauvaise rencontre. Il ne sert à rien de perdre un temps précieux à ruminer.

— Nous nous rendons donc rue Montmartre ?

Nicolas se rangea derrière le Hollandais en se promettant d'être à la fois plus attentif et plus audacieux. Il n'avait, jusqu'à présent, donné aucune preuve qu'il était vif d'esprit et courageux, deux qualités qu'il estimait pourtant pouvoir compter comme siennes. Le trajet parut très long au jeune homme, en partie à cause de la pauvreté qui sévissait dans les rues de la capitale. Le contraste avec les hôtels du Marais, le palais royal et le Louvre était choquant.

Il se prit à méditer sur son nouveau milieu. Où les nobles se rendaient-ils pour se divertir et se retrouver ? Il demanderait à Isabelle de Coulonges, chez qui il allait souper ce soir.

— Nous y sommes, annonça Médéric en arrêtant son cheval devant un petit hôtel particulier dont la cour, assez vaste pour recevoir plusieurs attelages, était présentement déserte.

— Connaissons-nous le nom de ceux qui résident ici ? demanda Nicolas en essayant de repérer un blason qui lui donnerait quelque indication.

Son compagnon tira le carnet du comte de ses fontes. Il tourna quelques pages et s'arrêta finalement :

— Il a noté « Des Œillets », lut Médéric. Beaucoup de gens semblent avoir eu des liens avec elle.

— La Voisin, Chappelain, Romani... Ceux-là ne sont pas des aristocrates, commenta Nicolas. Peut-être devrais-je tout bonnement demander à voir Mlle Des Œillets ?

Médéric choisit de rester en arrière avec les chevaux pendant que Nicolas tenterait de se faire recevoir. Le gentilhomme traversa la cour, au bout de laquelle il remarqua un grand carrosse à ramages, qui paraissait attendre son propriétaire. Spontanément, il décida d'aborder des domestiques qui venaient de sortir.

— S'il vous plaît, lança-t-il à l'adresse des hommes vêtus de livrées de qualité. Je cherche une dame que j'ai cru voir entrer ici. Pouvez-vous m'éviter le ridicule en me disant si je suis au bon endroit ?

— À votre service, répondit l'un des deux en souriant. S'agit-il de Mlle Des Œillets ? Dans ce cas, elle se trouve bien à l'intérieur, mais elle reçoit en ce moment.

— À quoi ressemble votre galante ? renchérit le deuxième cocher, qui s'amusait de la situation.

Nicolas, confus, bredouilla :

— Vous savez, lorsque la raison nous abandonne, il paraît bien difficile de décrire le sujet de nos tourments...

Tout à coup, une voix de femme se fit entendre. Les trois hommes levèrent la tête. Nicolas aperçut d'abord le bout du petit soulier blanc qui pointait sous la cascade de brocart

129

vermeil. La tournure de la jupe suggérait de longues jambes, et la tenue, bien ajustée, composait un écrin parfait pour ses formes rebondies.

— Monsieur ? répéta la dame.

Nicolas comprit qu'elle s'adressait à lui. Il se découvrit et lui offrit son sourire le plus charmeur.

— Nicolas de… Collibret, pour vous servir, mademoiselle, se présenta ce dernier, qui avait jugé que sous le nom de sa mère il lui serait plus aisé de suivre la trace de son père sans éveiller de soupçons.

Si les années s'inscrivaient sans clémence sur le visage de la femme, lui donnant la trentaine bien entamée, Nicolas jugeait le terme « mademoiselle » plus flatteur que « madame ». Cela sembla être une décision éclairée, puisqu'elle s'avança vers lui avec un air ravi qui ne trompait pas.

— Enchantée, monsieur de Collibret, dit-elle en souriant. Claude de Vins Des Œillets, ou mademoiselle Des Œillets, plus simplement.

Il prit sa main gantée et lui fit un baisemain en plongeant ses yeux dans les siens.

— De si belles façons, monsieur, et vous restez dehors avec les laquais ? le railla-t-elle en le regardant de la tête aux pieds.

Nicolas éclata d'un rire franc. La dame avait un esprit piquant et une assurance désarmante.

— Je n'étais pas certain d'être au bon endroit, se justifia-t-il. Mais ne sommes-nous pas toujours au bon endroit lorsque la compagnie est charmante ?

Elle sourit de plus belle et passa sa main gantée dans ses cheveux bruns.

— Puis-je m'enquérir du but de votre visite, monsieur de Collibret ?

— Je… suis un simple voyageur. J'arrive à Paris et on m'a vanté votre personne et votre hôtel, mentit Nicolas, qui ne savait vraiment sur quel pied danser.

— Je reçois à l'occasion, répondit Mlle Des Œillets. Surtout l'après-dîner et parfois le soir. Je me targue d'avoir une société toujours divertissante, lança-t-elle. Aurais-je le plaisir de vous recevoir ?

Le jeune homme, qui ne pouvait espérer meilleure fortune, accepta aussitôt.

— Dois-je me présenter à votre père, à votre frère, peut-être ?

D'un mouvement coquin, elle gloussa derrière son éventail. Le jeune Auvergnat se sentit rougir. Les règles de bienséance qui s'imposaient avec les jouvencelles étaient tout autres que celles qui convenaient avec une femme qui approchait la quarantaine.

« Cette investigation se révèle moins ennuyeuse que je ne l'avais cru, songea-t-il avec une nouvelle gaieté. Pourquoi ne pas en profiter pour me divertir ? »

— Je vous attendrai donc pour le dîner, disons, dans trois jours ?

Nicolas s'inclina alors que la demoiselle grimpait dans le carrosse. Elle agita son éventail dans sa direction avant de disparaître derrière les rideaux de la portière. Il avisa l'entrée de l'hôtel. Il n'avait pas eu à la franchir et, déjà, il s'y était fait inviter. Sa jeunesse et son allant lui ouvriraient les portes de tous les salons et, à ce rythme, il aurait tôt fait de retrouver son père.

10

Affaire de cœur, affaire de cour

Nicolas prit place à table tandis qu'Isabelle remplissait deux verres de vin rouge. Elle lui sourit et s'assit à son tour.

— Vous habitez seule ici ? demanda le jeune homme.

— La plupart du temps, oui. Mon père vient en visite, parfois, mais c'est de plus en plus rare. Après la mort de ma mère, il a délaissé cette maison qui lui rappelait trop de mauvais souvenirs.

— Elle a été très malade, si je ne m'abuse ? se rappela Nicolas, qui ignorait les circonstances exactes du décès de la mère d'Isabelle.

Le regard de la jeune femme se troubla de nostalgie plus que de tristesse, et elle dit :

— Elle nous a quittés subitement… un mal des intestins. Votre mère était venue lui rendre ses respects, raconta Isabelle. Cela paraît si loin… Depuis, je crois que mon père s'est lassé de Paris et qu'il préfère l'Auvergne.

— Où sont situées vos terres, exactement ? renchérit Nicolas, ravi que la conversation se déroulât si naturellement.

— Mon père est chevalier, précisa-t-elle. Il ne s'agit que d'un vieux manoir avec ses dépendances, dans une seigneurie du marquis de Roussille. Si vous connaissez le domaine de Fontanges, alors vous savez où se situe notre manoir.

L'Auvergne se divisait en plusieurs régions distinctes, tant par leur patois que par leur géographie et leur culture. Le comté de Montcerf était situé dans le Puy-de-Dôme, la partie centrale de l'Auvergne, une région de brumes, de monts et de vallées verdoyantes. Fontanges était situé en Auvergne méridionale, et la langue d'oc s'y parlait couramment, en particulier chez les paysans.

— Si je ne me trompe pas, c'est près de Salers ? Oui, je crois avoir déjà ouï le nom de Fontanges, se rappela Nicolas en portant son verre à ses lèvres. Et vous-même, mademoiselle de Coulonges, dites-moi ce qu'une demoiselle gracieuse et esseulée fait dans le Marais ?

Isabelle de Coulonges sourit à la remarque et but à son tour.

— J'aime le Marais. Cette maison… rêvassa-t-elle en regardant les murs. C'est ici que je suis née. Ma mère aimait chaque pièce de son « hôtel », comme elle l'appelait. Mon père lui en a fait cadeau lors de leur mariage.

— Ils se sont beaucoup aimés, devina Nicolas, sincèrement touché par ce qu'Isabelle lui confiait.

— Oui, énormément, répondit la demoiselle avec tendresse.

La domestique que Nicolas avait rencontrée lors de sa première visite entra à cet instant avec le potage. Elle posa les plats et s'éloigna aussitôt. Le caractère intime de leur tête-à-tête avait été apprêté avec grand soin, fait qui troublait le jeune homme pour qui ce souper consistait en une civilité envers l'amie de sa mère.

— Comment se porte votre père ?

— Euh, à vrai dire, hésita Nicolas, je ne l'ai pas vu depuis que je suis arrivé à Paris. Il semble qu'il ait des obligations pressantes.

Isabelle hocha la tête d'un air entendu.

— Votre mère m'avait écrit à ce sujet. Si je me fie à ses lettres, votre père s'est attiré les bonnes grâces de quelqu'un de haut placé pour vous obtenir une charge d'aide de camp, révéla-t-elle avec l'entrain dont on use pour annoncer une bonne nouvelle.

Nicolas, légèrement piqué par l'allusion à la faveur de son père, se raidit.

— Détrompez-vous, mon père vaque à ses propres affaires qui ne me concernent en rien, assura-t-il. Il est vrai qu'une position d'aide de camp est enviable mais, contrairement à nombre de cadets de bonne famille, je possède les qualités nécessaires pour l'occuper.

Il avait affirmé cela sur un ton plus rude qu'il l'aurait voulu. Isabelle pencha la tête vers son potage, dérobant son regard. Le jeune homme cherchait quoi dire pour détendre l'atmosphère lorsqu'une voix cassante se fit entendre dans la pièce d'à côté :

— Angélique ! Mon cœur !

Nicolas tourna la tête en direction du bruit, croyant être témoin d'une idylle entre domestiques. La déclaration se répéta, sur le même ton sec, et Nicolas chercha, sur le visage de sa compagne, une explication quelconque. Devant l'impassibilité d'Isabelle, il questionna, intrigué :

— Qui est Angélique ?

Elle tendit l'oreille et, soudain, ils entendirent :

— Oiseau de malheur ! Oiseau de malheur !

L'improbable tirade les fit tressaillir, puis Isabelle se mit à rire.

— C'est Jodelet, le perroquet de ma mère, l'éclaira-t-elle en s'amusant de la surprise de Nicolas.

— Un perroquet ? s'étonna le jeune homme, qui n'avait jamais entendu un animal parler.

Isabelle acquiesça.

— Tais-toi, oiseau de malheur ! ordonna un deuxième personnage, masculin et évidemment exaspéré.

Nicolas écarquilla les yeux en signe de surprise. La scène qui se jouait de l'autre côté du mur prenait l'allure d'une farce incongrue. Isabelle se leva, s'excusa auprès de son invité et disparut.

— Mon frère ? retentit la voix d'Isabelle. D'où arrivez-vous ?

— Isabelle, ah… je vous ai dérangée, se désola une voix masculine. C'est ce satané perroquet.

Il y eut des bruits ; quelqu'un déplaçait des objets.

— Je ne serai pas long, ajouta la voix.

— Que faites-vous ? Pourquoi cette hâte ?

L'oiseau cria de nouveau.

— Mon cœur ! Angélique !

Nicolas perçut un claquement, suivi d'un croassement et d'un battement d'ailes ; puis, une discussion feutrée et des pas qui venaient vers lui. Il se composa un visage sérieux, que venaient contredire ses prunelles moqueuses.

— Monsieur de Razès, annonça Isabelle, laissez-moi vous présenter mon frère, Vincent de Coulonges.

Les formules de politesse qu'il se préparait à dire ne franchirent pas ses lèvres : il s'agissait de l'insolent contre qui il avait coursé sur la route de Paris.

— Vous ! s'exclama Nicolas, désarçonné par l'arrivée du gentilhomme.

Vincent, moins spontané, se contenta d'un « ha ! », suivi aussitôt d'une grimace narquoise.

— Vous vous connaissez ? interrogea Isabelle sur un ton qui dissimulait avec peine son appréhension.

Leurs expressions ne pouvaient rien augurer de bon, et la jeune femme, qui avait souvent payé d'infortune les actes de son frère, se retenait de l'inonder de reproches. Nicolas attendit que son ancien adversaire fournît une explication, puisque c'est lui qui avait été interpellé. Le silence fut de courte durée.

— J'ai croisé M. de Razès sur la route de Paris, annonça posément Vincent. Il m'a, par ailleurs, tiré d'un fort mauvais pas.

Les traits de la jeune femme se détendirent. Nicolas exécuta, de bon cœur, un geste qui voulait dire « n'en parlons plus ». À son tour, Vincent parut soulagé et lui adressa un coup d'œil reconnaissant.

— Je n'ai jamais eu la chance de vous remercier convenablement, mais je n'ose pas m'imposer plus longtemps dans votre tête-à-tête, dit-il. Si vous voulez bien m'excuser, ma sœur, je vais vous laisser. Nous nous verrons demain matin.

— Êtes-vous certain de ne pas vouloir vous joindre à nous ? s'enquit-elle avec détachement.

Il y avait, dans ses manières ou son intonation, une affectation qui révéla à Nicolas que le jeune homme avait reçu la consigne de ne pas rester. Ses yeux noirs allèrent de la sœur au frère, tentant de comprendre ce qui se cachait derrière ce non-dit.

— Monsieur de Razès, salua Vincent de Coulonges. J'espère que nous aurons la chance de nous revoir.

— Je n'en doute pas, assura Nicolas.

Ce n'est qu'une fois qu'il fut parti que le jeune homme se questionna sur la sincérité du discours de Vincent. Répugnait-il à contrarier sa sœur au point de feindre de lui avoir pardonné leur querelle ?

— Voulez-vous voir le perroquet ? proposa la demoiselle, une fois le potage terminé.

Nicolas accepta avec plaisir. Répondant au nom de Jodelet, l'animal était plus petit qu'un faucon de chasse, avec des yeux curieux et un plumage gris et lustré.

— Comment se fait-il qu'il parle si bien ? s'émerveilla le gentilhomme.

— Il répète simplement ce qu'on lui dit, précisa-t-elle. Vous n'aviez jamais entendu parler d'un tel animal ? Les perroquets sont assez rares, mais les oiseaux du Sud étaient très à la mode à Paris, il y a quelques années.

Nicolas s'approcha de la cage et agita ses doigts devant le perroquet qui, peu impressionné, se mit à lisser ses plumes.

— Il parlait davantage lorsque ma mère était là. Maintenant, il taquine surtout Vincent sur ses déboires amoureux, confia Isabelle d'un air coquin.

— Ah ! C'était donc ça. Alors, Jodelet, vous êtes un fidèle de la carte de Tendre ? plaisanta le jeune homme. Désormais, je saurai qui venir voir pour des conseils.

Isabelle gloussa de rire et l'oiseau, qui n'aimait pas être le dindon de la farce, leur tourna le dos.

— Je crois bien que nous l'avons offusqué. Retournons à table, voulez-vous ? Il est si rare que je reçoive des invités…

Se remémorant sa première visite, où il avait eu la vive impression que le porche de la maison exerçait un attrait tout particulier pour les jeunes hommes, Nicolas se contenta de prendre un air dubitatif.

— Qu'y a-t-il, monsieur de Razès ? Vous en doutez ?

— J'ai des raisons de croire que l'on vous courtise pourtant avec une certaine… ardeur, hésita le gentilhomme, qui ne voulait pas froisser son hôtesse.

La nature avait doté Isabelle d'une élocution pleine de verve et d'aisance ; sa timidité ne se remarquait donc pas au premier abord. Mais le commentaire de Nicolas fit mouche et elle rougit jusqu'à la racine des cheveux.

— Je suis navré, je ne voulais pas…

— Non, non, au contraire, intervint la demoiselle. La dernière fois… Vous êtes en droit de supposer que j'ai un soupirant, mais il y a méprise. La vérité est que je ne reçois aucun de ces prétendus gentilshommes chez moi, clarifia-t-elle avec une pointe de dépit. Vous êtes le premier homme qui entre ici depuis des lustres.

Sur ces entrefaites, la servante apporta le plat principal. Il ne faisait aucun doute qu'elle avait tout entendu. Cette intrusion ajouta à l'inconfort de Nicolas, déjà mal à l'aise après la confidence de la jeune femme. Si Isabelle s'en aperçut, rien dans son attitude ne le montra. Au contraire, le reste du souper, la jeune femme semblait soulagée d'avoir abordé le sujet épineux de sa première visite.

Ce n'est que plus tard, alors qu'il rentrait à l'Hôtellerie des Ormes, que Nicolas prit conscience de ce qui, pourtant, sautait aux yeux. Aucune demoiselle à la recherche d'un galant n'avait avantage à ce qu'il y eût des doutes quant à son honnêteté. Jusqu'à présent, Nicolas avait attribué sa motivation à l'amitié qu'elle avait pour sa mère, et cela l'avait aveuglé quant aux intérêts véritables de la jeune célibataire.

« Oh, quel idiot je fais ! ragea-t-il intérieurement. La dernière chose dont j'ai besoin en ce moment, c'est d'une affaire de cœur. »

Il s'endormit cette nuit-là en se promettant d'éclaircir l'ambiguïté dès que l'occasion se présenterait. Il lui suffisait d'avoir failli se battre contre le fils de Geneviève de Coulonges, il ne tenait pas à en vexer la fille.

∾

La Chambre ardente, baptisée ainsi parce que des torches illuminaient ses murs tendus de noir, captivait les habitants de Paris, comme, vingt ans auparavant, la disgrâce du surintendant Fouquet. Peut-être même davantage. Depuis sa création, plus d'une cinquantaine de témoignages avaient été entendus et on ne comptait plus les verdicts de condamnation. Toujours aussi déterminé, le lieutenant de police La Reynie menait l'enquête avec une intégrité qui faisait trembler les plus hauts personnages de la noblesse. On estimait que près de deux cents personnes pratiquaient le métier très lucratif de devin dans la ville de Paris.

— Ça en fait du monde qui veut connaître son avenir ! s'exclama le Hollandais qui commençait à saisir l'ampleur du phénomène.

Au demeurant, les crimes perpétrés avaient peu à voir avec la cartomancie ou la chiromancie. En fait, les charlatans qui prétendaient avoir des dons de voyance n'avaient vu qu'une chose : le profit qu'ils pouvaient trouver à donner un coup de pouce à la roue de la fortune. D'après les interrogatoires, l'engouement pour les poisons ne datait pas d'hier. Plusieurs devineresses et autres sorciers opéraient depuis maintenant une dizaine d'années, ce qui expliquait en grande partie les proportions qu'avaient prises les procédures judiciaires. Après avoir généreusement trinqué dans un tripot miteux qu'il avait autrefois fréquenté, Médéric avait une assez bonne idée des événements marquants du procès. Chacun y allait gaiement de sa version de l'exécution de la Voisin, mais, derrière cette apparente nonchalance, tous ne dormaient pas sur leurs deux oreilles. Car, si La Reynie pouvait éclairer les rues de la ville, oserait-il faire la lumière jusqu'au sein de la cour ?

En outre, les exils se multipliaient : comtesses, marquis et autres gens de cet acabit ressentaient l'impulsion d'aller visiter des contrées lointaines. Ce n'était sans doute pas un hasard si une bonne moitié de ces exilés était des anciennes maîtresses du roi.

— Chez les Français, toute intrigue cache une histoire de femmes, déclara Médéric, sans marquer la moindre surprise.

Un tavernier opiniâtre s'était confié à lui.

— Angélique de Fontanges, la nouvelle favorite, n'atteindra pas ses vingt printemps, prédit ce dernier, macabre. Elle a quitté subitement la cour en clamant que la Montespan avait tenté de l'empoisonner !

— La Montespan ? ânonna Médéric, bien qu'il n'ignorât pas qui elle était.

L'autre le dévisagea comme s'il venait de proférer un blasphème. Personne ne pouvait mettre les pieds en France sans connaître la maîtresse du roi. Même si elle ne portait pas la couronne, la marquise de Montespan régnait sur la cour depuis bientôt dix années.

— La maîtresse en titre, pardi ! La grosse tripière, comme on l'appelle affectueusement, railla le tenancier. Elle n'a pas dû aimer que sa rivale devienne duchesse. La Fontanges est peut-être sotte, mais pensez-vous que notre bon roi en ait cure ? Elle a, paraît-il, le plus beau visage du monde et des cuisses avec lesquelles elle ne fait pas que monter à cheval !

D'un rire sonore, Médéric encouragea l'homme à continuer.

— Quand la responsabilité de l'enquête a échu à La Reynie, d'aucuns se doutaient qu'on empoisonnait à la cour! Je parie que Colbert s'en mord les doigts maintenant, ajouta le tavernier en remplissant le gobelet du Hollandais.

— Colbert... répéta Médéric, piqué par la curiosité. Il serait mêlé à tout cela?

— Non, je ne pense pas. Mais la Montespan n'est pas la moindre de ses alliés. D'abord, le maréchal de Luxembourg, on a bien cru qu'il était à la Bastille pour y rester. Et pourtant...

Le tavernier s'arrêta aussi soudainement que s'il venait d'être atteint d'un coup de mousquet. L'espièglerie et la bonhomie, qui tenaient lieu de sauf-conduit au visage de Médéric, s'étaient envolées. Le cabaretier écarquilla les yeux: la haine rendait le Hollandais méconnaissable.

— Ça va, mon ami? se décida-t-il à demander.

Comme s'il avait été pétrifié par l'effet d'un maléfice puissant, Médéric s'extirpa de sa stupeur dans un sursaut, presque magiquement.

— Oui. Oui, bien sûr, répondit-il d'une voix sans timbre. Je viens de me souvenir que je dois rencontrer quelqu'un.

Il saisit une poignée de pièces dans sa bourse et les posa sur le comptoir. Le tenancier le remercia, mais il n'y prêta aucune attention et sortit. La malpropreté de la rue et l'air nauséabond eurent finalement raison de la torpeur dans laquelle les paroles du tenancier l'avaient jeté. Ses narines se dilatèrent et il poussa un grognement.

— Dans quel merdier me suis-je foutu?

Son esprit, alerte malgré la piquette qu'il avait engloutie, ricochait entre Colbert, la marquise de Montespan, le roi, Xavier de Razès, la duchesse de Fontanges, le lieutenant de police La Reynie, et maintenant Montmorency... ce damné! Y avait-il un lien entre ces gens ou errait-il en vain dans un dédale sans issue? Est-ce qu'il devait chercher plus près du soleil, quitte à s'y brûler? La mention du maréchal de Luxembourg avait fait ressurgir une haine si intense que, s'il ne s'était agi de Xavier de Razès et de son fils, il serait déjà en route pour retourner chez lui.

« Voilà pourquoi je n'avais pas remis les pieds en sol français », se rappela Médéric en sentant l'âcreté de l'alcool sur son palais.

Il se mit à marcher. Au bout d'une heure, il s'était calmé. Il lui suffirait de ne pas croiser le chemin du maréchal, voilà tout.

Mascarade

Nicolas considéra d'un œil méfiant la vasque remplie d'eau posée sur la commode de sa chambre. Il sortit un linge propre de ses effets et l'humecta légèrement avec un flacon d'eau de rose. À Paris, l'eau avait la mauvaise réputation d'être porteuse de maladie et il ne tenait pas à courir de risque. Il se lava le visage avec le tissu parfumé et entreprit de faire sa toilette, lorsque l'intonation flagorneuse de M. Goulet résonna à travers l'huis.

— Monsieur de Razès, je suis au chagrin de devoir vous importuner de si bon matin.

Nicolas, impassible, attendit la suite tout en enfilant sa veste.

— Monsieur de Razèsss... susurra l'aubergiste, que Nicolas imagina avec amusement la bouche collée contre sa porte. C'est qu'il y a en bas un duc qui demande à voir votre père.

Le jeune homme ouvrit le battant sans plus attendre.

— Ah! Monsieur de Razès, fit l'homme, soulagé. Je ne savais si je devais... aurais-je dû...

Nicolas lui intima de couper court à ses excuses.

— C'est le duc de Luxembourg, l'informa M. Goulet, ses yeux de grenouille emplis de ravissement.

— Mon père l'avait-il déjà reçu? interrogea le gentilhomme en attachant énergiquement son épée.

— À ma connaissance, non.

— Lui avez-vous dit que mon père n'était pas présent? Lui avez-vous raconté autre chose?

— Que son fils, c'est-à-dire vous, séjournait ici. Il a demandé à vous voir.

Le ton de l'échange s'apparentait à une partie de jeu de paume, et l'aubergiste renvoyait la balle aussi promptement que son vis-à-vis.

— Bien. Ce sera tout, conclut Nicolas en fermant la porte derrière lui.

« Voilà, il a compris que je n'étais pas un simple hobereau et, dorénavant, il connaît sa place », pensa le jeune homme avec satisfaction.

— Dois-je aller quérir M. Vennheimer ? questionna le propriétaire.

Nicolas eut le bonheur de se souvenir que Médéric ne comptait pas parmi les plus grands admirateurs du maréchal de Luxembourg.

— Non, n'en faites rien, surtout, indiqua-t-il en levant la main avec autorité.

Le fils du comte de Montcerf avait déjà rencontré le duc de Luxembourg, maréchal de France. Ce dernier s'était même porté acquéreur d'un pur-sang de leur élevage et, ce jour-là, c'est Nicolas qui avait fait visiter le haras au pair du royaume. C'était l'hiver dernier. Le militaire, qui avait mené les guerres de Hollande et avait été encensé pour sa vaillance, avait fait une forte impression sur le jeune homme. Il ne passait pas inaperçu : une bosse pointue lui déformait le dos, et sa silhouette maigre et chétive la faisait paraître encore plus proéminente. En contrepartie, il avait un esprit vivace et ses yeux brillaient d'une volonté propre au lignage de la noble famille des Montmorency. Or, depuis, le maréchal avait été méchamment compromis dans l'affaire de la Chambre ardente. Nicolas, qui vouait au militaire une admiration sans borne, était plus qu'heureux de le revoir. Il était du nombre de ceux qui avaient été outragés qu'on puisse ainsi accuser un pair du royaume.

M. Goulet ressemblait à un coq dans une fête foraine ; il bombait le torse au point que les boutons de sa veste semblaient sur le point de céder. Le jeune homme se rendit promptement vers le duc de Luxembourg et se courba avec respect. Il le dépassait aisément d'une tête.

— Ah! Monsieur de Razès, l'accueillit François de Montmorency, duc de Luxembourg et maréchal de France. Si on ne peut avoir le père, à tout le moins avons-nous le fils!

— Monsieur le duc, salua-t-il en se redressant. Je ne prétends pas remplacer mon père, précisa-t-il plaisamment.

Le duc ébaucha un sourire et regarda autour de lui avant de revenir à Nicolas.

— Alors, le comte, votre père, est absent, constata le duc.

— Deviez-vous le rencontrer ici? interrogea le jeune homme en soignant son expression afin d'avoir l'air sincèrement surpris.

— Non pas, répliqua le maréchal. Je me suis arrêté en passant, j'espérais pouvoir l'entretenir de quelque chose. J'aurais dû m'annoncer, j'aurais évité cet embarras. Savez-vous s'il sera bientôt de retour?

— Je l'ignore, pour tout vous dire. Puis-je vous être d'une quelconque utilité?

Il n'avait pas mesuré les conséquences de sa présomption et décidé de jouer son va-tout. Le comte n'était pas un proche du duc de Luxembourg, mais ce dernier s'était déjà intéressé à Nicolas, au haras.

— Pour ne rien vous cacher, confia François de Montmorency, un rictus sur ses lèvres asymétriques, je suis bien aise que vous soyez là. Votre père et moi avons eu le plaisir de nous rencontrer il y a trois semaines et de parler de vos ambitions militaires. J'entendais convier le comte de Razès à une soirée qui sera donnée chez moi et, puisque vous êtes là, j'espère vous y voir vous aussi.

Le ton cordial, encore plus que l'invitation, eut l'effet d'un baume après les déceptions accumulées.

— Je serai ravi, accepta Nicolas en souriant spontanément.

— C'est ce soir. Vous n'aviez pas d'autres obligations?

Nicolas secoua nonchalamment la tête. Si le duc de Luxembourg prenait la peine de sauver les apparences, c'était que le comte de Razès lui avait plu de quelque façon.

— Parfait. La fête commence à huit heures, annonça le duc. Il y aura beaucoup de jeunes gens, il y a longtemps que je n'ai pas donné de fête.

Sur ce, il se retourna. Le page et l'écuyer qui l'accompagnaient l'imitèrent. Constatant trop tard ce qui se passait, le tavernier tendit le bras dans un mouvement tragicomique pour retenir ces clients inespérés dans son établissement. Nicolas tira sur la veste de l'aubergiste, le sauvant de son élan ridicule.

— Apportez-moi à déjeuner, commanda-t-il.

En attendant son repas, il réfléchit à ce qu'il dirait à son compagnon. La qualité d'un honnête homme se mesurait aisément à sa fidélité en amitié, qui venait égaler, en importance, sa franchise et sa bravoure. Nicolas aspirait à être un modèle d'honnêteté. Il s'était découvert un ami en la personne de Médéric Vennheimer. Or, ce dernier avait cause contre le duc de Luxembourg, qui avait fait la guerre à la Hollande ces dix dernières années. Ses faits d'armes l'avaient rendu célèbre, mais c'était peu de chose en comparaison de sa réputation de tacticien sanguinaire et impitoyable. Bref, Nicolas s'attendait à une réaction très négative du Hollandais. Il avait déjà décelé son ton sarcastique, pourtant dissimulé sous les boutades, lorsqu'il était question de solliciter des fonctionnaires pour obtenir une charge d'aide de camp. De toute évidence, les courbettes ne faisaient pas partie des expériences qui avaient jonché la vie du vieil aventurier. Tout à ses pourparlers intérieurs, Nicolas n'entendit pas qu'un gentilhomme s'approchait de sa table.

— Pardonnez mon intrusion !

Il tressaillit en reconnaissant la voix qui donnait la réplique au perroquet, pas plus tard que le soir précédent.

— Monsieur de Coulonges ! s'étonna-t-il en considérant le gentilhomme qui se tenait à ses côtés.

La ressemblance entre Vincent et sa sœur, Isabelle, si elle n'était pas frappante, se remarquait à deux choses : la même chevelure brune, les mêmes yeux foncés. Si ceux de la demoiselle étaient remarquablement intelligents, ceux de son frère avaient, en plus, une touche d'arrogance.

— Euh, hésita Nicolas, peu enclin à inviter son ancien adversaire. Encore une fois, la surprise est réussie ! Désirez-vous vous asseoir ?

— Merci, répondit l'autre. En fait, je n'ai pas déjeuné. Voyez-vous un inconvénient à ce que je me joigne à vous ?

Nicolas dut admettre que non seulement il n'en voyait pas, mais qu'il était curieux de connaître la raison de la présence du gentilhomme. Il fit signe à la servante d'apporter deux assiettes.

— Vous allez me trouver bien hardi, avertit Vincent de Coulonges, chevalier de Chambon, en souriant sans la moindre trace de morgue. Si je suis venu vous voir de si bon matin, c'est que j'ai une faveur à vous demander.

— Une faveur ? Voilà qui m'enchante, s'amusa Nicolas. Continuez !

Vincent de Coulonges poussa un petit soupir et le jeune Auvergnat eut aussitôt l'impression que, derrière son masque d'aristocrate hautain, son invité cachait un trouble profond.

— Ce que j'ai à vous demander concerne une demoiselle pour qui j'éprouve un vif sentiment. Mais cela concerne aussi votre père, laissa tomber le chevalier.

— Vous savez où se trouve mon père ?

Vincent hocha la tête avec gravité.

— Je le sais, monsieur. La personne dont je me préoccupe m'a écrit pour me dire qu'elle était en compagnie d'un certain Razès. Lorsque je vous ai rencontré, sur la route, je n'ai pas tout de suite fait le rapprochement… mais il semble que nos chemins étaient destinés à se recroiser.

— Et qui est cette demoiselle ? Où se trouve mon père ?

Cette fois, Vincent eut l'air embarrassé.

— Il s'agit pour votre père de protéger la vie de cette personne et pour moi de garder son secret.

— Mais… protesta Nicolas.

— J'ai donné ma parole de gentilhomme que je ne trahirais pas ses confidences.

❧

En s'engageant dans la rue Neuve Saint-Honoré, Nicolas dressa l'oreille. Il n'avait pas encore aperçu l'hôtel que, déjà, le tintamarre de la fête se faisait entendre. Vincent eut un petit rire sec.

— Il a de quoi se réjouir, notre maréchal, murmura le gentilhomme. Vous saviez qu'il n'y a pas si longtemps le duc croupissait à la Bastille, en compagnie de la pire racaille ?

Contre toute attente, Vincent de Coulonges se révélait une inestimable mine d'informations.

— Je savais qu'il avait été détenu, admit Nicolas. Mais je me doute qu'on lui a alors réservé un traitement privilégié, c'est un pair du royaume.

— Je ne crois pas, répondit Vincent. Le roi a donné à la Chambre ardente le droit de juger tous ses sujets, petits et grands. Il semblerait même que certains fonctionnaires se soient fait une joie d'enfermer le duc dans une geôle fort vilaine.

L'affirmation fit tressaillir Nicolas au point que Mercure dressa les oreilles. Vincent, satisfait de son effet, le taquina :

— Allons, la disgrâce n'a jamais été contagieuse !

— L'essentiel, c'est qu'il a été acquitté des charges qui pesaient sur sa personne.

— Si fait. L'histoire de l'empoisonnement n'était pas fondée. L'enquête a duré des mois pour n'aboutir à rien, finalement, raconta le chevalier. Pour ce qui est de l'accusation de sorcellerie, il semble que le duc se commettait avec des alchimistes et des astrologues.

Pris d'un malaise grandissant, Nicolas demanda :

— Les juges l'ont donc gracié ?

Ils étaient aux grilles de l'hôtel. De formidables effluves de viandes grillées montaient dans les airs, narguant impunément les passants qui n'avaient pas reçu d'invitation.

— Ils manquaient de preuves pour l'inculper, précisa Vincent en sautant à bas de sa monture. Bien malgré La Reynie, j'ajouterais. Aucun témoignage n'est venu appuyer les dires du magicien qui avait compromis le duc de Luxembourg.

— Ah… fit Nicolas, sans savoir s'il devait se réjouir ou non de la tournure des événements.

— D'après moi, les dénonciations que profèrent ces soi-disant sorcières et magiciens leur servent surtout à retarder leur châtiment ; il faut donc s'attendre à ce que de grands noms soient encore cités.

Le chevalier entra dans la cour et Nicolas lui emboîta le pas. L'hôtel était illuminé aux flambeaux, ce qui lui conférait une allure théâtrale. Tandis que Vincent approchait de l'entrée principale sans s'en émouvoir, Nicolas pensa soudain qu'il n'avait aucune idée de ce qui l'attendait. Ils gravissaient les marches lorsque, tout à coup, un rire féminin emplit le vestibule. Les deux gentilshommes dirigèrent leurs regards vers sa source. Nicolas entrevit une procession d'hommes en justaucorps qui se pressaient à la suite d'une demoiselle légèrement vêtue, laquelle s'amusait fort de toute cette ferveur. C'est en pénétrant dans la demeure du duc qu'il constata que la jeune femme, fort jolie, ne portait en fait qu'une chemise légère, des bas et des souliers.

— Ne faites pas cette tête, conseilla Vincent à voix basse. Ils vont croire que nous sommes jansénistes[1].

Elle passa et repassa devant eux, ses boucles châtaines rebondissant sur sa gorge généreuse, qu'on percevait sans

---

1. Partisans d'une doctrine religieuse prônant l'austérité, en vogue au XVIIe siècle.

mal à travers le tissu délicat. La farandole gambadait avec allégresse, déployant plus de volonté à faire durer la course qu'à la gagner.

« Pour du dépaysement, en voilà ! songea Nicolas qui imaginait mal comment aurait réagi son père, Xavier de Razès, s'il s'était trouvé ici avec lui. Allons, tâchons de nous amuser, ne suis-je pas jeune et à Paris ! »

Une sorte d'écho emplissait la demeure, mariage de musique, de rires, de tintements de verres et de chuchotements de cartes à jouer. L'impression irréelle de se trouver dans le temple même de Bacchus s'empara de Nicolas et ne le quitta plus. Les invités en liesse avaient envahi l'hôtel du maréchal, occupant chaque pièce selon leurs caprices. Par ici, on jouait aux cartes, par là, une table offrait des amuse-gueule en quantité gargantuesque. Des carafes de vins couleur rubis, grenat, topaze s'harmonisaient aux autres mets sans les déparer. Après avoir fait honneur à la table, Nicolas et Vincent s'assirent sur des fauteuils de velours dans un des rares salons déserts.

— Notre marché, lança Nicolas en regardant la robe du vin qui tanguait dans sa flûte, me semble t'être plus heureux qu'à moi, en fin de compte.

Vincent ne se formalisa pas du tutoiement de Nicolas, qui semblait être d'usage en ce temps de réjouissance.

— Il est vrai que je n'y perds rien, admit-il en souriant, et que tu y gagnes bien peu… Mais pourquoi tenais-tu à ce que je prétende t'inviter ? Est-ce parce que tu voulais cacher à ton valet, euh, M. Vennheimer, où nous nous rendions ?

Nicolas répondit par l'affirmative.

— Médéric est hollandais et le duc de Luxembourg n'est pas en odeur de sainteté en Hollande. De plus, je ne voulais pas d'un chaperon ce soir. Non pas qu'il soit revêche, disons simplement qu'il ne se serait pas senti à sa place, répondit-il en avalant de longues rasades de vin pour chasser le malaise que déclenchait son mensonge. Ce vin est divin !

— J'abonde dans ce sens, déclara Vincent.

— L'urgence de partir est-elle aussi pressante que tout à l'heure ? lui demanda Nicolas.

Vincent était venu le trouver avec une requête qui ne pouvait souffrir aucun délai, disait-il. Selon une information dont il pouvait garantir la fiabilité, le comte de Montcerf se trouvait à quelques lieues de Paris, au chevet d'une demoiselle pour qui il entretenait de doux sentiments. Convaincu que Xavier menait une enquête sur les empoisonnements, Nicolas hésitait à prêter foi aux dires du frère d'Isabelle. Cependant, ce dernier implorait Nicolas de rédiger un billet à l'intention de son père, car il soutenait que le comte était le seul qui pouvait lui permettre de la voir.

— Ah ! Mon cher ! Aucune distraction terrestre ne pourrait me détourner de celle que j'ai le bonheur d'aimer, s'emporta Vincent avec une exaltation peu commune. Rien ici ne se compare à la beauté de son regard, à la douceur de son âme.

Nicolas, qui avait auparavant inconséquemment désigné par le mot « amour » ses élans passagers, ne put qu'opiner de la tête, se rendant à l'évidence que, dans ce domaine plein de mystère, il était encore puceau.

— Et cette personne dont tu tais le nom, cultive-t-elle un sentiment égal au tien ?

Le teint clair du chevalier se colora.

— Je ne saurais l'affirmer, admit-il en ne cachant pas son dépit. Nous nous sommes liés d'amitié très tôt, au sortir de l'enfance, mais je n'ai, jusqu'à présent, jamais eu la chance de lui témoigner mon amour.

Dans l'esprit de Nicolas, il ne faisait aucun doute que cette demoiselle était l'Angélique dont le perroquet avait clamé le nom la veille. Quant à savoir si Xavier en était le gardien, comme Vincent le croyait… Cela pourrait expliquer son absence prolongée. Mais, forcément, il devait y avoir une raison impérieuse qui justifiait que Xavier n'eût pas écrit pour l'informer de ce contretemps.

— Comment se fait-il que nous n'ayons jamais été présentés ? questionna Vincent, changeant brutalement le cours de la conversation.

— Hum, n'as-tu pas toujours vécu ici ?

— Du temps de ma mère, nous n'allions que très peu en Auvergne. Mais, depuis six ans, nous sommes passés à plusieurs reprises assez près du comté de Montcerf. Je crois cependant que nos pères ne se sont pas connus, ou très peu.

Deux amants firent irruption dans le salon et, voyant qu'il n'y avait pas de banquette libre, s'échouèrent sur le tapis. Nicolas siffla bruyamment. Cela ne mit pas fin aux ébats des nouveaux venus et, quelques minutes plus tard, les deux gentilshommes eurent la bonne idée de céder la place aux libertins.

— Tentons de voir si le duc est quelque part par là, suggéra Nicolas en s'engageant dans une autre aile de la demeure.

Une troupe plus tempérée s'y distrayait dans un grand salon consacré à la musique. Dames et hommes en nombre comparable s'adonnaient à la conversation, passe-temps moins populaire ailleurs. Nicolas sourit en remarquant que beaucoup de femmes étaient masquées. Un petit groupe de convives entouraient trois joueurs de luth et, parmi eux, il repéra la bosse du duc de Luxembourg. Si la débauche était excusée, il n'en était pas de même des mauvaises manières, et Nicolas attendit que la pièce se terminât avant d'aller saluer son hôte.

— Monsieur de Razès, quel plaisir de vous compter parmi nous ! s'exclama le maréchal. J'ose croire que vous ne vous ennuyez pas ?

— Ce serait impossible, monsieur, répondit Nicolas en se courbant devant le pair du royaume. Avant ce soir, j'ignorais encore le sens du mot « fête ».

— Ah ! Je suis heureux d'avoir pu pallier ce manque, lui assura le duc. Nous allons faire une partie de bassette à l'instant, vous joignez-vous à nous ?

— Hélas, je ne brille pas dans les jeux de hasard, je le confesse. Mais j'en profiterai pour m'instruire, comptez-moi plutôt au nombre de vos spectateurs, dit Nicolas.

Le duc de Luxembourg se pencha vers lui et murmura :

— Pour un vrai spectacle, je vous recommande la prochaine musicienne, c'est la plus belle voix de ma volière.

Sur cette confidence, le duc s'éloigna au bras d'une de ses invitées. Intrigué, Nicolas retrouva son compagnon en discussion avec deux hommes d'à peine vingt ans. Ni l'un ni l'autre ne s'offusquèrent lorsque Nicolas, prenant le chevalier à part, lui dit qu'il tenait à assister à la prochaine présentation.

— Soit, si tu y tiens, mais ensuite, je prendrai congé, l'informa Vincent. Je dois partir à l'aube, ne l'oublie pas.

Ils se mirent d'accord pour quitter l'hôtel dès la fin du récital.

— Tu as un intérêt sincère pour la musique ?

— Sans excès, oui, affirma Nicolas. Je joue assez mal du luth, mais ma mère ne désespère pas de faire de moi un interprète convenable. J'aime chanter. Mais j'apprécie surtout ce talent chez les femmes.

— Voilà qui va attrister Isabelle, annonça Vincent avec un sourire coquin. Elle est incapable de fredonner sans fausse note.

Nicolas lui jeta un regard candide.

— Ne me dis pas que tu ignores tout de son affection pour toi, je connais ma sœur, elle est terriblement maladroite pour cacher ses sentiments, déplora-t-il avec une sorte de tendresse fraternelle. Il n'y a pas de mal, mais cela doit te paraître soudain…

Nicolas allait répliquer lorsque, tout à coup, une mélodie s'éleva dans le salon, ensorcelant immédiatement son oreille. Alors que la plupart des invités se tournaient vers la scène, Nicolas leva les yeux au plafond. Foudroyé par l'apparition, il vacilla. Le ciel peint en bleu offrait un cadre féerique à la chanteuse qui, suspendue dans les airs, survolait telle une déesse la masse de ses admirateurs. Dont Nicolas était le premier. Il ne pouvait détourner son regard de l'apparition, des myriades d'étoiles de sa chevelure, des yeux couleur firmament, de sa peau, désacralisée par la soie qui la recouvrait... Son chant n'était rien sinon pur, et les paroles, prétextes à transmettre une émotion, un appel qui ne pouvait être adressé qu'à lui seul. Tristesse.

« Oui, oui, oui, voulut-il lui crier, en proie à un trouble immense. Je t'entends. »

Plusieurs dames sortirent leur mouchoir pour éponger leurs larmes, alors que l'interprète bouleversait l'ambiance de la fête. Mais d'où donc était sortie cette jeune femme ? Qui était-elle ? Dans la pièce, ils étaient nombreux à se poser la question, ne doutant pas que le duc de Luxembourg, fidèle à ses habitudes, avait tout mis en œuvre pour épater ses convives. Sans avoir vu la trappe qui permettait à la cantatrice de se balancer au-dessus d'eux, Nicolas savait que l'artifice révélerait son secret une fois la représentation terminée. Quelques-uns osèrent se remettre à bavarder avant la fin et furent vertement rabroués par les autres. Puis, enfin, les cordes qui retenaient la virtuose en l'air se mirent à coulisser, la ramenant jusqu'au sol, exauçant ainsi les vœux de Nicolas. Ce dernier blêmit lorsqu'il vit le duc accueillir l'ange en prenant sa main délicate dans la sienne. Il y eut un tumulte d'applaudissements, pendant lequel le jeune homme tenta de se rapprocher de la demoiselle.

— Mesdames, mesdemoiselles, messieurs ! J'ai l'heur de vous présenter celle qui a charmé vos yeux et vos oreilles : Mlle Aude, annonça le duc de Luxembourg.

— Quel joli prénom ! s'enthousiasma une dame à la droite de Nicolas.

Aude exécutait une révérence lorsque Nicolas arriva à sa hauteur. Un instant aussi fugace qu'une note de musique leurs yeux se croisèrent. Nicolas retint son souffle. Il ne s'était pas trompé. La tristesse émanait d'elle comme un puissant parfum en dépit de la cloche de verre dont on l'avait recouverte. Elle adressa un sourire à l'assemblée qui la louangeait et, presque aussitôt, remonta par où elle était venue. Avec consternation, Nicolas la vit disparaître entre les nuages de la fresque.

— Finalement, nous avons bien fait de rester, commenta Vincent, qui l'avait retrouvé.

Nicolas tourna vers lui son visage transi d'émotion.

— Sais-tu qui elle est ?

— Non, je l'ignore, mon cher…

Le maréchal était entouré d'amateurs de musique qui le félicitaient de la trouvaille. Nicolas s'approcha et l'entendit dire :

— Je n'ai pas le mérite de la découverte. Pour ne rien vous cacher, c'est la protégée d'un de mes amis. J'ai la vive impression qu'elle remportera bien des triomphes dans les années à venir.

— En attendant, c'est vous qui triomphez ce soir, le flatta quelqu'un.

Nicolas se fit patient. Ce n'était pas sa plus grande vertu et, dans les circonstances, cela tenait du supplice. La présence de Vincent à ses côtés l'aidait. Depuis qu'ils étaient dans ce salon, ce dernier avait rencontré plus d'un visage connu. Parfois, le chevalier se penchait vers lui et, du menton, lui désignait un homme ou une demoiselle, avant de marmonner son titre, ses prouesses d'alcôves ou encore les intrigues dans lesquelles il avait trempé. Nicolas se désolait que son compagnon ne connût pas la chanteuse, tout aurait été plus facile.

— Monsieur de Coulonges, fit une voix. Comment vous portez-vous ?

— Bien, merci. Et vous-même ? relança le chevalier, courtois.

— Le mieux que l'on puisse souhaiter, répondit l'homme. Vous ne me présentez pas votre ami ?

Toujours dans l'attente d'un tête-à-tête avec le duc de Luxembourg, Nicolas leva un œil distrait vers l'importun. L'homme qui s'entretenait avec Vincent avait plusieurs années de plus que lui; il devait avoir la quarantaine. Il était vigoureux, quoique petit, et vêtu sans extravagance.

— Bonsoir, dit-il, s'adressant directement à Nicolas.

— Bonsoir, salua celui-ci. Nicolas de Razès, du comté de Montcerf.

— Ah! Je comprends maintenant pourquoi votre visage m'était familier! continua l'homme, tandis que sa figure anodine s'éclairait brièvement.

Nicolas secoua la tête, perplexe, dans l'attente de la suite.

— Vous êtes le fils de Xavier de Razès. Vous lui ressemblez. Mais vous avez aussi quelque chose de votre mère, voyons… Il s'arrêta et promena son regard sur le gentilhomme. Si fait, si fait, vous avez ses jambes!

Aucunement préparé à une telle déclaration, Nicolas chercha à comprendre le sens de ce propos.

— Pardonnez-moi, monsieur, mais je ne vois pas en quoi les jambes de ma mère, ni toute autre partie de son corps, pourraient vous concerner.

— Votre mère est bien Marguerite, *Margot* pour les intimes?

Les yeux de Nicolas s'assombrirent et toisèrent cet inconnu qui faisait preuve d'une aussi inadmissible audace.

— Ah! Mais, ma parole, venez que je vous embrasse! s'écria l'homme en tendant les bras vers Nicolas. Car, s'il est vrai que vous êtes le fils de Margot la belle, vous êtes peut-être également le mien!

L'exclamation produisit une commotion autour d'eux et Nicolas fut le premier à réagir. Il posa la main sur la poignée de son épée. Vincent bondit devant lui et, par des gestes, tenta de le calmer. Nicolas dardait ses yeux noirs sur l'homme qui, changeant subitement d'attitude, avait renoncé à lui faire une accolade et agrippé son fourreau.

— Éloigne-toi! ordonna-t-il à Vincent en le repoussant.

— Nicolas, reprends-toi, il te cherche querelle.

— Justement, et il va la trouver ! promit-il, les dents serrées.

Un cercle s'était formé autour d'eux et les murmures s'intensifiaient. Aguerri à ce genre de situation, Vincent évaluait le groupe en se demandant s'ils allaient alerter les autorités ou, ce qui était plus probable, laisser le duc de Luxembourg se charger d'arbitrer le litige.

— Il n'y a pas de honte à avoir une catin pour mère, glapit l'homme. N'est-ce pas, monsieur de Coulonges ?

— Si tu tires ton épée, oublie ta carrière, oublie tout, tenta Vincent en retenant l'offensé tant bien que mal.

Nicolas parvint à l'écarter et fit quelques pas vers son adversaire, qui, sans plus attendre, dégaina son arme. Les doigts de Nicolas glissèrent et trouvèrent leur position sur la poignée de son épée. Il constata qu'il ne connaissait même pas le nom de l'homme qu'il allait pourfendre. Il ouvrit la bouche et c'est alors qu'il la vit. À l'extrémité de la salle. Elle était encadrée par des hommes en capes noires et elle-même portait un masque, mais il ne faisait aucun doute que c'était bien elle. Soudain, un des hommes l'empoigna par les épaules et la poussa rudement vers la sortie. La rage de Nicolas changea brutalement de cible et il s'élança au secours de la demoiselle Aude, abandonnant derrière lui le duelliste et son épée, et des spectateurs en pleine confusion.

12

Fils de courtisane

L'animation caractéristique de la matinée avait gagné le quai des Ormes, puis l'hôtellerie, et se glissait maintenant sous la porte de sa chambre. Nicolas feignait de l'ignorer, même s'il était éveillé depuis longtemps. La fatigue et le vin l'avaient terrassé, le livrant à un sommeil agité duquel il était sorti au prix d'un terrible mal de tête. Et, tout compte fait, c'était le dernier de ses soucis. Après avoir poursuivi pendant plus d'une heure la belle captive et ses tourmenteurs, il avait finalement dû capituler, la mort dans l'âme. Jugeant plus sage de ne pas retourner à l'hôtel du duc de Luxembourg, Nicolas avait traîné sa carcasse jusqu'à une taverne du quai où il avait fait naufrage. Le secondant en toute chose, Vincent l'avait heureusement aidé à regagner son logis en toute sécurité.

— Tu dois te reposer, lui avait-il conseillé en le soutenant par le bras sur le chemin du retour.

— Je n'ai que son prénom, Aude… Aude, psalmodia le jeune de Razès à l'astre lunaire.

— Regarde au moins devant toi, recommanda Vincent en le serrant de près pour qu'il ne tombe pas. Demain, tu retrouveras sa piste plus facilement.

Quoique ivre, Nicolas devinait que les paroles d'encouragement de son ami ne servaient qu'un seul but : celui de le convaincre d'aller se coucher. Il ne pouvait l'en blâmer, lui-même savait sa cause vouée à l'échec.

« C'était cette nuit ou jamais ! » se lamentait-il en pensée, incapable de chasser l'image de la demoiselle livrée à ses bourreaux.

Ils avaient tenté de suivre le carrosse, à la course d'abord, puis, revenant sur leurs pas, s'étaient mis en selle pour reprendre la poursuite. La voiture en avait évidemment profité pour disparaître, et Nicolas s'était pris à détester l'immensité de la ville, ses innombrables rues, ses badauds indifférents au désespoir qui l'envahissait, alors que les chances de délivrer la belle s'amenuisaient de minute en minute.

— Parle, je t'écoute, dit Nicolas, vibrant d'espoir, à un vieil homme assis au pied d'un portique.

— Le carrosse, entama le vieillard, a bifurqué dans cette rue. J'ai entendu…

— Oui… l'encouragea Nicolas en se penchant vers lui.

Vincent l'observait avec sévérité, s'efforçant de lui faire comprendre qu'il valait mieux pour lui qu'ils ne perdissent pas de temps à écouter des mensonges.

— Un cri, continua le vieux en considérant d'un œil hésitant la silhouette de Vincent.

— C'est elle ! s'exclama Nicolas en se tournant vers son ami. Ils ont pris à droite, m'as-tu dit ?

— Euh… à droite, à gauche, je ne me rappelle plus très bien, baratina son informateur.

— Bon, c'est assez ! Cet homme nous raconte n'importe quoi. Il veut qu'on lui donne de l'argent, mais il ne sait rien, affirma Vincent, perspicace.

Nicolas, ne voulant pas croire à autant de mauvaise foi, fit signe à son compagnon de se taire.

— Je te donne deux écus pour ta peine, mon brave, annonça-t-il, si tu peux me dire combien de chevaux comptait l'attelage.

Pris de court, le vieillard bredouilla :

— Qua… quatre.

De toute son âme, Nicolas aurait voulu l'entendre dire « deux ». Il sauta sur l'homme et, l'empoignant au collet, reçu son haleine avinée en plein visage.

— Hé ! Lâchez-moi !

as la peine.

Mercure, qui piaffa, exas- hez lui, il aurait alerté sans Montcerf, jusqu'à ce qu'il fait pendre les coupables. iait à l'inconnu qui l'avait otoirement connue sous le par sa quête, il avait relé- ère et du duel. Maintenant, sait mal l'échec cuisant de lésespoir.

èrent une taverne. Ils y bre et commandèrent un

d'avoir défendu le nom de une rasade de vin qui le fit demander réparation à ce

ncent, parlant d'expérience. t'avancerait en rien. Crois- stille. Il y a pis : cet homme dégaines.

une telle… fable ses inten- antes, reconnut Nicolas, i lui coûter sa liberté. Un urquoi t'avoir mêlé à cette

lité du jeune homme alerta s de Razès ignorât tout du grandi dans le Marais ne … Si, malgré tout, l'impro- ger d'éclairer lui-même le

gentilhomme ? Vincent se racla la gorge. L'embarras qu'il res- sentait lui jetait en plein visage les ressemblances qu'il y avait entre lui et Nicolas.

— Je ne suis assurément pas la bonne personne pour te dire ceci, Nicolas, et je vais sans doute le regretter amèrement demain, mais jadis… ta mère a fait un bref séjour chez Ninon de Lenclos. C'est d'ailleurs là que nos mères se sont liées d'amitié, révéla Vincent de Coulonges, en pesant chaque mot.

Nicolas le regarda sans comprendre.

— Je sais, dit-il, que ma mère a été demoiselle de compagnie chez cette dame de Lenclos. Mon père et elle se sont rencontrés dans son salon.

Le jeune citadin regretta à ce moment précis que sa mère, Geneviève de Coulonges, ne fût plus parmi eux. Jamais il n'avait connu quelqu'un qui, comme elle, puisse raconter sans honte ni détour ces années rue des Tournelles.

— S'il y a quelque chose que je devrais savoir… commença Nicolas avec appréhension, je t'en prie, dis-le-moi !

Vincent hocha la tête et annonça :

— Ninon de Lenclos est une courtisane. Elle recevait, et reçoit toujours, la meilleure société de Paris, parmi laquelle se trouvaient des hommes qui prétendaient à ses faveurs et à celles… de Geneviève, d'Oksana et euh… de Margot. Il y avait encore une autre femme, mais je ne me souviens plus de son nom.

Plus enclin à croire à une calomnie destinée à nuire à son entrée dans l'armée qu'à donner crédit aux révélations de Vincent, Nicolas secoua vigoureusement la tête. Sa mère, si elle avait réellement fréquenté cette société, ce qui était déjà difficile à admettre, ne pouvait en aucune circonstance avoir eu une conduite blâmable. L'esprit du jeune homme était tout simplement imperméable à l'image d'une Margot courtisane.

— Je ne veux en rien salir la mémoire de ta défunte mère, prévint Nicolas, retrouvant une lucidité passagère, mais je sais que ma mère n'est pas… n'a jamais pu… être une courtisane.

Vincent lui sourit, touché par la délicatesse de son ami et reconnaissant là une noblesse peu commune.

— Loin de moi l'idée d'insister, reprit Vincent. Sois simplement averti qu'il y a ici des gens qui n'hésiteront pas à se servir de cela pour te nuire. Autant que tu saches à quoi t'attendre, argua-t-il en portant son gobelet à ses lèvres.

Nicolas maugréa et, pour la première fois, comprit enfin que la provocation gratuite, ainsi que les paroles de cet inconnu qui, de toute évidence, savait qui il était, ne pouvaient pas être le fruit du hasard. Son regard se perdit dans les ombres de la taverne tandis qu'il pensait à Médéric Vennheimer, espérant que ce dernier lui pardonnerait son incartade.

Au petit jour, c'est précisément la voix de Médéric qui le tira de ses réminiscences.

— Alors, on fait la grasse matinée ? ricana le Hollandais. Je vous attends pour déjeuner, ne tardez pas, nous avons des choses pressantes à discuter.

Le jeune homme prit le double du temps habituel pour s'habiller et se raser, et il n'était pas au mieux de sa forme lorsqu'il arriva dans la salle à manger. Le sourire indulgent, un soupçon paternel, de son compagnon le heurta de plein fouet : tant de choses s'étaient passées depuis le souper d'hier. Par où commencer ? Sans entrain, il entama un morceau de pâté, les yeux fixés sur la table.

— Nous avons une affaire à discuter, disiez-vous ?

— Je crois savoir ce que tramait votre père, affirma Médéric. Il attendit que le jeune homme eût levé les yeux pour ajouter : À mon avis, il enquêtait pour La Reynie.

Plus d'une fois, le jour précédent, Vincent avait commenté les activités de ce La Reynie. Sans argument pour contredire Médéric, Nicolas comprenait mal en quoi un comte d'Auvergne pouvait être utile au lieutenant de police enquêtant pour la Chambre ardente.

— En quoi mon père qui, somme toute, ne connaît pas les gens impliqués dans cette affaire…

Médéric sourit et sa dentition jaunie apparut sous ses lèvres retroussées.

— Poser la question, c'est y répondre, fit-il. Peu connu à Paris, il n'éveille pas les soupçons. Il a pu se faire inviter partout grâce à ses titres et, de surcroît, il connaît les bas-fonds, les tripots, les bordels… de par sa jeunesse.

« Qu'est-ce encore que cette histoire ? » s'énerva Nicolas, qui avait, depuis la veille, un relent amer au bord des lèvres.

— J'ignore ce à quoi vous faites référence mais, de mon côté, je me suis laissé dire qu'il était à quelques lieues d'ici, attaché au service d'une demoiselle dont l'état nécessitait un protecteur.

Interdit, Médéric regarda Nicolas sans rien comprendre.

— Vous savez où votre père se trouve, alors ?

— C'est-à-dire que… Non, avoua-t-il, mal à l'aise, mais Vincent de Coulonges, lui, jure qu'il serait auprès de cette demoiselle. Il n'a pas voulu m'en dire davantage.

Nicolas fit semblant de ne pas remarquer l'air de consternation de son compagnon. Voilà cinq jours qu'ils cherchaient la trace du comte de Montcerf ; peu importait la façon dont il amènerait la chose à Médéric, il passerait pour un idiot.

— Ah, bien sûr ! Il n'a pas voulu dire… Mais diable ! N'aviez-vous pas défié ce drôle pour une histoire de cheval ?

— Si, mais… c'était avant que nous devenions amis.

— Parce que vous êtes amis, maintenant ?

Nicolas ne daigna pas répondre et se contenta de terminer son pâté.

— Rien ne prouve que mon père soit là où ce Vincent le prétend, précisa-t-il pour sa défense. Dans un cas comme dans l'autre, nous le saurons bien assez vite.

— Quand ?

— Le chevalier va m'écrire pour m'en informer, dit Nicolas, en souhaitant que Vincent ne l'oublie pas, une fois auprès de sa bien-aimée. En attendant, il y a une autre affaire à laquelle je dois me consacrer.

L'image éphémère de la chanteuse se balançant dans le vide traversa son esprit et il ressentit un serrement dans sa poitrine.

— J'ai vu quelqu'un, hier, que je dois absolument retrouver.

L'expression du Hollandais était redevenue impassible. Encouragé, Nicolas relata sa rencontre avec la cantatrice, insistant sur l'appel dans sa voix, sur sa détresse évidente, et termina par sa sortie, précipitée par des mufles. Il omit délibérément de mentionner que la fête se déroulait chez le duc de Luxembourg.

— Et comment comptez-vous la délivrer ? demanda le vieil aventurier.

— Je n'en ai pas la moindre idée, avoua Nicolas, dépité. La piste du carrosse est froide. Le mieux serait que je retourne à cet hôtel et que je parle au maître des lieux, mais... il ne voudra peut-être pas me recevoir. Un invité m'a insulté et nous étions sur le point d'en découdre lorsque j'ai vu la demoiselle se faire maltraiter par ces hommes. J'ai bien peur que mon comportement ait offusqué notre hôte.

Conscient que le récit de ses pâles exploits n'avait rien de glorieux, il avait raconté son histoire avec une humilité qui pouvait passer pour de l'apitoiement. Il ne fut donc pas surpris d'entendre Médéric se gausser de lui.

— Ah ! On peut dire que vous ne faites pas dans la demimesure ! Elle chantait juste, au moins ?

— Médéric, l'affaire est sérieuse, rétorqua-t-il, piqué au vif. Je n'ai pas rêvé cette fille. En outre, elle est véritablement sortie en portant un masque et une cape, sous rude escorte.

— Hum, fit le Hollandais en se passant les mains sur les joues. Écoutez, Nicolas ! Je ne demande qu'à vous aider, mais ma priorité va à votre père qui, si je me fie à ce que j'entends, pourrait s'être attiré les mauvaises grâces de personnages influents.

Nicolas hocha la tête avec gravité.

— Je pourrais aller m'en enquérir auprès de La Reynie. Mon oncle, M. de Roquesante, pourrait m'introduire, suggéra-t-il avec optimiste.

— Ce n'est pas si simple. Si, comme je le crois, le comte de Razès enquêtait sur les poisons, ce n'était sans doute pas officiellement, révéla Médéric. En fait, je crois qu'il espionnait pour le compte du lieutenant de police. Plusieurs nobles de haut rang ont été interrogés. Certains ont même été jusqu'à subir un procès. En admettant que votre père lui ait fourni des éléments de preuves, je doute que La Reynie soit disposé à aborder le sujet.

Quoiqu'il n'accordât pas beaucoup de crédibilité à l'histoire de Vincent de Coulonges, Nicolas souhaitait qu'il eût raison. L'idée de son père en protecteur d'une demoiselle le soulageait d'une perspective plus sombre et, surtout, de la responsabilité de le retrouver. Or, les paroles de Médéric lui avaient fait l'effet d'une douche froide; elles le ramenaient aux circonstances inquiétantes qui entouraient son arrivée à Paris.

— Si ce que vous dites est vrai, ne devrais-je pas prévenir ma mère? interrogea Nicolas. Je n'en voyais pas la nécessité, mais les jours passent et nous n'avons toujours aucune nouvelle...

— Attendons que Vincent de Coulonges vous écrive. Nous pouvons prévenir le guet de la disparition du comte de Razès, peut-être que quelqu'un se fera connaître à nous. Bref, avant d'inquiéter la comtesse, j'envisagerais plutôt de poursuivre nos investigations quelques jours, recommanda Médéric. Et pour votre rencontre particulière, si vous avez son prénom, vous pouvez commencer par interroger votre entourage; peut-être est-elle connue?

Nicolas, bien que pessimiste, opina docilement de la tête. Dans les circonstances, il se voyait mal insister pour se mettre à la recherche de Mlle Aude au détriment de celle de son père. Il profita donc de la proposition du Hollandais pour lancer:

— J'ai une invitation pour l'après-midi, rappela-t-il à son compagnon, chez la demoiselle Des Œillets. Je vais faire un détour et aller rendre visite à ma tante d'abord, peut-être n'ai-je pas assez insisté, la première fois, pour obtenir des renseignements auprès de son mari.

— Nous retrouverons-nous ici pour souper ?

Nicolas acquiesça et s'empressa de seller son cheval pour se rendre chez Claudine. Lorsqu'il quitta l'hôtellerie, il n'avait pas le cœur léger. Le ciel couvert s'harmonisait à l'humeur morose du jeune homme et, comme un malheur n'arrive jamais seul, la pluie se mit à tomber quelques rues avant qu'il n'atteigne la demeure des Roquesante. Il se pressa sous le porche et le maître d'hôtel l'introduisit diligemment. Pendant que ce dernier prévenait la maîtresse de maison, Nicolas épongeait de sa manche l'eau ruisselant sur ses joues.

— Mon neveu ! s'attendrit Claudine en le découvrant ainsi. Attendez, je vous apporte du linge frais.

Il sourit, reconnaissant, et retira sa veste alors que sa tante s'esquivait. Ses chausses de brocart exhibaient deux taches foncées de part et d'autre de ses cuisses, et son col de chemise, rabattu par la pluie, avait perdu tout son panache. Il fit la moue. Heureusement, il n'avait pas subi l'averse en se rendant chez Mlle Des Œillets... Il s'évertuait à secouer sa veste, inconscient d'être épié, lorsque Claudine, de retour avec une chemise propre et une robe de chambre, lui fit lever les yeux. Dans l'angle du couloir se tenait une femme dont le regard froid et l'expression sévère glacèrent Nicolas.

— Cela devrait vous aller, j'ai pris la plus grande chemise de Pierre, expliqua Claudine en déployant le tissu d'un air navré. Puis, constatant que l'attention du gentilhomme était ailleurs, elle se tourna et, s'apercevant de la présence de la dame, lui adressa la parole familièrement : Mademoiselle Oksana, très chère, ne restez pas là.

Le jeune homme vit alors la statue se métamorphoser : elle fit un sourire, timide mais cordial, et, d'une démarche gracieuse, s'approcha. Le tout accompagné d'une affabilité qui n'était pas perceptible l'instant auparavant.

— Mademoiselle Oksana, voici mon neveu, Nicolas de Razès. Mlle Oksana est une bonne amie de votre mère, précisa-t-elle à l'attention de Nicolas.

— Pour être juste, nous avons été amies, dit Oksana d'une voix douce, qui contrastait avec la rigueur de son maintien. C'est si loin…

Nicolas fit un effort pour se détendre et pour accepter la main qu'elle lui tendait. La finesse, la fragilité de cette main le surprit.

— Je vais vous laisser en famille, s'excusa Oksana en se tournant vers sa tante. J'attends de vous que vous appreniez les deux partitions que nous avons jouées aujourd'hui.

— Certes, certes, répondit distraitement Claudine, sans se formaliser du ton autoritaire qu'avait employé la préceptrice. Toutefois, vous me feriez grand plaisir si vous acceptiez de vous joindre à nous pour le goûter…

Le visage taillé dans l'albâtre s'assouplit et, le temps d'un battement de cils, laissa poindre sa beauté de jadis.

— J'ai des obligations, prétexta-t-elle avant de prendre congé.

Claudine la suivit du regard alors qu'elle sortait.

— Un jour, je ne désespère pas de la convaincre de rester pour le goûter, confia-t-elle à Nicolas, puis son ton redevint très joyeux et elle dit: Mon neveu, que me vaut la joie de cette belle visite?

Chassant difficilement le trouble qu'avait provoqué chez lui l'apparition de Mlle Oksana, le jeune homme fit un signe en direction des vêtements qu'elle venait d'apporter.

— Oh, bien sûr, par ici, le conduisit Claudine.

Une fois dans le boudoir, il enfila prestement la chemise et la robe de chambre; il y était à l'étroit, mais au sec.

« Mlle Oksana, se remémora-t-il soudain. Fouchtra! Mais c'est une des courtisanes dont Vincent m'a parlé. Impossible! »

— Ça ira? s'enquit Claudine lorsqu'il reparut.

— C'est presque parfait, plaisanta Nicolas en ouvrant les bras, geste qui souleva sa tenue de façon ridicule.

La tante de Nicolas lui prit la main et l'entraîna dans le salon. Il embrassa d'un coup d'œil le clavecin et les deux tabourets côte à côte, les partitions musicales et la carafe de vin. Claudine ramassa la coupe qui traînait sur le manteau de la cheminée.

— Cette dame vous donne des cours de musique, ma tante ? Et vous dites qu'elle fut amie avec ma mère ? résuma-t-il d'un ton désinvolte. Comment se fait-il que celle-ci ne m'ait jamais parlé d'elle ?

Claudine inspira profondément et relâcha son souffle dans un soupir.

— Mon neveu, j'avoue que je ne peux qu'à moitié répondre à votre question, déclara Claudine. Elles furent amies ; cependant, je soupçonne qu'elles se sont brouillées il y a bien des années de cela. Oksana me donne des leçons depuis… oh, depuis deux ans, au moins, et je ne suis jamais parvenue à m'en faire une amie.

Nicolas tiqua. En tant que fils de seigneur, il saisissait pleinement la nature d'une telle relation : loin d'être des domestiques, les personnes qui vivaient de leurs habiletés dépendaient pourtant du bon plaisir de ceux qui les engageaient. Il imaginait mal une amitié candide pouvant éclore dans ces circonstances.

— Je vois. Comment ma mère et cette dame se sont-elles connues ?

Claudine ne s'attendait apparemment pas à cette question. Sa réaction sema le doute chez le jeune homme ; elle ramassa une poupée qui traînait sur le sol en s'exclamant avec une vive émotion dans la voix :

— Oh ! Henriette ! Quelle étourdie, cette enfant ! Suzanne !

À l'instar du gentilhomme, Suzanne ne put cacher sa surprise lorsqu'elle découvrit la cause pour laquelle elle avait dû accourir au salon.

— Je vais le lui porter de ce pas, répondit la domestique en considérant curieusement le jouet.

Claudine se tourna vers lui et demanda :

— Vous dînerez avec nous ?

— Non, malheureusement, j'ai déjà une invitation. Mais dites-moi, ma tante, vous ne m'avez pas répondu. Où ma mère a-t-elle fait la rencontre de cette Mlle Oksana, professeur de musique ?

— Je crois que c'était lorsqu'elle était de passage à Paris, avant son mariage avec votre père, répondit évasivement Claudine. Ainsi, vous avez une invitation. En vérité, vous êtes à Paris comme un poisson dans l'eau, mon neveu !

— De fait, j'en ai déjà eu plus d'une. Tenez, avant-hier, je soupais avec Isabelle de Coulonges. Vous savez, la fille de Geneviève de Coulonges, laissa tomber Nicolas.

Claudine renonça cette fois à éviter l'allusion moins que subtile de son neveu. D'ailleurs, elle n'avait jamais cru que l'illusion tiendrait très longtemps, dès le moment où Nicolas s'installerait ici...

— A-t-elle... hésita Claudine. Avez-vous discuté de la rencontre entre Geneviève et Margot ? Euh, Marguerite, j'entends.

— Non, rétorqua-t-il d'un ton cassant. Mais là, puisque nous sommes seuls, j'aimerais comprendre pourquoi on m'a insulté sur la légitimité de ma naissance.

— Oh ! C'est affreux, Nicolas, déplora Claudine, ses joues rondes s'affaissant sous l'émotion. N'écoutez pas ces vilenies. Xavier de Razès est votre père, il ne fait aucun doute. C'est d'ailleurs pour cette raison que Marguerite l'a épousé.

Nicolas ravala les émotions qui lui barraient la gorge.

— Ainsi donc, ma mère était une courtisane ? articula le jeune homme, sans reconnaître les mots qui sortaient de sa bouche. Mais... comment ? Pourquoi ?

Claudine remplit sa coupe de vin et lui en tendit une, qu'il refusa.

— Elle a séjourné chez Ninon de Lenclos alors que votre grand-père était enfermé à la Bastille, pendant le procès de Fouquet, expliqua Claudine avec une tendresse évidente à l'endroit de sa sœur. Durant deux années, si j'ai bonne mémoire... Elle ne se faisait appeler que par son surnom, Margot, pour éviter de salir le nom des Collibret. Après la libération de notre père, elle s'est retirée en Champagne, à Mirmille. Je ne sais combien de temps aurait duré sa retraite... mais Xavier de Razès s'était installé à Sézanne et la courtisait avec... avec l'ardeur que l'on sait. Ils se sont mariés en Auvergne, et Marguerite n'a plus jamais remis les pieds à Paris, sauf à l'occasion des funérailles de Geneviève.

Pendant qu'elle parlait, les yeux sombres de Nicolas étaient rivés sur elle ; l'impétuosité de ce regard, son impériosité montraient clairement que Nicolas considérait ces explications comme son dû.

— Marguerite souhaitait garder ce secret, et ce, de toute son âme. Elle s'est efforcée d'effacer les traces de son passé, et, franchement, elle y est presque parvenue. Je suis même surprise que l'on ait été jusqu'à en ranimer le souvenir. Certes, à son apogée, leur salon s'attirait les pires calomnies, alors qu'il y avait en vérité peu à s'émouvoir ; c'était une autre époque. Vingt ans plus tard, Ninon de Lenclos est une vieille dame respectable, et les vrais libertins sont à la cour du roi, constata Claudine avec un demi-sourire. Mais Marguerite n'a jamais voulu m'entendre. Pour elle, une comtesse se devait d'avoir une conduite irréprochable et, à tort ou à raison, elle a prétexté son mariage pour se défaire de la plupart de ses liens avec ses anciens amis.

— Geneviève de Coulonges a fait exception ?

— Elle s'est mariée bien avant Marguerite, dit-elle. Et bien qu'elle ait fréquenté l'hôtel de la rue des Tournelles, Geneviève n'a jamais eu la popularité des autres demoiselles. Vous devez comprendre, Nicolas... ce n'était pas un bordel, ni rien qui puisse s'y comparer. C'était avant tout un salon. Aucune des femmes n'y échangeait ses faveurs en échange de quelque avantage. J'étais jeune à ce moment-là et notre tante Annette se gardait bien de tout me dire, mais même elle avait compris que Marguerite s'était élevée grâce au salon de Mlle de Lenclos. C'était préférable à la disgrâce qui s'abattait sur notre famille.

Nicolas se redressa et fit quelques pas dans la pièce.

— Elle aurait dû me dire la vérité, affirma-t-il, plein de rancœur.

Émue, Claudine s'approcha de lui.

— Dans la dernière lettre que Marguerite m'a écrite, quelque temps avant votre départ, elle m'a chargée de vous dire la vérité si vous en veniez à vous poser des questions. Seulement s'il n'était pas possible de faire autrement, bien entendu. Après toutes ces années, et malgré le froid qui s'était installé entre elle et notre père depuis qu'il connaissait la vérité, je pensais sincèrement qu'elle était la seule personne qui attachait encore de l'importance à son secret.

13

Éveil

Xavier approcha la torche de l'immense tas de bois. La flamme se jeta littéralement sur les fagots, embrasa le centre du village. La foule lança des « hourras », et les musiciens entamèrent joyeusement les premiers accords d'une bourrée[2]. Marguerite se tenait à l'écart de la troupe des femmes ; la femme du notaire et les bourgeoises de Montcerf rouspéteraient certainement ; néanmoins, elle n'avait pas le cœur à jouer à la châtelaine. Pas ce soir. Xavier évoluait parmi ses gens avec un naturel déconcertant. Une chope à la main, son ample chemise cintrée sur ses chausses de coton, il passait aisément pour un de ses sujets. Il tourna vaguement la tête dans sa direction et Marguerite comprit qu'il la cherchait des yeux. Dans sa modeste toilette de lin, parée de fleurs des champs, elle se fondait parmi les autres jeunes femmes du comté. Elle avait revêtu cette robe à son intention. Pour lui montrer qu'elle entendait célébrer, comme lui, la fête de la Saint-Jean-Baptiste. Lorsqu'il la vit, une lueur illumina ses yeux noirs et il s'excusa auprès des paysans. Même si elle s'attendait un peu à cette réaction, Marguerite en conçut une sorte de fierté naïve.

— Madame, fit la voix d'un homme qui s'aventurait courageusement, *voulez-vous vous joindre à moi pour cette danse ?*

Elle se tourna vers l'homme qui devançait son mari de quelques pas. Il s'agissait d'Armand Brûlot, le forgeron de Montcerf, un grand gaillard, célibataire et assez beau garçon. Elle hésita un moment, et ces quelques secondes furent suffisantes pour permettre à Xavier de les rejoindre.

---

2. Danse populaire du centre de la France.

— Monsieur le comte ! s'exclama Armand, légèrement embarrassé. Je trouvais bien triste que votre dame fût seule…

— Là, il n'y a pas de mal, rétorqua Xavier, complaisamment. Je me suis justement fait la même réflexion.

Margot sourit à Xavier, puis à Armand. Ce dernier poussait l'audace jusqu'à rester près d'eux ; en général, les hommes de Montcerf fuyaient sa présence… Elle décida de ne pas laisser passer cette occasion.

— Je serais ravie de vous accorder cette danse, monsieur Brûlot, accepta la comtesse de Montcerf en lui tendant le bras.

Xavier exprima son étonnement avec une exclamation sonore et, un moment, le forgeron crut qu'il s'était attiré son courroux. Mais Xavier s'égaya, tandis que les yeux verts de la châtelaine encourageaient Armand à l'enlacer pour l'entraîner dans la ronde. Il s'avérait bon danseur. Moins intimidé que les autres hommes, il affichait un air confiant, quoiqu'il fût conscient des regards qui les suivaient. Après deux danses, Armand la remit lui-même entre les bras de son seigneur.

Xavier le regarda s'éloigner, les sourcils froncés.

— Et moi qui croyais que les charmes de la campagne ne te faisaient aucun effet, me voilà démenti, chuchota Xavier à son oreille.

Elle replaça une fleur qui était tombée de sa chevelure.

— Allons, mon mari, je suis ici ce soir dans le seul but d'apprivoiser les attraits de notre région. N'allez pas me réprimander…

Elle empruntait ce ton policé et raffiné par jeu plus que par convenance : dans le privé, il y avait longtemps qu'ils ne se vouvoyaient plus.

— Au contraire, je suis comblé par votre présence à mes côtés, ma douce amie, dit-il avec sérieux, avant de laisser tomber : Dans cette tenue, tu es diablement aguichante !

Malgré elle, Margot rougit. Elle avait retrouvé sa taille fine et, dans cette robe légère, c'était d'autant plus évident. Elle posa sa main sur le bras de Xavier.

— Tu veux danser ?

— Margot ? Tu m'étonnes… En fait, j'avais d'autres idées, moi, avoua Xavier en la prenant par la main. Ta peau est si chaude ! Tudieu, tu es brûlante.

— C'est le feu…

Ensemble, ils s'éloignèrent du feu de joie autour duquel tous s'étaient réunis.

— Tu sais que nous devons rester éveillés toute la nuit, annonça-t-il avec gravité. C'est la tradition qui le veut. Sinon… notre vœu ne pourra se réaliser.

— Notre vœu ? Qu'est-ce que cette superstition, encore ?

— La nuit de la Saint-Jean est une nuit de veille, expliqua le seigneur de Montcerf. On fait un vœu lorsque le feu s'allume, et, si par malheur on s'endort, il ne pourra s'accomplir.

Elle gloussa, un brin ironique. Il l'avait entraînée jusqu'à l'orée du bois, où l'été embaumait l'air d'un parfum de fleurs et de vie.

— Je t'assure que c'est vrai, affirma-t-il en glissant sa main sur sa nuque. Toute la nuit, le feu se consume…

Margot fit mine de ne pas comprendre où il voulait en venir.

— Son ardeur nous rapproche, nous rend presque fous…

Il ramassa la chevelure de sa belle et tira doucement sa tête vers l'arrière. Il posa ses lèvres humides sur son cou.

— Xavier, protesta-t-elle. On ne peut pas faire ça ici… en pleine nature, comme des manants.

— Madame la comtesse ne veut pas se mêler aux communs, railla Xavier en effleurant sa poitrine, évidemment excité par la situation. C'est toi qui as dit que tu voulais que je te fasse découvrir nos traditions. Il n'y a rien comme un brasier et un lit de mousse pour dompter la pudeur la plus tenace.

— Prude, moi ? s'offusqua-t-elle.

— Parfois, je t'avoue que je soupçonne qu'on ait remplacé ma femme par une façonnière qui aime à me tenir la dragée haute, confia-t-il en attrapant ses seins sous le tissu de sa robe.

Sa caresse, d'abord possessive, se fit plus douce, plus recherchée. Elle sentait son souffle chaud sur sa nuque. Il la pressa contre son corps, comme s'il voulait la pénétrer, malgré les vêtements qui les séparaient. Au creux de ses reins, elle perçut le désir de son mari qui se gonflait. Peut-être avait-il raison : entre leurs devoirs de seigneurs, leur fils, leur vie en Auvergne, elle parvenait difficilement à faire de la

175

place pour le reste. Fermement, elle appuya ses fesses contre le bassin de Xavier.

— Doucement, Margot, se plaignit-il en chuchotant. Si tu veux que nous restions éveillés toute la nuit...

Toute la nuit... L'audacieuse perspective l'excitait. Elle se retourna pour lui faire face. Xavier la contemplait avec une intensité sauvage ; un frisson parcourut son corps. Était-ce l'effet du feu, des festivités, ou le fait de se retrouver dans la nature ? Lorsqu'il la coucha sur le sol, l'excitation brûlait son entrejambe comme un autre brasier ; elle aurait voulu qu'il la possédât sans attendre. Mais Xavier ne l'entendait pas de cette oreille.

— Alors, madame de Razès, que vous arrive-t-il ?

Pour toute réponse, Margot leva sa jupe jusqu'à son ventre et écarta les cuisses. Xavier cessa de sourire et s'allongea contre sa peau nue. Entre les herbes et le pantalon de toile, sa peau la piquait légèrement mais, enivrée par la volupté, elle en oublia ce léger inconfort. Elle n'avait jamais senti Xavier aussi inspiré. L'ardeur qui le consumait semblait puiser sa source dans la nuit des temps, et, comme s'ils se livraient à une mystérieuse cérémonie païenne, ils firent l'amour toute la nuit de la Saint-Jean.

Quand la tension de leurs corps se trouva à son point culminant, il poussa un râle et s'étendit à ses côtés, nu et épuisé. Contrairement à lui, Margot ne s'endormit pas. Elle regarda les étoiles disparaître une à une en songeant aux paroles que son mari avait tenues plus tôt. Si elle devait faire un vœu, elle voudrait un deuxième enfant.

☙

Le drapé blanc voilait le tour du lit. Un linceul. Une odeur de sang séché flottait dans l'air. La chaleur lui donnait des sueurs. Il réprima un frisson. Xavier de Razès battit des paupières. La lumière paraissait encore plus lumineuse dans le cocon de tissu immaculé qui l'entourait. Son corps répondit lentement à ses ordres ; il bougea sa main droite, la tira de sous l'édredon, la porta à son visage.

176

« Fouchtra ! jura-t-il. Je ne peux pas ouvrir cet œil. J'ai été blessé à la tête. »

Il palpa le bandage qui enserrait le côté gauche de sa figure et une partie de son crâne. Puis il laissa retomber sa main. L'effort était déjà monumental. Il se souvenait de sa course à travers le pré et d'avoir été jeté à bas de son cheval. Sa jambe était immobilisée et il ne doutait pas qu'elle était incapable de le porter. Qu'était-il arrivé à sa monture ? Lui-même s'étonnait d'être encore vivant… La balle de mousquet qui avait atteint l'animal pouvait difficilement avoir été aussi indulgente. Le fil de ses pensées le retenait de sombrer dans l'inconscience, et ce, malgré la douleur qui irradiait dans ses membres. Une pulsion de rage qu'il n'avait plus sentie depuis fort longtemps monta en lui lorsqu'il évoqua l'homme qui l'avait attaqué et avait blessé son cheval. Il devait le retrouver. Outre sa propre vengeance, la sécurité de plusieurs personnes en dépendait. Xavier tourna légèrement la tête et s'efforça de regarder où il se trouvait. Il n'y avait rien sinon ces voiles blancs. Sa vision se brouilla.

« Je dois être dans le dortoir des pères. Une religieuse m'aura reconnu et ramené à la duchesse », pensa-t-il.

Il grogna et s'éclaircit la voix.

— Je… j'ai soif, dit-il d'une voix faible.

Un bruissement léger s'approcha de lui.

— Vous êtes réveillé, lui répondit une voix féminine très douce. Je vais aller vous chercher de l'eau. N'essayez pas de bouger, vous devez vous ménager.

Il entendit les pas s'éloigner. Quelques instants plus tard, la personne revint et il aperçut brièvement une robe comme celles que portaient les religieuses de l'abbaye. Une main se glissa sous sa nuque et il sentit qu'on portait un gobelet à ses lèvres.

— Savez-vous qui je suis ? demanda Xavier.

— Oui.

— Alors, vous connaissez les raisons qui m'amènent ici. Depuis combien de temps suis-je inconscient ? La duchesse de Fontanges est-elle… Il hésita, sentant qu'il devait taire, pour le moment du moins, ses inquiétudes… toujours parmi vous ?

— Vous avez été retrouvé dans cet état il y a cinq jours de cela, l'informa la religieuse. La duchesse de Fontanges n'a pas encore quitté le couvent. Elle a pris quotidiennement des nouvelles de votre santé et a demandé qu'on l'avertisse quand vous vous éveilleriez.

« Cinq jours, pensa Xavier, troublé. Nicolas doit déjà être arrivé à Paris. »

— Désirez-vous autre chose, monsieur de Razès ? s'enquit-elle de sa voix suave. Peut-être voudriez-vous que l'on prévienne vos proches ?

Le comte de Montcerf, qui avait tout récemment saisi l'ampleur du complot dont il avait failli être lui-même victime, se rembrunit. Cette religieuse, dont il ne voyait pas le visage et dont il ignorait le nom, était peut-être une complice de ceux qui avaient tenté d'empoisonner la duchesse. Xavier se reprocha sa méfiance et, plein de scrupules, essaya de refouler sa crainte. Mais, comme tous ceux qui s'étaient trouvés impliqués dans les procès de la Chambre ardente, il n'était pas tranquille : des centaines d'empoisonneurs, de satanistes et de criminels fourmillaient dans l'aristocratie. Il décida qu'il avait plus à perdre en ne suivant pas son instinct, même si celui-ci le conduisait au délire.

— J'aurais besoin de ma sacoche, indiqua-t-il. Je l'avais avec moi au moment où j'ai été attaqué.

— Je vais aller la quérir.

Il attendit qu'elle s'éloignât en retenant son souffle. Il avait écarté l'idée de se tourner vers la duchesse. Même si sa propre vie en dépendait, il ne pouvait risquer de la mêler à son enquête. De plus, les renseignements dont il disposait étaient peut-être sa seule chance de survie si, comme il le croyait, cette religieuse le veillait afin d'apprendre ce qu'il avait découvert.

Toujours très silencieusement, comme si elle marchait sur un épais tapis, la femme revint à son chevet. Elle approcha un tabouret et s'assit à son côté.

— Je l'ai, affirma-t-elle. Que voulez-vous que je fasse maintenant ?

— Ouvrez-la, commanda le comte de Razès.

Il lui demanda de prendre les documents qui se trouvaient dans la poche du centre. Il perçut ce qui pouvait être le frottement des feuilles contre le cuir du sac. Il imagina que la main retirait les papiers.

— Alors ? Voyez-vous à qui sont adressées ces missives ?

Sans doute apercevait-elle maintenant ce qui y était écrit. Son instinct lui disait qu'il ne s'était pas trompé ; ces lettres contenaient certainement un moyen de retrouver les personnes pour lesquelles cet homme travaillait. Il attendit qu'elle parlât.

— Monsieur de Razès, est-ce que vous désirez que je fasse quelque chose avec ces documents ? Voulez-vous que je les remette à la duchesse ? hasarda-t-elle d'un ton où pointait l'incertitude.

— Non, je ne veux pas l'alarmer avec ceci, répondit-il le plus calmement possible. Des personnes en haut lieu sont déjà dans le secret.

Elle parcourait les écrits maintenant : il ouvrit son œil valide et aperçut un profil encadré d'une coiffe. Il tourna légèrement la tête pour essayer de lire l'expression sur le visage de la religieuse. Penchée attentivement sur sa lecture, elle n'eut pas conscience de cet examen. Soudain, elle tressaillit de surprise. Xavier fit comme s'il n'avait rien vu et enchaîna :

— Je peux compter sur vous pour les remettre à l'émissaire du roi lorsqu'il arrivera ? Cela ne saurait tarder maintenant...

Il devait parvenir à faire croire que d'autres personnes connaissaient le contenu de ces lettres, alors que lui-même n'avait jamais eu le temps de les lire. La tâche lui paraissait ardue, l'immobilité presque complète dans laquelle il se trouvait réduisait à bien peu de chose son répertoire d'acteur.

— Ne croyez-vous pas… enfin, si je puis me permettre une opinion, vous devriez alerter les gardes de la suite de la duchesse, conseilla-t-elle, soucieuse. Si j'en crois les propos tenus par l'auteur de cette missive, votre vie pourrait encore être menacée.

La voix de la religieuse trahissait une sincère émotion et Xavier dut admettre qu'il avait fait fausse route ; un si grand don pour la tromperie ne se retrouvait pas dans les couvents. Cette religieuse, si elle était complice, n'avait rien à gagner à ce qu'il dévoilât de telles informations à d'autres gens.

Le claquement caractéristique de souliers à talons résonna sur le sol. Il perçut la voix d'une femme, plus jeune, qui chuchota :

— Est-il réveillé, ma sœur ?

— Oui, affirma la religieuse, qui se redressa. J'allais faire prévenir la duchesse de Fontanges.

— Inutile, je suis là, coupa la femme, dont la voix, familière à Xavier, appartenait à l'une des dames de compagnie de la duchesse. Vous pouvez nous laisser, je dois m'entretenir avec lui.

— Ne le fatiguez pas ! recommanda la sœur. Il est très faible. Je serai à côté. Appelez-moi si vous avez besoin de quoi que ce soit.

Sur ce, elle s'éloigna. L'autre femme s'approcha de lui. Elle portait un parfum capiteux qui jurait avec le caractère de recueillement du lieu.

— Monsieur de Razès, commença-t-elle d'une voix solennelle. Votre situation a ébranlé la duchesse qui, déjà, ne se portait pas très bien, comme vous le savez… Cependant, elle m'a envoyée s'enquérir de vous chaque jour. Son âme sensible se trouve très affectée. Elle croit que c'est sa faute si vous avez été blessé.

La dame fit une pause et Xavier vit qu'elle fixait sa jambe d'un œil attentif.

— Savez-vous qui vous a attaqué ? questionna la dame en désignant les blessures cachées par les pansements.

Son visage, généreusement fardé, était agréable. Elle portait une robe faite de riches étoffes et un beau pendentif ornait son cou. Le blessé allait répondre lorsqu'un détail attira son attention : la chevelure bouclée reposait négligemment sur les épaules de la dame. Or, les femmes au service de la duchesse ne manquaient jamais de se coiffer « à la Fontanges », c'est-à-dire de nouer leurs cheveux sur le haut de leur tête à l'aide de plusieurs rubans et accessoires. Cette dame s'était précipitée à son chevet dès qu'elle avait appris qu'il avait repris conscience, sans en parler à sa maîtresse.

— Non, je l'ignore. Il s'est enfui avant que j'aie pu distinguer ses traits, mentit Xavier en tentant de paraître honteux. J'en suis d'ailleurs fort embarrassé…

La dame lui fit un sourire indulgent qui masquait habilement son hypocrisie, atout indispensable à la cour, surtout, comme le croyait Xavier, pour une espionne.

— Ne soyez pas trop dur avec vous-même, vous avez déjà fait beaucoup en l'empêchant de s'introduire chez la duchesse. Comment aviez-vous deviné qu'il voulait l'empoisonner ? demanda-t-elle d'un ton faussement détaché.

— Je ne le savais pas, confia Xavier, qui disait d'ailleurs la vérité. Toutefois, il ne s'agissait pas d'un domestique. Ça, je pourrais en jurer.

« À la façon dont il montait à cheval… poursuivit-il pour lui-même. C'est un homme de main, un homme d'armes qui connaît les chevaux. »

Apparemment satisfaite des réponses du blessé, l'espionne ajouta :

— Je vais prévenir Mme de Fontanges que vous êtes réveillé. Tâchez de guérir vite, afin de pouvoir nous accompagner pour le retour à Saint-Germain.

Elle prit congé, non sans avoir lancé un dernier coup d'œil à la jambe de Xavier. Une fois qu'elle fut partie, Xavier s'aperçut qu'elle regardait non pas sa jambe, mais sa sacoche qui était restée sur le lit. Il tendit la main dans l'ouverture encore béante. Les lettres n'y étaient plus, la sœur les avait peut-être emportées avec elle.

— Ma sœur, appela Xavier de Razès, qui maudissait la vulnérabilité à laquelle ses blessures le réduisaient.

La religieuse ne se fit pas attendre et Xavier, malgré lui, éprouva un grand soulagement de la savoir si proche.

— Avez-vous gardé les documents ? dit-il, hésitant entre le reproche et la reconnaissance.

— J'ai pensé que vous ne souhaiteriez pas qu'ils tombassent entre de mauvaises mains.

Xavier la regarda, perplexe. Ce regard couleur café. Il connaissait cette femme. Il l'avait connue, vingt ans plus tôt : Sabine du Roseau.

— Sabine ! bredouilla-t-il, sous le choc.

— Monsieur de Razès… Xavier de Razès, dit celle qui avait été autrefois une courtisane dans le quartier du Marais. Vous avez de puissants ennemis…

Xavier hocha la tête, muet de surprise. Il se rappelait que Sabine s'était retirée à l'abbaye de Chelles après avoir été violée par des amis du marquis de Vardes. Plusieurs années plus tard, il avait appris par Marguerite qu'elle était entrée dans les ordres.

— Pourquoi ne point me l'avoir dit ? l'interrogea Xavier.

— Tant d'années ont passé depuis notre dernière rencontre. Le souvenir de ma personne vous serait-il resté ? Dans les circonstances actuelles, j'ai cru que ce n'était pas important de mentionner ce détail. Bien que vous n'ayez pas trop d'un ami, d'après ce que je peux constater.

Il ne voyait pas les cheveux de Sabine, cachés sous sa coiffe. Son visage, par contre, avait changé ; elle avait pris quelques rides, bien sûr, mais c'était surtout la limpidité de son regard qui surprenait le gentilhomme. Il était habité d'une sérénité qu'on ne voyait que chez les vieillards et sur les portraits de saints.

— Cette femme qui est de la suite de la duchesse, connaissez-vous son nom ? s'enquit Xavier, confiant de se trouver en territoire allié.

— Mme Dumesnil, rétorqua la sœur, elle ne la quitte pratiquement jamais.

— Dumesnil, oui, c'est ça, se rappela Xavier. Elle n'est pas étrangère à la tentative d'empoisonnement à laquelle la duchesse vient d'échapper…

— Ciel ! De toute façon, vous ne pouvez pas rester ici, coupa Sabine. C'est trop dangereux ! Quelqu'un a donné l'ordre de vous faire disparaître. Puis, voyant que Xavier ne saisissait pas l'allusion, elle ajouta : Les lettres que vous aviez dans votre sac, les avez-vous lues ?

— Non, je les ai arrachées à l'homme qui a tenté d'empoisonner la duchesse. Voudriez-vous me les lire ?

— Volontiers, répondit Sabine.

Elle déplia les papiers qu'elle avait glissés entre les pans de sa robe. D'une voix douce mais ferme, Sabine lut :

Vous trouverez ladite personne en l'abbaye de Chelles, où vous vous introduirez comme le domestique du prieur de Cabrières, médecin attaché à sa personne. Vous lui porterez les bouteilles d'eau de source dont les vertus ont été vantées par FDM. Sachez toutefois vous méfier d'un homme qui est de sa suite et qui porte le nom de Razès. Nous avons raison de croire qu'il s'agit d'un espion sous les ordres de qui vous savez. S'il vous gênait dans notre projet, n'hésitez pas à user de force avec lui. Revenez discrètement à Paris reprendre votre service. Je vous recommande la plus grande prudence, jusqu'à ce que le bouillon ait fait son effet.

Xavier tressaillit et, oubliant ses blessures, fit un mouvement pour se dresser.

— Ils savent ! s'exclama-t-il en retombant vainement sur sa couche.

— Que faites-vous ? intervint Sabine, alarmée par sa réaction. Allons, calmez-vous !

— Il faut… commença Xavier en lançant des regards effarés en direction de la religieuse. Montrez-moi ça !

Sabine approcha la lettre du blessé, qui la lui arracha brutalement. Non seulement il ignorait l'identité du comploteur qui voulait sa mort et celle de la duchesse de Fontanges, mais celui-ci connaissait ses allégeances.

« Nicolas est en sécurité, il n'est impliqué en rien dans cette affaire », se répétait-il en lui-même, conscient que le contraire sous-entendait une horrible menace pour son fils.

— Je vais demander qu'on vous établisse dans une gentilhommière près des dortoirs des pères. Là-bas, aucune dame ne pourra avoir accès à vous, décida Sabine, soucieuse.

— Je dois retourner à Paris… arrêter cette engeance du diable avant qu'il ne soit trop tard, clama Xavier de Razès, souhaitant très fort que sa prière fût entendue.

Sabine sentit l'inutilité de lui rappeler l'état dans lequel il se trouvait. Sans le coup de feu qui l'avait alertée et grâce auquel elle avait pu le trouver avant qu'il ne se fût vidé de son sang, rien, pas même les médecins du roi, n'aurait pu sauver Xavier de Razès.

— Monsieur de Razès, ne craignez-vous pas de retourner à Paris ? Si l'on n'hésite pas à tenter d'assassiner la favorite du roi, qu'en sera-t-il de vous, un obscur comte d'Auvergne ?

— Vous ne comprenez pas ! Mon fils… Argh, mon fils est à Paris, répondit-il en poussant une plainte qui tenait à la fois de la douleur et de la peur.

La sensibilité de Sabine, bien à l'abri dans les murs de l'abbaye, vibra comme les cordes d'un vieux luth. La souffrance de Xavier était tangible, et elle ne pouvait qu'imaginer ce qu'il ressentait à ce moment-là. Dans ces circonstances, elle se sentait soudain étrangement vivante ; la vitalité du blessé, confinée par les pansements et les écharpes, le réduisait à l'impuissance, alors qu'elle détenait toute sa force physique et morale.

— Pourquoi croyez-vous qu'on voudrait lui faire du tort ?

14

Entre servante et sorcière

Le raclement résonna dans les profondeurs de la forêt auvergnate. Françoise Filastre releva son bonnet afin de regarder vers la source du vacarme. À travers le rideau de feuilles et de branches, elle distingua l'arrière d'un attelage dont la taille et la forme se rapprochaient de ceux qui affluaient au Cours-la-Reine. Apparemment, la comtesse de Montcerf recevait quelque illustre personnage. Intéressée, l'herboriste replaça sa coiffe et se courba vers le talus qui s'étendait à ses pieds. Cette cueillette semblait ne jamais devoir finir… Fallait-il qu'elle fût désespérée ! Réduite à glaner de l'argent ici et là, dans l'objectif d'amasser suffisamment de fonds pour regagner Paris. Si encore elle parvenait à se loger et à se nourrir convenablement, cela passerait encore, mais les villages étaient aussi inhospitaliers les uns que les autres. Pourtant, la Chappelain l'avait bien avertie de ce vers quoi elle allait. En Auvergne, on ne se commettait pas avec la devineresse locale. Elle jeta des simples dans sa musette, par-dessus les plants séchés d'herbe du diable et de dame sureau. Cela devrait suffire. La servante de la comtesse n'était pas de celles qu'on abuse avec une poignée de salpêtre. De plus, elle avait de quoi payer la préparation, ce qui valait l'effort supplémentaire.

Françoise entreprit de regagner le village en ouvrant les yeux pour trouver une éventuelle occasion de souper. Sa panse émit un gargouillement étouffé. Voilà bientôt six mois qu'elle menait une vie de galérien, alors qu'à Paris sa fortune était assurée ! Si seulement elle avait suivi son instinct et dérobé la jument pendant qu'elle le pouvait… mais elle avait hésité, la peur de se faire prendre avait été plus forte. Encore maintenant, elle se demandait si cette petite sotte aurait osé la faire poursuivre. De toute évidence, la demoiselle ne voulait pas que l'on découvrît sa liaison avec le villageois. Mais à quel point ? À quel prix ? Sa connaissance de la noblesse était, tout compte fait, limitée. Ces dames de la ville avaient depuis longtemps perdu toute prétention de pureté et d'honnêteté. Diable ! Certaines étaient plus rouées que ses comparses ribaudes. Voilà bien une semaine que Françoise Filastre s'interrogeait ainsi sur le meilleur moyen d'exploiter la faiblesse de la fille de la comtesse. Peut-être que l'arrivée du carrosse était le signe qu'elle espérait ?

⁓

— Voilà, fit Bertille, en lui remettant des pièces de monnaie. Elle se pencha sur les herbes et les renifla. Combien d'infusions faut-il pour faire diminuer l'enflure ?

— Une par jour, ou deux, mais pas davantage, répondit la Filastre.

— Sinon ? s'inquiéta Bertille.

L'herboriste soupira.

— C'est une herbe puissante, mieux vaut s'en tenir à cela. Ces petits êtres sont fragiles lorsqu'ils n'ont pas encore l'âme bien accrochée…

La servante lui jeta un regard plein d'appréhension, avant de glisser le sachet de plantes dans son corsage.

— Alors, vous avez des visiteurs au château ?

— Si fait, confirma Bertille. Je dois y retourner justement, s'empressa-t-elle d'ajouter.

— Des gens importants, à ce qu'il paraît ? reprit Françoise Filastre.

— Le frère de la comtesse et sa suite. M. de Collibret est un ami du prince de Condé, fanfaronna la servante, de l'air supérieur de celle qui a affaire à la haute société. Pff... Vous ne pourriez pas comprendre...

L'herboriste, habituée à subir le mépris des domestiques, ne releva pas le commentaire ; toutefois, elle s'aventura à demander :

— Ils resteront longtemps ?

— En quoi cela vous intéresse-t-il tant ? rétorqua Bertille, hautaine.

— J'escomptais leur offrir mes services. Les nobles de la ville sont friands de prédictions, d'astrologie... enfin, de toutes ces distractions. Vous pourriez leur suggérer de me consulter ? Je resterai près de la route du village cette nuit, ainsi, ils n'auront pas à aller bien loin, s'il leur prenait l'envie de me rencontrer.

Pour toute réponse, la servante se contenta de toiser la Filastre d'un air sceptique, s'attardant sur les ongles sales et les mèches hirsutes qui s'échappaient de son bonnet.

— Y faudra voir le bon plaisir de ces messieurs, conclut Bertille.

« Toutes pareilles, ces servantes ! Elles n'ont qu'un désir, se faire remarquer pour obtenir une meilleure position. Des écervelées, toutes autant qu'elles sont », jugea la Filastre avec rancœur.

Jusqu'à récemment, elle-même convoitait une bonne place dans la maisonnée d'une dame de la ville. Pas n'importe quelle dame, la nouvelle favorite du roi ! Elle l'aurait eu, cet emploi, si la Chambre ardente n'avait pas chambardé sa vie ; et elle avait bien failli ne pas sentir le vent tourner. La rafale bienfaitrice, c'était la demoiselle Des Œillets qui l'avait fait souffler. Une femme comme elle, à peu de chose près... Des années durant, elle avait été la domestique et la confidente de la Montespan ; subissant ses caprices, vivant dans son ombre. Puis, la Des Œillets s'était affranchie de la marquise de Montespan. L'audace de cette fille de comédien, cette fille de rien qui, un beau jour, s'était hissée parmi les personnages les plus illustres en attirant l'attention du roi, forçait l'admiration de la Filastre. À Paris, la Des Œillets possédait un hôtel rue Montmartre et, selon la Chappelain, complice de Françoise, elle en avait au moins deux autres. Son aisance et son statut forçaient le respect de Françoise. Or donc, quand la Des Œillets leur avait demandé d'empoisonner la nouvelle favorite, Françoise n'avait pas hésité. Cette femme ferait sa fortune, et elle, la Filastre, concourrait à sa faveur auprès du roi. Voilà pourquoi elle devait regagner la capitale au plus vite. La pensée que la demoiselle Des Œillets l'attendait pour se débarrasser définitivement de sa rivale, la Fontanges, la rongeait. Si Bertille lui amenait les nobles ce soir, peut-être aurait-elle suffisamment d'argent pour louer une place dans une diligence pour le nord ? Oui, c'était possible... La Filastre ressassait ses ennuis financiers lorsqu'un couinement plaintif se fit entendre. Un sourire étira ses lèvres étroites lorsqu'elle aperçut un lièvre qui se débattait dans un collet qu'elle avait posé plus tôt. Au moins, le souper ne serait pas maigre ce soir.

⁊

Malgré sa surprise et l'heure tardive, M. Millet s'adressa à la demoiselle avec courtoisie :

— Je regrette, mon fils est parti ce matin pour Aigueperse. Il sera de retour dans deux semaines. Vous dites qu'il devait vous montrer les étoffes que nous avons reçues ?

Élisabeth fit de son mieux pour ne pas se répandre en larmes.

— Tant pis, je repasserai un jour prochain.

— Si vous désirez, je peux... proposa le commerçant.

— Non, coupa-t-elle. Il se fait tard, je devrais déjà être rentrée. Merci, monsieur Millet.

Une fois à l'extérieur, la jeune femme retrouva sa monture qu'elle avait laissée sur le côté de la bâtisse. La boutique était fermée depuis un bon moment et, à en juger par les arômes émanant de la cuisine, la famille d'Antoine devait être à table. Qu'est-ce qui lui avait pris d'être aussi impulsive ? À l'avenir, elle devait faire preuve de davantage de sang-froid… Elle secoua la tête. La jeune femme ne se souvenait pas qu'Antoine se fût absenté pour une aussi longue période. La place du village était déserte.

« Deux semaines ! C'est au-dessus de mes forces, pensa Élisabeth, prise de vertige. Pourquoi ne m'a-t-il pas dit qu'il partait ? »

L'émoi lui avait fait oublier son ventre vide. Sa mère devait être très inquiète ou, ce qui était plus probable, elle la croyait dans sa chambre. Ce n'est que lorsque les convives auraient terminé le dessert que la comtesse, finalement, s'aviserait de l'humeur de sa fille. Et là… une tendresse monta en elle, immédiatement chassée par les paroles de son oncle : il voulait qu'elle épouse le neveu du prince de Condé. La sensible jeune femme concevait avec peine ce que cela signifiait. Mais l'idée d'une alliance qui la déracinerait, l'obligerait à quitter sa famille et Montcerf, la jetait au cœur d'un tumulte émotif dont l'ampleur la surprenait elle-même. Certaines choses paraissent si loin, à l'âge tendre, qu'il semble qu'elles ne surviendront jamais. En souhaitant de toute son âme que ce projet d'épousailles avortât d'une façon ou d'une autre, elle commanda à sa jument de la ramener au château. Préoccupée, elle ne remarqua pas l'éclat d'un feu dans le sous-bois. C'est l'odeur de la viande grillée qui lui fit lever la tête. Élisabeth fronça les sourcils et arrêta son cheval. Le camp, il s'agissait bien d'un abri de fortune, était monté en bordure du chemin, à l'orée de la forêt.

— Qui va là ? interrogea-t-elle, soucieuse.

Une silhouette se dressa, et avant même qu'elle eût distingué la chevelure rougie par les flammes, Élisabeth regretta d'avoir hélé l'étrangère.

— Je vous attendais, répondit la Filastre. Approchez !

La jument pointa ses oreilles alors que la cavalière sursautait.

— Vous faites erreur, l'avertit-elle. Je ne suis pas venue ici pour vous trouver. Je… je rentrais.

— C'est moi qui suis ici pour vous, mademoiselle Élisabeth, rétorqua la Filastre. Venez plus près, ma voix ne porte pas très bien.

L'animal, de lui-même, s'approcha de la sorcière. La jeune femme, entraînée malgré elle, n'eut pas la force de protester. La Filastre posa sa main sur le garrot du cheval. Élisabeth se laissa glisser au sol. Le feu faisait rougeoyer les arbustes, formant un cercle dans les ténèbres.

— Vous en voulez? proposa la Filastre en désignant le lièvre qui dorait sur la broche.

Sans attendre la réponse de la jeune femme, elle saisit son couteau et découpa la chair juteuse. Elle en tendit un généreux morceau à Élisabeth. Celle-ci, d'une main hésitante, accepta la viande qu'elle porta à ses lèvres. Elle se surprit à en apprécier la saveur et prit une autre bouchée, cette fois sans hésitation.

— Pourquoi ne mangez-vous pas au village? questionna la jeune femme qui ne comprenait pas pour quelles raisons l'étrangère soupait en pleine nature, alors qu'elle avait assurément de quoi se payer un repas.

— Disons que je préfère être seule. Les gens sont aussi adroits à réclamer des services lorsqu'ils sont dans le besoin qu'à calomnier ceux qui les ont aidés lorsqu'ils ont obtenu ce qu'ils voulaient. Et vous, pourquoi n'êtes-vous pas chez vous, avec votre famille?

Si elle réprouvait la curiosité, qu'elle jugeait inconvenante, de la femme, Élisabeth sentit qu'elle lui devait cependant une réponse.

— J'avais envie de faire une promenade. Mes pensées n'étaient pas claires.

— Vous êtes allée voir le jeune artisan, en déduisit la sorcière, une lueur grivoise dans les yeux.

Percevant ces propos comme un outrage à sa vertu, Élisabeth s'emporta:

— Je ne vous permets pas de proférer des allusions de cette sorte ! Ma conduite est sans reproches.

— Bien sûr, bien sûr, répliqua aussitôt la Filastre, douce-reuse. Je ne voulais rien insinuer… Non. Le lien qui vous unit n'est pas de cette sorte, déclara la sorcière tout en épiant la réaction de la jeune femme. Oh, évidemment, tous ne ver-raient pas ce que j'y ai vu, moi.

Élisabeth vida d'un coup l'air de ses poumons et son bruyant soupir fit trembler la flamme devant elle.

— Vos pensées ne sont pas plus claires, alors ? conclut la Filastre, avec le plus d'empathie dont elle pouvait faire montre.

— Non, pas vraiment, admit Élisabeth, le regard perdu dans la contemplation du feu.

Celui-ci faisait lentement son œuvre, libérant une chaleur réconfortante sur la peau gelée de la jeune fille et obnubilant ses sens.

— Que cherchez-vous dans les flammes ? Une réponse ? renchérit la femme.

Élisabeth émit un petit rire. Quelle idée saugrenue ! Cette femme était vraiment étrange. La Filastre profita de sa distraction pour lancer un mélange d'herbes opiacées dans les flammes.

— Je vais devoir rentrer, merci pour le…

— Pourquoi ne pas rester ? Il y en a amplement pour deux et, pour être franche, j'apprécie d'avoir un peu de compagnie. Qui plus est, si personne ne sait que vous êtes sortie…

Prise de court, Élisabeth ne parvint pas à la contrer avec assez de conviction. De lassitude, elle s'assit sur le sol confortablement réchauffé. Sous cet angle, les arbres, immenses, semblaient toucher le ciel. La Filastre lui tendit un gobelet. Suspicieuse, la jeune femme y trempa le bout des lèvres. Immédiatement rassurée par un goût de miel, elle en prit une généreuse lampée. Le vin aromatisé ca-ressa sa gorge et libéra une tiédeur bienveillante dans son ventre.

— J'avais froid, commença la jeune femme, mais la pudeur la retint et elle n'osa rien ajouter. Qu'est-ce qui lui prenait d'étaler ainsi ses humeurs auprès de cette étrangère ?

Heureusement, celle-ci ne dit mot, et un silence propice s'établit, discrètement meublé par le crépitement du brasier que la sorcière alimentait régulièrement. La jeune femme mangea avec appétit tout ce que la Filastre lui offrait. Elle avait appris à considérer les habitants de la région comme ses subordonnés, et bien que l'herboriste ne fût pas à proprement parler une paysanne, elle devait tout de même sa présence dans la région à la bienveillance de la comtesse, sa mère. De fait, Élisabeth se sentait légèrement indisposée par la familiarité qui s'établissait entre elle-même et la Filastre, mais à aucun moment la pensée que cette femme pût lui vouloir du mal ne lui traversa l'esprit. Soit, l'étrangère connaissait les plantes qui guérissent, elle parlait aux chevaux et savait les soigner mais, au demeurant, rien de tout cela n'était maléfique. Pourtant, ce que Bertille lui avait rapporté hantait ses pensées et, peu à peu, elle se surprit à épier le visage de la Filastre à travers le jeu des flammes. Son visage espiègle et sa tignasse fournie rappelaient à Élisabeth les histoires de lutins sylvestres qui peuplaient son enfance. Or, ces petits êtres avaient des feuilles et de la mousse en guise de cheveux… Un nuage de fumée opaque força la jeune femme à cligner des yeux, et il lui sembla voir… Non. Elle sourit de sa propre bêtise.

— Je peux vous aider, si vous désirez savoir ce qu'il éprouve pour vous, jeta la Filastre tout à coup.

L'offre semblait si désintéressée qu'Élisabeth s'y laissa prendre.

— Que voulez-vous dire ? se risqua-t-elle.

Même si elle ne savait pas de quoi il retournait exactement, elle avait déjà entendu parler de ces devineresses capables de lire l'avenir.

— Ce serait tellement plus facile si vous étiez sûre de ce qu'il ressent pour vous ! Vaut-il vraiment tous les tourments que vous vivez, cette crainte que vous éprouvez à l'idée qu'on vous découvre ?

La jeune femme, abasourdie d'entendre cette femme exprimer crûment des choses qu'elle croyait secrètement enfouies au plus profond d'elle-même, hocha la tête, fascinée et soulagée.

Tout étrangère qu'elle était, cette femme était la seule qui connaissait son secret ; le premier malaise passé, elle sentit germer une connivence entre elle et cette herboriste.

— Il existe plusieurs moyens. Mais le plus sûr serait de voir dans son cœur… n'est-ce pas ? insinua la sibylle.

« Voir dans son cœur… »

Ces mots firent grand effet sur Élisabeth de Razès. Une langueur s'emparait de son corps en même tant que son esprit s'ouvrait à la croyance qu'une telle chose pût être à sa portée.

— Ou… oui. Mais rien de la sorte n'est concevable.

— Hum, fit la Filastre. Il n'y a rien d'impossible dans ce domaine. Le procédé est en réalité d'une grande simplicité. Il suffit de lui offrir une pomme que vous avez cueillie vous-même.

Ménageant ses effets, la Filastre ajouta alors, pour piquer la curiosité de la demoiselle :

— Mais attention, on ne fait pas de magie comme il en est d'autres choses. Il y a des règles à respecter si l'on veut réussir un rituel. Le temps, la précision et la rigueur. Et vous devez être certaine de vouloir, de tout votre être, parvenir à votre but. Si ces conditions ne sont pas réunies, tout est fichu et vous faites mieux de rentrer chez vous, précisa-t-elle en jetant des brindilles sur les braises.

« Certainement pas pour qu'on me force à épouser un fils de prince ! » eut envie de crier Élisabeth, ce mariage lui paraissant, soudain, tragiquement incontournable.

L'odeur de viande masquait celle, légèrement insolite, des émanations de la drogue. Toutefois, la brume, dense et opaque, n'avait plus rien de discret, sauf aux yeux rougis de la demoiselle.

— Bien, conclut la Filastre ; elle fit une pause, regarda les étoiles : La pomme doit être cueillie un vendredi, à la lune gibbeuse croissante, et offerte trois jours plus tard, à la nuit tombée.

Élisabeth la vit tirer quelque chose de sa gibecière. Une petite escarcelle ? Un sachet ? La Filastre en dénoua les cordons et plongea sa main à l'intérieur.

— L'ennui, c'est qu'il n'est pas à Montcerf, se souvint soudainement Élisabeth. Il est à Aigueperse, c'est très au nord.

La sorcière referma l'étui et eut une mimique paternaliste. Cette image évoqua chez Élisabeth le souvenir du pâtissier qui, derrière son étal, la regardait se pourlécher les lèvres jusqu'à ce que la comtesse lui indiquât d'un signe discret qu'il pouvait lui offrir une friandise.

— Le temps est une contrainte ici. Après ce vendredi, les auspices de Vénus ne seront pas favorables avant plusieurs mois. Il vous faudrait partir dès ce soir. Si vous me prêtez un cheval, je veux bien faire la route avec vous. Ce n'est pas très prudent de voyager seule.

« À cheval, bien sûr, je pourrais y arriver », résolut la jeune femme, qu'un obstacle aussi minime que la distance ne pouvait décourager.

Si elle n'avait jamais quitté son village sans escorte auparavant, ce soir il lui paraissait facile d'accomplir cette chose, au point de se demander pourquoi elle ne l'avait pas faite avant ce jour. Une fois à Aigueperse, elle rejoindrait Antoine. Antoine, qu'elle surprendrait inévitablement par son audace.

— Et la pomme ? enchaîna Élisabeth. Comment va-t-elle me permettre de connaître ses sentiments pour moi ?

La Filastre se pencha vers le feu et, mystérieusement, passa sa main au-dessus de la flamme qui, aussitôt, répondit à l'appel du salpêtre et enveloppa ses doigts. Dans le grésillement, une nuance violette. La jeune femme sursauta et ramena ses genoux vers elle.

— La déesse de l'amour a caché son cœur dans la pomme… le fruit défendu, susurra la Filastre. Sachez que ceci est un secret depuis la nuit des temps. La pomme que l'on tranche à la verticale est sans intérêt, c'est lorsqu'on la coupe dans le sens horizontal, lorsqu'on en sépare le faîte du pied, que l'étoile à cinq branches apparaît. Si la chair est ferme et blanche, le sentiment est pur; si elle est brunâtre, flétrie, l'amour ne peut naître d'un fruit pourri. Le pire, c'est d'y trouver un ver qui ronge l'intérieur… Ainsi, résuma la femme, la pomme qu'on cueille, qu'on place contre son cœur pendant trois jours et deux nuits et qu'on offre lorsque la lune est favorable à la déesse, dira ce qui se trouve dans le cœur du galant à qui on l'offre.

Élisabeth inspira profondément, comme si ce faisant elle rassemblait assez de courage pour partir de chez elle, pour cueillir la pomme, pour gagner la ville et la remettre à Antoine. La fragilité d'Élisabeth avait, contre toute attente, réagi à l'opposé de ce que sa mère s'était imaginé. Il n'avait fallu qu'une flammèche pour attiser son ardeur, dissimulée sous son caractère tendre et dévoué, qu'un souffle de vent pour exploiter cette force dormante et transformer le tout en un immense brasier.

— Je dois rentrer me préparer. Je vais amener deux chevaux et je vous retrouverai dans une heure, à la croisée du chemin pour le village.

— Si vous n'y venez pas, je comprendrai, dit la sorcière.

Élisabeth lui tourna le dos et, résolue, monta sur sa jument. Elle ne prit pas la peine de lui assurer qu'elle serait au rendez-vous quoi qu'il advînt.

Pouvoir de persuasion

Sans Élisabeth, le souper avait perdu toute prétention mondaine. La vive discussion qui avait suivi le départ de sa fille avait suscité chez Marguerite une série de questions auxquelles son frère s'efforçait de répondre au mieux de ses connaissances. Sa visite de courtoisie était essentiellement un prétexte pour lui transmettre le projet de mariage qu'avait élaboré le prince de Condé. Gabriel ressentait une fierté flagrante à l'intérêt que leur portait le prince. Marguerite voyait mal comment il aurait pu en être autrement et elle ne blâmait son frère ni pour ses projets orgueilleux ni pour ses conjectures : il ne concevait aucun doute quant à la réponse de sa sœur à une telle proposition.

— Évidemment, des fiançailles s'imposent, oui. Un mariage de cette envergure présuppose souvent des délais entre la conclusion d'une entente et les épousailles proprement dites. Comme Élisabeth est déjà en âge de se marier, souligna Gabriel, le prince a insisté sur son ouverture et sa grande souplesse à ce sujet.

Marguerite hocha la tête en réprimant une saillie ironique sur la magnanimité de « monseigneur le prince ». Quoi qu'elle avançât comme argument, son frère l'assurait, avec diplomatie, des bonnes dispositions de son maître à l'égard de leur famille. Étonnée par une fortune aussi inopinée que grandiose, la comtesse concevait de plus en plus de méfiance quant aux intérêts du prince de Condé.

Peut-être n'arrivait-elle simplement pas à croire qu'un homme tel que lui pût choisir d'allier sa descendance à celle d'un obscur comte d'Auvergne ? Selon Gabriel, il connaissait la situation d'Élisabeth, qui n'était ni comtesse ni baronne, et qui, à part une dot convenable, une éducation qu'on pouvait qualifier de bonne pour une demoiselle, ne présentait pas d'avantages notoires. Tout cela était loin de rassurer Marguerite sur les intentions du prince.

— Ne nous abusons pas ici, mon frère, et quoi que vous escomptiez, avança-t-elle d'un air entendu, vous allez devoir vous répéter devant M. de Razès.

— Mais cela va de soi, assura-t-il sans détour, alors que son visage de courtisan expérimenté prenait une expression rassurante.

Si Gabriel avait choisi d'amener l'offre en l'absence du comte, c'était pour avoir les coudées franches auprès de sa sœur ; depuis toujours, il entretenait la certitude que Margot pouvait convaincre son mari de faire tout ce qu'elle voulait. De ce point de vue, la courtisane n'avait jamais vraiment été destituée par la comtesse, du moins aux yeux de Gabriel de Collibret. Or, des années de mariage avaient appris à Margot que, si l'amour pouvait naître d'une passion, il n'en devenait pas pour autant docile. À l'instar des chevaux de son haras, Xavier de Razès avait un tempérament de feu, et le choix d'un parti pour sa fille revêtait un aspect intime et personnel.

— Pfouu… soupira Margot en rejetant sa tête en arrière dans un geste teinté de sensualité, s'il n'eût été motivé par sa grande fatigue.

— Vous vous sentez bien, ma sœur ?

— Je suis lasse, confia-t-elle en esquissant un sourire. Je n'ai plus l'habitude de dîner si tard et si longuement.

Dans la tranquillité du château de Montcerf, Marguerite coulait des jours heureux, et Gabriel n'avait pas besoin des regards que l'on jetait sur sa perruque et sur ses souliers garnis de passementeries pour comprendre qu'il gênait.

— Je vous ai fatiguée, s'excusa-t-il à l'endroit de Margot. Mes grands projets auraient pu attendre à demain… Je me suis laissé emporter. Voulez-vous que je fasse quérir votre dame de compagnie ?

Elle émit un petit rire indulgent. Décidément, son frère…

— Je n'ai pas de dame de compagnie. Je vais demander à Bertille de m'accompagner. Nous verrons-nous demain au déjeuner ?

La servante s'empressa auprès de sa maîtresse avec une hâte qui n'aurait pas été plus grande s'il s'était agi d'éteindre un début d'incendie. Gabriel réprima un rire narquois et prit lentement la direction de ses appartements, satisfait, en dépit du reste, d'avoir su persuader sa sœur. Quant à sa jeune nièce, il ne faisait aucun doute qu'il parviendrait à lui faire valoir les multiples avantages d'un tel mariage.

ço

L'excitation qui avait accompagné son départ lui avait mis les nerfs à fleur de peau jusqu'au lever du soleil. Sous le couvert d'un vieil arbre au feuillage clairsemé, elle s'était étendue sans parvenir à trouver le sommeil, habitée par la troublante réalité de sa fugue. Lorsque la Filastre s'était éveillée, sonnant le moment du départ, la fille du comte de Montcerf avait enfourché son cheval sans mot dire, toute à ses pensées. Soudain, la perspective de prendre une pomme dans le verger du monastère lui sembla un acte sinon condamnable, du moins peu chrétien. Tout le jour durant, elle pria la Vierge Marie de lui pardonner son futur péché.

— Alors, c'est ici ? demanda la Filastre en considérant les collines ensoleillées.

Élisabeth descendit de sa monture silencieusement, évaluant la distance entre le prieuré et le chemin de terre. Elle passa une main distraite sur son aumônière et fit un pas en direction des pommiers. Son cœur battait fort dans sa poitrine, lui rappelant que le geste, pourtant assez banal, qu'elle s'apprêtait à commettre était un geste coupable.

« Je vais juste cueillir une pomme… Je ne ferai rien de mal… » tentait-elle de se convaincre, angoissée à l'idée qu'on la surprît et qu'elle eût à prendre la fuite comme une vulgaire voleuse.

Une fois en haut de la butte, elle battit des paupières, aveuglée par l'intensité du soleil au zénith. À cette heure, les moniales ne seraient probablement pas dans le verger, elle n'avait qu'à se hâter de commettre son larcin et de repartir promptement. Elle examina la multitude d'arbres au feuillage abondant et fut brusquement saisie d'une forte appréhension. Comment savoir quel fruit choisir ? Jusqu'à présent, ce souci était resté le moindre mais, en cet instant, la jeune femme s'apercevait que tout reposait sur ce choix. Le rythme de son cœur redoubla. Sur les branches à sa portée, aucune pomme n'était assez mûre. Elle se mit à marcher rapidement, les yeux rivés sur la cime des pommiers. Tandis qu'elle combattait sa crainte d'être prise, son pas la poussait toujours plus avant dans le verger, si bien qu'elle finit par s'égarer au centre du pré. Un chant d'oiseau retentit tout près. Elle butta contre un obstacle et tomba. En se relevant, elle s'aperçut que ce qui avait causé sa chute était une vieille échelle traînant par terre. Bénissant sa chance, Élisabeth s'en saisit et l'appuya contre le tronc le plus proche.

Elle vérifia la stabilité de l'outil en se répétant que les pommes les plus hautes, mûries en plein soleil, seraient plus rouges et plus belles. La jeune femme grimpa jusqu'au dernier barreau et se hissa au-dessus des feuilles. Elle plaça sa main en visière et scruta le faîte des arbres. Sa joie fit vaciller l'échelle. Elle avait eu raison de monter si haut ! Un tapis vert rehaussé de points rouges et brillants s'étendait tout autour d'elle, baigné par la lumière du jour.

« Là, hâte-toi, cueille celle qui te paraît la plus rouge, la plus belle, la plus ronde ! » se dit Élisabeth en tournant la tête dans toutes les directions.

Un battement d'ailes bruissa tout près. Aussitôt, elle se retourna et vit un oiseau aux ailes rousses et à la tête grise se poser dans le feuillage. Sur la même branche, une pomme rouge et appétissante attendait qu'on la cueillît. Élisabeth cligna des yeux en fixant la fauvette intrépide; elle avait la bizarre impression que la pomme n'était pas là l'instant d'avant. Un frisson parcourut son corps; voulait-il lui signifier qu'elle devait choisir ce fruit?

«Non, impossible», récusa-t-elle immédiatement. La fauvette s'envola, tandis que son chant, qui ressemblait vaguement à un rire aigu et saccadé, taquina les oreilles de la demoiselle. La pomme, elle, tournoyait toujours sur la branche. D'une main tremblante, elle s'en empara et, aussitôt, redescendit sur la terre ferme. La chaleur de la pomme irradiait encore dans sa paume, même après qu'elle l'eut déposée dans son aumônière. Sans hésitation, elle retourna vers l'endroit où l'attendait la Filastre.

— C'est bon, affirma-t-elle en montant sur sa selle.

Celle-ci lui tendit une cordelette et Élisabeth la prit, se rappelant qu'elle devait attacher la pomme de sorte qu'elle fût près de son cœur. Heureusement, la tige était intacte et la jeune femme n'eut aucun mal à y nouer solidement la ficelle; elle glissa le fruit sous sa chemise. Entre ses seins, la rondeur passait inaperçue. Près d'une heure passa sans qu'Élisabeth ne prononçât un mot. De temps à autre, elle sentait le regard de la Filastre se poser sur elle et devinait que l'herboriste aurait bien aimé savoir ce qui la préoccupait. Or, la jeune femme elle-même aurait été bien incapable de le lui expliquer. D'un côté, elle était tentée de rebrousser chemin, de rentrer chez elle, même si cela voulait dire renoncer à connaître les pensées secrètes d'Antoine et, incidemment, devoir se plier à un mariage arrangé. Évidemment, cette dernière perspective la révoltait et, ce qui était pire, la dégoûtait d'elle-même. Malgré cela, il y avait quelque chose de rassurant à l'idée de remettre son avenir entre les mains de sa mère et de son oncle. Alors qu'ici, au côté de cette femme étrange, avec une pomme qui ballottait au creux de sa poitrine, Élisabeth voyait se dessiner autour d'elle des centaines de chemins menant à des destinées plus improbables et singulières les unes que les autres. Elle se raccrochait à la vision d'Antoine qui se penchait sur elle, le visage empreint d'inquiétude, lorsqu'elle était tombée de la pierre aux fées, pour continuer sa quête. Le soir venu, lorsque la Filastre lui demanda comment elle avait choisi la pomme, elle fut d'abord embarrassée. La chaleur du feu délia sa langue et, par le fait même, ses entraves morales. Elle se sentit de nouveau prête à poursuivre sa voie, sa vie.

❧

Après deux nuits sous le couvert de la forêt, avec sa cape pour seule literie, Élisabeth fut soulagée de voir surgir les fortifications d'Aigueperse. Les quelques provisions depuis leur dernier souper étant épuisées, la jeune femme avait faim et soif. L'odeur de mousse et de terre qui lui collait à la peau lui donnait l'impression d'être un pauvre hère. Ce sentiment s'accrut lorsqu'elle pénétra dans la ville. L'expérience n'avait rien d'agréable et troubla Élisabeth à plus d'un égard. Au moment où elles passaient sur le pont qui permettait d'accéder à la ville, les bavardages des habitants lui vinrent aux oreilles, et plusieurs de ces derniers osaient même la montrer du doigt. La jeune femme, intimidée au possible, détourna les yeux, cherchant à éviter les regards.

— Vous en faites, une tête, qu'y a-t-il ? s'enquit la Filastre, lorsqu'elles firent halte devant une auberge.

— On nous regarde ! chuchota Élisabeth. Vous croyez que le bruit de ma fuite s'est rendu jusqu'ici ?

La Filastre haussa les épaules et lança, d'un ton méprisant :

— Ils n'aiment pas voir des femmes seules, avec d'aussi beaux chevaux, de surcroît ! Ha ! Ce serait encore pire si je n'étais pas là. Ils vous auraient déjà lancé des cailloux.

Élisabeth fronça les sourcils. La réponse de la voyageuse ne la persuadait qu'à demi. Était-il possible que ce comportement injurieux fût uniquement motivé par le fait qu'elles étaient deux femmes seules sur la route ?

— Ne traînons pas, conseilla la Filastre en poussant la porte de l'établissement.

Élisabeth obtempéra et, sa sacoche à la main, suivit la sorcière. L'aubergiste leur fit un sourire qui dévoila plusieurs chicots noircis.

— Nous souhaitons passer la nuit ici. Vous avez une chambre libre ? demanda la Filastre.

— J'en ai plusieurs, répondit-il. La mienne, entre autres, ajouta-t-il en levant un sourcil invitant vers Élisabeth.

— Pardon ? Je ne vous permets…

— Nous allons vous prendre la meilleure de vos chambres, ma sœur et moi, coupa la Filastre. Deux couverts aussi. Ah ! Faites-nous monter de l'eau pour notre toilette.

— Vous allez me payer cela comment ? demanda l'homme, peu enclin à faire crédit.

La Filastre pivota vers Élisabeth qui, à son tour, se pencha vers le tenancier. Elle sortit trois écus qu'elle déposa devant lui, avec la satisfaction de quelqu'un qui vient de gagner un pari.

— Ça ira comme cela, monsieur ? se contenta-t-elle de répondre. Ah ! J'oubliais. Combien votre village compte-t-il d'auberges ?

L'homme, déstabilisé par la parfaite élocution de la jeune femme, mit une main sur les pièces de monnaie.

— Deux, mais celle-ci est la plus grande, et la meilleure. Pourquoi ?

— Pour savoir, dit Élisabeth, de son ton naturellement altier.

Elle monta jusqu'à la chambre, sans laisser paraître son embarras à partager encore une fois son intimité avec la Filastre. La pièce, bien que relativement spacieuse, paraissait petite aux yeux de la demoiselle, et la literie, d'une propreté douteuse.

— Je ne crois pas qu'Antoine séjourne ici, dit-elle en touchant la paillasse du bout de ses doigts. L'autre auberge ne doit pas être loin…

— Je croyais que vous aimeriez vous décrotter avant de vous montrer à lui, répondit la sorcière d'une voix calme et bien intentionnée. Je vous laisse la place, prenez tout votre temps !

Reconnaissante pour cette délicate attention, Élisabeth se contenta d'acquiescer et attendit que la devineresse sortît. Quelques instants plus tard, une servante vint lui porter un seau d'eau tiède. Elle la remercia et entreprit de se dévêtir. La pomme était restée belle, et sa pelure rouge et lustrée contrastait avec la peau très blanche de sa gorge. En passant sa chemise propre, elle eut l'impression fugace d'exécuter les derniers préparatifs du rituel dont la Filastre lui avait vanté les mérites. Bientôt, Antoine et elle seraient réunis. Elle mit beaucoup de soin à recoiffer sa chevelure bouclée mais, faute de savon ou de parfum, elle abandonna ses ambitions de se défaire des senteurs de la forêt. La jeune femme descendit ensuite dans la salle commune. Quelques personnes s'étaient attablées, mais elle ne vit la sorcière nulle part. Surmontant sa crainte d'être pointée du doigt, Élisabeth alla s'asseoir dans un recoin, où elle ne tarda pas à être servie. La servante déposa devant la voyageuse une pleine assiette de ratatouille, avec un bout de pain et un verre de piquette. La jeune femme se mit à manger avec appétit, faisant fi de l'amertume du chou bouilli et de la rareté de la viande. Elle pensait au confort de Montcerf, qui lui manquait, quand du coin de l'œil elle repéra une silhouette familière. Spontanément, elle se redressa. C'était bien lui ! Antoine venait d'entrer en compagnie d'un homme et de deux femmes, tous les quatre vêtus avec une élégance bourgeoise qui contrastait avec l'endroit. Le souffle court, elle le vit se pencher vers la plus jeune des deux en lui adressant un sourire charmeur. Élisabeth porta la main à son cœur et rencontra la rondeur du fruit.

— Le voilà, votre galant, murmura la Filastre, qui s'était discrètement jointe à elle. Rasseyez-vous, sans quoi il va vous remarquer !

Désemparée, elle se laissa retomber sur sa chaise.

— La fille ? Vous pensez que ?

— Hum, on le saura bien assez tôt, dès que vous lui donnerez la pomme, répondit la sorcière.

« La pomme, la pomme, tiqua Élisabeth. Ne devrais-je pas aller le voir, plutôt ? »

Soucieuse, elle déplaça sa chaise pour pouvoir embrasser d'un seul regard la table du jeune homme.

— Il y a un détail à régler, avant que vous puissiez lui offrir le fruit, annonça la sorcière. Nous devrions monter, pour que je vous explique.

— Quel détail ? demanda la jeune femme, sans lâcher Antoine des yeux.

Il y eut un silence et la Filastre reprit, d'une voix où germait un grain d'impatience :

— Élisabeth, il y a quelque chose que je dois discuter avec toi. C'est crucial pour la suite du rituel.

Ce n'était pas la première fois que la Filastre se permettait de tutoyer la jeune noble, mais cette fois Élisabeth ne pensa pas à la corriger. Elle poussa un soupir et, voyant que la servante apportait une carafe de vin aux bourgeois, consentit à suivre la Filastre. Une fois dans la chambre, l'herboriste se dirigea vers sa gibecière d'où elle sortit un parchemin ficelé et un petit sac de cuir, fermé avec un cordon.

— Il y a un apothicaire qui tient son officine près de la tour du guet, à deux pas d'ici. Il attend ta visite, l'informa-t-elle en lui tendant sa coiffe. Avec ça, aucun risque qu'Antoine ou quiconque te reconnaisse.

Élisabeth considéra un instant le bonnet saugrenu avec répulsion.

— En échange de ceci, continua la Filastre, en agitant sa main qui tenait les deux objets, il te remettra un paquet. Nous en aurons besoin pour invoquer la puissance de la déesse. Allez, tu dois faire vite, avant que la nuit tombe !

Dehors, le ciel revêtait déjà sa robe du soir, à la lueur d'un soleil vacillant à l'horizon.

— Pourquoi n'y vas-tu pas toi-même ? lança Élisabeth, que l'idée d'aller errer dans la ville n'enchantait guère. D'ailleurs, que contient donc ce paquet ?

— C'est pour l'incantation, que je te dis. Il y a une dimension secrète dans ce rituel que je ne peux pas révéler, même à toi. Tu ne dois surtout pas l'ouvrir ! Dépêche-toi de me le rapporter.

Hébétée, la jeune femme prit le sac et le parchemin que lui tendait la Filastre et, pressée par celle-ci, sortit de la chambre. Là, elle enfila avec dégoût la coiffe de coton sous le regard approbateur de la sorcière. Elles traversèrent la salle commune : Élisabeth, tête baissée pour éviter d'attirer l'attention d'Antoine, ne remarqua pas la démarche fuyante de sa compagne. Lorsqu'elles furent dehors, la Filastre lui indiqua la direction.

— La maison, tu la reconnaîtras aisément à ses volets clos et à sa grosse cheminée de pierre. Je vais t'attendre dans la chambre. Ne tarde pas, je dois avoir ce paquet ce soir, sinon, le rituel ne pourra pas avoir lieu et tout sera perdu. Oh, j'oubliais, lorsqu'il te demandera ton nom, tu lui diras que tu es la demoiselle de Laboissière. Il vaut mieux que tu n'utilises pas ton vrai nom, tu vois ?

— Laboissière, répéta Élisabeth.

— C'est bon ! Et cache ce que je t'ai confié dans ta cape, ajouta la Filastre en soulevant les pans du tissu à la recherche d'un rabat ou d'une poche.

Élisabeth ébaucha un geste d'impatience et glissa les feuilles ficelées entre sa jupe et sa chemise, et le petit sac dans le repli de son manteau. Satisfaite, la sorcière hocha la tête avant de retourner à l'intérieur. La jeune noble fit quelques pas.

« Pourquoi ne m'a-t-elle pas parlé de ce paquet auparavant ? » se questionna-t-elle, soupçonneuse.

Néanmoins, elle se mit en marche, comme sous l'effet d'une hypnose. Ses émotions ayant subi des soubresauts inhabituels dans les derniers jours, elle était loin d'appréhender avec lucidité ce qui lui arrivait. Trop engagée pour reculer, elle n'avait pas le choix ; il lui fallait avancer. La tour était visible de l'auberge et, après quelques enjambées, elle reconnut la maison que lui avait décrite la Filastre. L'aspect glauque de la maisonnette la refroidit et, intimidée, elle s'arrêta devant la porte. Soudain, un passant la bouscula si fort qu'elle faillit tomber et elle poussa un gémissement. En proie à la panique, elle s'engouffra dans l'officine de l'apothicaire.

Dès qu'elle entra, l'odeur des onguents et des poudres l'enveloppa. L'ambiance était lugubre. Partout, des contenants de toutes les formes, des fioles en verre opaque où l'on pouvait apercevoir, flottant, des masses étranges. Çà et là, des livres aux reliures épaisses, des objets biscornus en métal, le tout croulant sous des montagnes de poussière.

— Très chère, susurra un homme.

La voix provenait d'une sorte de table haute qui se dressait derrière une étagère de pots et de récipients. Élisabeth reprit son souffle et s'avança en retirant son bonnet pour mieux voir. Dès qu'elle vit l'apothicaire, la jeune femme éprouva un vif soulagement. C'était un homme d'âge mûr, grand et mince, mais solide. Son visage aux traits fins et à la bouche sensuelle lui donnait davantage l'apparence d'un artiste ou d'un poète. Il portait une perruque et un manteau sombre, élégant, sur une chemise blanche. Il lui adressa un sourire aimable, alors que ses yeux sombres manifestaient leur curiosité en la regardant de haut en bas.

— Monsieur. Il se fait tard, je suis navrée d'arriver à pareille heure.

— J'allais fermer boutique, en effet. Que puis-je pour vous, très chère ? demanda-t-il de sa voix sifflante.

Elle sortit d'abord le sac, puisqu'elle avait déduit qu'il contenait le paiement, car il était lourd et clinquant, et chercha le parchemin… Mais sa main ne rencontra que le tissu de sa chemise. Où était-il passé ?

— Quelque chose ne va pas ?

Impossible ! Elle vérifia à nouveau sa cape et tâta le tour de sa taille.

— Vous avez égaré quelque chose ?

Élisabeth souhaita qu'il cessât de la questionner de ce ton susurrant et, de dépit, ferma les yeux. Le papier avait dû tomber lorsque le badaud l'avait heurtée.

— J'ai égaré quelque chose, je reviens à l'instant, l'informat-elle en se précipitant dans la rue.

D'un coup d'œil, elle avisa le sol où elle s'était arrêtée et ne vit rien qui pouvait ressembler à un morceau de papier plié. Le vent avait dû l'emporter ! La Filastre ne lui avait pas dit de quoi il s'agissait, mais elle n'allait pas risquer de tout perdre pour ce stupide document. Peut-être qu'il lui donnerait le paquet, même sans le parchemin ? Heureusement, lorsqu'elle regagna la boutique, l'apothicaire se contenta de lever un sourcil impatient.

« C'est de bon augure », pensa Élisabeth.

— Je… balbutia-t-elle, en tentant de se rappeler le nom. Je suis la demoiselle de Laboissière. Je crois que vous avez un paquet pour moi ?

L'homme tressaillit et l'examina de nouveau, cette fois avec une intensité qui rendit la jeune femme mal à l'aise. Sans attendre, elle posa le sac rempli d'argent sur la table. D'une main calleuse, il le souleva et l'ouvrit. Élisabeth vit luire les pièces à la lueur des chandelles.

— Hum…

— J'attends mon paquet en échange, l'avertit la jeune femme d'un ton autoritaire.

L'homme lui lança un sourire en coin et leva un doigt pour lui signifier d'attendre. Il s'esquiva derrière une porte tandis qu'Élisabeth demeurait dans la pièce. Dès qu'elle fut seule, elle sentit son malaise s'intensifier, les battements de son cœur redoublèrent et l'air nauséabond lui fit une boule dans la gorge, comme s'il refusait de descendre jusqu'à ses poumons. Elle avait l'impression qu'elle allait mourir, et la peur l'envahit. Finalement, la porte grinça et l'apothicaire reparut. Il tenait un paquet couvert de tissu. Élisabeth maîtrisa son angoisse et sentit que son corps revenait lentement à la normale.

— Ne veniez-vous pas aussi me voir pour une autre raison ?

— J'ai changé d'idée, mentit-elle en rougissant.

Il haussa les épaules et lui remit un morceau d'étoffe pliée. Élisabeth glissa le paquet sous sa cape et s'assura qu'il était bien en place.

— Vous demeurerez longtemps à Aigueperse ?

— Je ne crois pas, non, rétorqua Élisabeth. Pourquoi ?

— Si vous le pouviez, enfin, vous savez comme les temps sont difficiles, même ici, nous ne sommes pas épargnés. J'ai désespérément besoin de sang… de menstrues.

Elle sentit ses yeux s'agrandir de honte, de peur et de dégoût, au point d'en ressentir un picotement inconfortable. Par miracle, son esprit, tout à la prudence, l'incita à dire, d'une voix sans timbre :

— Je verrai, peut-être, oui.

— Cela serait diablement généreux, et je saurai vous rendre la pareille, dit-il, comme s'il ne s'agissait pas d'un sujet malséant. À bientôt, donc !

Élisabeth tourna les talons et, d'un pas raide, quitta l'horrible endroit. Elle retourna à l'auberge en tenant les pans de sa cape serrés contre son corps. Dans la salle commune, elle jeta un œil distrait en direction d'Antoine, pour s'assurer qu'il était toujours là. Elle fut rassurée de voir qu'il n'avait pas bougé.

— Tu as réussi à avoir le paquet ? Il te l'a donné sans rien dire, sans se douter de rien ? lui demanda la Filastre lorsqu'elle entra dans la chambre.

Élisabeth fit oui de la tête et lui remit le colis avec empressement, comme s'il avait appartenu à un pestiféré. La Filastre le prit, vérifia qu'il n'avait pas été ouvert et le déposa sur son lit.

— Pourquoi as-tu cet air hagard ? Il s'est passé quelque chose ?

— Non, je suis lasse, voilà tout. Antoine est toujours en bas, annonça-t-elle avec une joie puérile.

— Je te l'avais dit, allégua la sorcière. Je me suis renseignée, il a une chambre ici.

— Que dois-je faire, maintenant ?

— Je pense que tu devrais attendre, en bas, qu'il soit seul. Pendant ce temps, je vais commencer à réciter les prières pour que le rituel réussisse. Tiens, prends ce couteau.

L'herboriste lui tendit un long couteau au manche couvert de cuir usé. Élisabeth, horrifiée, considéra la lame sans faire un geste pour la saisir.

— Que prétends-tu que je fasse avec cela ?

— C'est pour trancher la pomme, lui rappela la Filastre. La pomme ! Tu te rappelles ?

Bien sûr, la pomme ! Élisabeth ébaucha un sourire embarrassé. Cet apothicaire l'avait vraiment bouleversée… Elle se décida à prendre le couteau et le passa à sa ceinture.

— Bon, alors, je vais descendre.

— Parfait, je resterai ici pendant que tu rencontreras ton galant. Je vais avoir besoin d'une heure, au moins, pour accomplir les autres étapes du rituel. Je ne dois, sous aucun prétexte, être dérangée pendant ce temps. Compris ?

Élisabeth opina du chef et se prépara à sortir.

— Tu crois que tout se passera bien ? demanda-t-elle à la sorcière.

— Je l'espère, répondit cette dernière, avec un sourire en coin.

Une fois que la jeune femme fut sortie, la Filastre ouvrit le paquet de tissu. C'était bien la poudre grise et farineuse, le violent poison que la Chappelain et elle avaient commandé au sorcier. Tout allait pour le mieux ; elle avait même réussi à brouiller sa piste. Elle replia l'étoffe avec précaution et sortit des gants de son sac. Maintenant, il n'y avait pas une seconde à perdre, elle devait se mettre au travail.

16

Sous le charme

Les craintes d'Élisabeth se dissipaient lentement : la jeune femme à la table n'était pas, du moins en apparence, une conquête amoureuse. Il la traitait avec respect, mais sans affection particulière. En fait, Antoine s'adressait surtout à l'homme, et l'entretien avait toutes les apparences d'une négociation d'affaires, pour autant qu'Élisabeth pouvait en juger. Lorsqu'ils eurent terminé leur repas, ils se levèrent d'un même mouvement et échangèrent des salutations cordiales. Antoine raccompagna ses convives jusqu'à la porte. Voyant cela, Élisabeth se leva, inquiète, se faufila entre les tables sans prêter attention aux clients qui soupaient et arriva derrière lui au moment où il se retournait.

— Mademoiselle ! s'exclama-t-il. Élisabeth ?

Il recula d'un pas, puis, déconcerté, regarda autour de lui.

— Je suis seule, le rassura Élisabeth, qui interpréta son hésitation comme une crainte que leur relation fût découverte. Je devais te voir…

— Où est ta mère ? demanda-t-il, en affichant toute sa stupéfaction.

— Je te l'ai dit, je suis venue seule, pour te voir, reprit-elle. Nous avons à parler, viens !

Elle glissa sa main dans la sienne et l'entraîna vers les chambres. Une fois dans le couloir, elle lui demanda :

— Où loges-tu, Antoine ?

— C'est là, désigna le jeune homme, qui avait troqué sa loquacité habituelle contre une muette incrédulité.

Élisabeth s'arrêta devant la porte, attendant qu'il l'ouvrît. Il la regarda avec une expression indéchiffrable et poussa le battant, qui grinça légèrement. La chambre baignait dans l'obscurité. Antoine entra et entreprit d'allumer une chandelle. La jeune femme distingua un lit défait, une malle de voyage et des vêtements épars. Antoine alluma une autre bougie et s'approcha d'elle afin de mieux la voir.

— Que se passe-t-il, Élisabeth ? Tu sembles... bouleversée ? hésita-t-il, anxieux. Est-il arrivé quelque chose à Montcerf pendant mon absence ?

— Je vais tout te raconter, mais avant...

Elle glissa sa main sous ses cheveux et tira le cordon sur sa nuque. La pomme sortit de son corsage. Éberlué, il cligna des yeux. Elle lui adressa un sourire énigmatique et, plongeant son regard noisette dans le sien, saisit le couteau et s'apprêta à couper le fruit afin d'en révéler le secret. Tendue par la fébrilité, elle planta la lame dans le fruit jusqu'à ce qu'elle le traverse de part en part. Élisabeth sentit un petit pincement. Elle lâcha le couteau qui tomba sur le plancher. La pomme était coupée en deux. La jeune femme pencha son visage et ouvrit sa main en retenant son souffle. Elle étouffa un cri. À la lumière de la chandelle, l'intérieur paraissait encore plus écarlate que la pelure.

— Élisabeth ! s'alarma Antoine.

La jeune femme comprit alors que la pomme était rougie de son sang. C'est elle qui s'était blessée en la tranchant. Sa paume saignait et maculait sa robe, le sol, la pomme.

— Attends ! fit Antoine. Je vais te panser.

— Non ! l'arrêta Élisabeth, exaltée par l'importance du charme. Tiens... C'est, c'est pour toi.

Elle lui tendit la partie supérieure de la pomme et garda l'autre. Antoine, hébété, l'interrogea du regard. Elle prit sa main, l'ouvrit et y déposa la moitié du fruit.

— Tu dois croquer la pomme, affirma-t-elle en plongeant son regard dans le sien.

Élisabeth tremblait maintenant de tout son corps. Qu'est-ce que cet augure-là présageait ? Antoine resta immobile une longue minute, puis il essuya la pomme avec sa manche, l'air dégoûté. Finalement, il la mordit sans entrain. Élisabeth était ébranlée ; on aurait dit qu'il la considérait avec la même suspicion que les habitants de la ville. Elle chancela et s'appuya au mur pour ne pas perdre pied.

— Voilà, tu es contente ? Maintenant, veux-tu me dire en quoi consiste ce jeu ? La comtesse sait-elle que tu es ici ?

— Est-ce que tu m'aimes ? rétorqua la demoiselle, en proie au désespoir.

— Élisabeth, s'étonna-t-il, pourquoi cette question ?

À ce moment précis, on frappa à la porte et une voix d'homme se fit entendre. Le visage d'Antoine devint soucieux, il lui fit signe d'attendre et de rester silencieuse. Alors qu'il se tournait, Élisabeth sentit des larmes rouler sur ses joues et une bouffée de tristesse monta en elle. Dans le chambranle, elle reconnut le bourgeois avec qui Antoine avait soupé. Accablée de chagrin et ne se contenant plus, elle passa devant eux comme une bourrasque et sortit de la chambre. Elle devait voir la Filastre, elle devait comprendre ce que tout cela signifiait. Aveuglée par les sanglots, elle pénétra dans sa chambre, la moitié de pomme serrée dans sa paume blessée. La sorcière se leva brusquement en poussant un juron.

— Qu'y a-t-il ? lança cette dernière en s'avançant vers elle d'un pas nerveux.

Élisabeth, voyant le lit couvert d'objets divers, se souvint alors que la Filastre l'avait avertie de ne pas la déranger. Peu importait maintenant… puisque le charme était terminé.

— La pomme, la pomme… je me suis coupée, se plaignit-elle en montrant sa main, qu'une coupure ensanglantait.

— Viens, allons soigner cela, l'exhorta la Filastre en lui prenant le bras pour l'entraîner loin de là.

Une fois dans le couloir, la sorcière referma la porte en regardant à droite et à gauche pour s'assurer que personne ne venait.

À la lumière d'une lanterne, qui éclairait la cour arrière de l'auberge, les mains habiles et vives de la Filastre pansaient la menotte tremblante, sous les yeux d'une Élisabeth agitée de hoquets.

— Voilà ! termina la sorcière en nouant le bandage.

La trace du drame dissimulée sous le tissu, Élisabeth recouvra son calme presque immédiatement. Elle considéra la moitié de pomme qu'elle avait tranchée. Dans le cœur, les pointes rouges de la membrane avaient séché et les pépins, rubis de la couronne, brillaient d'un sombre éclat.

— Que dois-je faire, maintenant ? s'interrogea-t-elle en jetant un regard à la dérobée en direction de l'auberge.

La Filastre haussa les épaules et, à son tour, leva les yeux vers le bâtiment où elles avaient loué une chambre.

« Décidément, considéra l'herboriste, l'effet des drogues l'a rendue beaucoup plus fragile que je l'avais escompté. Je risque de m'attirer des ennuis si je l'abandonne à son sort. Vaut mieux la garder encore près de moi, avec tous les argousins qui errent dans les parages. »

— Je dois retourner à l'intérieur, indiqua-t-elle à la jeune femme. Peut-être devrais-tu aller rejoindre ton amoureux ? Il doit se faire de la bile à ton sujet. Quant au sang… tu n'as pas à en avoir peur. Il symbolise l'union à la terre, l'union de l'homme à la femme, l'hymen, murmura la Filastre, avec un soupçon de chaleur dans sa voix rauque.

L'étonnement transforma les traits de la demoiselle. L'hymen… Élisabeth se sentit rougir et, malgré elle, eut honte de sa réaction immature. Sa compagne ricana, amusée, et sans attendre, prit la direction de la chambre. Élisabeth s'élança à sa suite. Sa décision était prise : plus d'atermoiements, elle s'enquerrait directement auprès d'Antoine de la nature de ses sentiments. Les deux femmes débouchèrent ensemble dans le couloir menant aux chambres. Élisabeth, d'une démarche résolue, se rendit jusqu'à la porte d'Antoine. Elle s'éclaircit la gorge avant d'appeler :

— Antoine ? Antoine ?

Elle frappa deux fois, et, en l'absence de réponse, essaya de l'ouvrir. À son grand étonnement, il avait quitté la pièce. Où pouvait-il bien être ? Élisabeth referma aussitôt et entrevit la jupe de la Filastre qui disparaissait dans leur chambre. Elle pensa qu'Antoine l'y attendait peut-être… puis prit conscience qu'il ne pouvait pas savoir où se trouvait sa chambre.

— Élisabeth ! appela une voix teintée de détresse.

La jeune femme comprit que quelque chose n'allait pas et se précipita vers sa chambre. Le visage de la Filastre s'encadra dans la porte, et Élisabeth ne put détacher son regard de l'expression de la femme ; il la transperçait comme la pointe acérée d'un stylet.

— Qu'y a-t-il ? lança Élisabeth.

La Filastre ne dit rien, mais son doigt pointa vers les ténèbres de la chambre. Un filament de blancheur, écheveau de lune, entrait par la fenêtre et traversait le lit. Une main inanimée paraissait en tenir l'extrémité immatérielle. Élisabeth s'approcha et embrassa la scène du regard. Antoine reposait sur le dos. Son corps endormi fixait le plafond. Doucement, elle s'avança vers lui, émue, puis elle comprit soudain et fut frappée d'horreur. Elle poussa un hurlement. Bondissant derrière elle, la Filastre plaqua ses deux mains sur sa bouche. Élisabeth continua néanmoins à crier. Elle ne pouvait se détourner des pupilles d'Antoine qui, dans leur fixité morbide, exprimaient une accusation qui allait la marquer à jamais.

— Tais-toi, mais tais-toi donc ! répétait la Filastre.

Une forte gifle déséquilibra la demoiselle. La sorcière la soutint pour l'empêcher de chuter et parvint à fermer la porte de la chambre du bout du pied.

— Reprends tes esprits ! ordonna la Filastre, cédant quelque peu à la panique.

Élisabeth tomba à genoux et sombra dans un profond mutisme. Elle fixait la moitié de pomme, marquée par les dents d'Antoine. Dès lors, la demoiselle se sentit responsable de sa mort.

— Tu vas nous faire arrêter ! Mademoiselle Élisabeth, chuchota la sorcière d'une voix alarmée, il nous faut partir, et vite !

— Que s'est-il passé ? Comment est-ce possible ? La pomme n'était pas empoisonnée, n'est-ce pas ?

Elle tendit une main tremblante vers le fruit, mais avant qu'elle ait pu l'attraper, la Filastre s'interposa.

— N'y touche pas ! C'est la déesse qui en a décidé ainsi. Il devait mourir. Peut-être... peut-être t'était-il infidèle ? Peut-être allait-il épouser une autre femme ? Cet amour était maudit, déblatéra la sorcière, qui s'arrêta à court d'idées. Quoi qu'il en soit, c'était son destin de trouver la mort ici !

Devant l'apathie de la jeune femme, elle entreprit de ramasser leurs effets et les fourra pêle-mêle dans leurs sacs.

— Que fais-tu ? demanda Élisabeth, qui regardait toujours Antoine, comme si elle attendait qu'il s'éveillât.

— Comment ? Mais je pars, ma petite ! Je suis ta complice, dans cette affaire. Si l'on nous prend, personne ne voudra croire que ce n'était pas ton dessein de le faire mourir. On dira que vous tu étais jalouse... Puis, on nous pendra.

Les mouvements angoissés de la Filastre indifféraient la jeune noble, qui ne se douta pas un seul instant de la culpabilité qu'ils dissimulaient. Le sort était joué : Élisabeth ne devait jamais apercevoir les gants dans la paume de son amoureux. Elle ne devait jamais savoir que ces gants, enduits de poison, avaient causé le trépas d'Antoine.

— Lui avais-tu dit que tu logeais ici ? questionna la sorcière en refermant sa besace.

— J'ai dû laisser des traces de sang, répondit Élisabeth, machinalement.

— Raison de plus pour fuir. On croira que vous vous êtes disputés. Il n'y a pas eu de témoin, j'espère ?

La jeune femme tressaillit et leva son visage torturé. La Filastre poussa un juron, en même temps qu'elle se dirigeait vers la fenêtre, enjambant le corps sans vie.

— Il fait nuit noire. Qu'importe… on couchera dehors. Par le diable, il faut te ressaisir !

Ce disant, la sorcière empoigna ses mèches noires qu'elle coupa en quelques coups secs. On n'était jamais trop prudent, si un policier les croisait…

— Pars ! Moi, je reste auprès de lui, affirma Élisabeth.

Ses joues brillaient de larmes, mais elle ne pleurait pas. Sa froide résolution fit frissonner la sorcière, qui craignit tout à coup de ne pas trouver d'arguments propres à la convaincre.

— Tu ne peux pas faire ça. As-tu pensé à ta mère ? Ta condamnation la démolirait, surtout dans son état…

— Je… n'y pensais pas, balbutia Élisabeth. Maman… ma pauvre maman !

La Filastre, qui pestait intérieurement devant l'échec de son projet, trouva une mince consolation dans la détresse de la jeune femme. À contrecœur, elle aida Élisabeth à se vêtir de sa cape et, ensemble, elles quittèrent l'auberge avec leurs montures. Malgré la fatalité qui, jusque-là, s'était acharnée sur elle, Françoise Filastre parvint, à son étonnement, à sortir d'Aigueperse sans éveiller les soupçons.

— Ç'aurait pu être pire, murmura cette dernière en caressant la crinière de la jument. Maintenant que tu as un cheval, tu peux au moins rentrer à Paris.

Ces paroles, étrangement discordantes dans le silence de la nuit, tirèrent Élisabeth de son désarroi. Elle entrevit le sourire mi-amer qui passa rapidement sur le visage de la sorcière.

— Écoute, petite ! Je pense que le mieux est encore que l'on se sépare. Demain, les autorités vont se mettre à la recherche de deux femmes. Moi, je vais prendre par là, indiqua-t-elle en pointant la route du nord. Par ici, tu peux retourner chez toi, si c'est ce que tu veux. Vers l'est, il y a…

— Je saurai bien m'arranger, coupa Élisabeth, animée par une force nouvelle.

— Bien. Adieu, alors ! répondit la Filastre, contente de s'en tirer à si bon compte.

Elle éperonna la jument et fondit dans la nuit, sans regarder derrière elle. La poussière se souleva, forçant Élisabeth à fermer les paupières ; lorsqu'elle les rouvrit, la sorcière avait disparu. Dans l'esprit de la jeune femme, le nuage opaque se dissipa plus lentement que sur le chemin de terre battue. Un instinct nouvellement éveillé chercha un lieu sous les branches pour passer la nuit, bien à l'abri des regards et recouvert de mousse et de feuilles. Sa jument Cassandre pour toute compagne, elle sombra dans un sommeil agité, peuplé de cauchemars.

17

Dans l'intimité

— Allons ! Une autre fois, tante Claudine !

La voix enfantine éclata dans les oreilles de Claudine, qui se fit prier avant de céder à la demande de son neveu. Une fois juché sur ses genoux, le garçon inonda la chambre de son rire. Elle se mit à rire à son tour. Quelques instants plus tard, elle aperçut la silhouette de son aînée qui s'encadrait dans la porte.

— Nicolas, interrompit Marguerite, s'efforçant de calmer ses craintes pour ne pas alarmer l'enfant. Marthe n'est-elle pas avec vous ?

Claudine de Roquesante déposa son neveu et sourit à sa sœur, afin de dissiper son inquiétude.

— La nourrice ? Elle est avec Élisabeth, c'est moi qui lui ai donné congé, répondit Claudine de Roquesante. Tu ne m'en veux pas de mignarder un peu mon neveu ?

Nicolas ricana et répéta : « Congé de Marthe. » Marguerite fronça les sourcils et lança un regard désapprobateur à Claudine.

— Dans ton état, tu dois te reposer, la sermonna la châtelaine de Montcerf. Nicolas, mon fils, allez rejoindre Marthe, je vous prie.

À contrecœur, le jeune garçon quitta la chambre en traînant les pieds.

— Tu ne devrais pas lui passer tous ses caprices, conseilla-t-elle, une fois qu'il fut sorti.

— C'est un garçon si charmant ! s'exclama Claudine. Que puis-je faire d'autre ? J'aimerais pouvoir, comme toi, me montrer sévère, mais c'est en vain. Tu as hérité cela de notre père.

La concernée ne répliqua pas. Claudine se leva avec gaucherie, empêtrée dans l'épaisseur de ses jupes, et s'esclaffa :

— Impossible de rester gracieuse lorsqu'on est grosse, n'est-ce pas ? Quelle bonne chose que je me sois retirée en province. M'imagines-tu me promenant aux Tuileries dans mon état ?

— Claudine, ton mari te couvre d'un regard si aimant que rien ne semble pouvoir atténuer son sentiment, la rassura Marguerite avec tendresse.

La blonde pencha un visage rond, qui avait conservé son charme juvénile, sur son ventre et poussa un soupir à fendre l'âme.

— Comment était-ce pour toi, lorsque tu étais grosse ? Xavier était-il…

Marguerite ne s'étonnait plus des questions de sa cadette ; elles émanaient de sa candeur même. C'est cette spontanéité qui permettait à Margot de s'abandonner, de laisser l'intimité naître doucement, à la clémence de leur sororité.

— Il est d'une nature passionnée, et son humeur ne souffrait pas d'attendre neuf mois pour s'adonner encore aux plaisirs charnels. En toute sincérité, je n'ai jamais eu l'idée de m'en plaindre.

— Ah, tu es bien mariée, Margot. Ton Xavier a tout pour inspirer les sentiments les plus enflammés. Une jambe leste, un corps athlétique, sans parler de sa vigueur qui, je n'en doute pas…

— Claudine ! C'est de mon mari que tu parles, et non, comme tu sembles l'insinuer, de mon amant.

Poussant la hardiesse, Claudine roucoula lascivement.

— Pourquoi t'encombrer d'un amant ? Avec un mari comme le tien…

Plutôt que de s'offusquer, Marguerite, qui connaissait bien sa sœur, se douta que ces boutades en cachaient plus qu'elles ne le laissaient croire.

— Évidemment, je connais peu Pierre. Mais il m'apparaît comme un homme attentionné, doux, commença Margot. Ce mariage était d'abord, je sais, une alliance de familles, mais tu sembles heureuse.

La perche était tendue. La blonde dodelina de la tête en manipulant rêveusement un petit cavalier monté sur un cheval de bois.

— Je me demande souvent si mon esprit n'est pas trop romanesque. Quelqu'un d'autre que moi envierait mon sort… Alors que je me languis *de vivre, de connaître autre chose. Les dames mariées, à Paris, ont toutes un ou plusieurs amants…*

— *Je ne l'ignore pas,* rétorqua Marguerite, *agacée par les références à la haute société parisienne qui revenaient inlassablement dans le discours de Claudine. À voir l'exemple du roi et de Mme de Montespan, on peut difficilement ignorer les mœurs légères de l'aristocratie.*

Marguerite s'aperçut que sa réponse ne concordait pas avec ses émotions réelles. Elle ressentait plus de prévenance et d'indulgence envers Claudine que ce qu'elle laissait paraître. Elle s'approcha d'elle et lui toucha l'épaule.

— *Ne me juge pas trop durement,* l'implora alors Claudine *sur un ton empreint de culpabilité, par lequel elle souhaitait secrètement inspirer de la pitié à sa sœur. Je… je crois que l'enfant que j'attends pourrait ne pas être le fils de Pierre.*

— *Claudine ! Que dis-tu… oh !*

Le regard chargé de peine, le mutisme, le retrait, sinon physique, du moins psychologique, de Margot donnèrent à la jeune mariée un nouveau poids à porter.

— *Il n'en sait rien, du moins, je le pense,* ajouta Claudine.

࿇

— Cette jeune personne, vous semblez bien certain de ses désagréments ? Vous n'avez pourtant échangé aucune parole avec elle…

Nicolas hocha la tête, concédant qu'il n'avait aucun argument probant à apporter.

— J'en conviens, mais les paroles n'ont jamais la sincérité des regards, dans ces lieux-là. On n'ose jamais dire tout haut ce que l'on souffre tout bas. Ma tante, il existe bien quelqu'un qui pourra me rassurer, démentir mes plus sombres conjectures ? La revoir juste une fois suffirait à calmer mes inquiétudes. Ainsi, je saurais que je n'ai pas lieu de me tourmenter.

L'intensité de Nicolas, loin d'appeler à la tempérance qui était, au demeurant, absente du caractère de Claudine, exalta cette dernière.

— Je vous promets d'en toucher un mot à toutes mes fréquentations. Si cette demoiselle Aude existe bel et bien, dit-elle avec un sourire, je vais tâcher de la trouver pour vous, mon neveu.

Le ton léger de Claudine ne heurta pas le jeune homme, qui savait sa tante réellement émue par ce qu'il avait rapporté au sujet de cette inconnue rencontrée chez le duc de Luxembourg.

— Soyez quand même prudente, recommanda-t-il. Je ne voudrais pas que mon emportement vous apporte des ennuis.

— N'ayez crainte : il n'y a pas plus rusée que moi. Je vais m'enquérir de cette cantatrice pour une fête que je prépare. On n'y verra que du feu. D'ici la fin de la semaine, j'aurai des nouvelles pour vous, Nicolas.

Après la pénible discussion qu'il venait d'avoir au sujet de sa mère, Nicolas ne pouvait souhaiter un meilleur dénouement concernant la mystérieuse Aude. Bien sûr, il aurait préféré que sa tante connût ladite demoiselle, mais il n'en espérait pas tant. Au contraire, cette quête, qui était la sienne maintenant, l'empêchait de sombrer dans la rancune qu'il éprouvait envers ses parents. Il aurait tout le loisir d'écrire à sa mère pour lui faire part de ses plus récentes découvertes lorsqu'il aurait retrouvé et secouru son égérie. Animé d'une rage contenue et de la conviction d'être en droit de se rebeller contre ses parents, Nicolas prit la direction de l'hôtel de la rue Montmartre, où la demoiselle Des Œillets l'avait convié à dîner. Les nuages de pluie se dissipaient lentement et l'éclaircie acheva de sécher sa veste et ses chausses. Pour la première fois depuis plusieurs semaines, le sort des Auvergnats, si étroitement lié à la sécheresse, n'effleura pas les pensées du gentilhomme. Il laissa la bride de son cheval au palefrenier et monta quatre à quatre les marches conduisant au seuil de l'hôtel. Guidé par un valet,

Nicolas fut introduit dans un salon assez vaste où, curieusement, il n'y avait pas d'autres convives. Après ce qu'il avait vu, senti et goûté chez le duc de Luxembourg, l'endroit lui parut plutôt sobre. Pourtant, de belles tapisseries ornaient les murs, et des bibelots de faïence et d'autres fantaisies coûteuses décoraient la pièce. Il demeura debout, et en profita pour admirer une allégorie religieuse toute en broderie.

— Vous voilà, fit son hôtesse en s'approchant.

Il y avait un entrain dans son ton qui ne manquait pas d'allant et Nicolas se retourna prestement. La demoiselle Des Œillets avait revêtu une robe vermeille, qui se distinguait par deux traînes, décorées de larges rubans de couleur crème. Ses cheveux bruns étaient retenus aux tempes par de plus petits rubans de même teinte.

— Mademoiselle Des Œillets. J'espère ne pas m'être trompé de jour… lança-t-il en s'inclinant.

La femme lui tendit une main agréablement parée de rubis. Décidément, la femme avait un faible pour la couleur rouge.

— Monsieur de Collibret, salua-t-elle. La vérité, je serais bien en peine de vous la dissimuler, alors la voici : j'ai éconduit tous mes invités afin d'avoir avec vous aujourd'hui un entretien fort pressant.

Nicolas, qui s'était laissé mener par cette hôtesse vive et charmante, prit place sur une banquette à son côté. Ce prélude lui laissait croire que les véritables motifs de sa présence avaient peut-être été percés à jour.

— Je vous écoute, dit Nicolas.

La Des Œillets lui décocha un sourire mielleux. De son passé de demoiselle de chambre, elle gardait une aisance à maquiller ses traits les moins seyants sous le fard et les autres poudres de parage, et même si elle n'était pas une grande beauté, elle parvenait à être presque jolie.

— On m'assure, commença-t-elle, que ce n'est pas par hasard que vous vous êtes trouvé dans ma cour le jour où nous nous sommes croisés. Je regrette maintenant de ne pas m'être souciée davantage des raisons de votre présence, moi qui pourtant n'ouvre pas ma porte à des étrangers aussi légèrement que je le fis ce jour-là. Mon humeur était déjà fort gaie lorsque je vous vis, et, tout à ma joie, je vous invitai à dîner, comme si nous étions déjà de vieilles connaissances !

Le gentilhomme attendit la suite puis, voyant qu'elle espérait qu'il prenne la parole, il répondit prudemment :

— Il en est des invitations comme de ces choses que l'on ne s'étonne point de recevoir lorsqu'elles nous sont proposées et que nous acceptons sans hésitation.

— Comme vous êtes sage ! Comme vous parvenez à parfaitement contenir ce que, au fond de vous, vous brûlez d'envie d'exprimer ! s'exclama la demoiselle Des Œillets avec une admiration de plus en plus apparente.

Le gentilhomme fut médusé par les sous-entendus dont il comprit soudain la teneur. Aussitôt, il rougit.

« Fouchtra ! Elle me croit épris d'elle... pensa Nicolas avec embarras. Ce sont ses deux domestiques qui lui auront rapporté mes propos. De toute évidence, l'anecdote l'enchante et la ravit. »

Comment se tirer de ce mauvais pas ? Nicolas, plus habile à l'escrime qu'à la répartie de charme, dut convenir que la meilleure école serait encore celle de l'improvisation.

— Mademoiselle, je suis, vous ne l'ignorez pas, nouvellement venu dans cette ville. Je ne connais pas d'autres manières d'être que celles que l'on m'a apprises, j'en ai peur, confia-t-il avec une retenue très digne.

— Oh ! s'exclama-t-elle en constatant qu'il serait plus ardu qu'elle ne l'aurait cru de le pousser à la déclaration d'amour. Et quelles sont ces manières, monsieur de Collibret, qu'on vous a apprises et qui vont avoir l'heur de me divertir aujourd'hui ?

— Mais nulles autres que celles de mes lectures de chevet : Mlle de Scudéry, Honoré d'Urfé et, bien sûr, Mme de La Fayette avec *La Princesse de Clèves*, énuméra le jeune homme en songeant à sa mère qui, ironiquement, l'avait initié à l'idéal de l'amour précieux par ces œuvres classiques.

La femme en rouge se passa le bout de la langue sur les lèvres.

— Cela peut sembler infiniment… adorable ! termina-t-elle en souriant. Prendriez-vous un verre, une limonade, peut-être ?

— J'accepte avec grand plaisir.

Elle se leva et, sans sortir du salon, indiqua à une domestique d'apporter le goûter et les boissons. Quand elle reprit place sur la banquette, Nicolas eut la certitude qu'elle s'était sensiblement rapprochée de lui.

— Il y a inégalité, à laquelle nous devons remédier, si j'ose dire… C'est que, monsieur, si je connais peu de choses sur vous, en revanche, vous en savez encore moins sur moi.

— C'est bien vrai, admit Nicolas, content de la tournure des événements. Mais je me vois mal manquer aux règles de la bienséance en vous pressant de questions…

— Alors, c'est moi qui parlerai, résolut-elle. Déjà, vous savez que je ne suis pas mariée. Cet hôtel et son ameublement m'appartiennent. Vous doutiez peut-être que je sois indépendante de fortune ?

Nicolas secoua la tête, ébahi par la façon grossière qu'avait son hôtesse de se vanter de sa situation. La suite se révéla encore plus savoureuse.

— Pourtant si, insista-t-elle. J'ai des appuis en haut lieu, en très haut lieu… Je fus longtemps très proche de Sa Majesté le roi, qui garde pour moi de tendres sentiments. Elle sourit, contente de son effet. Voyez-vous, monsieur, ceux qui me comptent parmi leurs amis sont heureux. Je sais me montrer très généreuse avec mes proches…

À ce moment-là, la servante entra avec le service du dîner, et Nicolas accueillit cet entracte avec bonheur. Il lui semblait que la pièce s'était réchauffée ; ou alors, il s'était laissé gagner par l'intensité de la demoiselle Des Œillets.

— Goûtez à cette limonade, vous verrez, il n'y en a pas de meilleure dans tout Paris !

Nicolas accepta le rafraîchissement avec un sourire. Il était évident qu'elle mettait tout en œuvre pour lui être agréable. Le dîner était servi dans de la vaisselle d'argent et tout était présenté avec un souci de raffinement certain. Discrètement, il évalua son hôtesse. Elle avait assurément beaucoup de grâce, mais il n'aurait su dire si c'était de naissance ou le fruit d'un apprentissage particulier. Le gentilhomme était dérouté : se pouvait-il qu'elle fût réellement une proche du roi ? À moins que… ce ne fût une courtisane, ce qui expliquerait, en partie du moins, le mystère de sa fortune et de sa vie quelque peu sujette aux scandales.

— Aimez-vous la pâte de coings ? Dans ce cas, vous devez essayer ceci, insista la femme en lui présentant une tartine sur du pain brioché.

Nicolas tendit les mains, se prêtant docilement au jeu.

— Ha ! Ha ! On n'y touche pas ! Ouvrez la bouche !

Lorsqu'il comprit ce qu'elle suggérait, il était déjà trop tard pour protester. Il mordit à belles dents la purée de fruit, dont l'amertume se mêlait au sucre de la brioche. La demoiselle Des Œillets le couvait d'un regard qui, lui, était tout miel. Son hôtesse n'avait apparemment pas la moindre intention de respecter la quête de l'amour pur auquel il avait prétendu se vouer. Il but une gorgée de limonade pour se redonner contenance.

— Avez-vous faim pour quelque chose de plus consistant ? Une viande, peut-être ?

— Il y a déjà sur cette table des plats fort appétissants, répondit-il en évitant de croiser les yeux de la gourmande. J'ai à peine touché cette terrine, cette salade…

Elle se plut à l'observer alors qu'il satisfaisait son appétit. Jamais Nicolas n'avait connu situation aussi intimidante avec une personne du sexe opposé ; jamais son intimité n'avait été si directement disputée, convoitée, désirée. Il en concevait une fierté presque inavouable. Il ne faisait aucun doute que cette femme le croyait puceau, ce qui était assez loin de la vérité. En revanche, ses conquêtes, si tant était qu'il eût conquis quelqu'un qui n'était pas déjà prêt à se rendre, l'avaient laissé à moitié satisfait. Toutes ces femmes, ces filles, il les avait prises sous l'impulsion du moment. Elles avaient fait l'objet d'un désir passager. Il croqua dans une grappe de raisin rouge violet.

« Allons donc, Nicolas, tu t'es enfoncé dans une impasse d'où tu peux difficilement sortir sans te compromettre », songea-t-il en tentant de se convaincre qu'il ne gagnerait rien de bon à déplaire à cette mystérieuse Des Œillets.

— Vous devriez faire de petites pauses, si vous voulez goûter à tout, murmura la femme, qui s'était encore rapprochée de lui.

Dans un froissement de tissu vermillon, il perçut le parfum qui se dégageait d'elle. Ses sens répondirent à l'appel sauvage de la femme en rouge, le langage du corps outrepassant celui des convenances, des bonnes mœurs et de la raison. Elle eut un sursaut de surprise lorsqu'il lui agrippa la taille, l'enserrant de ses mains puissantes.

— Laissez-moi vous guider, susurra-t-elle à son oreille.

Nicolas tenta de dompter son excitation naissante et déjà impétueuse. La femme l'attira vers la banquette et, contre toutes les règles de bienséance, releva sa première, sa deuxième et, enfin, sa troisième jupe. Ses cuisses étaient recouvertes de bas de soie crème qui se terminaient par une frise de dentelles raffinées. Elle ne portait rien d'autre sous sa robe et Nicolas comprit, d'instinct, qu'il lui plaisait d'exhiber ainsi son intimité. Il avança sa main vers le pubis offert et effleura avec une douce prudence la peau fiévreuse de cette féminité profonde. La Des Œillets frémit et écarta davantage les jambes. Nicolas en rougit de plus belle. Il n'avait jamais vu de si près l'intimité d'une femme.

— Encore… murmura-t-elle.

Cette fois, les doigts du gentilhomme se firent plus hardis et dépassèrent les premiers abords de chair. La réaction de la femme fut aussi subite que fascinante, son corps se tendit et sa respiration se transforma. Cela décupla le désir de Nicolas, qui se brida pour ne pas la pénétrer dans cette position grossière. Les caresses qu'il lui prodiguait gagnèrent en raffinement et en audace. La sensibilité de l'endroit l'envoûtait, et il repensa à chacune des filles qu'il avait prises en relevant leurs jupons, sans regarder, moins par empressement que par peur d'être indécent. La respiration de la demoiselle Des Œillets se régularisait ; elle se changea en râle sous sa main virile. Puis, sa partenaire se cambra sur la banquette et retomba, tremblante et comblée. Nicolas ne s'appartenait plus. Il abaissa ses chausses et la pénétra avec une telle vigueur qu'il entendit le bois du meuble craquer. Elle émit un cri de surprise et s'agrippa à lui pour la chevauchée.

18

Au cœur des complots

Lorsqu'il rouvrit les paupières, son regard, embué par le brouillard charnel, mit un instant pour redevenir clair. Il s'appuya sur un traversin pour se redresser. Son geste précipita la chute futile et silencieuse de plusieurs coussins de velours. Dans un étirement félin, Nicolas allongea le torse hors du lit pour récupérer les parures tombées. Par l'ouverture qui menait au boudoir, il aperçut la silhouette incarnate de son hôtesse assise devant une glace. L'instant d'après, Claude de Vins, demoiselle Des Œillets, apparaissait dans la chambre.

— Ne vous pressez pas, mon bel amant, j'ai un visiteur inattendu… Dès qu'il sera parti, je reviendrai me consacrer à vous, prévint-elle d'un air de conquérante.

Elle retourna dans son boudoir en refermant la porte derrière elle. Nicolas sourit et s'affaissa sur le champ de leurs ébats, terrassé, moins de fatigue que de volupté. Il considéra le plateau d'argent placé non loin et songea, tout en se servant une portion de fromage, qu'il resterait volontiers prisonnier de cette femme étonnante. Pour le gentilhomme, il n'y avait plus de doute possible : elle n'appartenait pas à la noblesse, même si elle jouait à la perfection le rôle d'une dame. En outre, consumée par la fièvre de leur union, elle avait laissé tomber ses prétentions et s'adonnait au plaisir dans un langage teinté d'une subtile vulgarité.

« D'où vient-elle ? se questionna le jeune homme, intrigué par sa maîtresse. A-t-elle réellement les faveurs du roi, comme elle le prétend ? »

Nicolas se leva et s'étira. Il erra dans la chambre, sans trop savoir ce qu'il espérait y découvrir... Sur le secrétaire, une série de lettres, maintenue par un ruban rouge, retint son attention. Tenté, il les souleva, lorsqu'un bruit provenant du boudoir le fit lever la tête.

« Idiot ! Elle reçoit en ce moment même », se fustigea-t-il, reprenant ses esprits. Son motif n'était-il pas, d'abord, d'obtenir le plus de renseignements possibles sur cette femme ?

Il s'approcha, à pas feutrés, du trou de la serrure. La vue restreinte qu'il avait du boudoir lui laissait entrevoir un fauteuil, une table basse et, dans la glace, le contour d'un pourpoint et le rebord d'un feutre.

— ... bouteilles... écuyer... mort.

Nicolas tressauta et s'accroupit davantage pour capter le sens de la conversion.

— Il n'y a pas à dire, cet écuyer est un incapable, la peste soit de cette Fontanges ! s'exclama la Des Œillets avec humeur. Le marquis de Termes m'avait pourtant vanté ses mérites...

— Si ce Razès n'était pas intervenu, coupa l'homme, qui s'exprimait avec un fort accent anglais.

La femme poussa un soupir de rage contenue.

« Razès ! Ai-je bien entendu ? » s'alarma Nicolas.

— Pas la peine de vous mettre dans cet état, reprit le visiteur anglais, d'une voix détachée et hautaine. Nous pouvons encore compter sur la Dumesnil, en qui elle a toute confiance.

— Hum. Ces bouteilles m'avaient coûté une petite fortune !

— Vous n'êtes point à un pas de l'impécuniosité. D'ailleurs, songez à la fortune qui vous attend, une fois que notre plan aura réussi. Allons, ne vous laissez pas démonter alors que nous touchons au but.

Le ton que cet anglais prenait pour parler d'un assassinat comme s'il s'agissait d'une tâche anodine fit frémir le jeune homme. Il avait beau essayer d'entrevoir le visage de cet homme, il n'y arrivait pas. La conversation dont il était témoin avait toutes les apparences d'un complot, et son père avait été nommé.

— Après toutes ces années, pas question de renoncer ! Je peux sentir l'odeur des écus et, surtout, de la vengeance, exprima la Des Œillets, avec une rancune palpable.

— On vous l'avait prédit. Moi, je n'en ai jamais douté, répondit l'Anglais.

Nicolas eut une grimace de dégoût. Pour un peu, il se serait cru dans une mauvaise satire.

— Doit-on encore se soucier de ce Razès ? questionna-t-elle, soudain grave.

— L'écuyer m'a assuré l'avoir laissé dans de très mauvaises dispositions, mais Noailles n'est pas un débutant, il l'aura déjà remplacé. Je crois qu'il serait avisé d'attendre que la Fontanges ait rejoint la cour à Saint-Germain. Il y aura davantage de gens, on ne pourra jamais remonter jusqu'à vous.

— Alors que la Montesp…

Un bruit de pas alerta Nicolas, qui se redressa aussitôt. Les battements de son cœur cognaient dans sa poitrine. Non, ça venait de plus loin, dans le corridor… Il inspira profondément, les nerfs à fleur de peau. Pas de doute : ce qu'il venait d'entendre était bel et bien le dessein de deux personnes fomentant l'empoisonnement d'une troisième. Il devait agir. En quelques secondes, il était habillé et passait son épée à sa ceinture. Il hésita avant de sortir : évidemment, son départ précipité ne manquerait pas d'éveiller les soupçons. Finalement, il griffonna un billet à l'intention de son hôtesse et quitta la pièce. Une fois à l'extérieur de l'hôtel, il se dirigea vers l'écurie. Pendant que le palefrenier lui amenait son cheval, il chercha le blason sur la portière du carrosse qui attendait dans la cour. Les armes en avaient été grattées, il ne put rien distinguer. Tant pis. Le jeune homme s'élança au galop vers l'Hôtellerie des Ormes. La rue Montmartre était loin derrière lui lorsqu'il associa tous les éléments entre eux, ce qui décupla sa hâte de rejoindre Médéric, afin de lui relater la conspiration dont il venait de prendre connaissance.

∽

Le soir tombait sur les quais, et Nicolas, qui s'habituait peu à peu à la vie citadine, reconnaissait les badauds qu'attirait l'activité caractéristique du bord de la Seine. Certains rejoignaient leurs comparses pour boire leurs maigres gages, alors que d'autres, en quête de compagnie féminine, prenaient le chemin du Val d'amour. De ceux-là, une poignée aurait un tête-à-tête avec un coupe-jarret à la faveur d'un sombre détour ; il ne manquait pas d'alcôves sinistres dans cette partie de la ville. Nicolas, plongé dans ce tumulte, manœuvrait pour gagner du terrain afin d'atteindre son auberge. Son empressement se changea en impatience quand, pris dans le ressac de la foule, il fut forcé d'emprunter une rue adjacente à cause d'un convoi renversé. Il se résigna à descendre de cheval et, tirant Mercure derrière lui, s'engagea dans ce passage étroit pour atteindre l'Hôtellerie des Ormes. Trop content d'apercevoir les contours de l'établissement de M. Goulet, il ne remarqua pas l'ombre qui se dissimulait dans le renfoncement jouxtant l'écurie. Ce n'est que lorsqu'il arriva à sa hauteur qu'il la vit enfin. Il sursauta et, la main sur son arme, se prépara à défendre ses biens au péril de sa vie. Aussitôt, la silhouette drapée d'obscurité esquissa un geste pacifique.

— Qui donc ? fit Nicolas, méfiant.

— Chut. Venez plus près…

Tels deux aimants qui se repoussent, Nicolas recula d'un pas alors que l'inconnu avançait vers lui.

— Montrez-vous, monsieur, ou je ne réponds pas de… commença-t-il.

— N'en faites rien, répondit l'ombre en exposant à la clarté une partie de son profil.

— Mais, que ? bredouilla le gentilhomme, déconcerté quand il reconnut la cantatrice qu'il avait tant cherchée.

Seul son visage était visible sous la capuche noire qui la couvrait. Sa beauté, dénudée de ses artifices de scène, apparut si crûment qu'il en perdit tous ses moyens. Ses bras retombèrent, ballants, le long de son corps. Furtivement, elle s'avança vers lui et lui prit la main pour le tirer vers la pénombre de sa cachette. Nicolas n'opposa aucune résistance tandis que l'exiguïté du lieu leur imposait une proximité troublante.

— Ne dites mot, recommanda-t-elle d'un timbre feutré.

Sa physionomie se tendait à l'affût du moindre bruit. Son souffle sur sa nuque et la douce tiédeur de son corps déstabilisaient le jeune homme, qui, une main appuyée contre le mur, tentait de conserver une distance décente entre eux.

— On vous veut du tort, monsieur, murmura-t-elle enfin dans le creux de son oreille. Un spadassin aux intentions moins qu'honorables vous attend à l'intérieur. C'est un guet-apens… sous les dehors d'un duel.

— Comment… savez-vous ? interrogea Nicolas, machinalement, sans la quitter des yeux.

Elle demeura silencieuse un moment, et le jeune homme, terrorisé à l'idée qu'il eût pu l'offenser, sentit monter en lui un vent de panique. Allait-elle s'envoler pour ne jamais reparaître ?

— Quel intérêt aurais-je à vous mentir, monsieur ? Je ne suis personne, vous ne me connaissez pas.

— Aude, répondit Nicolas, se rapprochant d'elle, mû par une attraction qu'il renonçait à combattre. Je vous ai cherchée, après la fête…

Un tonnerre d'injures roula tout près, suivi par une vive acclamation. Immédiatement, la jeune femme se tourna vers le bruit. Nicolas, arraché à la brillance de son visage, recouvra ses esprits. Son instinct de protecteur reprit le dessus et il allongea un bras par-dessus ses épaules. Si on s'avisait de venir lui chercher querelle par ici, il n'aurait qu'à la placer derrière lui…

— Je dois partir, annonça Aude tout en rabattant son capuchon.

Prestement, elle se faufila hors de l'alcôve. Le jeune homme eut un geste jaloux vers la chevelure qui s'échappait de la cape en longs rubans argentés.

— Mademoiselle… protesta-t-il.

— Je vous en conjure, ne me suivez pas, souffla-t-elle avant de tourner les talons.

Nicolas la regarda s'éloigner, beaucoup plus alarmé par la fuite de la belle que par le danger qui le guettait.

« Quel nigaud tu fais ! Ne la laisse pas t'échapper une seconde fois », se gourmanda-t-il, révolté par sa propre impuissance.

Il s'élança derrière elle, hésitant d'abord, puis de plus en plus déterminé.

— Non ! céda-t-il, la rattrapant.

Audacieusement, il posa une main sur son épaule et l'autre sur sa taille, et la fit pivoter vers lui. Elle lui présenta un visage métamorphosé par l'émotion. Nicolas desserra son étreinte, complètement désarmé.

— Laissez-moi vous porter assistance, la supplia-t-il, jouant son va-tout sur une impulsion. Le soir dernier, vous m'avez prié de vous aider… Ou suis-je en train de perdre la raison ?

— Si je l'ai fait, je m'en dédis. Monsieur… plaida-t-elle, d'une voix vibrante.

Il ne la retenait plus mais, tandis qu'elle restait blottie au creux de son épaule, ils s'enlacèrent pour un court menuet aux notes charnelles et se séparèrent enfin.

— Au revoir, monsieur.

La demoiselle s'évanouit dans les ténèbres qui, d'ores et déjà, envahissaient les rues de la ville. Il aurait voulu répondre un « au revoir », mais les mots moururent avant de franchir ses lèvres. Nicolas demeura immobile un long moment, alors que la brise nocturne se levait, sans se soucier de son rendez-vous avec Médéric, de sa monture qui, d'impatience, hennissait, ni même de la menace qui rôdait. C'est Mercure qui, le poussant fermement par-derrière, le sortit finalement de sa torpeur. Nicolas prit, sans entrain, le chemin de l'hôtellerie. En le voyant entrer, les sourcils froncés et l'air abattu, M. Goulet n'y tint plus et se précipita vers lui afin de satisfaire sa curiosité.

— Alors, monsieur de Razès ? Qu'est-ce que ce sera, ce soir ? Vous laisseriez-vous tenter par…

Le jeune homme leva les yeux, indifférent au ton guilleret du bourgeois, et demanda :

— Je ne vois pas M. Vennheimer. A-t-il déjà soupé ?

— Votre valet ? répondit l'aubergiste, avec le dédain qu'il affectait pour parler de Médéric, auquel il n'avait pas pardonné de l'avoir menacé le premier soir, il est sorti juste avant votre arrivée… Il y avait ici un homme qui vous attendait et M. Vennheimer l'a vertement insulté. Si je puis me permettre, monsieur…

— Non, vous ne pouvez pas, trancha Nicolas. Quelle direction ont-ils pris ?

— Mais je l'ignore, moi, rétorqua M. Goulet, franchement étonné de se faire poser la question.

Nicolas se leva d'un geste sec, contrarié. Si Médéric était sorti par-derrière, ils se seraient croisés, sans le moindre doute… Soucieux, il poussa la porte avant de l'hôtellerie. Dehors, le quai, avec en dessous le roucoulement de la Seine ; nulle trace de Médéric ni de l'homme avec qui il avait échangé des injures.

« À quoi bon tenter de les retrouver ? Médéric ne se serait pas battu en mon nom… Alors, peut-être a-t-il tout bonnement flairé le piège ? » soupesa Nicolas, optimiste malgré les circonstances.

Il hésita un moment sur le seuil, puis décida qu'il aurait les pensées plus claires une fois son estomac bien rempli. Probable que, d'ici peu, le Hollandais le rejoindrait. De nature tempérée, Médéric Vennheimer n'était pas homme à s'emporter pour une bagatelle ; c'était à tout le moins l'impression que Nicolas avait eue de son compagnon. Toutefois, les quelques bribes que Médéric avait laissées tomber sur son passé permettaient d'entrevoir une jeunesse mouvementée. Nicolas avait beau avoir confiance en l'ami de son père, l'intervention d'Aude au sujet de ce guet-apens ne présageait rien de bon. Non, rien de bon.

⁓

Médéric se réveilla en sursaut. Il referma sa main sur la poignée de son épée. Il perçut la première respiration, puis la deuxième, légèrement chevrotante, semblable à un sanglot. Calmement, il ouvrit les yeux au cœur de la nuit sans lune qui avait camouflé leur départ. Sa tête pivota à droite et à gauche, sans que le reste de son corps ne tressaillît. Mercenaire depuis de nombreuses années, son sens du danger l'avait gardé en vie jusqu'à aujourd'hui et il s'y fiait comme à un frère. Malgré l'apparente tranquillité qui régnait, il flairait quelque chose, non loin. Ses muscles se contractèrent et il patienta, scrutant l'obscurité.

Dans l'abri de fortune qui les hébergeait, les deux enfants n'avaient pas bougé. La jeune fille avait suspendu son manteau sur les montants de bois, un geste de pudeur superflu, selon lui, et qu'il n'affectait pas de comprendre. Quoi qu'il en fût, il distinguait son épaule et sa tête, qui dépassaient du rideau de fortune, et c'était bien suffisant. Le fils du comte dormait entre lui et sa sœur, son épée alignée contre son corps endormi. C'était l'arme de son père. Médéric l'avait recueillie sur le corps ensanglanté de son maître, pour la rendre au jeune Xavier, comme cela se devait d'être fait. Depuis, elle ne l'avait pas quitté. Même si Médéric appréhendait que le garçon, qui serait bientôt un homme, commît un acte de bravade, il consentait à ce que celui-ci la gardât à son côté. Ne venait-il pas d'assister à la mise à mort de son propre père ? Luttant contre l'envie tenace d'interroger l'enfant, Médéric repoussait de jour en jour la question funeste : avait-il reconnu celui qui tenait le pistolet ? Sa priorité, pour le moment, était d'assurer la protection des enfants de son maître. Mais, sitôt les descendants du comte de Montcerf hors de danger, il entendait bien rattraper son meurtrier. Or, l'éventualité que Xavier de Razès, seul témoin de cet ignoble assassinat, ne pût lui fournir de réponse, lui compliquerait la tâche. Baste ! La patience était son fort, et tôt ou tard l'un de ces seigneurs se compromettrait. La forme sombre se risquait maintenant plus près. Un halètement lugubre alerta Médéric. Ces animaux ne venaient pratiquement jamais rôder autour des campements humains, surtout lorsqu'ils étaient seuls. Ce loup devait être désespéré. Peut-être était-ce une louve ?

« Navré ! » pensa Médéric, avant de bondir, l'arme au poing, pour attaquer la bête.

Plus tard, le crépitement du feu tira le jeune homme de son sommeil. Il passa une main dans ses cheveux ébouriffés et se dressa sur son séant, les paupières encore lourdes. Le Hollandais lui fit un salut de la tête cordial. Xavier l'ignora. Son attention se porta sur les restes embrochés du loup qu'il considéra avec fascination.

— Fous avez… appétit ? demanda Médéric, dans un français boiteux.

Xavier, dégoûté, fit signe que non.

— Tant mieux, ce n'est pas prêt. Elle dort, dit Médéric, désignant la jeune fille. Nous defons parler.

Bien qu'on lui eût maintes fois reproché de n'avoir aucun code de l'honneur, Médéric sentait le devoir de régler sa dette envers le comte de Montcerf. Il était le premier surpris de cette fidélité posthume. Mais, après tout, le comte lui avait payé d'avance deux mois de solde.

ৎ৯

Il parcourut les feuilles griffonnées en tentant d'y déceler un détail qui lui aurait échappé lors d'une précédente lecture. Un exercice futile qui avait le mérite d'occuper son esprit à autre chose qu'à penser à l'absence de Médéric. Il s'attardait aux passages concernant la demoiselle Des Œillets ; par deux fois, elle était associée à la marquise de Montespan. Cette femme était donc en relation avec la maîtresse du roi ? Dans le carnet, Xavier de Razès en paraissait convaincu… Voilà qui ajoutait de la crédibilité aux dires de l'empoisonneuse; en fréquentant la marquise, elle pouvait fort bien avoir croisé le chemin du monarque. C'est alors qu'un juron, poussé par une voix familière, le détourna de ses réflexions.

— Médéric?

— Nicolas! Ma foi! Ce n'est pas trop tôt! s'exclama ce dernier en faisant irruption dans la chambre, le souffle court.

Le jeune homme s'abstint de lui rappeler que c'était lui qui l'attendait et s'attarda plutôt à l'arsenal que portait le Hollandais: un pistolet, une dague, une épée.

— Vous êtes blessé? s'enquit le jeune homme.

— Blessé? Quelle idée! Ah, mais j'ai rencontré un petit ferrailleur qui vous cherchait noise. Il prétendait vous envoyer un cartel…

Habité d'une ardeur qui lui chauffait les sangs depuis quelques jours, Nicolas bondit sur ses jambes.

— Je lui ai fait entendre qu'un gentilhomme de votre qualité ne tirait pas l'épée contre des soudards. Les Razès de Montcerf ne sont pas des nobliaux de basse extraction, soutint Médéric.

« Aude avait raison, se dit Nicolas, ravalant une fois de plus l'envie de se battre. Comment a-t-elle su? Par quel moyen est-elle parvenue jusqu'à moi? »

— Vous l'avez chassé?

— Je n'ai pas eu à le faire. Il s'est sauvé. Ce drôle espérait vous surprendre seul et avoir le champ libre pour accomplir sa sale besogne. Mais voilà, je l'ai suivi, annonça le Hollandais, trépignant d'une excitation qui, additionnée à sa tête échevelée et à ses joues rougies par la course, lui donnait l'air d'un excentrique. Il m'a conduit droit à l'hôtel du duc de Luxembourg.

— À l'hôtel du maréchal? répéta Nicolas, interloqué.

— J'en déduis que votre père s'est attiré les mauvaises grâces de ce sorcier de Montmorency, rétorqua Médéric, d'un ton chargé de lourds sous-entendus.

Le jeune homme, abasourdi par le raisonnement du Hollandais, secoua la tête. Ces allégations, plus qu'inattendues, le prenaient au dépourvu.

— Vous supposez que le duc de Luxembourg…

— Il est derrière toute cette histoire, affirma Médéric, qui parlait avec une certitude déstabilisante. Je connais de longue date ce comploteur. Il est tout à fait capable de s'en prendre au comte de Montcerf, si, comme je le pense, celui-ci veut dévoiler les sombres pratiques auxquelles il s'adonne.

Le scepticisme de Nicolas se changea en malaise, puis en une sorte de pitié, typique de ceux qui détiennent un secret que d'autres ignorent et qui les place en position de supériorité.

— Nicolas ! M'entendez-vous ? Quelle chimère vous préoccupe encore ?

Nicolas rougit de honte. Il avait trompé Médéric en se convainquant que c'était pour ménager sa sensibilité, et maintenant il en payait le prix.

— Monsieur Vennheimer, commença-t-il, puis il renonça à ce ton officiel et dit simplement : Médéric, je vous ai menti. L'autre soir, lorsque je suis sorti, ce n'était pas pour accompagner Vincent de Coulonges, mais bien parce que j'avais reçu une invitation du duc de Luxembourg. C'est chez lui que j'ai rencontré la demoiselle Aude et c'est aussi là où j'ai manqué me battre avec un homme qui a calomnié ma mère. J'ai cru que, si vous saviez que le duc m'avait convié à cette fête, vous seriez offensé que je m'y rende. J'avais peur de vous mécontenter.

Le jeune homme attendit un moment, puis, voyant que son compagnon ne soufflait mot, se décida à poursuivre :

— Je crois que le ferrailleur qui est venu ici avait bel et bien raison de me chercher querelle. Toutefois, il ne s'agirait que de quelque malentendu concernant la demoiselle Aude… expliqua Nicolas, qui hésitait à poursuivre, car il ignorait les détails de l'affaire.

Les sourcils broussailleux du Hollandais se froncèrent alors qu'il dévisageait le jeune homme avec une nouvelle attitude.

— Encore une fois, Médéric, je suis navré. Si j'avais été honnête, cela vous aurait épargné ces pirouettes.

— Pirouettes! s'écria le vieil aventurier. En voilà de bonnes! Pendant que vous courez après des fadaises, je tâche de démêler le bourbier dans lequel s'est enfoncé votre père.

Médéric s'était levé et, mâchoires serrées, ruminait sa colère en arpentant la chambre dans un mouvement incessant, qui n'était pas sans rappeler à Nicolas les taureaux avant qu'ils ne chargent leur adversaire.

— Pourquoi... pourquoi pensez-vous que le duc de Luxembourg serait impliqué dans la disparition de mon père?

— Je le sais. Nul besoin de s'étendre sur le sujet.

— J'ignore si le duc de Luxembourg a lui-même un lien étroit avec la demoiselle Aude; après tout, c'est bien chez lui que je l'ai rencontrée. Quant au duelliste, il me serait difficile de dire pourquoi il s'est rendu à l'hôtel du duc après être passé par ici. Cependant, et c'est là où je veux en venir, si vous me permettez, monsieur Vennheimer, insista Nicolas, décontenancé par l'abord réprobateur de son ami, mes propres recherches m'ont amené sur une autre voie et je sais maintenant, de source assez certaine, que mon père se trouve auprès de la demoiselle de Fontanges. Laquelle serait la demoiselle dont Vincent m'a parlé.

Médéric poussa un soupir bruyant. Cet acharnement de Nicolas à ramener tout à cette histoire l'irritait de plus en plus.

— La demoiselle de Fontanges, favorite du roi, a quitté la cour, déclara-t-il. Il n'y a aucune mention de celle-ci dans le carnet de votre père et je ne vois pas...

— Justement. Elle n'y figure pas, confirma Nicolas, qui avait réfléchi à la question. Les noms qui figurent dans le carnet sont tous des empoisonneurs, ou des complices. Pendant que j'étais chez la demoiselle Des Œillets, un homme a sollicité un entretien. J'ai surpris leur conversation, dont le sens ne faisait aucun doute; l'homme affirmait que son écuyer avait tenté d'assassiner la Fontanges et qu'un homme répondant au nom de Razès l'avait empêché d'agir. Je l'ai entendu comme je vous entends ! Il a prononcé le nom de Razès ! C'est alors que, alarmé, j'ai quitté son hôtel pour vous avertir. Or, sur le chemin, la demoiselle Aude m'a abordé pour me prévenir de l'embuscade qui m'attendait ici.

De son pas lourd, le Hollandais se dirigea vers la fenêtre dont il ouvrit les volets. Le vent de la nuit fit vaciller les bougies. Médéric se pencha au-dehors, scrutant l'obscurité. Mal à l'aise, Nicolas attendit silencieusement. Son compagnon ne l'avait pas habitué à ces instants de recueillement; toutefois, le jeune homme ne voulut sous aucun prétexte interrompre sa réflexion.

— Que voulez-vous faire au sujet de votre père ? lança finalement Médéric d'une voix profonde, sans quitter son poste d'observation.

— Je… je ne sais, balbutia le fils du comte, pris de court. Cette Des Œillets est une femme dangereuse. De plus, elle se dit proche du roi. Nous ne pouvons plus attendre la lettre de Vincent, puisque la vie de mon père et celle de la demoiselle Fontanges sont en jeu. Peut-être devrais-je aller voir M. de Louvois ?

— Hum. Cette Des Œillets a-t-elle des raisons de penser que vous auriez surpris sa discussion ?

Nicolas réfléchit avant de répondre. Son départ lui aurait certainement déplu et il n'osait imaginer ce que sa tumultueuse maîtresse pouvait faire lorsqu'elle était irritée. Néanmoins, selon lui, rien ne lui permettait de conclure qu'elle avait été épiée… D'ailleurs, n'avait-il pas rédigé un billet pour s'excuser de son comportement peu courtois ?

— Je ne le pense pas, mais ma fuite lui aura certes causé du déplaisir, répondit le jeune homme.

— Si vous parveniez à retrouver cet écuyer, suggéra Médéric, celui qui a eu une escarmouche avec le comte, vous sauriez où se trouve votre père.

Cette fois, Nicolas eut la nette impression que le Hollandais avait la tête ailleurs : cet échange trahissait un détachement inhabituel.

— De mon côté, je vais suivre la piste de ce ferrailleur pour voir où cela me mènera, annonça Médéric.

— À quelle fin ? Puisque je vous confirme que mon père…

— Il est fort probable que cette Des Œillets ait partie liée dans l'empoisonnement de la favorite… mais le duc de Luxembourg a joué un rôle dans ce qui est arrivé à votre père. J'en jurerais sur l'âme de feu M. le comte de Razès ! gronda sombrement Médéric.

Nicolas renonça à contredire le Hollandais. Malgré l'apparente bonhomie de son valet de fortune, la virulence qui se manifestait soudainement, comme une bête sauvage qu'on aurait lâchée, intimidait le jeune homme. Par ailleurs, que pouvait-il ajouter qui convaincrait Médéric du bien-fondé de son affirmation ? De son côté, le Hollandais détenait, apparemment, des informations compromettantes sur le duc de Luxembourg.

« C'est à moi de lui prouver que j'ai raison. La seule façon d'y arriver, c'est en plongeant dans l'affaire des poisons », conclut le jeune homme.

— Je vais me coucher, décida Médéric, soudain las.

19

Culpabilité

Le jour était levé depuis un bon moment déjà. Matinale, Marguerite avait regardé passer les heures à l'horloge du petit salon, en poussant de grands soupirs.

— Cet entêtement a assez duré, Élisabeth, décida-t-elle finalement.

Tout compte fait, elle devait convenir que l'attitude de sa fille la surprenait, la déstabilisait même. N'avait-elle pas assuré à son frère que son enfant était de nature posée et docile ?

« Tout de même, ce mariage n'est pas encore convenu, se défendit Margot. Et puis, il y aurait plus mauvaise fortune que de se marier avec un Bourbon ! »

La comtesse de Montcerf s'arrêta devant la chambre de la jeune femme, étonnée de n'entendre aucune musique remplir la quiétude du corridor. Car, pour Élisabeth de Razès, toute émotion était un prétexte pour gratter les cordes de son luth.

— Élisabeth, appela Margot, d'une voix calme et ferme. Je souhaite que vous vous joigniez à nous pour le déjeuner.

Silence.

— Élisabeth ?

Marguerite poussa la porte. Le lit était fait, mais les rideaux n'étaient pas tirés. Il ne faisait aucun doute que sa fille n'y était pas. Perplexe, elle fronça les sourcils et faillit héler une servante pour savoir si Élisabeth était sortie. L'idée que sa fille fût partie lui effleura l'esprit, comme un germe minuscule qui prend naissance dans la fibre maternelle. Elle fit rapidement le tour de la pièce. Sur l'écritoire, une lettre reposait. Marguerite déploya le papier où son nom figurait en grosses lettres.

Chère mère,

Je suis partie à la rencontre de ma destinée. Ne tentez pas de me trouver, je reviendrai dès que j'aurai la réponse. Soyez sans crainte, je n'entacherai pas mon honneur ni celui de notre nom.

Votre fille bien-aimée,

Élisabeth de Razès

Marguerite lut et relut la lettre, refusant de se convaincre de ce que les mots lui disaient. L'écriture était bien celle de la jeune femme. Un brin plus recherchée. Elle s'assit sur le tabouret et tenta de déchiffrer le sens du message. Destinée ? Réponse ? Honneur ? La tournure du mot, grandiloquente et évasive, déroutait la comtesse. Si elle reconnaissait là le caractère romanesque de sa fille, l'annonce de son départ la bouleversait ! Luttant pour ne pas céder à la panique, Margot décida qu'il valait mieux d'abord vérifier si Élisabeth n'était pas, tout bonnement, partie faire une promenade sur la lande. Concevoir une solution rationnelle était la façon la plus rassurante pour elle de faire face aux coups du sort. Elle avait toujours procédé par étapes et c'était infiniment sécurisant. Elle appela ses domestiques.

❧

— Hum… grogna Gabriel de Collibret en s'étirant, une moue de satisfaction sur les lèvres.

Le lit remuait sous le poids de la jeune femme qui passait sa chemise. Des yeux, elle cherchait à repérer ses jupons et son bonnet. Ses traits étaient tirés et ses cheveux en désordre ; avec vanité, Gabriel se demanda si elle avait déjà passé une nuit aussi exténuante. Quand même, il n'était plus très jeune, ses prouesses d'amant tenaient presque du prodige.

— Déjà debout ? commenta-t-il, en passant le bras autour de sa taille.

— Monsieur, laissez-moi, grogna la chambrière.

Gabriel la dévisagea ; il s'était endormi dans les bras d'une douce fille et se réveillait avec une diablesse ? Quel manque de manières, quand même !

— Mme la comtesse a demandé à me voir de bon matin, expliqua Bertille. Je ne peux pas m'attarder.

Le gentilhomme, qui avait l'habitude de ces demoiselles qui s'empressaient aux soins de leurs maîtresses, fit un geste complaisant pour lui signifier qu'elle pouvait partir. Intérieurement, il espérait que Margot ne saurait rien de son incartade avec sa domestique.

Peu de temps après le départ de Bertille, Gabriel entendit des pas précipités et un certain remue-ménage. Il se leva et, tandis qu'il s'habillait, la chambrière frappa à sa porte et lui dit à travers l'huis :

— Pressez-vous, monsieur, il semblerait que votre nièce, Mlle Élisabeth, soit absente depuis hier soir !

Il fit sa toilette hâtivement, se parfuma et enfila sa perruque, puis il se rendit à la salle à manger.

« Cette servante aura fait un drame avec un rien. S'il s'était passé quelque chose de grave, ma sœur m'aurait fait mander », se persuada Gabriel.

Là, un déjeuner particulièrement frugal attendait sur la table. Nul autre que lui ne semblait avoir d'appétit ce matin. Gabriel se dit que ses pages devaient être encore à dormir ; après tout, il était encore tôt, et il décida qu'il préférait avoir de la compagnie pour manger. Il arpentait la grande pièce enjolivée de belles tapisseries, lorsqu'il perçut une plainte aiguë venant de la cuisine. Il tendit l'oreille, soucieux. Le bruit de sanglot s'était tu. Un claquement de talons résonna sur la pierre, et Gabriel pivota pour apercevoir les deux damoiseaux qui composaient sa suite entrer à leur tour dans la salle à manger.

— Bonjour, les salua-t-il, heureux de se retrouver enfin dans un environnement familier.

— Monsieur, répondit Germain de Blois.

— Monsieur de Collibret, murmura Louis de Hesse, plus blanc encore qu'à son habitude.

Gabriel déglutit péniblement et, mal à l'aise, s'entendit dire :

— Vous avez abusé de la poudre, ce matin, mon cher Louis. Vous êtes encore plus pâle que les fantômes qui hantent cette demeure.

Les deux jeunes hommes échangèrent un bref regard, et il apparut clairement qu'aucun des deux ne tenait à informer leur maître de ce qu'ils avaient appris concernant leur hôtesse. Pestant contre Margot, qui lui imposait un tel affront devant ses gens, le gentilhomme décida de couper court au malaise.

— Je vais aller voir la comtesse pendant que vous vous attablez. Ne m'attendez pas !

Gabriel se rendit directement aux appartements de sa sœur. Par une porte entrouverte, il perçut la voix de la comtesse, parfaitement maîtrisée, donnant des ordres à quelqu'un :

— Voilà, remettez-la à M. de Cailhaut. Il doit être chez lui en ce moment.

— J'insiste, madame la comtesse, je pourrais partir sur-le-champ.

— Je n'en doute pas, mais je préfère vous savoir auprès de votre femme, Armand…

Le gentilhomme frappa deux coups brefs et, sans attendre, ouvrit la porte.

— Bien, madame, j'y vais de ce pas, conclut le dénommé Armand.

— Merci, dit Margot avant de se tourner vers Gabriel. Entrez, mon frère. Vous avez mangé, j'espère ?

— Non, répondit catégoriquement ce dernier, étonné de se faire poser la question. Ce n'était pas de mise, du moins, d'après ce que j'ai pu comprendre. Que se passe-t-il, Margot ?

Il y eut un silence et la comtesse de Razès s'absorba dans un long conciliabule intérieur, qui faillit avoir raison du sang-froid du gentilhomme.

— Élisabeth a quitté Montcerf, laissa tomber Marguerite. Elle est partie hier soir, pendant que nous étions à table.

Gabriel hocha lentement la tête ; le ton détaché et le regard flegmatique de sa sœur voilaient, pour l'instant, l'émotion dont elle souffrait. Le gentilhomme tentait de reconnaître les prémisses de l'éruption qui finirait inévitablement par se produire.

— Nous ignorons où elle a bien pu se rendre ?

— Elle m'a laissé une lettre, indiqua la comtesse en pointant le doigt vers un billet plié, qui n'en dit mot. Mais elle a pris deux chevaux à l'écurie.

— Deux chevaux ? répéta Gabriel, qui cette fois ne put contenir sa surprise.

L'inimitable regard jaune-vert de Margot lui décocha un avertissement.

— Pour aller plus vite, disons que ma fille est une cavalière accomplie ; elle aura prévu de changer de monture après un certain temps.

— Soit, admit l'homme qui préférait éviter une confrontation directe. Bonne cavalière ou pas, je pourrais la rejoindre dès ce soir, si vous daignez me prêter un bon coursier. Une jeune femme comme Élisabeth ne passe pas inaperçue, elle ne pourra pas être allée bien loin sans qu'un habitant des villages voisins ne l'ait reconnue.

— Je sais, c'est pourquoi j'ai écrit à un chevalier du comté. Son fils et lui la retrouveront en peu de temps.

— Margot, si quelqu'un doit partir à sa recherche, c'est moi, plaida Gabriel, qui commençait à perdre patience devant la froideur de sa sœur. Vous ne m'en croyez pas capable, c'est cela ?

— M. de Cailhaut connaît la région. Avec son fils, ils seront plus efficaces. Je préfère que vous restiez à mes côtés, expliqua Marguerite avec fermeté.

— Vous me reprochez son départ, n'est-ce pas ? Elle serait partie à cause de la nouvelle du mariage ?

La tension faisait palpiter les tempes du frère de la comtesse, qui ne pouvait détacher son regard du visage sévère de son aînée. Que pouvait-il bien se terrer derrière cette façade ? Marguerite savait-elle quelque chose qu'elle ne voulait pas partager avec lui ?

— Écoutez, Margot, vous êtes entièrement en droit de m'en vouloir. J'ai été parfaitement brutal hier soir… ma vanité a pris le dessus. Jamais je n'aurais cru que cette annonce aurait pu blesser Élisabeth. Au contraire, j'étais certain que la nouvelle la ravirait !

— Pauvre Gabriel, vous ne comprenez donc pas, railla Margot, venimeuse. Il n'y aura pas de mariage. Il n'en était pas question hier, et encore moins ce matin. Vous vous figurez que, parce que vous vous êtes vendu à un cousin du roi, nous allons faire de même ? Voyons ! Comment pouvez-vous croire à la magnanimité du prince de Condé ? Faut-il que vous soyez aveuglé par l'attrait de la faveur ! Je n'ai pas encore percé les raisons cachées derrière ce projet d'épousailles, mais il ne fait pas de doute qu'il y en a.

Profondément heurté, le gentilhomme recula de façon imperceptible.

— La tristesse vous fait dire des choses que vous ne mesurez pas, Margot. Je vais vous laisser, le temps que vous vous remettiez de vos émotions, annonça-t-il. Je suis peut-être de la maison du prince de Condé, mais je demeure avant tout votre frère et l'oncle d'Élisabeth.

Margot leva un sourcil devant une démonstration d'amour fraternel qu'elle jugea bien mièvre.

— Grâce à vous, je viens de me rendre compte d'une chose, mon frère : c'est qu'il vaut mieux vendre son corps et garder son âme intacte que l'inverse. J'ai mis des années à le comprendre… En somme, je préfère être une courtisane qui s'est anoblie qu'être un noble qui se prostitue.

Bertille déposa un plateau devant Marguerite, qui prit brusquement conscience qu'elle n'avait rien mangé de la journée. Son estomac émit une plainte audible.

— Madame la comtesse, excusez-moi ! Je crois sincèrement que vous devriez prendre quelque chose, recommanda la servante, soucieuse.

Margot sourit timidement, telle une enfant que l'on vient de surprendre la main dans un pot de miel.

— Merci, Bertille, je vais manger. Laissez-moi !

Elle digérait difficilement les dernières informations concernant sa fille et se doutait qu'il en serait de même pour toute nourriture. Par contre, la domestique avait raison, elle devait faire l'effort d'avaler quelque chose. En grignotant un bout de pain, elle revit le visage de Hyacinthe de Cailhaut, défait par le chagrin et la stupéfaction... « Au moins, se dit-elle, j'ai vu juste à ce sujet. » L'ami d'enfance de Nicolas avait toujours montré une affection tendre, respectueuse, pour la jeune Élisabeth. Cependant, il était douloureux pour Marguerite d'admettre que sa fille eût entretenu une amourette cachée, sous ses yeux. Elle avait toujours su que Nicolas avait des liaisons avec les filles du village. À des détails évidents qui n'échappaient pas à un œil de mère... des sourires de connivence à la messe, une humeur joyeuse en revenant du village et, parfois, des retards, des mensonges maladroits. Mais comment avait-elle pu ignorer que sa fille... ?

« Je me suis assurée de lui inculquer des manières convenables, une conduite irréprochable, voilà pourquoi ! Je voulais m'assurer qu'elle ne vivrait pas ce que j'ai vécu, comme si j'y pouvais quelque chose. Elle est devenue femme sans que je m'en aperçoive », se blâma-t-elle, en s'apercevant qu'elle pleurait.

Pour la millième fois depuis le matin, elle songea à Xavier et à combien elle aurait voulu qu'il fût à ses côtés. Elle était convaincue que son mari aurait su que faire, beaucoup mieux qu'elle-même. D'ailleurs, s'il était là, il aurait déjà retrouvé Élisabeth. Son enfant, sa fille chérie… Avec qui était-elle donc partie ? Quel jeune homme avait ainsi profité de sa candeur ? Elle n'avait aucune réponse à cette question. Ni même aucune piste. Du bout des lèvres, Bertille lui avait avoué ses doutes quant à la possibilité qu'Élisabeth se fût éprise d'un villageois, mais cela n'était qu'une intuition fondée sur d'infimes indices. Malgré cela, la domestique était assez proche d'Élisabeth pour que son opinion eût du poids aux yeux de la comtesse. Qui plus est, Élisabeth n'aurait jamais pris deux chevaux s'il n'y avait eu quelqu'un. En dépit de ce qu'elle avait affirmé à Gabriel, une personne qui signait une lettre telle que celle que sa fille lui avait laissée n'avait pas la présence d'esprit de prendre une seconde monture pour faire des relais. Un deuxième cheval aurait à l'évidence ralenti Élisabeth plus qu'autre chose. Mais Margot voulait, avant tout, sauver les apparences.

« Les apparences, ne cherche pas plus loin, c'est pour cela que ta fille ne s'est jamais ouverte à toi, se condamna-t-elle en pensée. Élisabeth n'a jamais cru que tu as connu l'amour, dans ta jeunesse… Même si la Vierge Marie en personne le lui avait affirmé. »

On frappa à la porte et Marguerite sécha vivement ses yeux.

— Oui, entrez ! fit-elle posément.

— Madame la comtesse, je suis désolée, s'excusa Bertille en pénétrant dans l'antre de sa maîtresse.

Marguerite constata que Gabriel de Collibret entrait à sa suite et essaya de ne pas montrer son agacement.

— Je… C'est M. de Collibret qui a insisté pour que je vienne vous informer de quelque chose. Un détail bien anodin, en fait.

Margot vit son frère rouler des yeux et, tandis qu'elle notait qu'il ne portait pas sa perruque, elle entendit la domestique dire :

— La Filastre a quitté le village. Du moins, tout porte à le croire. Elle avait coutume de dormir près d'ici, dans la forêt, mais son camp est désert.

La comtesse interrogea son frère du regard et, voyant qu'il lui répondait par un regard insistant, elle congédia Bertille.

— Élisabeth a pris la fuite avec cette sorcière, affirma Gabriel de Collibret, avec une fierté qu'il tempérait à peine.

— C'est ridicule ! s'opposa Marguerite. Pourquoi aurait-elle fait cela ?

— Bertille m'a tout raconté au sujet de cette Filastre. Que je sois damné si je me trompe ! Cette femme aura fait quelque promesse à Élisabeth, il m'est avis, afin qu'elle évite ce mariage auquel elle aura cru que vous la destiniez…

Marguerite se leva précipitamment et s'empara de la lettre. *Ma destinée…* Gabriel disait vrai ! En un instant, elle vit défiler les nombreuses conséquences de cette nouvelle réalité. La comtesse éclata en sanglots. La perspective de sa fille voyageant en compagnie de cette femme l'effrayait au lieu de la soulager.

— Là, ne pleurez pas, Margot ! Nous allons la retrouver.

☙

C'est la faim qui tira Élisabeth de son sommeil comateux. La première chose qu'elle remarqua, à son éveil, fut que sa jument n'était plus là où elle l'avait laissée en pleine nuit. Si elle avait cru ses émotions engourdies par le choc du trépas d'Antoine, elle avait eu tort. L'éventualité d'avoir perdu la jument ou pis, qu'elle fut morte, la secoua violemment. Affolée, elle se redressa et tourna sur elle-même, scrutant la chênaie à la recherche de l'animal, mais elle ne vit rien d'autre que des arbres. Puis, un léger clapotis se fraya un chemin jusqu'à son oreille et Élisabeth sut que c'était là qu'elle trouverait Cassandre, près de l'eau. Non loin du lieu de campement improvisé de la jeune femme coulait un ruisseau, large mais peu profond. La jument releva la tête en voyant sa maîtresse arriver, et Élisabeth éprouva un profond soulagement à la vue du cheval qui la reconnaissait et qui l'attendait. Elle s'agenouilla sur la berge humide et se pencha pour boire à son tour cette eau froide, claire et vive. Elle frissonna et, spontanément, elle plongea ses mains, puis ses bras, dans l'onde transparente. Elle dégrafa ses jupes pour marcher pieds nus dans la cascade. Le fond couvert de cailloux et de boue était tentant, et elle regretta que ce ne fût pas assez profond pour qu'elle pût s'y plonger entièrement. Debout dans le courant qui bouillonnait à ses chevilles, elle arracha de grosses poignées de feuilles de pissen-lit pour calmer sa faim qui devenait de plus en plus pressante. Elle avait les pensées étonnamment vides. Une sorte d'apathie gouvernait ses gestes et ses décisions, lui évitant de penser à la mort d'Antoine, à son avenir ou à sa famille. La seule chose qui comptait était de calmer son appétit et, après cela, de trouver un lieu pour dormir, un abri. Elle était trop près d'Aigueperse et suivit donc le ruisseau pour s'éloigner de la ville. La marche dans la forêt ne lui parut ni longue, ni courte ; elle n'avait aucune idée d'où elle se rendait. Peu avant la fin du jour, elle s'arrêta à l'ombre d'une grosse pierre couverte de mousse do-minée par un chêne majestueux. L'endroit était accueillant, en plus d'être parsemé de champignons comestibles. Elle noua la bride de Cassandre près d'un talus de fougères afin qu'elle puisse se nourrir sans danger. La jeune femme mangea quel-ques champignons, assise à même le sol et, pour la première fois, prit conscience qu'elle avait laissé partir la Filastre avec la jument de sa mère. Pourquoi lui avait-elle permis de garder l'animal ? La réponse qui lui venait ne concordait pas avec le crime. Elle avait aidé la sorcière à fuir, alors que c'était elle la coupable. La Filastre l'avait pressée de quitter Aigueperse pour finalement partir de son côté. Épuisée, elle arrêta le cours de ses réflexions. Le soleil se couchait et Élisabeth l'imita.

20

Où Médéric guette et Nicolas ruse

La sueur coulait le long de son nez et se faufilait dans sa barbe grisonnante. Il y avait bien quatre heures qu'il était là, sans bouger, et sans quitter l'hôtel des yeux. Ce n'était plus de la persévérance, c'était de l'entêtement. Parce qu'une série de coïncidences l'avait mené sur la piste de François de Montmorency, duc de Luxembourg, il avait décidé qu'il irait au bout de la haine qui le taraudait depuis des années. Au plus profond de lui-même, il savait que son acharnement ne tenait pas tant à la disparition de Xavier qu'à la mort de son ancien maître, le feu comte de Razès. Mais jamais il ne se l'avouerait, ni à quiconque, et surtout pas à Nicolas. Coûte que coûte, il avait évité la France et quand la France était venue le narguer jusqu'en Hollande, il s'était volontiers battu contre l'envahisseur, pour faire la paix avec ses vieux démons. Dix années à mordre la poussière, à pester contre les étendards dans le lointain, à gagner du terrain un jour pour mieux reculer le suivant, comme tout cela paraissait futile maintenant! En épiant la demeure du duc de Luxembourg, il assouvissait enfin son besoin de vengeance et ce qu'il croyait devoir à la mémoire d'Hector de Razès, le comte de Montcerf. Du même coup, il cherchait à protéger Nicolas d'un homme qu'il n'était pas loin de considérer comme une des âmes les plus viles et cruelles qu'il eût rencontrées dans sa longue vie. La chaleur l'accablait. Il essuya les gouttes qui perlaient sur son nez et déboucha sa gourde pour se désaltérer. La porte de l'hôtel s'ouvrit à nouveau. C'était la troisième fois, depuis qu'il était à son poste, que quelqu'un franchissait le seuil de la maison, et comme précédemment il se tendit, imaginant la silhouette du bossu. L'homme qui apparut sur le parvis de la demeure n'était pas le duc de Luxembourg et, aussitôt, les épaules de Médéric se décontractèrent. Toutefois, il ne quitta pas le nouveau venu des yeux. Celui-là ne ressemblait pas à un domestique ordinaire, et encore moins à un noble. Il avait cette mine renfrognée qui caractérise les bretteurs qui vivent du métier des armes mais n'ont pas la naissance pour leur permettre de se hisser à un grade d'officier. L'homme retrouva sa monture devant l'écurie. Il monta en selle et se dirigea vers la grille. Médéric se dissimula du mieux qu'il put contre le mur, il ne tenait pas à être surpris. Quand le martèlement des sabots du cheval parvint à ses oreilles, il risqua un coup d'œil discret hors de sa cachette. Le bretteur portait un manteau au col relevé. Malgré cette précaution, la brûlure qui marquait son visage était visible à la naissance de sa chevelure. Le sang du Hollandais ne fit qu'un tour : c'était l'homme que l'aubergiste avait surpris dans la chambre de Xavier ! Un rictus déforma la bouche de Médéric et il retint avec peine un cri de triomphe. Voilà, enfin, la preuve qu'il espérait et qui venait légitimer sa démarche. Il attendit que l'homme prît de l'avance avant de se mettre à le filer. Ce bretteur, il en était certain, le conduirait tout droit au comte de Montcerf.

༄

Au petit jour, Nicolas ne croisa pas Médéric dans la salle commune. Après avoir vainement frappé à la porte de la chambre du Hollandais, le jeune homme avait conclu avec une déception mêlée d'un certain malaise que le vieil aventurier était déjà parti de son côté.

« Te voilà fin seul, Razès, pensa-t-il. Fouchtra ! Il va te falloir revoir cette Des Œillets, et cette fois ce ne sera pas aussi aisé ! »

La perspective ne l'enchantait guère. Si cette demoiselle apprenait son vrai nom, il ne donnait pas cher de sa peau… Que pouvait-il espérer d'une empoisonneuse ? Les courbes dénudées de la Des Œillets, alanguie par le plaisir, se rappelèrent à son souvenir. Tout n'était pas joué ! Cette femme avait le diable au corps. Son envie de la chair, s'il savait l'exploiter, pouvait lui permettre d'atteindre au moins le boudoir. De là, il n'y avait qu'un pas, mais qui sait ? Soit, le rôle de l'amant repentant n'était pas glorieux ; toutefois, l'attrait du danger le titillait et, pour la première fois depuis qu'il avait mis les pieds à Paris, il sentait se préciser la piste de son père. Contrairement à ce que soutenait le Hollandais, Nicolas était persuadé qu'il parviendrait à le retrouver. La culpabilité qu'il avait éprouvée en constatant que son compagnon avait quitté l'hôtellerie s'était changée en amertume et, tandis qu'il se préparait pour sa rencontre avec la demoiselle Des Œillets, il affectait d'être soulagé de l'absence de Médéric. Par ailleurs, si les coupables se cachaient dans la noblesse, il convenait de choisir les armes appropriées : l'audace, la galanterie, la ruse. Il se mira dans la glace et sourit, satisfait du résultat de sa toilette. Il devait exploiter les faiblesses de cette femme comme il le ferait contre un adversaire dans un duel.

« Tout bien considéré, tu as l'avantage dans cette rencontre, se flatta le jeune homme. Elle ne sait pas qui tu es et n'a aucune raison de se douter de tes réelles motivations. »

Lors de leur tête-à-tête, la demoiselle Des Œillets avait impunément fait l'étalage de ses atouts, sans négliger de vanter sa richesse et ses appuis. En quoi le retour d'un amant serait-il douteux ? Il n'avait, somme toute, aucune raison pour dédaigner une maîtresse qui promettait autant de largesses. À moins qu'elle ne fût pas encline à le revoir, ce qui était une possibilité. Nicolas mesurait difficilement la profondeur de la dépravation de cette Des Œillets. Il souffrait de son inexpérience de la société libertine, de ses salons, de ses secrets d'alcôves, et regretta l'absence de Vincent de Coulonges, qui aurait pu l'en instruire s'il avait encore été à Paris. Peut-être que sa sœur, Isabelle de Coulonges, qui résidait dans le Marais depuis toujours, saurait lui dire si la Des Œillets était une courtisane ?

෨

En suivant la domestique jusqu'au même salon où Isabelle l'avait reçu les autres fois, Nicolas s'aperçut, avec un léger embarras, qu'il scrutait les lieux à la recherche d'un détail qui lui révélerait que la maison avait appartenu à une courtisane. Depuis que sa tante l'avait entretenu de la jeunesse de sa mère à Paris, le jeune homme considérait tout ce qui avait trait au passé de celle-ci sous un angle différent. Jamais il n'aurait eu l'inconduite de se présenter chez Isabelle dans l'intention de la questionner sur la Des Œillets si la jeune femme n'avait pas été la fille d'une courtisane. Et pourtant, Isabelle l'avait frappé par sa personnalité d'une rare délicatesse, par sa conduite irréprochable. Le pas alourdi par la culpabilité, il s'encouragea en se disant que c'était dans le but de retrouver son père.

— Monsieur de Razès, quel bonheur de vous revoir enfin ! s'exclama Isabelle en pénétrant à son tour dans le salon.

La sincérité de son ton toucha le gentilhomme qui se fustigea intérieurement pour sa démarche. Il lui était impossible d'ignorer la joie évidente qu'Isabelle ressentait à le revoir, pas plus que de feindre l'oubli quant aux confidences que Vincent lui avait faites à propos des sentiments que sa sœur entretenait à son endroit.

— Mademoiselle de Coulonges, croyez bien que je suis gêné de me présenter sans m'annoncer, comme cela, au milieu de la journée. J'ai longuement hésité avant de me décider…

— Mais pourquoi donc, monsieur de Razès ? l'interrompit la jeune femme. Ne vous ai-je pas assuré que les portes de ma demeure vous étaient ouvertes en tout temps ? Il ne saurait y avoir de malaise entre nous, bien au contraire.

— J'en suis ravi et soulagé, répondit Nicolas en s'asseyant. En vérité, je serais venu plus tôt, mais j'ai eu fort à faire avec l'absence prolongée de mon père.

Isabelle haussa les sourcils tandis que son sourire disparaissait et laissait place à une expression d'inquiétude.

— Rassurez-moi, je vous prie, monsieur ! Avez-vous eu de ses nouvelles ?

— Je crains que non. En fait, certains indices me portent à croire que quelque chose de fâcheux lui est arrivé, confia Nicolas.

La main blanche de la demoiselle esquissa un geste dans sa direction mais s'arrêta pour tracer une courbe dans les airs, avant de se reposer respectueusement sur le dessus de son genou.

— Si je puis vous être d'une aide quelconque… N'y a-t-il personne qui sache ce qui est advenu de lui ?

Le jeune homme comprit que Vincent n'avait rien soufflé à sa sœur du secret de la demoiselle de Fontanges.

— Pour tout vous dire, je crois que je commence à distinguer les contours de l'affaire. Hélas, je ne dispose que de très peu de renseignements sur les personnes avec lesquelles mon père est entré en relation, et j'avoue que la crainte de commettre des impairs me restreint dans mes recherches, confia-t-il à la demoiselle, qui ne perdait pas un mot de son discours.

— Oh, vous m'alarmez, Nicolas, déclara cette dernière en le considérant de son regard brun plein de sagesse. Votre père n'a pas été embastillé, au moins ?

Nicolas répondit par un sourire.

— Non, s'il est une chose dont je suis certain, c'est bien de cela. En outre, je crois qu'il travaillait, en quelque sorte, pour le lieutenant de police La Reynie. Si je ne redoutais pas de faire un affreux faux pas, je serais d'ores et déjà allé voir cet homme afin de tirer cette histoire au clair.

— Mais il s'agit de votre père. Peut-être devriez-vous tout de même envisager cette possibilité ?

Isabelle de Coulonges incarnait la sagesse et la prudence, non seulement dans ses paroles, mais dans sa personne tout entière. Elle lui rappelait sa propre mère... ou plutôt une sœur aînée qu'il n'avait jamais eue. En somme, l'entretien n'allait pas du tout dans le sens qu'il aurait souhaité.

— Hum, je vais y réfléchir, promit Nicolas. En attendant, je me suis lancé la tête la première dans un rosier plein d'épines d'où je serais heureux de me tirer sans trop d'égratignures.

L'image avait jailli spontanément dans son esprit et il est vrai qu'elle résumait bien ce que Nicolas ressentait.

— Cette demoiselle dont je vous parle est la principale cause de mes tourments, avoua le gentilhomme.

La jeune femme, qui tenait un plateau de gourmandises, se troubla subitement. Agilement, Nicolas soutint le bord de l'assiette avant que les fruits confits ne se répandissent sur le plancher.

— Pardon, quelle maladresse ! déplora Isabelle en se ressaisissant, avec un sourire navré.

— Non, c'est moi qui manque de délicatesse, s'excusa le jeune homme, j'aurais dû commencer par vous dire que mes tourments n'étaient pas de nature sentimentale. Enfin, pas vraiment. Mon père a croisé la demoiselle... Des Œillets au cours de son séjour, et je cherche à savoir pourquoi et dans quelles circonstances. Toutefois, le statut de cette femme m'apparaît vague, sinon franchement obscur.

— Des Œillets, dites-vous ? Oui, je crois savoir de qui vous parlez.

— Vraiment ?

— Vous semblez surpris. Pourtant, n'est-ce pas là le but de votre visite ? l'interrogea la jeune femme sans tergiverser.

Il se sentit rougir et, pour se donner une contenance, engloutit quelques-unes des mignardises qu'il était parvenu à sauver.

— Je crois me souvenir qu'elle a été femme de chambre auprès de la marquise de Montespan, mais il y a longtemps de cela... Depuis, elle a quitté la cour, ce me semble. Je ne crois pas qu'elle se soit mariée, ajouta Isabelle, qui, tout à coup, se rappela un détail.

— Qu'y a-t-il ? intervint Nicolas, emporté par sa curiosité.

Isabelle replaça une mèche de cheveux d'un air pensif avant de dire :

— Il y a quelques années, on murmurait beaucoup qu'elle avait eu les faveurs du roi, rapporta-t-elle. Elle avait été la cible de quelques libelles assez coquins… On parlait alors des amours du roi avec une fille de comédienne et quelqu'un, je ne me rappelle plus qui, m'avait dit qu'il s'agissait de cette demoiselle Des Œillets.

— Une fille de comédienne ? relança Nicolas, enthousiasmé à la perspective d'élucider les mystérieuses origines de sa maîtresse.

— Ce point-là vous importe-t-il ?

— Je me disais simplement qu'avec une telle parenté il n'est pas surprenant qu'elle soit mêlée à l'enquête de mon père, lança-t-il, sans réfléchir.

Il y eut un court silence pendant lequel la jeune femme soupesa la remarque de Nicolas.

« Cette fois, je mérite de recevoir une volée de bois vert, jugea le jeune homme. Quel lourdaud je fais ! »

— Il n'est pas toujours judicieux de discréditer les gens sur la base exclusive de la famille dont ils sont issus. Heureusement pour vous et moi, d'ailleurs, sans quoi nous n'aurions sans doute jamais vu le jour, souligna la demoiselle.

Nicolas salua ce commentaire plein d'esprit en lui adressant un demi-sourire contrit.

— C'est un principe fort sage, je tâcherai de m'en souvenir, répondit-il.

— Si vous le désirez, j'ai gardé un feuillet qui concerne cette comédienne Des Œillets. Donnez-moi le temps d'aller le quérir.

Elle s'éloigna d'un pas leste, et le jeune homme la suivit des yeux, heureux de constater qu'il ne subsistait rien du malaise qu'il avait causé. Quand elle revint, elle tenait à la main ce qui semblait être une gazette mondaine. Dans ces pages, un texte faisait l'éloge du talent d'une certaine femme Des Œillets qui tenait un rôle dans une pièce de Racine. Nicolas considéra avec étonnement la date de la publication : 1667.

— Mais, vous n'étiez qu'une enfant lorsque cette…

— Ma mère gardait les correspondances et les nouvelles se rapportant à ses amies, et je suppose que j'ai hérité de cette habitude, expliqua Isabelle, avec l'attitude rêveuse qui accompagne le partage de souvenirs intimes. Il y a une critique d'un récital donné par Mlle Oksana, ici, voyez !

Elle tourna une page et lui désigna un court texte. Le jeune homme, intéressé, se pencha sur l'encadré. L'auteur y décrivait la superbe interprétation des œuvres de Chambonnières à laquelle il avait assisté dans un hôtel privé, qui lui faisait dire : « Cette étrangère possède une voix angélique et un talent qui ne se mesure à celui d'aucune autre femme en France. »

— Oksana, vous voyez de qui il s'agit ? demanda Isabelle.

Nicolas fit oui de la tête.

— Elle enseigne le clavecin à ma tante, qui me l'a présentée au cours d'une de mes visites. Vous-même, vous la connaissez bien ?

— Davantage par ma mère, qui m'en parlait abondamment. Nous ne nous sommes pas vues souvent, dans un salon, ici et là, regretta la demoiselle. J'ai tenté de garder un lien avec elle, après la mort de ma mère, puis j'ai dû y renoncer. Pendant des années, je suis restée sans nouvelles, j'ai même cru qu'elle avait quitté la ville ; je sais maintenant qu'elle a eu des ennuis pécuniaires.

Constatant qu'Isabelle paraissait s'attrister de la situation, Nicolas changea de sujet et tenta, cette fois, d'être d'agréable compagnie. Après le goûter, il prit congé de la demoiselle de Coulonges tout en la remerciant pour son assistance. Elle lui fit promettre de l'informer dès qu'il aurait des nouvelles de son père.

∽

— Que ?

Il s'était glissé derrière l'homme à la cicatrice sans que celui-ci l'eût vu venir. L'autre n'eut pas le temps de réagir que déjà Médéric appuyait sa lame sur son cou. Le réflexe instantané de sa victime fut de tenter une manœuvre pour attraper sa dague.

— Pas de ça, l'ami, grommela le Hollandais. Que faisais-tu chez le duc de Luxembourg ? Parle ou je t'embroche !

Il se tenait si près de l'homme que ce dernier pouvait à peine deviner son profil. Par ailleurs, Médéric avait pris la peine de nouer un foulard sur le bas de son visage, afin de cacher sa barbe.

— Arg… Je lui rendais un service, répondit le bretteur. Je te conseille de me lâcher…

— Quel était ce service ?

Le reître grogna et Médéric sentit ses muscles se contracter. Il avait suivi l'homme pendant près d'une heure avant de se décider à l'accoster. Ce coin du quartier, autrefois réputé pour abriter les éléments les plus sordides de la Cour des Miracles, ne s'était pas véritablement amendé avec le temps. Ici, on pouvait s'époumoner à hurler « à la garde », on aurait dix fois le temps de se faire égorger avant que la police du guet ne montrât son nez. Des deux mercenaires, il était clair que ni l'un ni l'autre ne voulait inviter qui que ce fût à leur entretien ; après s'être rebellé contre son sort, l'homme à la brûlure consentit à se montrer volubile.

— Quel est ce service ? relança Médéric.

— Rien de bien méchant. Une pauvre lingère qui s'était prise de la lubie de faire chanter le duc sous prétexte qu'il lui avait fait un rejeton. La fille ne veut pas accepter la charité du duc et exige de récupérer le petit. Alors ? Tu me lâches ou quoi ?

— Pas si vite. Qu'est-ce que le duc t'a demandé de faire à l'Hôtellerie des Ormes ?

— Quelle hôtellerie ? Je ne…

Cette fois, le vieil aventurier, qui commençait à s'impatienter, réaffirma avec brutalité son emprise sur son adversaire. L'homme balança les bras, affolé, et s'étouffa.

— Allez, inutile de mentir, je sais que tu y es allé ! Rappelle-toi, c'était il y a un mois…

— Il voulait… qu'on trouve les preuves d'un complot qui se fomentait contre lui, poussa l'homme, faiblement. Nous n'avons rien volé.

— Quelles preuves ?

— Des notes, des lettres le concernant. N'importe quoi pour appuyer son hypothèse. Il jurait que celui qui séjournait là œuvrait à sa perte. On ne devait rien dérober.

— Pourquoi ? Il aurait été plus facile de faire croire à un vol, fit remarquer Médéric.

— L'aubergiste ne devait pas parler. On s'était assuré de son silence, expliqua le reître. Le duc ne voulait pas que celui qui logeait dans la chambre se doute qu'on y était entré. Nous devions tout laisser en place. J'ignore dans quel but. Je ne sais même pas le nom de l'homme !

— Razès, affirma Médéric, guettant la réaction du bougre.

Le reître ne sourcilla pas, n'eut aucune réaction.

— Je t'ai dit tout ce que je savais. Maintenant, laisse-moi filer, supplia l'homme à la cicatrice.

— Tu vas tuer cette lavandière ? questionna Médéric.

— Je ne crois pas que ce sera nécessaire, répondit l'homme, sans hésiter et sans scrupule.

Le vieil aventurier desserra sa poigne et fit un bond de côté pour éviter toutes représailles. À moins que son flair ne lui fît défaut, il estimait que cet homme lui avait dit tout ce qu'il savait. Or, cela voulait dire que le duc se méfiait du comte de Montcerf et pouvait donc avoir un motif de s'en prendre à lui. Quant à savoir s'il était responsable de sa disparition, pour le moment, cela restait à prouver. Avant tout, le duc avait invité Nicolas à une fête chez lui tout en sachant que Xavier intriguait à sa perte.

Pour Médéric, cela ne faisait plus de doute : les desseins du duc de Luxembourg à l'égard de Nicolas n'étaient pas amicaux.

৵

— Monsieur de Collibret ou l'impromptu de Montmartre, ironisa la Des Œillets en rejoignant Nicolas dans le salon.

Préparé à un accueil mitigé, le jeune homme ne se laissa pas démonter.

— Mademoiselle Des Œillets, je me soumets à votre juste courroux, j'oserais même dire, mérité. Si je ne me suis pas annoncé, c'est que le motif de ma venue ne pouvait se dire qu'en paroles ; ma lettre n'aurait été qu'une maladroite tentative rajoutant à l'affront qui vous a été fait, expliqua le gentilhomme en s'inclinant devant son hôtesse.

Il attendit avant de relever la tête et, lorsqu'il le fit, ce fut lentement, guettant, à travers ses boucles noires, la réaction de la femme. Son jeu théâtral n'échappa en rien à la Des Œillets, et il constata, réjoui, que son regard s'éclairait d'une lueur de malice.

— Avant que je ne sévisse, je daigne entendre ces explications qui, je l'espère, n'ajouteront pas à mon irritation. Ainsi, puisque vous êtes là, dites, commanda Claude de Vins, qui déploya autour d'elle sa robe à double traîne en s'assoyant.

La satisfaction de n'avoir pas été chassé de l'hôtel alliée à la certitude que la présentation de ses excuses n'était qu'une formalité destinée à flatter la fierté de la Des Œillets insufflèrent à Nicolas le courage de poursuivre dans la voie qu'il s'était fixée.

— Mon retour est motivé par la même force, la même impulsion, que ma fuite précédente. La trop grande attraction que vous exercez sur moi, clama-t-il en plongeant ses yeux dans ceux de sa maîtresse.

La tirade fit grand effet, et le souffle de la femme, imperceptiblement, s'accéléra. Le coup était bien senti, mais l'adversaire se protégeait encore.

— Est-ce là tout ce que vous avez à me dire, monsieur ?

— Hélas, je me meurs de vous savoir blessée par ma lâcheté, la peur que mon désir pour vous m'inspire étant seule responsable de mon geste honteux, s'emporta le jeune homme, tout en souhaitant que cette fille de comédien n'eût pas la critique trop sévère. En vérité, je vous l'avoue, mademoiselle Des Œillets, je me sens en votre présence comme un agneau sans défense.

— Vous craignez donc cette situation au point de fuir, monsieur ? questionna-t-elle en passant sa langue sur ses lèvres incarnates.

— Cessez de jouer avec mes sentiments ! la pria Nicolas. Faut-il que je perde jusqu'à votre estime, mademoiselle ?

Elle fit un signe l'incitant à calmer ses sombres appréhensions et, ensuite, lui tendit gentiment la main. Le jeune homme s'en empara et l'embrassa avec ferveur.

— Mademoiselle !

— Monsieur.

La bouche de Nicolas monta le long du bras de la Des Œillets, s'attarda au repli de son coude, caressa la peau blanche du revers de sa joue. Peu à peu, Claude abandonnait sa rancune. Sa respiration devint plus rapide lorsque son amant posa les lèvres sur la chair bombée de sa poitrine.

— Monsieur, votre repentir n'a d'égal que votre volonté de vous faire pardonner, admira-t-elle entre deux souffles.

— Mademoiselle, si vous me promettez que nous ne serons pas importunés, je vous prouverai avec quelle ardeur je souhaite m'absoudre de mes fautes...

— Ah... Monsieur !

Cette exclamation coupa court au prélude et la demoiselle Des Œillets se précipita dans sa chambre en toute hâte, Nicolas sur ses talons. Elle eut à peine le temps de refermer la porte que le jeune homme fondait sur elle, relevant ses jupes, pour la prendre brutalement. L'excitation de Nicolas n'était pas feinte. Loin de le freiner, l'absence de tendresse facilitait l'acte charnel. Quant à la Des Œillets, les manières rustres de son amant paraissaient accroître son plaisir. Nicolas ne lui laissa pas le moindre répit, sa jeunesse énergique aidant, il sillonna son bassin avec une telle vigueur qu'elle finit par lui demander grâce. Lorsqu'il s'en détacha, elle retomba, les jambes flageolantes, sur un coussin.

— Me voilà vaincue, murmura-t-elle, les yeux clos.

— Et pourtant, une femme qui entretient plus d'un amant à la fois devrait être plus robuste, laissa tomber Nicolas.

Claude de Vins Des Œillets ouvrit un œil, geste qui parut lui demander un effort considérable.

— Si vous faites référence au roi, il y a longtemps que...

— Il s'agit plutôt de l'homme qui nous a dérangés l'autre jour, coupa Nicolas. Car il s'agit bien d'un amant, n'est-ce pas ? Pour une femme telle que vous, nul doute qu'on se presse aux portes de votre hôtel.

— Vous faites erreur, mon bel ami, je n'ai personne d'autre que vous. Dieu m'en garde, je minerais ma santé, si je devais avoir deux étalons aussi fringants à combler !

Elle avait évité de répondre à la question directement, et Nicolas, déterminé à ne pas la laisser s'en tirer aussi facilement, feignit de n'être pas convaincu.

— Si je n'ai point de rival, alors, pour qui m'avez-vous délaissé la dernière fois ?

Elle éclata de rire, apparemment la scène l'amusait. Le jeune homme comprit alors qu'elle jouait, autant que lui, le jeu des sentiments amoureux.

« Cette femme est une froide calculatrice qui t'usera tant que cela lui apportera son content », se dit-il, mesurant le sort qui l'attendait si elle apprenait son identité véritable.

— Nicolas, mes fréquentations me regardent moi seule, affirma-t-elle. Si la jalousie est votre inclination, je vous plains... mais n'y puis rien.

— Ah ! Le fol espoir que je caressais de vous voir m'appartenir comme je vous appartiens ! Adieu, mademoiselle !

déclara Nicolas en se levant avec fougue et, d'un pas lourd, il se dirigea vers la porte.

Il jouait son va-tout. Si elle le laissait partir, il lui faudrait trouver une autre façon de retrouver son père. Il entendit le gloussement de la Des Œillets au moment où il mettait la main sur la poignée de la porte. Il tourna le loquet. Soudainement, le rire s'interrompit.

— Attendez ! Ce n'est pas un amant, mais un gentilhomme étranger. J'entretiens avec lui un commerce qui se révélera très rentable, très bientôt.

— Pourquoi tout ce mystère, alors ? renchérit le jeune homme du seuil de la chambre.

— Nous avons déjà eu une liaison passionnée, mais c'est terminé depuis de nombreuses années. Or, parfois, il se prend de nostalgie et, afin de ne pas attiser sa jalousie, je préfère qu'il ne sache rien de mes affaires de cœur. Surtout quand mon élu est jeune et beau.

— Lui, il est donc vieux et laid ?

Claude se mit à rire et roula sur le ventre, exposant ses fesses rondes et charnues.

— Assurément, il est moins beau que vous, mais il est riche, ajouta-t-elle avec un air coquin qui aurait charmé Nicolas si son image n'était pas ternie par le sombre crime qu'elle tramait. Allons, venez vite me rejoindre.

Un peu malgré lui, il revint vers elle et s'étendit sur le lit. La Des Œillets appuya sa tête sur l'oreiller et enroula un doigt autour d'une mèche de ses cheveux noirs. Nicolas la veilla de son œil mi-clos, jusqu'à ce qu'elle sombrât dans le sommeil.

21

Feu et glace

Le sang qui battait dans les tempes de Nicolas occultait tous les autres bruits. Le jeune homme glissa les lettres dans sa chemise et les dissimula le mieux possible avant d'enfiler son pourpoint. Il saisit son épée délicatement, comme on cueille une fleur.

— Alors, monsieur de Collibret, on se sauve encore ?

Nicolas se figea et ferma les yeux avant de se tourner, lentement. Claude de Vins Des Œillets, allongée en tenue d'Ève, le toisait d'un air de défi. À part sa tête qu'elle soutenait d'une main, elle était telle qu'il l'avait laissée un moment plus tôt ; à la différence qu'elle était éveillée. Le gentilhomme boutonna nerveusement son justaucorps et se força à sourire.

— Je ne voulais pas vous réveiller, expliqua-t-il, cherchant une phrase éloquente pour camoufler son départ fautif, vous dormiez avec une telle… euh, un tel abandon.

— Quand vous reverrai-je ?

Nicolas mit une main sur sa poitrine.

— Je ne vais pas pouvoir me passer de vous bien longtemps, ma mie. Soyez sans crainte, je ne tarderai pas.

— Ai-je raison de craindre qui ou quoi que ce soit ? lança-t-elle avec humeur.

— Bien sûr que non, rétorqua Nicolas, sur le qui-vive.

— Bien, conclut-elle en s'étirant comme un fauve. En attendant, l'odeur de votre corps me tiendra compagnie.

La Des Œillets enfouit son nez dans les draps et inspira profondément en regardant le jeune homme droit dans les yeux.

— Ne me faites pas languir, Nicolas.

Le jeune homme s'approcha et lui baisa le bout des doigts. Comme il lâchait sa main et se reculait pour partir, elle le somma :

— Attendez, revenez ici !

Il déglutit et s'avança, redoutant qu'elle se fût aperçue qu'il cachait quelque chose.

— Prenez ceci, dit-elle en lui tendant une bague sertie d'un grenat rouge foncé. Maintenant filez, avant qu'il me prenne l'envie de vous retenir prisonnier.

Nicolas passa l'anneau à son auriculaire et esquissa une révérence avant de sortir. Il dévala les escaliers et, une fois en bas, s'élança sans attendre vers l'écurie. Là, il prit son cheval par la bride, l'entraîna dans la cour et, soulagé, se mit enfin en selle. Au moment où il croyait que tout était gagné, un coup de pistolet retentit, suivi d'un cri strident. Il leva les yeux vers l'hôtel et aperçut la Des Œillets, rouge de rage, qui le menaçait depuis sa fenêtre. Il n'attendit pas le second coup de feu et éperonna Mercure. Les mains crispées sur les rênes, le cœur battant la chamade, Nicolas atteignit la rue Montmartre. Sans un regard en arrière, il tourna à la première intersection, confiant que sa trace se perdrait dans le chaos des rues de la ville. Il était impatient de connaître le contenu des lettres qu'il venait de dérober. Le frottement du papier le démangeait comme une brûlure. Fouchtra ! Elle avait tenté de l'abattre d'un coup de feu ! Elle lui avait tiré dessus et l'avait manqué de peu. Oui, la balle avait sifflé bien près de ses oreilles.

« Un peu plus et c'était mon heure », se répétait le jeune homme tout en bénissant sa bonne étoile.

Anxieux, presque fiévreux, il gagna sa chambre de l'Hôtellerie des Ormes, ouvrit son justaucorps et tira sur la liasse de lettres ficelées. Il s'assit sur le lit pour s'inciter au calme, alors que dans son thorax un tambour battait la charge. D'une main tremblante, il détacha le ruban, tandis que son imagination fertile lui chuchotait que ces missives contenaient, d'abord et surtout, un grade dans l'armée du roi.

❧

Nicolas se frotta les yeux et reposa la dernière lettre. Il se servit une rasade de clairet qu'il avala en faisant claquer sa langue. La lecture de cette correspondance, après le coup de feu et sa cavale dans Paris, se révélait d'une fadeur décevante. Il était question de fortes sommes et d'un voyage à l'étranger. De plus, la signature, ce « milord » tout simple, empestait le secret, mais les informations contenues dans ces lettres concordaient avec ce que la Des Œillets lui avait raconté à propos de son visiteur. Nicolas refusait toutefois d'admettre qu'il ne tenait pas là la preuve d'un complot. Tout de même, on ne tirait pas sur quelqu'un en plein jour sans motif sérieux ! Quoique... cette Des Œillets avait du panache, et elle n'avait pas dû apprécier de se faire voler par son jeune amant, surtout après lui avoir offert un bijou. Une chose restait assurée : il n'avait pas rêvé cette conspiration contre la demoiselle de Fontanges. L'esprit de Nicolas divagua vers les fêtards qui chantonnaient sur le quai. Si Médéric était ici, il aurait pu lui montrer sa trouvaille. Son compagnon aurait-il approuvé l'acte qu'il venait de commettre ? Probablement pas. Par contre, le Hollandais aurait peut-être deviné à quoi les missives faisaient référence. Lui-même avait bien tenté de découvrir un code, une clé qui lui aurait permis de saisir ce que tout cela signifiait, mais en vain.

« Tant pis, sans doute y verrai-je plus clair après avoir soupé, se dit Nicolas, sans se résoudre à l'impasse. Je devrais sortir. En profiter pour aller au théâtre. »

Le théâtre ! Le projet l'enthousiasma immédiatement. Comment se faisait-il, d'ailleurs, qu'il n'y fût pas encore allé depuis son arrivée ? Sa mère lui avait si souvent parlé des pièces de Molière, de l'Hôtel de Bourgogne, du Théâtre du

Marais ! Le jeune homme bondit sur ses pieds et se dirigea vers le coffre où il rangeait ses vêtements. Bien qu'il se réjouît à la perspective d'assister à une représentation donnée par de grands comédiens, il déplorait de n'avoir personne pour l'accompagner… Bah ! La prochaine fois, il inviterait la demoiselle de Coulonges, ou encore sa tante.

&

Nicolas traversa le Pont-Neuf pour gagner la rive gauche de la Seine. Il n'avait pas atteint le quai de Conti que déjà il entrevoyait, ou croyait deviner, les contours de l'Hôtel de Guénégaud, où se produisait la troupe de feu Molière. Il n'avait aucune idée de la pièce qui s'y jouait ; c'était, à proprement parler, le dernier de ses soucis. Entre son aventure avec la Des Œillets, sa mystérieuse cantatrice, la disparition inquiétante de son père et maintenant l'absence de Médéric, le jeune Auvergnat éprouvait le besoin urgent de se divertir. Lorsqu'il passa les portes de l'hôtel, une foule bruyante se pressait sur le parterre, coude à coude, d'aucuns allant jusqu'à beugler des insultes à l'endroit de la troupe pour que la représentation commençât. Même si les troupes ambulantes qu'il avait eu l'occasion de voir à Montcerf attiraient un public qui n'était guère plus raffiné, Nicolas décida de payer pour une place aux loges basses, communément appelées de troisième rang, afin d'éviter de se faire bousculer pendant le spectacle. Il se glissa entre des spectateurs à la mine égrillarde et un groupe de bourgeoises à l'air guindé qui le dévisagèrent avec un dédain à peine voilé. Voyant cela, il se tourna vers les hommes, qui paraissaient être des artisans, et leur fit un salut cordial. Apparemment d'humeur fort gaie, l'un des compères, qui puait l'alcool, lui tendit sa flasque dans un élan de générosité.

— Merci mon brave, mais je n'ai pas soif, refusa courtoisement Nicolas.

— Hé, cé de la bonne ! Che t'invite ! renchérit le fêtard en brandissant sa gourde à bout de bras, manquant d'assommer au passage une femme qui traversait la loge.

Promptement, Nicolas saisit le bras de l'individu et attrapa le contenant, protégeant de fait la tête de la dame. Celle-ci sentit le souffle du mouvement, car elle se retourna vivement.

— Pardon, je suis… Il ne termina pas sa phrase.

— Désolé ? C'est le mot que vous cherchez, termina celle qui n'était autre qu'Oksana, la préceptrice de sa tante et ancienne courtisane.

— Euh, oui, balbutia Nicolas.

— Pus possible de s'amuser, avec toutes ces femelles ! se plaignit l'homme, qui cherchait auprès du gentilhomme une oreille compatissante.

— Holà, on surveille ses manières en présence de dames, monsieur ! répondit le jeune homme du tac à tac.

Pour toute réponse, l'artisan retira sa gourde des mains de Nicolas, qui la lui laissa volontiers, avant de se tourner vers Oksana. Or, celle-ci n'était plus là ! Déconcerté, il scruta la foule à la recherche de la silhouette pâle et délicate. Où avait-elle disparu ? Il y avait de plus en plus de gens, même dans cette loge, et, tandis qu'il déplorait de ne pas avoir opté pour les balcons supérieurs, il la repéra. Elle était parvenue à une place plus proche de la scène. De son angle, il distinguait les détails imprécis du visage aristocratique de la courtisane, le halo formé par ses cheveux blanc blond, sa robe bleu azur. Tout à coup, il fut pris d'un vertige. Au dernier instant, il arrêta sa chute en s'agrippant à la rampe, provoquant l'agitation des bourgeoises. Nicolas ne prit pas le temps de s'excuser et se rua vers Oksana. Sa démarche n'avait rien de subtil et il ne manqua pas de froisser quelques plumes sur son passage, récoltant de généreuses bordées d'insultes et de quolibets. Or, il n'entendait rien et ne voyait rien d'autre qu'Oksana. Cette dernière croisa son regard et blêmit quand elle comprit que c'était pour la rejoindre qu'il causait tout ce tapage. Nicolas s'aperçut de son malaise alors qu'il était beaucoup trop tard pour reculer.

— Mademoiselle, je dois vous parler sur-le-champ, lui dit-il.

Par-dessus son éventail, elle lui lança un regard glacial qui témoignait d'un manque flagrant d'enthousiasme à l'idée de cet entretien.

— Je n'ai pas voulu vous perdre, balbutia-t-il pour toute explication, alors que les invectives à son endroit se mêlaient au brouhaha provenant du parterre. Puis, voyant qu'Oksana ne lui montrait aucun signe d'intérêt, il ajouta : Connaissez-vous la demoiselle Aude ?

Cette fois, ce fut Oksana qui perdit contenance. Elle cessa de jouer de l'éventail et vacilla, comme sous la poussée d'une main invisible. La seule mention de ce nom lui avait retiré son maintien altier. Le jeune homme sentit son torse se gonfler et le sang monter à ses joues. La réaction d'Oksana ne laissait aucun doute sur son lien avec Aude.

— Que me voulez-vous, monsieur de Razès ? murmura Oksana, qui semblait en proie à une émotion démesurée.

L'attitude déroutante de la femme confirmait Nicolas dans son intuition. Trépignant, il lui tardait d'éclaircir enfin le mystère de sa cantatrice.

— Je vous dois des explications, affirma-t-il, mais pas ici. Sortons, mon hôtellerie n'est pas loin, quai des Ormes…

Il s'apprêtait à devoir la persuader, mais Oksana prit aussitôt le bras qu'il lui tendait et le suivit à l'extérieur. Au moment où ils quittaient l'Hôtel de Guénégaud, le rideau se levait. Or, la pensée de Nicolas n'était plus au théâtre, mais à cette femme dont il percevait la fragilité sous des dehors impénétrables.

∽

Ils n'avaient échangé aucune parole pendant le trajet. Nicolas avait tenté d'organiser ses pensées. De quelle façon allait-il relater à Oksana sa rencontre avec Aude ? Dans son emportement, il n'avait pas considéré ce détail, une vétille en comparaison avec la stupéfiante découverte concernant l'ancienne amie de sa mère. Finalement, il décida de plonger directement au cœur du sujet.

— Votre relation avec Aude ? Je ne veux présumer de rien, mais il est difficile de ne pas faire de rapprochement entre vous deux...

L'hôtellerie s'emplissait pour le repas du soir et Nicolas, qui souhaitait pouvoir discuter librement, s'était enhardi à inviter Oksana à gagner sa chambre. Elle avait accepté sans la moindre hésitation et avait suivi le jeune homme.

— Avant toute chose, monsieur de Razès, dites-moi quelles sont vos intentions en ce qui a trait à cette demoiselle, exigea Oksana, qui avait recouvré son sang-froid et se tenait immobile au centre de la pièce.

— Je veux savoir qui elle est vraiment, répondit candidement le gentilhomme. Elle m'a appelé à son secours, et peut-être puis-je l'aider ?

Oksana battit des cils, alors qu'un chagrin à peine perceptible prenait naissance au coin de ses yeux. Sans qu'aucune autre réaction ne vînt altérer son visage de marbre blanc, Nicolas eut alors la certitude que cette femme était bel et bien la mère d'Aude.

— En quoi pourriez-vous lui être utile ? Elle est parfaitement bien et ne manque de rien, affirma Oksana ; puis, sans laisser à Nicolas le temps de répliquer, elle demanda : Comment l'avez-vous rencontrée ?

— Au cours d'une soirée. Madame, il est inutile de me mentir, je sais qu'elle a besoin de protection ! Par deux fois, nos chemins se sont croisés. Je l'ai laissée partir, avoua-t-il. Elle m'a supplié de ne pas la suivre !

— Vous n'êtes pas le seul de ses admirateurs qui cherche à obtenir ses faveurs, nota Oksana d'un ton trop détaché pour être naturel.

« Que cache cette femme troublante ? Pourquoi venir jusqu'ici et nier maintenant l'évidence ? » s'interrogea Nicolas, qui se doutait que la vérité sur la situation de la demoiselle se terrait derrière ce nouveau mystère.

— Vous savez que j'ignorais qui vous étiez ? Ma mère n'a jamais fait mention de vous en ma présence, pas une seule fois. D'ailleurs, elle ne m'avait pas non plus raconté son passé dans le quartier du Marais, hasarda le jeune homme.

Oksana le regarda sans broncher. Vraisemblablement, ses allusions à Marguerite n'avaient pas l'effet escompté.

— Aude serait donc une courtisane ? affirma-t-il finalement, croyant avoir compris.

— Quoi ? Vous délirez, monsieur ! protesta Oksana, impressionnante dans sa colère. Qu'est-ce qui vous fait dire une telle absurdité ? Aude est tout sauf…

— Je suis navré. Pardonnez ma faute, j'ai cru… je ne voulais pas. Je vous en prie, ne me laissez pas m'enliser dans la bêtise et dites-moi simplement la vérité.

— Aude n'est pas une courtisane et ne le sera jamais. Elle est cantatrice, une musicienne dotée d'un talent exceptionnel. Je déplore que vous vous soyez forgé une fable autour de sa personne, mais il est vrai qu'elle attire les convoitises… Son maître et mécène y a souvent fait allusion. Quoi qu'il en soit, elle jouit d'une parfaite réputation, reçoit une rente convenable et se consacre à sa passion : la musique. Il n'est donc pas surprenant que vous ayez assisté à l'une de ses représentations.

Le jeune homme accusa le coup. Se pourrait-il qu'il se fût abusé à ce point ?

— Lors de la fête… elle était suivie d'une escorte d'hommes armés, avança-t-il, défiant son interlocutrice.

— C'est une précaution nécessaire. Une jouvencelle aussi aimable à l'œil, mais de naissance modeste, doit être chaperonnée, surtout lors de fêtes. Son maître de musique s'assure qu'elle ne reste jamais seule avec un homme.

— Il n'y a donc pas de mystère. J'aurai imaginé tout cela, lança Nicolas sans trop y croire.

— Vous en convenez ? Me voilà apaisée. Lorsque vous m'avez abordée, au théâtre, j'ai cru que quelque malheur lui était advenu, expliqua la mère d'Aude.

— Ne seriez-vous pas la première à le savoir, si tel était le cas ?

La femme aux cheveux d'une pâleur hivernale le regarda avec un triste sourire. Comment leur ressemblance, si évidente, avait-elle pu lui échapper auparavant ?

— J'ai choisi d'épargner à ma fille le poids de mes erreurs passées. Il est parfois préférable de passer pour orpheline que d'avouer une mère courtisane. C'est une malédiction dont on ne se remet pas. Vous comprenez sûrement cela ?

Nicolas acquiesça d'un signe de tête. Le sacrifice d'Oksana, qui avait tout mis en œuvre pour protéger la dignité de son enfant, le ramena immédiatement à sa propre situation. Sa mère n'avait-elle pas fait un geste semblable en dissimulant à tous son passé de courtisane, afin de protéger ses enfants ?

— Votre décision doit profondément l'accabler ; ne pas être libre de fréquenter sa propre mère… Je n'ose pas envisager la tristesse qu'elle vivrait si elle n'était pas en accord avec votre choix, évoqua Nicolas qui, ultimement, souhaitait qu'Oksana abdiquât sa façade. Et ce maître de musique ? Il m'apparaît comme un protecteur bien exigeant…

— Vous ne ressemblez pas à Margot, riposta Oksana d'un ton soudain glacial. Elle était moins romantique. À votre place, j'éviterais de tenter de revoir Aude, cela vaudrait mieux pour vous. Adieu, monsieur de Razès !

Sur ce, Oksana se dirigea vers la porte d'une démarche assurée. Nicolas n'essaya pas de la retenir. Il avait au moins obtenu la vérité et détenait suffisamment d'éléments qui lui permettraient de retrouver Aude. C'est cette dernière qu'il désirait sauver, et non Oksana. Cependant, il ne pouvait le nier, le drame de l'ancienne courtisane l'accablait presque autant que celui de sa fille. Comment se faisait-il que sa mère, qui était un exemple de générosité, de dévouement, n'eût pas offert son aide à celle qui avait été son amie ? La réponse la plus probable était que Marguerite devait ignorer les tourments d'Oksana. À l'instar de Claudine et d'Isabelle, elle ne devait pas savoir que la musicienne avait eu un enfant. L'esprit de Nicolas bouillonnait lorsqu'il descendit dans la salle à manger pour souper. Cette fois, il ne boudait pas sa solitude. Après les derniers rebondissements, il devait sérieusement réfléchir à ce qu'il convenait de faire. Une servante s'approcha de lui et lui remit une lettre.

— Pour vous, monsieur.

Le papier ressemblait à celui qu'utilisait sa mère, mais ce n'était pas le sceau de Montcerf qui fermait le pli. Plein d'espoir, il espéra des nouvelles de son père, mais l'écriture fine et soignée le désappointa. Il se mit à lire.

> *À Monsieur Nicolas de Razès,*
> *Vous ne me connaissez pas, mais j'ai bien connu votre mère du temps où elle demeurait à Paris. Je vous écris depuis l'abbaye de Chelles, où votre père, le comte de Montcerf, est présentement en convalescence.*

Un spasme étreignit le jeune homme, qui serra le papier si fort que ses jointures devinrent blanches.

> *C'est à sa demande que je rédige cette lettre, puisque sa santé a été compromise dans une affaire qu'il aura le loisir de vous conter en personne. Rassurez-vous, nous ne craignons pas pour sa vie et il reçoit tous les soins dont il a besoin. Votre père souhaite que vous restiez à l'endroit où il devait vous rencontrer et que vous y récupériez ses effets si cela n'est pas déjà fait. Au moment où j'écris ces mots, ceux qui voudraient nuire à votre père sont peut-être au fait de votre présence à Paris.*

Le jeune homme arrêta sa lecture pour regarder la signature de la dépêche : Sœur Marie. Il chercha dans ses souvenirs si le nom de cette religieuse y éveillait quelque écho. À sa connaissance, sa mère n'entretenait pas de relations avec des membres du clergé, sauf avec un cousin vivant en Champagne. Il décida de vérifier ce point auprès de sa tante dès qu'il en aurait l'occasion. Étant donné les circonstances, la prudence était de mise. Par ailleurs, le reste de la lettre consistait essentiellement en une série de mises en garde. En résumé, l'auteur lui recommandait de garder les effets de Xavier en lieu sûr et d'éviter la compagnie de gens qui n'étaient pas de confiance. Elle spécifiait qu'il devait se garder de fréquenter des intrigants. Nicolas achevait sa lecture en songeant que la missive ne lui avait donné aucune preuve que son père était bien à l'origine de sa rédaction. Puis, à la dernière ligne, une phrase le fit sourire.

Votre père escompte que Mercure et Médéric se portent bien et qu'ils soient toujours à vos côtés.

Le jeune homme se détendit. Malgré la confirmation que son père avait subi une attaque, c'était de bon augure. Il se doutait bien que, si son père ne pouvait pas écrire, ses blessures devaient être assez graves, mais il n'en était pas moins soulagé. S'il y avait une chose certaine, c'était que Xavier n'en était pas à ses premiers faits d'armes ni à ses premières cicatrices. L'inquiétude de Médéric et la conspiration qu'il avait surprise chez la Des Œillets l'avaient amené à envisager un destin plus tragique. Le jeune homme regrettait amèrement que Médéric ne fût pas là pour partager la bonne nouvelle avec lui. Aux yeux de Nicolas, il ne planait plus aucun soupçon sur les intentions du duc de Luxembourg ; le Hollandais avait accordé trop de crédit aux calomnies que l'on colportait depuis son procès. Lorsqu'il lui lirait la missive de la religieuse et lui ferait le récit de ses frasques avec la Des Œillets, son ami serait forcé de reconnaître que Nicolas avait eu raison. Ainsi, tout rentrerait dans l'ordre et le jeune homme pourrait enfin s'occuper de retrouver Aude. Plus question de jouer au héros, il suivrait les recommandations de son père à la lettre. Il se limiterait à fréquenter sa famille. D'ailleurs, dès demain, il irait visiter sa tante pour la rassurer sur l'état de son père.

« Je devrais écrire à ma mère, au moins pour lui dire que je suis arrivé sain et sauf, pensa Nicolas tout en songeant que cela l'occuperait pendant la soirée. Médéric finira bien par se montrer. »

De fort belle humeur, il commanda une bonne bouteille de la cave personnelle de M. Goulet et écrivit une lettre à sa mère, puis une seconde, plus courte, à sa sœur. Cela fait, il termina son vin et, inspiré par la muse, se hasarda à composer quelques vers. Plus tard, las d'attendre Médéric et déçu par la médiocrité des quatrains qu'il avait écrits, il décida d'aller se coucher.

22

À l'abbaye de Chelles

Ses blessures le clouant au lit, Xavier se saisit de l'occasion qui lui était donnée de raconter son aventure comme d'un exutoire pour calmer sa douleur et sa colère.

— Par où commencer ? s'interrogea-t-il à voix haute, alors que Sabine lui préparait une infusion. Ma charge de gentilhomme auprès de la duchesse de Fontanges n'est en réalité qu'un prétexte pour assurer sa sécurité. Vous n'ignorez sans doute pas que cette demoiselle est la nouvelle favorite du roi ?

— En effet, se contenta de répondre Sabine, s'abstenant de tout commentaire.

Comment pourrait-elle ne pas le savoir ? La présence de la jeune duchesse de Fontanges, pécheresse impudente aux yeux de la communauté de l'abbaye de Chelles, n'était tolérée que parce que sa sœur aînée venait d'y être sacrée abbesse.

— Bref, c'est le duc de Noailles qui m'a assigné cette tâche. Il a reçu du roi lui-même l'ordre de veiller à ce qu'aucun tort ne fût fait à sa maîtresse.

— Vous travaillez donc pour ce duc de Noailles, conclut Sabine en lui présentant le breuvage médicinal.

Le comte de Montcerf tendit le cou et avala le remède en grimaçant. Il était reconnu pour être un patient peu commode ; or, sa situation actuelle ne lui laissant pas beaucoup de latitude, la grimace fut assez démonstrative.

— C'est plus compliqué que cela, finit-il par dire. En fait, tout a débuté lorsque le duc de Luxembourg fit l'acquisition d'un cheval de mon haras… C'était en décembre, si ma mémoire ne me fait pas défaut. Cette sombre affaire des poisons n'en était encore qu'à ses balbutiements…

Tout en l'écoutant narrer son récit, Sabine épongeait fréquemment le front de Xavier, qui suait sous l'action combinée de la chaleur et de l'infusion.

— Je ne sais si je dois parler de bonne fortune, toujours est-il que François Michel Le Tellier, secrétaire d'État et marquis de Louvois, eut vent de ce commerce. Il vint me trouver pour m'offrir sans détour d'agir pour lui en tant que membre de sa « police secrète ». Le secrétaire d'État à la Guerre savait que j'espérais obtenir, pour mon fils Nicolas, une charge d'aide de camp dans l'armée du roi. Il me fit de belles promesses à ce propos et je me laissai convaincre.

— Une police secrète ?

— Il m'a demandé d'enquêter sur l'entourage du roi, répondit Xavier qui, tout en relatant son parcours, comprenait peu à peu d'où sortait cet ennemi qui cherchait sa perte. Quoique la Chambre de justice ait inculpé les plus grands personnages du royaume et qu'elle détienne un pouvoir extraordinaire, personne n'irait jusqu'à faire comparaître la famille du roi.

Le comte de Montcerf reprit son souffle et, avant que Sabine ne lui demandât des précisions, il poursuivit :

— La mère des bâtards royaux, la marquise de Montespan, aurait eu commerce avec la Voisin.

Xavier ne se souvenait que très peu de la jeune courtisane qu'avait été Sabine du Roseau ; quoi qu'il en fût, l'image fugace qu'il en avait gardé avait peu en commun avec ce visage paisible qui l'écoutait sans sourciller.

— Préférez-vous prendre un peu de repos ? Vous pourriez continuer plus tard, suggéra la religieuse, voyant qu'il s'était arrêté et croyant à un excès de fatigue.

— Non, je vous en prie, nous avons peu de temps et je veux tout vous raconter.

— Bien, mais ne vous forcez pas jusqu'à l'épuisement, recommanda-t-elle.

— Je ne suis pas remonté jusqu'à la marquise, loin s'en faut, poursuivit Xavier, mais les accusés avaient rapporté à diverses reprises l'intervention d'une femme brune, souvent vêtue de rouge, qui se distinguait par le port de robes à deux traînes. Mes recherches m'ont permis de confirmer qu'il s'agissait d'une ancienne femme de confiance de la maîtresse du roi.

— Croyez-vous que ce soit la marquise de Montespan qui a fait porter les bouteilles d'eau à la duchesse de Fontanges ? demanda Sabine calmement. Les années lui ont permis d'étendre son pouvoir et sa fortune. Pour une femme dans sa position, placer une domestique au service de la jeune duchesse est un jeu d'enfant.

Sabine faisait allusion à la dame Dumesnil, vers qui se portaient les soupçons de Xavier. Cette femme gravitait autour de la duchesse depuis son départ de Paris et le comte, malgré ses efforts, n'avait pas toujours été en mesure de la tenir à l'écart. Elle était de cette espèce de flagorneuses que l'on est toujours surpris de voir partout, mais assez insignifiante pour passer inaperçue si nécessaire. Oui, la religieuse devait avoir raison, cette femme pouvait bien être au service de la Montespan. Cependant, un détail le laissait perplexe.

— Ma sœur, pouvez-vous, je vous prie, me lire le billet encore une fois ?

Tandis que Sabine exécutait sa requête, Xavier ferma les yeux et se replongea dans les derniers actes qui avaient précédé la tentative d'empoisonnement.

❧

La veille, il avait reçu un troublant message du maréchal de Luxembourg, lequel le conviait à un rendez-vous dans son hôtel particulier. Bien qu'il eût cherché une excuse pour repousser cet entretien, l'investigation qu'il menait sur les fréquentations de la demoiselle Des Œillets piétinait. Et pour cause, les témoins croupissaient dans des geôles dont la sécurité accrue lui bloquait l'accès. Xavier pressentait que son service dans le camp du secrétaire d'État tirait à sa fin.

« Faire patienter le duc ne peut qu'empirer les choses. Profitons de l'après-midi et allons éclaircir la situation. »

Ses hésitations s'alourdissaient de ce qu'il avait sollicité l'ancien compagnon d'armes de son père pour escorter Nicolas de Montcerf à Paris. Or, le vieux soldat était hollandais et sa récente participation à la guerre de Hollande n'avait pas adouci son antipathie à l'égard du maréchal de Luxembourg. Si son fils s'était placé sous la bannière du maréchal de Luxembourg, comme il avait été convenu en premier lieu, Xavier n'aurait jamais eu l'outrecuidance de confier ce rôle à Médéric Vennheimer. Il y avait du bon dans ce commerce avec Louvois, finalement. Le comte de Montcerf terminait de seller son cheval lorsqu'un jeune laquais fit irruption dans l'écurie.

— Monsieur de Razès ! l'interpella-t-il d'une voix aigrelette qui fit grimacer Xavier. Un billet pour vous.

Le jeune homme lui tendit le papier et demeura à son côté pendant que le comte prenait connaissance du message. Le duc de Noailles lui demandait d'accompagner la duchesse de Fontanges lors de son voyage à l'abbaye de Chelles, située à quelques lieues de Paris. Le sacre de la nouvelle abbesse devait avoir lieu dans quelques jours, et la pompe qui entourait l'événement nécessitait une personne habile pour veiller sur la favorite.

— Je déduis de votre présence...

— Je dois vous conduire auprès du duc de Noailles, mon maître, répliqua avec enthousiasme le laquais.

— Je vois, fit Xavier en introduisant un doigt espiègle dans son oreille. Je vais chercher quelques effets et je reviens aussitôt.

Il ramassa hâtivement quelques vêtements et ses armes et rejoignit le messager. La perspective d'assister à une fastueuse cérémonie religieuse était loin de l'enchanter mais, pour le moment, il voyait surtout dans cette mission un excellent moyen d'éviter le face-à-face avec le duc de Luxembourg. En outre, cela faisait deux mois qu'il respirait l'air empoisonné de Paris, et la fraîcheur de la campagne lui ferait le plus grand bien.

~

Depuis leur entretien en mai, Marie Angélique de Scorailles avait embrassé pleinement son titre de duchesse de Fontanges. L'oie blanche qui avait quitté son nid auvergnat deux ans auparavant n'était plus qu'un lointain souvenir. Xavier le reconnut à l'impressionnante suite de valets, de chambrières, d'officiers de bouche, de demoiselles et de gentilshommes qui accompagnait la favorite dans tous ses déplacements. Malgré sa santé chancelante, la duchesse de Fontanges maintenait ses airs de grande dame.

— M. de Noailles m'assure que vous êtes la meilleure personne pour veiller sur moi, et le secrétaire d'État Louvois lui-même m'a vanté votre adresse.

Xavier s'inclina devant la jeune femme. À la réaction de la demoiselle, il déduisit qu'elle n'avait gardé aucun souvenir de leur première rencontre. Cela n'avait rien d'étonnant, l'expérience avait été éprouvante pour la duchesse, tant physiquement que mentalement. Aujourd'hui, elle avait belle allure et il comprit volontiers pourquoi le roi s'en était épris. Dans sa robe de brocart bleu brodé d'argent, elle était éblouissante. On ne pouvait reprocher à La Fontaine, qui avait écrit que sa beauté venait de la main des dieux, d'être tombé dans l'adulation.

— Afin de vous prémunir d'éventuels… il buta sur le mot « ennemis » et son moment d'hésitation fit froncer les sourcils délicats de la favorite. Mademoiselle de Fontanges, se reprit Xavier, si je dois être le garant de votre personne, il me faut également l'autorité qui convient à cette charge.

— Bien sûr, affirma-t-elle docilement. À votre sagesse je vais me fier.

En dépit des traits tirés par la fatigue et l'angoisse de la favorite, le comte de Montcerf fut frappé de l'air de bonté qui émanait de sa personne.

— Souhaitez-vous être accompagnée de tous vos gens durant votre séjour à Chelles ? s'enquit Xavier, avec une pointe d'appréhension dans la voix.

— J'ai une entière confiance en eux, répondit-elle comme si elle cherchait à s'en convaincre elle-même. Croyez-vous qu'une menace pourrait venir de là ? M. de Noailles les a choisis minutieusement…

— Je ne questionne en rien le jugement de M. de Noailles, précisa Xavier, comprenant trop tard qu'il avait semé le doute dans l'esprit de la duchesse. Seulement, cette cérémonie m'est apparue comme un prétexte pour vous éloigner de la cour pendant un moment, le temps pour vous de reprendre des forces. Je me disais donc que, dans ces circonstances, l'entièreté de votre suite ne serait pas de rigueur.

La jeune femme le dévisagea, manifestement ennuyée. Sous l'azur de ce regard, Xavier se sentait de moins en moins assuré. Était-il aussi maladroit à l'époque où il fréquentait les salons du Marais ?

— Je ne veux pas donner matière à jaser, monsieur de Razès, répliqua enfin Angélique. J'entends profiter pleinement de mon statut de duchesse ; je ne donnerai pas quittance à mes ennemis en me retirant au couvent comme une recluse. De plus, il s'agit de la bénédiction de ma sœur, qui reçoit cette faveur de la main du roi. La cérémonie sera grandiose et je me dois…

Un spasme défigura son faciès gracieux et Xavier se troubla devant l'expression de la douleur qui torturait les entrailles de la favorite. On l'avait pourtant prévenu des maux récurrents dont elle était atteinte.

— Mademoiselle ! s'exclama-t-il en se précipitant à son secours.

Il se retrouva plus près d'elle qu'il l'avait escompté, et Angélique, spontanément, se saisit de sa main.

— Dois-je faire appeler un médecin ? demanda-t-il, impuissant.

— Non, je vais déjà mieux, se força-t-elle à répondre.

Les doigts, blancs et délicats, s'attachaient toujours aux siens. L'étreinte devenait plus timide et il aurait pu s'en défaire aisément, mais il craignait de paraître trop rude. Avec une émotion réelle, il sentit le pouls de la belle duchesse palpiter dans sa paume.

— Merci, fit-elle en se recomposant un visage serein. Vous comprenez, monsieur de Razès, que, dans ma condition, je ne peux pas me permettre de montrer de la faiblesse. Mes ennemis sauraient trop vite en profiter.

« Encore une allusion à ses ennemis », songea-t-il avec inquiétude, comme dans les confidences qu'elle lui avait faites en mai.

— Voulez-vous me dire qui est à l'origine de votre malaise ? Qui sont ces ennemis dont vous vous méfiez ?

La duchesse de Fontanges écarquilla ses beaux yeux et poussa un soupir. Soulagement ? Lassitude ? Il n'aurait su dire.

— Monsieur de Razès, vos manières me déconcertent ! avoua-t-elle, simplement. D'où sortez-vous une conduite si pleine de franchise ?

Xavier se renfrogna et, bien qu'il se trouvât toujours accroupi à côté de la favorite, il recula.

« Ce rôle n'est pas pour moi, jugea-t-il. Demain, je prendrai congé d'elle et demanderai à Louvois de me remplacer par quelqu'un de plus courtois... Non. S'il fallait ensuite que j'apprenne qu'on est parvenu à lui faire du mal ? »

— Comment puis-je espérer vous protéger si je ne connais pas le nom de ceux qui veulent vous nuire ?

— Pardonnez-moi, monsieur, je n'ai pas voulu vous heurter. Mais il y a si longtemps qu'un discours droit et franc ne m'avait été adressé que j'en reste quelque peu interdite. Comme vous, je viens d'Auvergne. Or, ici, les gens raillent mon accent campagnard et mon manque de…

Elle hésita et rougit, embarrassée.

— À défaut de connaître les usages de la cour, je puis vous assurer de mon bon sens, de ma discrétion et de mon courage, affirma Xavier, puis il ajouta, avec un sourire furtif : Il n'y a que les fats pour prétendre que l'esprit est une chose qui naît de la raison plutôt que du cœur.

La jeune femme le dévisagea, pantoise, et ses traits se détendirent.

— Si je puis me permettre d'insister, mademoiselle la duchesse, j'aimerais connaître le nom de ceux dont vous craignez qu'ils veuillent vous empoisonner.

— Bien, mais promettez-moi de me protéger, peu importe de qui il s'agit, lui demanda-t-elle, l'air grave.

Dès qu'elle ouvrit la bouche, il sut que sa tâche serait plus ardue qu'il ne l'avait d'abord pressenti. Elle se livra avec une sincérité touchante. Sous son masque de favorite, Angélique n'en demeurait pas moins une demoiselle fragile, intimidée par le théâtre de la cour et autant, sinon davantage, écrasée par la pression qui venait avec le fait d'aimer et d'être aimée par son premier comédien.

၄

— Monsieur de Razès ? glissa la religieuse, d'une voix à peine audible.

Le visage de Xavier frémit. Il se racla la gorge.

— Comment puis-je espérer reprendre des forces si je ne peux rien avaler ? J'ai faim, grogna-t-il. Qui plus est, je me sens beaucoup mieux. Alors, si vous voulez être aimable, vous irez me quérir ce médecin qui s'entête à me traiter comme un mourant…

— Ce ne sera pas nécessaire, l'arrêta Sabine. Je vous ai apporté du fromage, des gâteaux et du poisson en croûte.

— Alléluia ! s'écria le comte en remuant ses membres indemnes. Vous êtes mon sauveur.

— J'ai aussi le papier que vous m'avez mandé, mais j'imagine que vous souhaitez manger d'abord ? présuma Sabine, avec un léger sourire.

Xavier dévora avec appétit tout ce qu'elle lui présenta et, en moins de temps qu'il en faut pour célébrer l'office de sexte, il avait terminé. Sabine lui tendit un gobelet de vin et Xavier vit qu'elle souriait franchement.

— Quoi ? Qu'y a-t-il de si amusant ?

— Pardonnez-moi, monsieur de Razès. Je ne peux m'empêcher de repenser à notre première rencontre et je constate que vous n'avez pas changé.

— N'est-ce pas ? Au grand désespoir de Margot, qui s'acharne à nous donner de grands airs et de belles façons. Je suis le seul chez moi qui ne mange pas avec la fourchette ! Ha ! D'ailleurs, vous me feriez grand plaisir si vous cessiez de me donner du monsieur de Razès…

— Soit, accepta Sabine en trempant sa plume dans l'encrier. Vous pouvez commencer, je vous écoute, Xavier.

Le comte de Montcerf dicta à voix haute la lettre qu'il destinait à Nicolas. Selon ses calculs, son fils devait avoir atteint Paris depuis quelques jours. Il souhaitait que son absence ne l'eût pas alarmé. Heureusement, le jeune homme était informé qu'il avait des affaires à traiter dans les environs de Paris. En fait, il voulait surtout mettre son fils en garde. Il y avait à Paris plus d'une personne qui pouvait vouloir lui nuire.

— Je vais faire parvenir la lettre à l'Hôtellerie des Ormes, l'informa Sabine en le quittant.

Il était réduit à l'impuissance, et sa peur des représailles prenait une ampleur démesurée. Qui étaient ses ennemis ? Ceux de Louvois ? Le duc de Luxembourg en faisait certainement partie. Cependant, le maréchal n'avait aucune raison de s'en prendre à la duchesse de Fontanges et ne pouvait donc pas avoir envoyé les bouteilles. Quant à la marquise de Montespan, même si tous les indices la désignaient, un doute subsistait dans l'esprit de Xavier. Certes, la maîtresse du roi devait souhaiter que l'étoile de sa rivale s'éteignît dans le ciel de Versailles. Mais serait-elle allée jusqu'à tenter un geste aussi déterminant ? C'est précisément la question qui occupait l'esprit du comte de Razès, tandis que son corps se remettait de ses blessures.

« Tu dois réfléchir avec ton bon sens ! » se commanda Xavier, qui craignait plus que tout de sombrer dans l'angoisse qui tenaillait la duchesse de Fontanges.

En somme, ceux qui avaient envoyé les bouteilles d'eau empoisonnée n'avaient pas de raisons de s'en prendre à son fils. Lui-même n'était-il pas qu'un simple obstacle ? Et les lettres FM, qui désignaient-elles ? Françoise-Athénaïs de Rochechouart, marquise de Montespan ? Probablement, mais elles pouvaient tout aussi bien appartenir au duc de Luxembourg, François de Montmorency.

— Si Margot était là, elle saurait me conseiller, dit-il à voix haute en songeant que, si elle était là, sa femme lui aurait avant tout vertement reproché de ne pas lui avoir écrit pour lui annoncer qu'il était blessé.

৶

L'état du comte de Montcerf s'améliorait. Grâce aux soins des pères et du médecin de la duchesse, il parvenait maintenant à marcher avec un peu d'aide. C'est ainsi qu'il apprit que la duchesse de Fontanges se préparait à quitter le couvent pour retrouver la cour à Saint-Germain. Cette nouvelle eut l'effet d'un remède miraculeux. En deux jours, ses forces lui revinrent, il fit même une courte promenade dans le parc. Sabine, qui résidait dans le cloître et surveillait sans relâche la dame Dumesnil, lui rendit visite dès qu'elle eut vent de sa guérison accélérée.

— Quoi que vous fassiez, Xavier, vous ne pourrez repartir avec elle.

Le gentilhomme leva la tête de son livre de chevet. Le médecin lui avait suggéré de lire afin de réacclimater tranquillement son œil qui avait été longtemps couvert par les pansements.

— Hum, nous verrons cela. N'avez-vous pas une autre lecture à me recommander ? fit-il en désignant à Sabine le livret de psaumes, avec l'air de souffrir le martyre.

— Je suis sérieuse, Xavier. De plus, votre fils…

Il poussa un soupir. Bien sûr, il savait qu'il ne pourrait pas reprendre la route dès les prochains jours, mais il ne s'avouait pas vaincu. Xavier croyait pouvoir convaincre la duchesse de demeurer à Chelles quelque temps encore. Pour ce faire, il espérait la complicité de Sabine.

— Voilà pourquoi je dois la voir. Vous pourriez sûrement en glisser un mot à la nouvelle abbesse pour moi ? Vous comprenez, avec ma blessure, et tout ce protocole avec les prêtres…

— Ce protocole, comme vous dites, est la réalité du monastère ! Si ma présence ici est tolérée, celle de la duchesse, en contrepartie…

— Ma sœur, je ne veux manquer de respect à quiconque. Mais la personne d'Angélique me préoccupe grandement, exprima Xavier, qui se retenait de dévoiler la profondeur de son sentiment pour la favorite.

Le comte s'en voulait terriblement de l'avoir pour ainsi dire abandonnée à son sort. Constamment envahi par un sentiment d'échec, il perdait le sommeil à la pensée qu'elle quitterait l'abbaye sans lui. Par peur d'être mal jugé, il n'osait s'en ouvrir à Sabine.

— Nous en avons déjà discuté. Je vous assure que j'ai fait tout ce qui était possible pour entraver les gestes de la dame Dumesnil. Avez-vous changé d'avis à propos de son arrestation ?

— Non, je préfère attendre, mais il n'y a pas que cela.

Pour la première fois, Sabine manifestait des signes d'impatience.

— Xavier, que me cachez-vous ? Vous l'aimez ? hasarda la religieuse.

« Ça y est. Je n'ai plus d'autre issue que de lui dire, maintenant », décida Xavier qui ne supportait pas que l'on pût croire qu'il s'était bêtement épris de la jeune femme.

— Je ne peux tolérer qu'elle retourne auprès du roi. Si j'éprouve de la tendresse pour Angélique ? Oui, certes. Elle me rappelle ma propre fille, Élisabeth, avoua Xavier. Il me semble que j'ai eu des mois pour réfléchir… Cet endroit est… Enfin, je n'ose pas imaginer ce que ce serait de passer une année entre ces murs ! Bref, je crois que si elle part Angélique sera détruite pour de bon. Il lui a pris sa santé, sa pureté, son cœur… Lors de notre arrivée, elle était si épuisée qu'elle n'a pas pu assister à la cérémonie. C'est une épave. Elle se bat encore… mais il ne lui reste presque plus de forces. Et lui ? Pensez-vous qu'il sache ce qu'elle souffre au nom de son amour ?

Surpris par le rythme de son cœur qui vrombissait dans ses oreilles, il s'arrêta, à bout de souffle. Sabine, témoin immobile, mais non moins bouleversée, le fixait.

— Le roi va s'en lasser, reprit-il. Comme il l'a fait de la pauvre La Vallière, qui a pris le voile. Savez-vous le nombre de femmes à la cour qui ont tenté de faire empoisonner la duchesse de La Vallière, à l'époque ? Non, bien sûr, vous ne pouvez pas savoir… Sans parler des messes « à rebours », des complots et de toutes les rivalités, les humiliations…

— Xavier… murmura Sabine, les lèvres tremblantes.

— La marquise de Montespan a probablement fait empoisonner le bébé de la duchesse de Fontanges, poursuivit-il sans percevoir le trouble de Sabine. Mais si ce n'est pas elle, c'est une autre. Une autre demoiselle jalouse qui voudrait sa place. Savez-vous que la marquise n'est pas la seule qui ait eu des enfants avec le roi? Sa servante, la demoiselle Des Œillets, aussi a eu ce royal honneur…

— Calmez-vous, Xavier! Je vais aller quérir la duchesse si vous vous sentez la force de descendre dans le parc…

Le comte de Montcerf s'arrêta net de parler. D'abord, il n'avait plus d'énergie, et puis il avait fini par remarquer les larmes sur les joues de Sabine.

— Je… balbutia-t-il en s'affaissant. Bien. Merci.

La religieuse se tourna et s'éloigna. Les moniales déploraient la visite de la duchesse de Fontanges dans leurs murs. Son départ soulagerait l'abbaye de sa présence pécheresse, libertine. Or, Xavier l'avait reconnue pour ce qu'elle était réellement: une fille follement éprise et qui ferait tout pour l'homme qu'elle aime. Même elle, Sabine, avait fermé les yeux. Pour se protéger. Pour ne pas se souvenir.

༄

— Oh… Monsieur de Razès, se troubla la duchesse de Fontanges en arrivant vers lui. Votre œil… J'ignorais…

Le comte de Montcerf fit la moue. Il s'était mal préparé à une réaction semblable. Angélique portait une robe claire, sans extravagance, qui accentuait sa frêle silhouette et mettait en valeur sa jeunesse.

— Mon pansement? fit-il en désignant le bandeau qui lui masquait l'œil. Ce n'est que pour éviter la lumière du jour. Le médecin a bon espoir que mon œil guérisse, ne vous en faites pas.

Elle hocha la tête avec une tristesse évidente.

— Cet endroit est un havre de paix, je me suis assurée que vous puissiez y demeurer jusqu'à ce que vous soyez pleinement remis, lui annonça-t-elle. Après ce que vous avez fait pour moi, c'est la moindre des considérations. Je ne sais comment vous exprimer ma gratitude. Je vais parler de vous à Sa Majesté…

Xavier, à cette allusion, sentit un élancement dans ses muscles. L'image de la demoiselle de Fontanges aux côtés de Louis XIV lui causait une douleur beaucoup plus vive que celle de ses blessures. Il avait vu ce que l'amour du roi causait comme dommages. Tout bien réfléchi, ce n'était pas tant l'homme que les conditions, les exigences qui entouraient sa personne, qui étaient responsables. Dans sa jeunesse, Xavier avait vu le jeune monarque s'éprendre de Louise de La Vallière ; leur idylle avait inspiré la cour et lui-même en avait été ému. Les années, cependant, avaient passé. Le jeune souverain avide de gloire et de pouvoir s'était incarné, donnant naissance à un roi puissant devant lequel tous courbaient l'échine. À ses côtés, pour gouverner sans équivoque, Françoise-Athénaïs de Rochechouart, marquise de Montespan, se dressait dans toute sa superbe. Maîtresse royale depuis près de dix ans, elle avait survécu à tous les caprices que le roi, fougueux, même en vieillissant, s'offrait. On la disait terrible, belle, impulsive, fière, dépensière.

— À ce sujet, l'interrompit Xavier de Razès, j'ai ouï dire que vous vouliez partir dans quelques jours. Est-ce vrai ?

La jeune Auvergnate ne cacha pas sa joie.

— Il me tarde tant de rejoindre le roi ! Je ne suis pas faite pour vivre dans un cloître… Quoique l'air qu'on y respire m'ait fait le plus grand bien, je ne voudrais pas abuser de la charité des sœurs.

Xavier, bouleversé par tant de candeur, se sentit défaillir. Que pouvait-il lui dire ? Les sermons, les avertissements, les reproches n'auraient aucun poids en regard de l'émoi de la jeune Angélique. À dix-huit ans, la demoiselle était devenue la duchesse de Fontanges et, aux yeux de tous, la nouvelle favorite. Elle avait tout enduré pour l'amour du roi mais, à ses yeux, cela en valait le prix. Il n'avait qu'à regarder ses pupilles brillantes d'excitation pour s'en convaincre.

— Je n'oublierai pas ce que vous avez fait pour moi, monsieur de Razès. Vous êtes l'ami le plus sûr du monde.

23

Claudine et l'amour

Les visages des badauds, transfigurés par la rage et par cette sorte de folie qui semble contagieuse parce qu'elle se répand sans discrimination, formaient un tableau dantesque. La femme était vêtue des hardes des condamnés et avait le teint rougi, mais il suffisait de croiser une fois son œil exorbité pour sentir la peur qui précédait le châtiment. Claudine, tremblante à l'idée d'être reconnue, tira sur sa capuche. Déjà, le bourreau de Paris mettait les fers aux pieds et aux poignets de la criminelle, tandis qu'un prieur acharné approchait un crucifix de son corps. Les cris de la foule redoublèrent lorsque la sorcière repoussa l'offre de repentir.

— À mort la Voisin ! À mort !

Claudine, le visage blême, considéra l'homme qui hurlait à ses côtés.

« Ce n'est pas la Voisin, la dame Voisin a déjà brûlé », pensa-t-elle, stupéfaite.

Une fois de plus, elle tenta d'apercevoir les traits de la femme qu'on allait livrer aux flammes. Tandis qu'une fumée grise environnait la place de Grève, le corps de la sorcière s'agitait frénétiquement pour repousser les ballots de paille qu'on avait entassés à ses pieds. Des dévotes, réunies pour psalmodier des prières pour le salut de la pauvre femme, se mirent soudain à ricaner. Claudine les dévisagea, choquée jusqu'au dégoût. La chaleur du brasier traversait maintenant l'épaisseur de ses vêtements. Les bigotes se tournèrent dans sa direction et Claudine, à travers les flammes, vit que leurs doigts la pointaient. C'était elle qu'on brûlait !

— Non !

— Non !

— Claudine ! Ma mie ! Vous rêviez, une fois de plus…

Pierre de Roquesante étreignit sa femme qui, dans son demi-sommeil, pleurait à chaudes larmes. Ému par sa détresse, il ne trouva rien à dire pour lui apporter du réconfort. Comme chaque fois, il attendit patiemment qu'elle se calmât. Les affaires de la Chambre ardente l'avaient grandement affligée et, malgré les mois qui passaient, la situation ne semblait pas vouloir s'améliorer. Claudine était si douce, si sensible… En outre, c'étaient ces deux qualités qui avaient séduit Pierre lorsqu'il avait fait sa rencontre. Contrairement aux filles qui se fanent et s'assèchent avec l'âge, elle avait gardé cet air spontané qui faisait son charme et par lequel on ne pouvait qu'apprécier sa compagnie. Au bout d'un moment, Pierre sentit la tête de Claudine se faire lourde et il la déposa avec un soin infini sur l'oreiller. Il n'aurait su expliquer ce qu'il ressentait lorsque son épouse se blottissait dans ses bras au milieu de la nuit ; à certains égards, le malheur de sa femme les avait rapprochés. Avant cet événement, il ne s'était jamais senti indispensable pour elle. Pis, il n'avait jamais cru que leur mariage pût devenir autre chose que cette alliance de leurs familles, et cela en dépit des enfants qu'ils avaient eus. La vérité était que le caractère romanesque de Claudine de Collibret l'intimidait. Lorsqu'elle ouvrait un roman, récitait des vers avec intensité ou revenait du théâtre, les yeux encore brillants d'avoir percé la quasi-pénombre pour pénétrer l'émotion des acteurs, il se sentait chétif et médiocre. Or, depuis qu'elle avait des cauchemars, Claudine lui avait demandé de faire chambre commune. Ainsi, ce qui était une exception au départ était peu à peu devenu la coutume, et cet état avait créé entre eux une complicité nouvelle et agréable.

❧

Le jeune homme regardait le tenancier, mais sans le voir, alors que sur ses lèvres se dessinait un sourire qui témoignait des meilleurs sentiments du monde.

— Monsieur de Razès, s'étonna M. Goulet en papillotant des cils. Vous désirez quelque chose ?

— Euh, non… Ce sera tout, merci.

Il se pencha à nouveau sur le billet parfumé de sa tante, comme pour s'imprégner de la bonne nouvelle : il allait enfin revoir Aude.

« Rien ne sert de s'émouvoir. Claudine seule pourra répondre à mes questions. Pourrais-je seulement l'accoster ? Lui parler à ma guise ? » se questionna-t-il.

Cela faisait trop de questions pour un cœur obnubilé par un sentiment aux dépens de toute raison. Lorsque la servante lui apporta son déjeuner, il avala le contenu de son assiette machinalement, sans s'attarder aux arômes délicats de la cuisine de M. Goulet. Perdu dans ses pensées, il ne vit pas le temps filer. Le bruit familier des gens qui se mettent à table le tira de ses pensées et, confus, il s'aperçut que des clients s'installaient pour le dîner.

Son rendez-vous était fixé pour la soirée. Il avait devant lui une journée qu'il pouvait occuper autrement qu'à rêvasser. Il repensa à son poème de la veille puis, brutalement, son esprit s'éclaira. Médéric ! Il l'avait attendu en vain, hier soir. Qu'était-il advenu de son compagnon ? Nicolas gagna la porte de la chambre du Hollandais. Il était sur le point d'y cogner lorsqu'il perçut un bruit, une sorte de cliquetis, venant de l'intérieur. Sur ses gardes, le gentilhomme posa la main sur la poignée de son épée. C'est alors que la porte s'ouvrit sur le faciès d'un homme qui avait passé sa nuit à autre chose qu'à dormir.

— Médéric ! Diable d'homme ! Où étiez-vous ? lança Nicolas.

Le Hollandais le dévisagea et, sans entrain, désigna la pièce. Ses bottes reposaient près du lit, avec son épée et ses pistolets.

— Euh… j'allais m'étendre un peu, dit l'autre en déposant sa dague avec le reste de l'attirail.

— Je vous ai attendu toute la nuit. J'ai une nouvelle à vous annoncer qui va vous ravir !

L'attitude de Nicolas sentait la réconciliation et Médéric, malgré sa fatigue, se laissa amadouer.

— J'ai en ma possession une lettre qui, bien qu'elle n'ait pas été écrite de la main de mon père, provient de lui. Attendez, je vais la chercher !

— De quoi ? Des nouvelles de Xavier !

— Mais oui, de Xavier !

Il se précipita dans le couloir et revint aussitôt avec la missive, qu'il tendit à Médéric. Le vieil aventurier plissa les yeux. À la clarté, les rides de son front et de ses joues se creusèrent encore plus.

— Enfin ! poussa Médéric, qui, par cette courte exclamation, exprimait son soulagement de savoir le comte vivant. Votre père est sage de nous recommander la prudence. Je vais suivre son conseil et je crois que vous devriez faire de même.

— J'y consens. D'ailleurs, n'ai-je pas passé la soirée ici même, à vous attendre ? Alors, vous voilà rassuré ?

Médéric, soudain moins enthousiaste, répondit en relâchant les épaules et en hochant la tête. De toute évidence, Xavier redoutait que des personnes malveillantes profitassent de son absence pour nuire à son fils. Ce qui venait confirmer ce qu'il craignait déjà.

— Hier, vous n'avez vu personne ? Vous n'avez eu aucune visite ?

— Non, aucune, rétorqua Nicolas.

— Et cette autre lettre ? demanda le Hollandais en montrant le billet que Nicolas tenait toujours.

— Une invitation de ma tante, pour ce soir. Si vous le souhaitez, je vous y convie…

Constatant que son jeune ami était sans rancune, Médéric choisit de faire de même.

— Je crois qu'il serait avisé que nous ne nous séparions plus, du moins pour le moment. Pour ce qui est de rendre visite à votre tante, je veux bien reprendre mon rôle de valet, si vous ne vous y opposez pas ?

Nicolas sourit et acquiesça.

— Tout est pour le mieux, alors ?

༄

Nicolas exhibait une humeur enthousiaste. Claudine, satisfaite de son effet, décida tout de même de le plaisanter un peu :

— Vous êtes fort bien mis, mon neveu. Vous vous rendez sans doute à quelque rendez-vous ?

— On ne peut rien vous cacher, et d'ailleurs, si mes espoirs ne sont pas déçus, c'est votre demeure qui en sera le lieu, badina Nicolas.

Le rire de Claudine résonna dans le vestibule.

— Pas si vite, mon neveu ! Nous n'en sommes pas encore là, j'en ai peur.

Elle avait invité la mystérieuse sirène qui avait enchanté Nicolas, et si elle avait réussi en trois jours à la retrouver, c'était le moindre des obstacles. La demoiselle Aude était une jeune cantatrice sur laquelle son tuteur, un mécène aisé qui s'était déjà fait applaudir comme compositeur, veillait farouchement. Malgré sa bonne réputation et en dépit de tout son agrément, Claudine de Roquesante craignait qu'il faille ruser afin d'endormir la vigilance de ce loup-garou.

— Je veux bien faire le chaperon, mais si je découvre que vos ambitions ne sont pas honnêtes…

Frappé d'indignation, Nicolas posa une main sur son cœur.

— Je ne demande qu'à lui parler. La voir serait déjà beaucoup… Ma reconnaissance pour vous, ma chère tante, est sans mesure.

— Allons, allons, je suis votre amie, mon neveu ! Et à moi vous pouvez dire la nature de votre sentiment. La demoiselle n'est certes pas mariée, mais elle est sans famille et sans fortune autre que celle de son vieux gardien. Vous vous doutez de la tournure que pourrait bien prendre cette idylle…

Candidement, Nicolas de Razès n'avait songé à rien d'autre qu'à la revoir. Il voulait de lui-même s'assurer que ce qu'Oksana lui avait confié était vrai. Or, il avait donné sa parole et ne pouvait donc pas violer le secret d'Oksana.

— Ma tante, je souscris à toutes vos préventions. D'aucune façon je ne voudrais flétrir l'honneur de la demoiselle.

— Bien, répondit Claudine, le cœur léger et l'œil pétillant. Je ne doutais pas que ma sœur vous eût inculqué toute l'honnêteté du monde.

⁂

Le mécène d'Aude répondait au nom de Vivien Fosseux, sieur de Corne-Raillac. Son corps maigre et longiligne s'étirait de toute sa hauteur, tel le roseau, mais tel le chêne, il ne pouvait remuer sans que l'on entendît craquer ses jointures. Il avait le visage osseux, les traits sévères et sentait fort le misanthrope.

En hôtesse prévenante, Claudine l'avait accueilli, pétrie d'amabilité, sans laisser paraître la moindre réaction devant l'aspect rebutant du sieur de Corne-Raillac. Depuis le salon où il attendait avec émoi, Nicolas distingua la voix de pinson de sa tante qui babillait. Elle parlait de la cour qui était à Saint-Germain, de la rumeur d'un nouveau théâtre pour la troupe de Molière et, comme personne ne lui donnait la réplique, il commençait à craindre qu'Aude ne fût pas avec eux. Enfin, Claudine parut dans le salon.

Les deux invités lui emboîtaient le pas et, quoique le gentilhomme eût anticipé ce moment, ce ne fut pas Aude qui attira son attention, mais plutôt l'homme qui la dominait de toute sa hauteur. Car le regard jaloux du sieur de Corne-Raillac s'était immédiatement posé sur lui. Nicolas, qui avait toutes les raisons de ne point l'estimer, se mit alors à le haïr.

— Laissez-moi vous présenter M. Vivien Fosseux, sieur de Corne-Raillac, et sa protégée, Mlle Aude. Mon neveu, M. Nicolas de Razès, annonça Claudine.

La jeune femme s'avança et exécuta une gracieuse révérence. Le jeune homme retrouva ses esprits et salua à son tour le nouveau venu et la jeune femme.

— Comme je vous expliquais, monsieur de Corne-Raillac, je vais tenir un salon la semaine prochaine, qui rassemblera les dames de ma société, et votre protégée me ferait le plus grand honneur si elle nous comblait de son aimable présence. On dit partout que vous êtes charmante et que votre voix n'a pas d'égale, mademoiselle, complimenta Claudine en regardant Aude.

— Madame, répondit-elle modestement en exécutant une autre révérence.

— Ma protégée, vu son jeune âge et pour son honneur que j'ai la responsabilité de préserver, ne se mêle pas aux cercles des salons, souligna Corne-Raillac, jetant un regard méfiant en direction de Nicolas.

Il y eut un silence, pendant lequel Aude se borna à regarder le parquet, et Claudine, abasourdie, demeura muette. Ce fut Nicolas qui prit la parole.

— Vous êtes avisé et fort sage, monsieur. À votre place, je ne laisserais pas non plus votre protégée seule en compagnie de quelque gentilhomme, fût-il grand seigneur, duc ou même prince !

— Cela va sans dire, assura le maître d'Aude.

— Ma tante est si sévère à cet égard qu'il me faut chaque fois trouver un lieu pour passer la soirée lorsqu'elle tient salon. Car imaginez-vous…

— Mon neveu m'en tient rigueur, mais que voulez-vous, je ne puis déroger à mes principes, ayant moi-même une jeune fille bientôt en âge de se marier. Comme en qualité d'hôtesse je ne puis toujours veiller sur elle, je préfère m'entourer de femmes mariées et de jouvencelles.

— Vraiment ? s'exprima l'homme, éberlué par cette femme blonde et sensuelle qui discourait avec tant de sagesse et de conviction. C'est une rareté, de nos jours, de trouver dame aussi vertueuse que vous…

— Hélas, vous dites vrai, et mon cercle en est d'autant plus restreint. Ainsi, point de jeunes mariées, elles sont souvent trop coquettes.

Cette fois, le visage creux de Vivien Fosseux, sieur de Corne-Raillac, refléta toute l'estime qui naissait en lui pour Mme de Roquesante.

— Alors, j'imagine que votre neveu, M. de Razès, ne sera pas présent lors de ladite soirée ?

Aude avait relevé la tête et Nicolas se risqua à tourner les yeux vers elle. Une seule seconde, et pourtant, une seconde d'éternité. Dans la clandestinité de leur communion visuelle, tout fut dit, raconté, entendu.

La dernière fois qu'ils s'étaient vus, elle avait peur pour lui. Tandis qu'aujourd'hui ses sentiments étaient plus clairs. Cet aveu, Nicolas y répondait avec la même intensité. Il bondissait de joie, tout en demeurant assis. S'il s'était autorisé à se laisser aller à son émotion, c'est sa tante qu'il aurait étreinte à ce moment précis, tant il lui était reconnaissant d'avoir été sa complice. Or, Claudine et Vivien Fosseux s'entretenaient toujours au sujet de la prestation.

— Voudriez-vous que Mlle Aude chantât pour nous ce soir ?

— Je n'osais vous en prier, monsieur de Corne-Raillac. Préférez-vous que je demande à mon neveu, M. de Razès, de nous laisser ?

« Ah ! non ! Quelle précaution inutile », se révolta le jeune homme en pensée.

Nicolas ne put se contenir et dévisagea celle qui venait de le poignarder par-derrière. Claudine lui adressa un sourire mielleux.

— Non pas, si tel est son plaisir, il peut rester, je n'en ai cure, affirma le mécène d'une voix pleine de malveillance.

« Oh, scélérat ! Il va t'en coûter ! Tu auras beau tonner, enrager, je vais revoir Aude. Tu ne t'opposeras point à notre amour », s'emporta intérieurement Nicolas en souhaitant de toutes ses forces qu'il dît vrai.

Lorsqu'ils furent partis, Nicolas, encore sous le charme de la voix mélodieuse, eut besoin d'un instant pour rassembler ses esprits.

— Que va-t-il se passer maintenant, Nicolas ?

— Nous allons nous revoir, annonça-t-il. J'ignore par quel manège, mais si vous souhaitez revenir sur votre décision et que je ne sois pas présent…

— Déjà, cette soirée est une épine dans mon pied. Comment vais-je pouvoir rassembler un groupe de femmes vertueuses ? ironisa Claudine. Nous sommes à Paris, tout de même !

Nicolas sourit et posa sa main sur celle de sa tante.

— Je suis certain que vous allez y parvenir. Quant à moi, je veux bien passer la soirée dans une armoire ou sous un lit, si c'est pour avoir l'heur de pouvoir lui exprimer mon sentiment, ne serait-ce qu'un instant. N'est-elle pas la plus belle, la plus parfaite créature que vous ayez jamais vue ?

— Elle est fort aimable de sa personne, admit Claudine, mais je tremble à l'idée de cet homme horrible qui lui sert de gardien !

— Ce n'est que son protecteur, rien de plus, argua Nicolas, qui comprenait, maintenant, d'où venait la tristesse qui faisait écho dans la voix de la cantatrice.

Imaginer que ce fripon puisse frôler les cheveux ou la peau d'Aude, ne serait-ce que par inadvertance, lui donnait la nausée.

— Nicolas, vous m'écoutez ?

— Plaît-il ?

— Ne diriez-vous pas que ce Corne-Raillac a tout d'un Sganarelle[3] ? C'est inouï ! Si je ne m'étais retenue, je lui aurais lancé un trait de Molière !

Le jeune homme, charmé par la fougue de sa tante, se mit à rire. Il n'aurait pu trouver meilleure amie que Claudine en un pareil instant.

---

3. Personnage de la pièce *L'École des maris*, de Molière.

— Au demeurant, il va nous falloir être prudents, Nicolas. Il vous regardait avec une telle méchanceté. Quel goujat ! Je ne suis pas surprise qu'il fréquente ce duc de Luxembourg.

— Fi ! Qu'il ne s'avise pas de me chercher noise, déclara le jeune homme, l'œil mauvais. Il va voir ce que c'est que d'encourir la colère d'un Razès !

⁓

Claudine tourna les cartes une à une sur la petite table. Le salon était désert. Elle regardait les figures avec une nonchalance calculée ; comme si, par son attitude, elle se persuadait que le tirage des cartes n'était qu'un divertissement. Jusqu'à présent, tout augurait pour le mieux pour son neveu, mais il fallait voir l'ensemble pour faire une interprétation juste de ce que l'avenir lui réservait.

— Nicolas… murmura Claudine en se penchant sur les cartes. Tsss… Des obstacles ici…

Absorbée par l'exercice de la cartomancie, elle n'entendit pas son fils pénétrer dans la pièce.

— Mère, l'appela Olivier en s'approchant d'elle. Puis-je attendre avec vous le retour de père ?

Claudine leva les yeux distraitement. Le jeune garçon avait passé son vêtement de nuit. Ses cheveux bruns tombaient sur la chemise qui lui descendait jusqu'aux genoux. Ses traits avaient un charme qui n'était plus tout à fait celui d'un enfant mais qui n'était pas encore celui d'un jeune homme. En grandissant, il ressemblait de plus en plus à son père.

— Olivier, je crois plus sage…

Le garçon connaissait la ritournelle : sa mère prétexterait qu'elle ignorait à quelle heure son père rentrerait, alors, il insisterait pour rester debout « quelque temps », ce à quoi elle consentirait. Plongée dans ses occupations mondaines, elle en oublierait sa présence, et Olivier finirait par rester jusqu'à l'arrivée de Pierre, à moins qu'il ne succombât au sommeil.

— Je ne vais pas rester longtemps, juste un peu, renchérit Olivier en coulant un regard suppliant à sa mère.

Claudine lui répondit par un sourire indulgent. Ce garçon savait décidément comment s'y prendre pour obtenir d'elle ce qu'il voulait. Il l'avait toujours su. Elle fixait les cartes devant elle, mais ses pensées étaient ailleurs. Claudine de Roquesante songeait à l'homme qui avait incarné, pendant des années, son idéal romantique. Son amant. À l'époque, ce mot-là la grisait. Les premières années de son mariage l'avaient tellement déçue ! Comment faire son deuil de l'amour alors qu'on *savait* qu'on était faite pour connaître l'exaltation, la passion, la fougue ! Elle n'avait pas pu. Pourtant, elle avait failli s'y résoudre, comme tant d'autres femmes pour qui l'acceptation du mari qu'on leur imposait était la prolongation de leur vie de jeune fille. Une vie de soumission, en somme. Mais un jour qu'elle était en promenade dans les jardins, il s'était trouvé sur son chemin. Maxime de Choisy, celui qui allait devenir son amant. Il était entré dans son existence de la manière la plus anodine qui fût. Après des salutations cordiales, ils avaient devisé légèrement, tandis que Claudine l'observait à la dérobée. Il avait un visage harmonieux qui s'accompagnait d'un corps rompu aux exercices des mousquetaires du roi. Lorsque l'orage les avait forcés à trouver refuge sous une treille, ils furent contraints de prolonger leur conversation pendant plus de deux heures ! Claudine était rentrée fort bouleversée par ce tête-à-tête. En plus d'être de belle apparence, il était plein d'agrément et fort sensible. Son esprit était tourné au beau et au bon sens. Il fréquentait la meilleure société de Paris. Bref, la liste de ses mérites paraissait sans fin. Or, le caractère romanesque de Claudine la prévenait de tomber dans les pièges du libertinage. Elle rêvait d'une idylle passionnée, d'une conquête grandiose ! Le destin avait toutefois eu raison de ses défenses sommaires : Pierre était un amant maladroit, un mari décevant, souvent absent. En contrepartie, Maxime excellait au jeu de la séduction. Encouragée par l'exemple d'autres femmes qui qualifiaient le mariage de « tombeau des passions », elle avait fini par céder, après une cour louangeuse qui avait duré deux mois. Par la suite, c'était comme si elle avait confié les rênes de sa vie à quelqu'un d'autre. Non pas qu'elle se fût sentie dominée ni manipulée, mais son corps répondait à l'appel des sens qu'il avait long-temps ignoré, étouffé, ou cru maîtrisé. Les amants se fréquen-taient avec assiduité et se quittaient toujours en se promettant de se retrouver au plus vite. Claudine s'était ensuite retrou-vée enceinte. Quel choc ! Cela lui fit l'effet d'une punition divine. À maintes reprises, après avoir su qu'elle attendait un enfant, elle était allée consulter la Voisin. Ces séances de divi-nation lui permettaient de se rassurer et de dominer la pani-que qui s'emparait d'elle quand elle croyait qu'elle allait perdre son amant ou encore subir le courroux de son mari. La devi-neresse lui avait prédit qu'elle aurait un fils. Un fils qui res-semblerait à son père… Claudine avait éclaté en sanglots. La sorcière avait eu un sourire malin et avait lancé qu'elle « ne devrait pas se morfondre pour si peu, qu'il y avait des crimes bien plus graves que l'adultère ».

— Des crimes bien plus graves, psalmodia Claudine en songeant à ce que la pythonisse la plus fameuse de Paris avait dû voir comme horreurs.

— Mère ?

Claudine tressaillit en entendant la voix de son fils. Elle avait parlé à voix haute.

— Olivier, vous devriez monter à votre chambre, com-manda Claudine, cette fois sans tergiverser.

Le garçon se leva sans protester, mais avec une indolence affectée.

— Puis-je vous embrasser, mère ?

Claudine s'attendrit devant cette démonstration d'affec-tion enfantine. Assurément, à l'instar de Nicolas, son fils se-rait un jeune homme des plus séduisants. Elle lui tendit la joue, avec impassibilité, en évitant le regard mielleux de son fils. Il capitula sans trop de mauvaise grâce. Une fois seule, Claudine ramassa les cartes et recommença une autre lecture, cette fois en pensant à Maxime. Que faisait-il ? Il y avait si longtemps qu'ils ne s'étaient pas vus. C'était plus fort qu'elle, cette manie d'interroger les cartes à son sujet. Elle le faisait au moins une fois par mois, et bien qu'elle eût tenté de se dé-partir de cette habitude, cela l'amusait. Elle l'imaginait auprès de sa femme, avec ses enfants, en service auprès du roi. C'était son ultime péché, depuis qu'elle était une épouse fidèle.

24

La sorcière de la forêt

Ses mains plongèrent dans l'eau avec une rapidité qui surprit la grenouille. Cette fois, la jeune femme ne s'attarda pas à regarder sa prise et expédia le batracien dans son panier en prenant soin de le recouvrir immédiatement. Elle regarda autour d'elle. Sa jupe effleurait la surface de l'eau, et l'ombre ainsi créée lui permettait d'apercevoir le fond boueux de l'étang. Elle avisa deux autres formes immobiles, brunâtres et recroquevillées.

« Ces bêtes sont véritablement stupides, pensa Élisabeth. Il est si facile de les prendre qu'il est étonnant qu'il en ait autant. »

Elle s'approcha et, coup sur coup, attrapa les deux bestioles. Satisfaite de sa pêche, elle sortit de l'eau et essuya la vase de ses pieds sur l'herbe. Une fois sur la berge, elle s'assura que son souper ne se sauverait pas, puis elle essora l'eau qui alourdissait le bas de sa jupe et attacha l'extrémité de ses jupons à sa taille. Le soleil se couchait lentement à l'horizon. Depuis quelques jours, elle avait remarqué que le soir arrivait plus rapidement. L'été tirait à sa fin. La forêt regorgeait de baies, les champs foisonnaient de bonnes choses et la fraîcheur accompagnait l'arrivée de la nuit. Élisabeth comprenait qu'elle ne pourrait plus rester très longtemps dans la forêt. Or, si elle n'était jamais retournée dans l'enceinte d'Aigueperse, elle s'entêtait à demeurer dans la région, car elle s'y sentait chez elle. Où irait-elle si elle quittait le Puy-de-Dôme ? Même dans les bois, loin des habitations, loin des gens, la jeune femme avait le sentiment d'appartenir à ce lieu. Pour une fille de noble qui n'avait jamais cultivé la terre, c'était une impression difficile à qualifier. D'autant plus qu'elle était loin des terres de son père. Pourtant, elle avait acquis la conviction qu'ici, dans son repaire forestier, rien ne pouvait lui arriver. Évidemment, les premières fois qu'elle avait entendu les hurlements des loups, derrière le simple alignement de branches jointes par des joncs qui lui servait d'abri, elle avait craint pour sa vie. Mais les prédateurs se tenaient loin, dans la montagne, et la nature abondait en nourriture. Même elle n'avait pas eu trop de mal à se nourrir. Sa conviction presque mystique d'être en sécurité se limitait pourtant à la nature et à sa faune. Car, au-delà, les villageois avaient l'œil vigilant, et la dernière fois qu'elle s'était aventurée près des portes de la ville, elle avait chèrement payé son intrépidité. Animée du désir de se procurer certains objets, dont une couverture et peut-être du pain, elle avait fait la cueillette de baies, de marrons, de champignons. Ensuite de quoi elle s'était rendue près des portes et avait attendu que des voyageurs passassent à sa portée. Son idée était de se joindre à un groupe afin de pénétrer dans la ville sans attirer l'attention. Or, avant même d'avoir pu approcher de la route, trois jeunes qui s'amusaient près du pont l'avaient remarquée.

— Là, regarde, pointa une fille qui ne devait pas avoir plus de douze printemps.

— Qui c'est ? demanda un mioche aux cheveux roux.

— Je ne l'ai jamais vue, répondit le plus grand, un jeune paysan à la mine pas commode. Toi, Nanon ?

Accroupie dans les hautes herbes, Élisabeth, qui se sentait ridicule, se redressa et fit un geste de la main en direction des jeunes gens. Peut-être, après tout, s'inquiétait-elle pour rien ?

— C'est une vagabonde ! s'exclama le garçonnet.

— Non, c'est un laideron, affirma Nanon en riant.

L'insulte choqua Élisabeth, qui, abasourdie, resta figée un instant.

— Tu es vilaine, intervint le paysan en poussant Nanon. Elle s'est peut-être égarée ?

— Prudence ! l'arrêta Nanon. C'est une étrangère, ajouta-t-elle en ramassant un caillou.

Sur une impulsion, Élisabeth se détourna et s'éloigna vers les bois.

— Elle s'en va ! cria le plus jeune. Reviens ! Reviens !

— Je gagerais que c'est une sorcière, affirma l'adolescent.

En entendant cela, Élisabeth avait accéléré le pas. Quelle mauvaise idée que d'essayer d'entrer dans la ville ! Cette jeune fille avait raison, elle devait être répugnante à regarder. Si elle était entrée, qui sait ce qu'il serait advenu d'elle ? La première fois, l'accueil n'avait déjà pas été des plus chaleureux. Elle se résolut à ne pas retenter l'expérience. Sa méfiance provenait davantage de la confrontation avec les habitants d'Aigueperse que de la peur d'être reconnue comme la personne ayant empoisonné Antoine. Elle se doutait bien que les rares témoins ne feraient pas le rapprochement entre les deux personnes. N'ayant pas de glace pour se mirer, Élisabeth imaginait le pire quant à son apparence. En outre, la vie dans la forêt n'était pas très clémente… Sa conviction d'être physiquement différente n'était pas étrangère à son bouleversement intérieur. Depuis quelques jours, le sentiment d'avoir entamé une nouvelle vie s'était accentué. La demoiselle qui avait quitté son château natal était à des lieues de la nouvelle Élisabeth. Dans une certaine mesure, cette nouvelle identité la protégeait de la trop grande souffrance qui l'envahissait lorsqu'elle pensait à son passé, à sa famille surtout.

≈

Un chant s'éleva sous le dais de verdure. Clair, limpide comme la rivière. Elle s'était aventurée plus loin dans la forêt, à la recherche d'un lieu pour se baigner et de nourriture pour sa jument. Ici, elle pouvait s'époumoner à sa guise, il n'y avait aucun risque qu'on l'entendît. Tandis que ses vêtements séchaient au soleil, son corps se balançait dans le courant glacé qui réveillait ses membres, ses sens et même son esprit. D'abord, elle avait laissé échapper un cri, saisie par le contact de l'eau froide sur sa peau nue. Puis, ce cri s'était transformé en rire. Maintenant, elle agitait ses bras et ses jambes en riant à gorge déployée. Une joie profonde, enfantine, l'habitait. Autour, le bruissement des feuilles, le crépitement des arbres centenaires, le murmure de la cascade sur les rochers, l'indiscrétion du vent, répondaient à sa jubilation. Élisabeth se mit à chanter. Immergée jusqu'aux épaules, elle entendait sa voix comme elle ne l'avait jamais entendue; la forêt formait un réceptacle naturel. La jeune femme ne récitait pas un air connu, mais exprimait tout ce qui naissait dans sa poitrine. Le moment avait quelque chose de magique, d'incomparable.

« Je ne pourrai jamais ressortir de l'eau », se dit-elle, enivrée par le plaisir.

Peu à peu, elle se laissait aller à la confiance que lui inspirait l'élément et s'enhardit à s'éloigner du soutien des racines et des pierres pour tenter de flotter. Elle repoussait l'eau à la manière de ses amies les grenouilles. Son cheval leva la tête pour la regarder s'ébattre dans l'eau cristalline, puis retourna à sa pâture. Dans ce bassin naturel, le lit de la rivière était couvert de cailloux, et elle distinguait les poissons qui nageaient tout au fond, bien à l'abri. Tout était si beau ! Brusquement, Élisabeth cessa de chanter. Elle avait perçu un son discordant. Instinctivement, elle sut qu'il y avait quelqu'un dans son sanctuaire. Il était tout près et elle n'eut qu'à tourner la tête pour le voir. L'homme, en croisant son regard intense, lâcha ce qu'il tenait dans la main. Élisabeth l'examina calmement. Étrangement, elle n'était ni effrayée ni honteuse, seulement irritée. Lui, en revanche, la fixait avec fascination, les yeux ronds et la bouche ouverte. La vision de la naïade le terrorisait et l'excitait à la fois. Il n'avait pas remarqué les vêtements suspendus au chêne, ni la jument qui broutait à proximité. Tout ce qu'il voyait, c'était les formes juvéniles, étonnamment blanches, d'Élisabeth. Il s'agissait probablement d'un chasseur : il était vêtu de hardes de toile et de cuir et portait un carquois à l'épaule. Les animaux devaient sans doute venir ici pour s'abreuver, donc, les prédateurs venaient y chasser. Elle aurait dû y penser !

— C'est vous qui chantiez ? J'ai entendu votre chant, osa l'homme.

Élisabeth le vit se passer une main sur le front… puis se signer !

« Pourquoi ? Oh ! Il me prend pour un esprit de la forêt ! Il a peur ! comprit-elle avec stupéfaction. Comme c'est bizarre. C'est moi qui devrais avoir peur. »

— Pars, mortel, et ne reviens plus en ces lieux ! commanda Élisabeth d'une voix forte et très théâtrale, qui sonnait faux à son oreille.

Aussitôt, l'intrus recula en écarquillant les yeux. Il se signa encore une fois et prit ses jambes à son cou. Sa course produisit une série de craquements et de froissements dans la végétation. Élisabeth pouvait presque, en fermant les yeux, le voir trébucher sur le sol inégal, s'empêtrer dans les fougères. Lorsque tout redevint calme, elle sortit de l'eau et enfila ses vêtements secs. Elle ne devait pas rester ici, au cas où l'homme déciderait de revenir. Avant de partir, elle se rappela qu'il avait laissé échapper quelque chose. L'arme gisait à côté d'une grosse racine : c'était un long couteau.

∽

Après la pluie, le vent s'était levé. Élisabeth s'était réfugiée sous un énorme chêne, grelottant de froid. Pendant des heures, elle avait lutté pour ne pas dormir. Sous la pluie torrentielle qui s'abattait sur elle, elle avait au moins étanché sa soif, mais ses forces s'amenuisaient et elle n'arrivait plus à se réchauffer. La tempête, impitoyable, avait dévasté son camp de fortune, éparpillant ses provisions et balayant son maigre confort. Après le déluge, le corps roulé en boule de la jeune femme resta immobile un long moment. Ses cheveux, collés à la terre humide, paraissaient avoir pris racine. Le tissu détrempé de sa cape, qui lui servait habituellement de protection, la maintenait au sol tel un cocon poisseux. L'engourdissement la pénétra jusqu'à la moelle.

⌘

Une chaleur se déversait dans son sang, dans son ventre. Elle dodelina de la tête et ouvrit les lèvres, laissant passer le liquide brûlant. Dans sa torpeur, elle vit qu'un œil jaune la guettait. Elle percevait un grognement et une odeur de poils humides. Trop fiévreuse, Élisabeth retomba dans sa léthargie.

⌘

— De la viande fraîche, résonna la voix dans sa cervelle engourdie. Ne mange pas tout, goinfre !

Un craquement d'os éveilla la fugueuse. Instinctivement, elle crispa les poings, chercha son couteau. Ne le trouvant pas, elle se redressa, prête à fuir. Aussitôt, l'animal se mit à aboyer. Élisabeth vit les orbites jaunes, les crocs, la gueule sanglante… Elle ouvrit la bouche pour hurler et voulut fuir.

— Tais-toi, bredin[4] ! clama la voix. Du calme, *filha*, il ne te fera aucun mal.

La jeune noble aperçut alors la femme qui s'adressait à elle, en mêlant langue d'oc et français. Son visage buriné, souligné par deux tresses blondes, lui donnait l'allure d'une bergère. Elle portait des hardes de laine et était chaussée de grosses bottes. Ses mains robustes se levèrent pour apaiser Élisabeth. Celle-ci écarquilla les yeux.

---

4. Niais, nigaud, en patois.

«Où suis-je ? Qui est cette femme ? » se demanda-t-elle, affolée.

Le chien s'était tu et le cheval se mit à hennir. Élisabeth vit alors Cassandre qui tirait sur sa bride pour venir lui exprimer sa joie.

— En voilà une qui est contente de te voir, *filha*. C'est à toi, cette belle jument ? demanda la femme.

La fugueuse émit un « oui », qui se bloqua dans sa gorge. Le son était mort avant de trouver la sortie ; il s'était éteint, sans douleur, lui laissant une étrange impression.

— Tu me comprends, *filha*, tout de même, quand je jacasse ? reprit la femme, qui s'exprimait dans le même jargon que les habitants de Montcerf.

Élisabeth lui lança un regard d'intelligence par-dessus Cassandre, qui frottait maintenant sa tête contre elle. La caresse émut la jeune femme, qui passa sa main dans la crinière ébouriffée de la jument.

— C'est Galapian qui t'a flairée, *filha*, raconta la femme. Pour un peu, c'est ta carcasse qu'il aurait trouvée. Tu n'avais pas bon air. Rester dehors par un temps pareil ! Tu cherches à défunter ?

La fugueuse se tourna vers la femme et se racla la gorge.

— Heuf… râla-t-elle en posant sa main sous son menton.

« J'ai perdu la voix ? La pluie, la tempête, j'ai eu de la fièvre », se remémora Élisabeth, troublée à l'idée d'être muette.

Bien éveillée, elle reconnaissait maintenant les lieux, la pierre, le chêne. C'est ici que l'étrangère l'avait trouvée et soignée. Cette femme vivait-elle dans la nature aussi ?

— N'essaie pas de parler, *filha*. C'est que tu as pris froid. Tu avais une forte fièvre, tu tremblais. Heureusement qu'Alix passait par là, han ? C'est mon nom, Alix, se présenta la blonde. Tu habites ici, n'est-ce pas ?

Élisabeth fit un signe affirmatif. Le chien vint coller son museau sur sa cuisse. Avec ses yeux jaunes et son pelage hérissé, le molosse n'avait pas l'air commode.

— Il n'est pas malin, juste un peu bredin. Tu as faim, *filha* ?

« Combien de temps suis-je restée sans manger ? se demanda soudain la jeune fille. Oh, mon Dieu, sans cette femme, je serais morte ! »

Tout à coup, les nerfs d'Élisabeth cédèrent et elle se mit à pleurer. Les émotions refoulées, accumulées, débordèrent. Ce n'était pas tant d'avoir frôlé la mort, que d'être seule ; de voir que son sort, sa vie, avait tenu à la merci d'une inconnue. Ce lieu sauvage aurait pu être sa tombe et personne, chez elle, n'aurait su qu'elle reposait sous cet arbre. Alix la regardait pleurer en silence, sans dire un mot. Pourtant, il y avait du respect dans son attitude. Une sorte d'estime qu'Élisabeth n'avait jamais ressentie de la part des siens, d'Antoine, des villageois de Montcerf ou de la Filastre. Alix la regardait comme une égale, comme une femme devait regarder une autre femme qui n'était pas la fille d'un comte. Après un long moment, elle s'éloigna, laissant Élisabeth à elle-même. Ce geste ne fit qu'accroître la reconnaissance qu'elle éprouvait pour son sauveur. Alix ne paraissait ni gênée ni ennuyée par le chagrin de la jeune fille. Auparavant, cette dernière aurait été bien embarrassée d'avoir eu un comportement comme celui-là. Se répandre était si peu gracieux, et devant une roturière, c'était du plus mauvais goût ! En outre, son nez coulait, ses yeux la brûlaient, elle percevait la crasse sur ses joues ; elle décida de marcher jusqu'à la source qui coulait non loin pour se laver. Son corps affaibli répondit péniblement à l'exercice. Le séjour en forêt l'avait durement touchée. Ses rondeurs, sans avoir disparu, n'étaient plus aussi généreuses et, lorsqu'elle s'agenouilla près de la source, Élisabeth constata qu'elle avait le teint hâlé des paysans qui passent leurs journées aux champs. Personne, en la voyant, n'aurait pu croire qu'elle était noble. C'était à la fois rassurant et déconcertant. Certes, si on recherchait la fille du comte de Montcerf, jamais on ne la trouverait. Elle se demanda si elle pourrait retourner à Aigueperse sans risquer d'être reconnue.

« Si tu veux demeurer dans les bois, tu vas devoir te procurer certaines commodités, l'hiver sera bientôt là. »

Lorsqu'elle revint vers le camp, Alix avait fait bouillir de l'eau dans un récipient de métal et trois cailles dodues doraient sur des piquets de bois.

— J'ai retrouvé ton couteau et, je crois, ton panier… C'est toi qui l'as tressé ? C'est de la belle ouvrage que tu as faite là.

Élisabeth s'assit et tendit une main hésitante vers les cailles. Alix lui sourit et hocha la tête.

— J'ai du pain aussi, tiens !

Malgré la faim qui la torturait, Élisabeth ne fit aucun geste devant la miche ronde qu'Alix lui présentait. Non, cette denrée précieuse devait avoir coûté fort cher.

— Allons, tu en as plus besoin que moi, dit-elle sans cérémonie.

Vaincue, la jeune femme dévora la moitié du pain et toute une caille, n'en laissant que la carcasse. Elle allait jeter les os dans le feu quand Alix l'arrêta :

— Nenni, donne-les-moi, je les ramasse et je les fais sécher… Pourquoi fais-tu cette tête ?

Sans qu'elle s'en fût aperçue, le visage d'Élisabeth trahissait une crainte subite. Elle se détourna prestement afin de cacher son trouble.

« Tu ne sais pas qui est cette femme, comment peux-tu être aussi naïve ? Tu devrais avoir appris la leçon », songea-t-elle en se mordant les lèvres pour ne pas crier sa rage au souvenir de la Filastre.

— Tu as beau ne pas parler, tes yeux en disent bien assez long, constata la femme blonde, avec un air qui témoignait d'une rare intelligence. Pendant ta fièvre, tu as déliré un peu, et par deux fois tu as prononcé un nom… un nom que je n'ai pas saisi, s'empressa-t-elle d'ajouter devant l'expression effarée d'Élisabeth. Donc, si tu as besoin d'aide… Pour sûr, là, tu dois éviter de bavarder, mais quand tu auras recouvré la parole.

D'un naturel franc et agréable, Alix ne faisait vraiment rien qui pût attiser la méfiance de la jeune femme. Ses propos apaisèrent les soupçons de cette dernière, et elle répondit par un geste amical à son offre. Après tout, si elle ne savait rien sur cette femme, c'était réciproque. Alix n'avait-elle pas autant de raisons de se méfier d'elle ? Une fille seule dans la forêt avec un cheval racé, un couteau de chasseur, mais rien d'autre ?

Soudain, elle pensa qu'elle pouvait communiquer avec la femme. Comment n'y avait-elle pas songé plus tôt ? Elle se leva et chercha une baguette longue et fine. Alix la regarda avec curiosité. Élisabeth, ravie, lui lança un sourire et vint près d'elle. Elle traça les mots « toi » et « habite » sur le sol, tandis qu'Alix l'observait attentivement.

— Je ne sais pas lire, répliqua Alix lorsqu'elle comprit ce qu'Élisabeth faisait.

Spontanément, la jeune femme mit la main devant sa bouche, en signe de surprise. Alix éclata d'un rire franc.

— Ma foi, tu es un drôle d'oiseau, toi ! N'empêche, je veux bien deviner ce que tu tiens tant à me dire.

Élisabeth hésita un moment, puis acquiesça. Pendant qu'Alix infusait des feuilles, elle tenta, en gesticulant surtout, en montrant du doigt et même en poussant des sons, de se faire comprendre.

— C'est la ville d'Aigueperse par là... C'est ce que tu veux savoir ?

Élisabeth pointa encore dans la direction et désigna Alix.

— Je vois, tu veux savoir si j'y vais ? Parfois. Quand j'en ai besoin. Les habitants y sont farouches.

La jeune femme se retint de montrer son accord. Elle ne gagnerait rien à témoigner de son expérience là-bas.

— Tu voudrais m'y accompagner ? lança Alix.

Élisabeth opina du chef.

— Bien, nous irons quand tu te sentiras assez forte. Voilà, tu veux un peu de cette infusion ?

L'odeur d'herbes monta aux narines d'Élisabeth, qui refusa d'un geste poli mais catégorique.

❧

Un haut-le-cœur saisit Bertille tandis qu'elle gravissait le chemin du château de Montcerf. Elle tenait ses jupons d'une main pour courir. Bouleversée par la nouvelle de la fausse couche de sa cousine, elle avait déguerpi telle une possédée, avant même que ne débutât la messe.

« Pourvu que… Oh ! Saint Léonard, protégez Mme la comtesse ! » se répétait la femme.

Elle arriva aux portes du château, la coiffure défaite, les joues rouges et l'air hagard. Heureusement que la majorité des gens étaient au village pour célébrer l'office. Elle entra par la porte des cuisines et aussitôt se rendit à la chambre de sa maîtresse.

— Bertille ? Que vous arrive-t-il ?

La servante s'arrêta devant Gabriel de Collibret. Le frère de la comtesse avait encore trouvé un prétexte pour ne pas aller à la messe. Il était dans la salle basse, avec ses damoiseaux poudrés.

— Je… bredouilla Bertille en posant sa main sur sa tête, constatant qu'elle avait perdu son bonnet dans sa course. J'ai oublié l'aumône pour les nécessiteux…

— Ah ! Quel zèle ! Je ne vous savais pas si dévouée aux œuvres charitables.

La domestique ébaucha un sourire qui se transforma en grimace, tant sa nervosité était grande.

« Ma cousine était pourtant bien portante, et c'était son quatrième enfant… Oh seigneur ! Pourvu que la comtesse… » supplia-t-elle en contournant le gentilhomme.

Elle arriva à la chambre de Marguerite. Son estomac, noué, la faisait souffrir. Elle poussa la lourde porte. Tout était calme. Elle avisa la châtelaine qui dormait paisiblement sur

321

son lit. Bertille retira ses chaussures et, discrètement, se faufila jusqu'au cabinet où la comtesse rangeait ses fards et ses articles d'hygiène. C'était là qu'elle avait placé le sachet d'herbes qu'elle avait acheté à la sorcière. La plante devait apaiser l'enflure de sa maîtresse, mais c'était la même qui avait provoqué l'avortement de sa cousine. Bertille ouvrit la porte du cabinet avec lenteur, terrorisée à l'idée de devoir expliquer à sa maîtresse ce qu'elle faisait là si celle-ci la surprenait. Le sachet était toujours au même endroit. La servante le prit et l'ouvrit en retenant son souffle. Elle considéra les feuilles qui répandaient leur odeur piquante, légèrement acide.

« Il me semble qu'il n'en manque pas… Non, je ne pourrais le jurer. Malheureuse, qu'avais-tu à lui suggérer de consulter cette Filastre ? »

Bertille referma le petit sac et le glissa contre sa peau par l'ouverture de son corsage. Avec précaution, elle traversa la chambre en promettant au ciel maintes pénitences, pourvu que sa maîtresse ne subît pas le sort de sa cousine.

25

Égérie

Louvois lui avait recommandé de profiter du temps qu'il avait pour visiter Paris. Le jeune homme, qui ne demandait rien de mieux que de meubler ses loisirs, avait traîné Médéric dans tous les divertissements et lieux recommandables pour un gentilhomme. Des Tuileries, en passant par le marché aux chevaux, le Pont-Neuf et le quai de la Mégisserie, où il avait vu des dizaines d'espèces d'oiseaux, bref, en trois jours, il lui semblait qu'il avait tout fait et tout vu ! Il avait été au théâtre, à deux reprises, parce que la première fois une bagarre avait éclaté entre les spectateurs avant la fin du deuxième acte.

Encore deux jours avant la soirée chez Claudine. Il n'avait pas parlé à Médéric de sa rencontre avec Aude. Depuis la lettre de son père, la relation entre les deux compagnons était au mieux, et il ne voulait pas risquer de tout chambarder de nouveau. Par ailleurs, le Hollandais ne donnait pas dans les sentiments lorsqu'il s'agissait de fréquentations féminines. Ce soir, il avait tout naturellement proposé d'aller se dégourdir dans un «lieu de plaisir», suggestion que le jeune homme avait repoussée promptement en feignant la timidité. Médéric n'avait pas fait de remarques, bien qu'il sût pertinemment que le jeune homme avait joui des faveurs de la demoiselle Des Œillets.

— Bon, comme vous voulez, mais je vais y aller, moi, décida Médéric en fumant son tabac.

Nicolas sourit en imaginant son vieux compagnon se dévergonder.

— Vous allez voir le secrétaire d'État Louvois avec les lettres de la Des Œillets ? lança alors le Hollandais dans ce qui était une piètre tentative pour changer de sujet. Le plus vite sera le mieux, à mon avis.

Nicolas avait plus d'une fois exprimé sa réticence à ce sujet. Il n'avait pas envie de revoir Louvois, sauf si c'était pour l'entendre annoncer qu'il lui avait octroyé une charge d'aide de camp. En outre, ni lui ni Médéric n'avaient trouvé quoi que ce fût dans les lettres du mystérieux « milord ». Son aventure avec Claude de Vins Des Œillets était de l'esbroufe pour impressionner Médéric et lui prouver qu'il n'avait pas perdu son temps à la recherche de son père.

— Je préfère attendre qu'il me convie ou qu'il m'écrive, répondit Nicolas.

— Ah ! Mais…

— Je vous assure, ce n'est pas seulement par orgueil… Je suis certain qu'il n'y a rien dans ces lettres et, d'ailleurs, mon père voudra peut-être les lui donner lui-même.

Médéric haussa les épaules et, sans plus, se replongea dans ses réflexions. Un peu plus tard, il quitta Nicolas, le laissant seul à la table. Le jeune homme ressortit alors ses essais de poésie qu'il voulait revoir avant de les soumettre à sa tante.

— Vous voulez une autre carafe, monsieur de Razès ? lui demanda la servante, qui manifestait depuis peu un intérêt évident pour le beau gentilhomme aux yeux noirs.

Nicolas lui sourit. Elle avait un joli nez, un teint rosé et une gorge qui, lorsque sa chemise bâillait, laissait généreusement entrevoir ses appas.

— Euh… oui, murmura le jeune homme, qui s'imaginait explorant son corsage. Du vin, oui.

La servante s'éloigna, abandonnant le jeune homme qu'elle venait de mettre en appétit. Luttant contre la pression qui s'éveillait dans son bassin, il plaça les feuilles couvertes de ses quatrains devant ses yeux. Voilà qui était mieux !

— Monsieur de Razès ?

Aude. De surprise, il laissa choir le papier.

— Aude !

C'était bien elle. La demoiselle se tenait devant lui. À peine pouvait-il en croire ses yeux.

— Que faites-vous ici ? Corne-Raillac vous a-t-il… ?

— Chut, ne parlez pas si fort, conseilla-t-elle en s'assoyant près de lui. Je me suis enfuie.

Le jeune homme était stupéfait.

— Comment ! Aude, qu'avez-vous fait ? Votre maître ne sait-il pas que vous êtes ici ?

La question était ridicule et il la formulait, la répétait, pour se convaincre de la folie, de l'audace et du courage de celle qu'il aimait.

— Nicolas, nous ne pouvons pas rester ici. Dès qu'il s'apercevra que je me suis sauvée, il me fera chercher en commençant par cette auberge.

« Comment ! Le scélérat ! Alors, il sait », s'anima Nicolas, qui se voyait déjà lever son arme contre le sieur de Corne-Raillac.

— Allons chez ma tante Claudine, proposa-t-il sans hésiter. Elle nous cachera. Vous pourrez partir à l'aube. Oui, oui, vous irez en Champagne !

Ce plan, malgré sa spontanéité, n'avait rien de mauvais, et Nicolas, qui n'avait jamais auparavant sauvé une demoiselle en détresse, était fier de sa finesse.

— Nicolas, susurra Aude de sa voix triste. Mon sort ne m'appartient pas. Je vais retourner auprès de mon tuteur.

Le gentilhomme rengaina son épée imaginaire. Il ne comprenait pas. Pourquoi était-elle ici ?

— Vous vouliez me voir, dit-elle. Je l'ai senti. Chez votre tante, j'ai entendu votre complainte, mais je ne peux risquer de vous compromettre, ni vous ni elle. Ce salon, je ne vais pas m'y rendre. Pour nous, il n'y aura pas d'autre chance que cette soirée.

— Sortons d'ici !

Il voulait aller dans un lieu où il pourrait lui parler ouvertement. Un lieu à la mesure de son émotion et, surtout, qui parlerait de liberté. Aude lui prit la main et le suivit sans hésitation. Elle se livrait à lui, pleinement confiante et si heureuse ! Alors que lui rageait contre la petitesse de leur bonheur, contre le manque de temps, contre tout ce qu'ils ne vivraient pas, elle, en revanche, s'émerveillait de tenir la main de Nicolas dans la sienne.

⁓

Le pré dissimulait pudiquement ses contours dans l'impénétrable obscurité, laissant aux deux cavaliers la fantaisie de lui inventer une apparence. Même si aucune montagne ne venait profiler le paysage aussi près de Paris, Nicolas n'avait qu'à fermer les yeux pour s'imaginer en promenade avec Aude sur les landes de son enfance. Il plongea son nez dans la chevelure délicate et pâle comme l'argent de la jeune fille pour faire provision de beauté, de bonheur. À ce moment précis, il aurait voulu être à Montcerf, chez lui, avec elle. Il se berça dans cette illusion, bouleversé. Son souhait était impossible, mais cela n'enlevait rien à ce qu'il ressentait. Une sorte de douleur bienfaisante. Le jeune homme s'étonnait qu'aucune autre pensée ne lui traversât l'esprit. Et pourtant, la seule proximité de la demoiselle le plongeait dans un trouble qui ne se comparait à rien de ce qu'il avait connu jusqu'alors.

À la vérité, aucune des incursions qu'il avait faites dans le domaine de l'amour charnel ne rendait justice à la ferveur qu'il éprouvait, et Nicolas refusait à sa passion le droit de désacraliser l'objet de son idolâtrie. Croire que l'union de deux corps pût refléter ce qu'il ressentait pour Aude dépassait non seulement son expérience, mais également son imagination. Brusquement, il comprit que Vincent se fût précipité vers Angélique, même si celle-ci était la favorite du roi et qu'elle ignorait tout de l'amour que son ami lui portait.

— Nicolas, regardez ! murmura Aude tout bas.

Ils s'approchaient du sommet d'une butte qui s'aplanissait au gré de l'ascension du cheval, révélant, contre le ciel étoilé, le faîte d'un immense moulin. Les ailes en croix apparaissaient comme par magie sous leurs yeux, alors qu'elles avaient toujours été là, cachées dans l'obscurité. Le jeune homme devinait le sourire béat de sa compagne devant ce spectacle nocturne. Il guida son cheval vers le géant de don Quichotte, qui dormait, inoffensif.

— Que faites-vous ? demanda-t-elle. Ne risquons-nous pas de réveiller le meunier ?

— Peut-être, oui, confia le gentilhomme, qui, loin de se laisser démonter, poursuivait son chemin. Je ne crois pas que l'on risque gros, cependant, les meuniers ne sont générale-ment pas bien méchants, plaisanta-t-il. En fait, je doute qu'il nous fasse quoi que ce soit.

Le vent chuchotait de sa voix basse, trop léger pour agiter les immenses ailes, tandis qu'ils atteignaient la base du bâtiment. Nicolas mit pied à terre et tendit les bras à Aude pour l'aider à descendre. La jeune femme posa ses paumes sur les larges épaules de son cavalier et, lorsque leurs visages se firent face, les deux amoureux retinrent leur souffle. Il savait, comme elle, qu'ils n'auraient pas d'autre nuit que celle-là pour jouir de leur éphémère liberté. Nicolas la précéda à l'intérieur du moulin. Aude se serra contre lui, intimidée par la totale opacité du lieu et bouleversée par l'aventure dans laquelle elle s'était jetée.

— Nicolas…

— Attendez, la rassura-t-il en tâtant les murs à la recher-che de lumière.

Il trouva, à son grand soulagement, un lumignon qui traî-nait près de la meule. Lorsque l'étincelle jaillit, il adressa un grand sourire à la jeune femme, qui baissa les yeux, soudain gênée. Nicolas lui prit la main et l'attira vers lui. Le sol était couvert d'une fine pellicule blanche et l'odeur douceâtre du son flottait dans l'air.

— Je vais chercher quelque chose pour que vous puissiez vous asseoir.

Elle saisit son poignet entre ses doigts menus, empêchant le jeune homme de s'éloigner. La caresse le fit tressaillir comme s'il s'était agi d'une salve de mousquet, éveillant ses sens. Déchiré par les émotions contradictoires qu'il ressentait, le jeune homme se pencha vers elle et effleura son visage avec douceur.

— J'ai peur de ne jamais vous revoir, dit-il, son aveu se répercutant jusqu'au sommet du moulin.

La jeune femme se contenta de sourire.

— Vous me verrez demain, à l'aube, et toute la nuit…

« Tu peux lutter contre cette attirance vaille que vaille, mais cela ne fera que te rendre fou et ne changera rien à son destin, ni au tien », se dit-il tout en laissant tomber ses dernières défenses.

Nicolas empoigna la taille frémissante de la jeune fille et déposa cette dernière avec précaution sur les sacs gonflés de mouture de céréales. Sans la quitter des yeux, il lui retira ses vêtements, exposant sa peau diaphane à ses yeux affamés.

Elle se livrait, consentante, à son désir, avec une confiance qui enfiévrait le jeune homme. Il n'y avait chez elle aucune pudeur, aucune peur, et pourtant elle vibrait comme une harpe qui résonne pour la première fois. Il glissait de sa bouche à son cou, à ses seins, à son ventre, alors que les ondulations de son corps répondaient à ses lèvres.

Entre ses baisers, il lui murmurait les serments que la beauté de la nymphe faisait naître en lui.

— Je te veux juste à moi… Aude, ma belle Aude… Tes seins sont faits pour mes mains…

Elle tressaillait à chacune de ses caresses, fébrile comme une tragédienne qui joue son dernier acte. Chacun des sons qu'elle poussait octroyait au jeune homme un droit de passage vers son intimité et il se retrouva naturellement entre ses jambes. Depuis qu'il avait vu luire son pubis blond, Nicolas avait décidé qu'il voulait qu'elle fût à lui, complètement à lui, de toutes les façons qu'un homme pouvait connaître une femme. Poussé par une sorte d'ambition charnelle, il inventa des caresses juste pour elle, découvrant, dans sa chaleur humide, le plaisir insoupçonné de sentir la jouissance de sa maîtresse. Ce moment culminant arriva subitement, et lorsque Aude poussa un râle profond, Nicolas sentit sa propre virilité se dresser avec une force irrépressible.

— Ahhh… Nicolas, mon âme, mon amour…

Au moment où Aude prononçait ces mots, la chandelle vacilla une dernière fois et s'éteignit, les dérobant à la vue l'un de l'autre. Le jeune homme se défit prestement de ses chausses et, guidé par les mains d'Aude, pénétra en elle. Exalté par la communion de leurs corps, il interpréta la cambrure des reins de sa maîtresse comme un mouvement pour décupler son plaisir, et son cri comme l'expression de son orgasme. Lorsqu'il se pencha vers elle pour l'embrasser, ses lèvres rencontrèrent la moiteur de ses joues, et l'émotion, additionnée à la volupté, le porta à des sommets qu'il ne croyait pas accessibles sur terre. Il l'enlaça avec la ferveur d'un condamné qui exauce son dernier souhait, sachant que la nuit serait courte et que, comme elle, la jeune femme s'évanouirait aux premiers rayons du soleil.

❧

Le contact des lèvres d'Aude contre les siennes le tira du sommeil. Il cligna des yeux et se redressa pour la voir faire quelques pas en direction de la porte du moulin. Le jour filtrait par les interstices du toit. Nicolas tendit la main vers la jeune femme. Elle s'était habillée et souriait.

— Bonjour.

— Ne pars pas, ordonna-t-il, et aussitôt il regretta sa faiblesse. Nous devrions déjeuner ensemble ; de plus, tu rentreras plus vite à cheval.

— Nous nous étions entendus pour nous séparer à l'aube, rappela-t-elle de sa voix mélodieuse qui n'exprimait aucune note de regret ni d'amertume.

Le cœur de Nicolas se serra et il se retint de justesse d'exécuter un geste d'indifférence en guise de défense.

— Pourquoi m'avoir réveillé ? Dans mon rêve, il n'y avait pas de tristesse, aucune cruauté…

— Je n'ai pas pu m'empêcher de te donner un dernier baiser, tu étais trop beau, bercé par le sommeil. Je chérirai le souvenir de cette nuit à jamais. Adieu, mon amour !

Nicolas, impuissant, la regarda se glisser hors du moulin. Il se laissa choir sur les sacs de céréales et ferma les yeux. Ce n'est que l'arrivée du meunier et de ses aides qui le tira de son demi-sommeil. Nicolas rassembla ses vêtements, sous les regards grivois. Avant de s'en aller, il sortit une poignée de sous qu'il posa à l'endroit exact où s'étaient déroulés leurs ébats. Soudain décontenancé, il aperçut la trace de sang, infime, mais pourtant bien fraîche, qui marquait la toile : le sang virginal.

❦

« Angélique, pourquoi m'es-tu si cruelle ? se demanda Vincent en pensée. Amour, pourquoi, en ton nom, dois-je tant souffrir ? »

La duchesse de Fontanges, assistée d'un écuyer et d'un laquais, montait sur une jument grise pommelée. Son visage exprimait le bonheur indicible de pouvoir enfin remonter en selle. Elle était, en ce moment, telle qu'il l'avait toujours connue sur les terres de la famille de Scorailles : belle, vive, enjouée. Sa chevelure d'un blond rare, presque rosé, brillait sous le soleil. Les traces de ses maux paraissaient s'être envolées. Vincent de Coulonges n'était pas celui qui flétrirait sa joie, ça non ! C'était au-dessus de ses forces. D'ailleurs, il doutait que quiconque fût capable de ternir l'entrain d'Angélique, qui se réjouissait à l'idée que, dans quelques jours, elle allait revoir le roi, l'homme qu'elle aimait. Le gentilhomme la suivit des yeux alors que l'animal faisait quelques pas dans le jardin de l'abbaye. À son corps défendant, il se tenait à bonne distance de la duchesse. Comme il ne faisait pas partie de la suite de la favorite, sa présence était tolérée, et encore, c'était grâce à l'appui que lui avait prêté le comte de Montcerf. Lors de son arrivée à Chelles, Vincent de Coulonges n'avait pu entrer dans l'abbaye, et ce, malgré le billet que lui avait écrit Nicolas de Razès. Chaque personne qui passait la porte et qu'il interrogeait lui rapportait des ouï-dire sur ce qui se tramait à l'intérieur de l'abbaye. Tantôt la duchesse de Fontanges était souffrante, tantôt elle était partie rejoindre la cour. Plusieurs jours durant, il tenta de se faire recevoir par le comte de Montcerf, sans succès. Inquiet à ne plus pouvoir en fermer l'œil, Vincent ne se résolut pourtant jamais à regagner Paris.

« Je suis fou », s'était répété le jeune homme à tant de reprises qu'il avait fini par le croire un peu.

Fou de s'être entêté devant les portes closes du couvent, fou d'avoir tenté, à ses risques et périls, de rencontrer Xavier de Razès, mais plus fou encore d'accepter la distance qu'on lui imposait avec celle qui avait partagé ses jeux d'enfance. Avec celle qui le connaissait comme un frère.

— Mademoiselle la duchesse, votre grâce, je vous en prie, soyez prudente ! s'exclama un gentilhomme qui portait une veste et un haut-de-chausses aux couleurs de la famille de Scorailles.

Ce drôle, que Vincent ne connaissait pas, était l'un des multiples gentilshommes de la maison de la duchesse. Angélique éclata de son rire joyeux. Vincent, du banc où il se trouvait, perçut les soupirs bruyants des nonnes qui s'offusquaient de la démonstration pleine d'indécence. Il serra les poings.

Comment pouvait-on croire, à la vue de ce visage aux traits purs qui exhalait la bonté comme un parfum de printemps, que cette demoiselle eût délibérément voulu choquer ses hôtesses ? Vincent maudissait toutes ces dévotes qui condamnaient celle qui n'avait jamais montré le moindre germe de vanité. Angélique n'était pas de cette race-là. Et c'était bien là tout son malheur.

— Ne les jugez pas trop vite, monsieur de Coulonges, fit la sœur Marie, qui le surprenait dans son humeur assassine.

Cette religieuse-là lui adressait du moins la parole. Depuis qu'il avait pu entrer en qualité d'ami du comte de Montcerf, il avait eu quelques entretiens avec elle. Vincent lui trouvait un visage charmant et sensuel, qui était judicieusement compensé par une attitude posée et sereine.

— Je ne… se défendit-il. Ce n'est certes pas un lieu d'allégresse, mais Mlle de Fontanges ne pense pas à mal.

Sabine se contenta de hocher la tête.

— Je viens vous porter une requête du comte de Montcerf, il souhaite vous parler.

— Bien. Je vous suis, ma sœur.

Xavier de Razès l'attendait dans le jardin des pères où, depuis peu, il avait obtenu la permission de se reposer. Encore une fois, Vincent fut frappé de sa ressemblance avec Nicolas.

— Monsieur de Razès, salua Vincent en tentant de ne pas se troubler à la vue des nombreuses blessures qui marquaient le gentilhomme.

Le père de Nicolas n'avait pas un tempérament commode et, presque toujours, les visites des médecins se terminaient sur une note plus ou moins brutale. Vincent, qui logeait aussi dans l'aile des prêtres, s'était tenu à l'écart de Xavier le plus clair de son temps. Il reconnaissait chez l'homme une humeur impétueuse et même une susceptibilité dont il était lui aussi bien pourvu. Et puisque sa présence dépendait du bon vouloir du convalescent, il avait cru plus sage d'éviter sa compagnie.

— Je dois vous parler à propos de la duchesse de Fontanges, l'avertit Xavier, sans autre préambule. Vous allez me trouver bien hardi, mais la situation m'oblige à être sans détour. Sœur Marie m'a informé que vous étiez très proche de Mlle de Fontanges.

— Je le suis. Ne vous l'avais-je pas dit ?

— Vous m'avez dit, si je me souviens de vos propos exacts, que vous aviez grandi en sa compagnie et qu'elle était pour vous comme une « sœur de lait ». Or, selon sœur Marie toujours, il semblerait que vous éprouviez pour la favorite un sentiment plus doux…

— Cela se peut, hésita Vincent, qui redoutait la suite.

Xavier soupira et leva vers le jeune homme son œil noir et perçant.

— Si à votre sentiment je confie son salut, je le souhaiterais plus vif et plus ardent. Fouchtra ! Répondez-moi !

Vincent tressauta comme si on venait de le cravacher.

— Je la suivrais jusqu'en enfer, si vous me le demandiez, monsieur de Razès, avoua Vincent, les sourcils froncés et les mâchoires serrées.

Xavier sourit franchement.

— Bien, puisque c'est précisément là qu'Angélique entend se rendre. Pour vous, le supplice en sera encore plus terrible.

Vincent comprit que le comte de Montcerf souhaitait le voir se joindre à la suite de la duchesse de Fontanges afin d'accompagner cette dernière, qui désirait retourner à Saint-Germain ces prochains jours. La bénédiction de l'abbesse de Chelles avait eu lieu en juillet, le mois d'août était déjà bien entamé, et il n'y avait donc plus aucune raison pour que la jeune favorite ne fût pas à la cour, auprès du roi.

— Vous devez savoir que je me soucie beaucoup de la santé de la duchesse, affirma Xavier. Dans sa hâte, elle en oublie jusqu'à son état.

— Vous craignez qu'on attente encore à sa vie ? s'alarma Vincent de Coulonges.

La tentative d'empoisonnement était déjà une rengaine lorsqu'il était arrivé à l'abbaye de Chelles.

— Je me suis assuré que la personne que je suspecte soit écartée de sa suite, l'informa Xavier, qui pensait à la dame Dumesnil. Cependant, le poison est un moindre mal en comparaison de ce qui l'attend et qui, plus sûrement, pourrait l'achever. Je parle ici du service du roi.

26

Espoir

— Monsieur, c'est que… on n'y voit goutte ! se plaignit Germain de Blois en soulevant la lanterne à bout de bras.

Ignorant les jérémiades de son page, Gabriel de Collibret avait poussé ses recherches jusque dans la nuit noire.

— Monsieur de Collibret… j'ai entendu un bruit, alerta Louis. Cela ressemble à…

— Chut ! ordonna Gabriel qui, pour se rassurer, posa une main sur la poignée de son épée.

— Hou, hou !

Germain sursauta et cela fit vaciller la lumière de la lampe.

— Une chouette ! Messieurs, ce n'est qu'une chouette, dit Gabriel, dépité par l'attitude de ses gentilshommes. Bon, rentrons !

Germain exprima bruyamment son soulagement, ce qui ne manqua pas de faire réagir Louis, qui le regarda avec dédain.

« Si Xavier était ici, il nous moquerait », pensa Gabriel, amer.

Cette pensée lui revenait souvent et, comme chaque fois, la culpabilité le frappait durement. Depuis que sa nièce avait disparu, il ne s'était pas accordé une seule journée de repos. Il ne dormait quasiment plus, s'habillait avec des chemises d'étamine qui irritait sa peau et s'imposait de battre la campagne, au grand dam de ses damoiseaux. À travers ce supplice, Gabriel cherchait à expier ses remords, et surtout à adoucir la hargne de sa sœur, qui feignait de ne pas s'apercevoir de ses efforts. Chaque matin, sans exception, elle s'enquérait du sieur de

Cailhaut et de son fils Hyacinthe, qui avaient quitté Montcerf en quête de la fugueuse. La nouvelle de la disparition d'Élisabeth avait remué tout le comté. La population, superstitieuse et craintive, avait courageusement uni ses forces et s'était jointe aux deux hommes pour arpenter la lande. Au-delà des vallées, le Puy restait un lieu hostile, escarpé, et il valait mieux prier que s'aventurer vers ses sommets peuplés de bêtes sauvages.

— Si Mlle Élisabeth s'est égarée dans les Puys, je doute qu'on ne la revoie jamais, avait prédit une des lingères.

Malheur à elle, car ses propos étaient parvenus jusqu'à la comtesse. Le jour suivant, elle avait été renvoyée du château. Margot était devenue ermite dans sa propre demeure. Lorsqu'elle descendait dans la salle basse, on s'efforçait de ne pas se trouver sur son chemin ; on redoutait ses sautes d'humeur. Au point que, depuis une semaine, Gabriel avait commencé à prendre le rôle du maître des lieux. Aidé de Bertille, il s'assurait que les tâches quotidiennes fussent accomplies. Tout le monde avait compris qu'il ne fallait plus trop compter sur la comtesse. De son côté, Gabriel avait écrit au prince de Condé pour l'informer que son séjour en Auvergne se prolongerait.

« Au moins jusqu'au retour de Xavier, décida-t-il, bien qu'il n'eût absolument aucune idée de la date de retour du comte. Marguerite a bien dû lui écrire ; il ne saurait tarder. »

Gabriel laissa le soin aux palefreniers de desseller et de soigner sa monture. Ils avaient quitté le château après le repas de midi et n'avaient eu qu'un maigre goûter par la suite. Dans la salle à manger, les parfums de cuisine les avertirent qu'ils avaient très faim.

— Aïe ! Aïe ! se plaignait Germain à chaque pas.

Pendant leur retour, le page avait fait une fâcheuse rencontre avec un buisson de ronces et portait plusieurs égratignures aux bras et aux jambes. Bertille arriva avec une soupière de bouillon. Gabriel surprit le regard sévère qu'elle lança au jeune homme et il en eut pitié. Il ferait mieux de renvoyer le page chez lui… le pauvre peinait à les suivre ; en plus de sa faible constitution, il n'était pas fait pour le grand air.

— Mme la comtesse s'est trouvée mal, murmura Bertille à l'oreille de Gabriel avec des airs de conspiratrice.

Quoique le gentilhomme en vînt à apprécier sa compagnie, elle l'agaçait par sa propension à tourner la moindre chose en intrigue, se donnant une importance qui ne convenait ni au lieu ni au moment.

— Est-ce grave ? questionna Gabriel en se redressant.

La servante pinça les lèvres, comme si elle retenait un sanglot.

— Le médecin est avec elle. Ses sens lui ont fait défaut, expliqua-t-elle en s'assurant que les pages ne l'entendissent pas. Je l'ai découverte un peu après cinq heures, quand je suis allée lui porter son lait chaud.

Gabriel n'attendit pas la suite et s'élança vers les appartements de sa sœur. Évidemment, elle tenta de le suivre, mais il l'en empêcha avec autorité. La domestique qui jouait les dames de compagnie, maintenant ! Conscient qu'après cela il ne devrait pas espérer sa visite cette nuit, Gabriel s'en consola en pensant que cela lui permettrait de rattraper un peu de sommeil perdu.

— Hum ! fit-il en pénétrant chez Marguerite sans prendre le temps de s'annoncer.

Le médecin, un vieil homme qui avait peu d'érudition mais beaucoup de sagesse, se dirigea tout droit vers lui. Gabriel aperçut le corps de sa sœur entre les quenouilles du lit. Elle reposait sur le dos, un linge sur le front.

— Ciel ! Comment se porte la comtesse ?

— Monsieur, j'ai peur que madame ne se soit surmenée, l'informa le médecin à voix feutrée.

— De grâce ! Dites-moi qu'elle sera…

— Parlez moins fort, je vous prie. Je lui ai donné une préparation somnifère. Vous devrez vous assurer qu'elle mange suffisamment et surtout qu'elle garde le lit.

— Bien, répondit le gentilhomme, rassuré.

— Je reviendrai dans trois jours. Voilà le remède qu'elle devra prendre avant chaque souper.

Le médecin quitta la pièce et Gabriel s'approcha de sa sœur. La voir dans un lieu aussi intime et dans toute sa fragilité le saisit. Il tira le tabouret demeuré près du lit. Le drap recouvrait la comtesse jusqu'aux épaules. Gabriel fixait la bosse que faisait son ventre arrondi comme s'il le remarquait pour la première fois.

— Xavier… c'est toi ?

Il tressaillit. Les paupières de Margot frémirent et lentement s'ouvrirent. Ses yeux verts se posèrent sur lui.

— Je suis navré, Margot. Si j'avais su… Je vais rester auprès de vous, dorénavant.

Elle referma ses yeux et il vit ses lèvres pâles se mouvoir, vaciller entre une grimace de douleur ou de chagrin.

— Comment aurais-tu pu savoir ? Je l'ai perdue… j'ai perdu notre fille ! Pardonne-moi, Xavier, pardonne-moi…

Sa sœur croyait qu'il était Xavier… Elle divaguait, et Gabriel ne sut pas s'il devait la laisser ou rester à son chevet. Il ressentait un profond malaise. Son intrusion lui avait bien involontairement révélé une Margot qu'il n'avait encore jamais vue… ni imaginée.

❧

Lorsqu'il s'éveilla, Gabriel se frotta les yeux et regarda autour de lui. La clarté l'aveugla pendant un bref instant, puis il se leva et s'approcha du lit où dormait sa sœur. Il fut soulagé de la voir reposer telle qu'il l'avait laissée. Il s'éloigna à la recherche d'un miroir et d'un peigne.

— Ga… Gabriel ? fit la voix éraillée de Marguerite.

Le gentilhomme se retourna. Le visage de sa sœur était détendu, reposé, et moins enflé que d'habitude. Elle le fixait, perplexe.

— J'allais me changer… Je m'étais endormi dans ce fauteuil, dit-il pour expliquer son allure et ses vêtements froissés.

— Gabriel, que faisiez-vous dans ma chambre ? demanda-t-elle, franchement étonnée.

Luttant contre son embarras, il s'assit à côté d'elle.

— Vous avez eu un malaise, hier. Le médecin est venu. Je vous ai veillée pour…

— Je m'en souviens, l'arrêta Marguerite d'une voix plus claire.

Dans le plus grand silence, Gabriel attendit qu'elle parlât, mais sa sœur détourna son visage et regarda le jour qui entrait, sans la moindre discrétion, par la fenêtre aux rideaux tirés.

— Je vais renvoyer Germain à Paris. Je pense qu'il serait souhaitable que Xavier soit prévenu de la situation, annonça Gabriel.

— J'en conviens.

— À partir de maintenant, je ne vais plus sortir du château, afin de mieux veiller sur vous. Vous devez vous reposer, c'est ce que le médecin a dit. Margot ? Vous m'entendez ?

— J'ai cru que Xavier était rentré, hier soir, mais c'était vous.

— J'en suis désolé, murmura Gabriel sans trop savoir à quoi il compatissait, si c'était parce qu'elle l'avait pris pour son mari ou parce que celui-ci n'était pas là.

Elle le regardait et, malgré la peine qui marquait les traits de la comtesse, il sentit, il sut qu'elle lui était reconnaissante d'être là.

— C'est l'odeur, dit-elle. La forêt, les chevaux…

Il tira la langue en plissant le nez. Décidément, le charme légendaire de son beau-frère tenait à bien peu de chose.

꩜

Près de l'âtre, deux bonnes étendaient les joncs coupés qui serviraient au tressage des paniers. Agacé par leurs ricanements, Gabriel leur lançait des coups d'œil en souhaitant que

Marthe ou Bertille intervinssent pour les discipliner. Finalement, cette dernière pénétra dans la pièce.

— Anne, Louison, ne traînez pas ici! intima-t-elle aux jouvencelles, qui s'éloignèrent sans un mot.

Bertille était suivie d'un homme d'âge mûr, habillé d'une veste de drap et d'un haut-de-chausses, sobre et, à n'en pas douter, taillé à sa mesure.

— Monsieur de Collibret, annonça la servante. Laissez-moi vous présenter M. Millet, tailleur à Montcerf.

Gabriel se leva et salua l'homme. Bertille se tenait en retrait, les lèvres pincées et l'air embêté.

— Monsieur de Collibret, commença l'homme, d'une voix mal assurée. Nous ne nous sommes jamais rencontrés…

— Non, en effet. Je suis le frère de la comtesse de Montcerf. Que puis-je pour vous?

— Je désire parler à Mme la comtesse, monsieur.

Bertille eut un mouvement d'impatience, destiné à faire comprendre à Gabriel qu'elle avait déjà tenté d'expliquer la situation à l'artisan.

— Je vois. Puis-je m'enquérir de la raison qui vous amène ici? demanda respectueusement Gabriel.

— Je regrette, mais je préfère en entretenir madame en personne, répondit-il fermement. Je suis convaincu qu'elle voudra bien me recevoir.

Le gentilhomme fronça les sourcils. Le tailleur paraissait être un homme de bon sens et il connaissait de toute évidence la situation de la famille. Gabriel s'était employé depuis deux jours à tenir à l'écart toute personne risquant de troubler le repos de sa sœur, mais l'attitude de l'homme laissait croire que la raison de sa visite était d'importance.

— Si elle est disposée à cet entretien, je me devrai d'y assister aussi. Cela ne vous dérangera pas, j'espère?

Le tailleur acquiesça en silence.

— Bien. Bertille, allez voir si la comtesse veut bien recevoir M. Millet.

Quelques minutes plus tard, les deux hommes pénétraient dans le boudoir de Marguerite. Tel qu'il l'avait pressenti, sa sœur avait tout de suite accepté de voir l'artisan.

— Madame la comtesse, fit le tailleur en s'inclinant avec respect. Je suis navré d'avoir insisté, mais je devais vous parler.

— Il n'y a pas de mal, monsieur Millet. Je vous écoute, dit Marguerite avec bienveillance.

Il y eut un silence, durant lequel Gabriel observa l'homme qui se dressait devant la châtelaine. Son mutisme ne dura qu'un instant mais, avant même de reprendre la parole, ses joues devinrent rouges et ses lèvres se mirent à trembler. Le gentilhomme comprit aussitôt que ce qui allait suivre ne prêterait pas à rire.

— Je suppose… madame, euh… que vous ignorez le drame qui accable notre famille ? commença le bourgeois en regardant la comtesse. Mon fils, Antoine… est mort, il y a de cela près de trois semaines. On croit à un empoisonnement.

Gabriel pâlit. Marguerite, elle, regarda l'homme sans montrer autre chose que de la sollicitude.

« Apparemment, elle n'est pas très proche de cet homme ni de sa famille », en déduisit le gentilhomme.

— C'est ce que le médecin et l'apothicaire ont déclaré… Cela s'est produit à Aigueperse, où mon fils s'était rendu pour conclure une affaire, relata l'homme, qui maîtrisait du mieux qu'il pouvait ses émotions.

— Je suis profondément navrée et je compatis à votre deuil, monsieur Millet. J'ignorais, en effet, le tragique événement. Votre épouse…

— Savez-vous, madame de Razès, que votre fille, Élisabeth, était venue chez moi il y a près d'un mois… C'était le soir de votre arrivée, monsieur, souligna l'homme, en adressant un regard au frère de la comtesse. Elle avait demandé à voir mon fils. Or, il était déjà en route pour Aigueperse.

Quoique le ton demeurât respectueux, Gabriel avait noté une touche d'agressivité dans les derniers mots du tailleur, et il en fut outré. Avant même qu'il eût pu réagir, Margot prit la parole.

— Non, je n'en savais rien, admit-elle. De votre côté, monsieur Millet, si vous savez quelque chose qui pourrait nous permettre de la retrouver…

Gabriel dévisageait l'homme. Il n'allait pas insinuer que sa nièce avait quelque chose à voir avec ce prétendu empoisonnement, tout de même !

— Un confrère avec qui Antoine a dîné m'a dit avoir aperçu une jeune femme dans sa chambre, le soir fatal… Les gens du guet sont toujours à sa recherche.

— Croit-on que cette femme soit coupable ? s'exclama Gabriel, abasourdi.

Le tailleur lança un regard navré à la comtesse.

— Je ne comprends pas… fit Marguerite. Ma fille ne connaissait pas votre fils. Au plus devait-elle l'avoir vu deux ou trois fois, non ?

À cette question, le regard inquiet du bourgeois virevolta dans tous les sens.

— Il existe un moyen facile de savoir s'il s'agit bien d'Élisabeth, intervint Gabriel. La ville d'Aigueperse se situe à plusieurs jours d'ici, non ?

— Près de trente lieues, précisa l'homme.

— Élisabeth est partie le soir de sa visite chez vous. Quand est-ce que votre fils a soupé avec votre confrère ?

— Deux soirs plus tard, répondit M. Millet avec une sorte de soulagement.

Marguerite se laissa choir contre le dossier de son fauteuil.

— Voilà qui écarte la possibilité que ce soit elle. J'ai moi-même fait le chemin inverse en arrivant ici de Clermont-Ferrand. Nous avons mis trois longues journées. D'ailleurs, si c'était le cas, plusieurs témoins n'auraient pas manqué de la reconnaître. Or, jusqu'à présent…

— Ce n'est pas impossible, intervint Marguerite à la surprise des deux hommes. Élisabeth est très bonne cavalière. Si elle voulait rejoindre Antoine, rien ne l'aurait empêché d'y aller au galop…

Secoué, Gabriel regarda sa sœur sans comprendre. Où Margot voulait-elle en venir? Pourquoi s'accrochait-elle à cette hypothèse?

— Mais il s'agit d'Élisabeth, voyons! coupa-t-il aussitôt. D'Élisabeth, pas d'une sorte de sauvageonne qui chevaucherait deux jours et deux nuits dans la forêt!

— Monsieur Millet, reprit la comtesse, faisant fi de son frère. Ma fille ne voyageait pas seule. J'ai bien peur que la dame Filastre, que nous avions accueillie à Montcerf, n'ait été en sa compagnie lorsqu'elle a rencontré votre fils. Si ce que j'avance se vérifie, il y a fort à parier que c'est cette dernière qui a empoisonné votre fils.

— Deux femmes à cheval n'auront pas manqué d'attirer les regards, dans la ville à tout le moins, fit remarquer Gabriel, toujours sceptique.

Le bourgeois semblait avoir cédé à l'émotion, car il était soudain devenu tout rouge et il tirait sur un bouton de sa veste.

— À propos de la Filastre, madame la comtesse, il me faut vous dire qu'Antoine n'aimait pas voir cette femme vagabonder aux abords du village. Une fois, il l'a même chassée de la boutique! s'exclama le tailleur. Mal lui en a pris! Elle l'aura maudit, la sorcière!

Le désarroi du pauvre homme faisait certes peine à voir, mais Gabriel se souciait surtout de l'état de sa sœur, que toutes ces émotions risquaient d'éprouver.

— Monsieur Millet, venez avec moi, je vais vous donner quelque chose à boire, proposa-t-il en entraînant l'homme par le bras.

Le tailleur ne protesta pas, mais il ne fit rien non plus pour aider au mouvement; il paraissait empêtré dans le cauchemar du trépas de son fils. Lorsque enfin Gabriel parvint à le faire sortir, Marguerite se leva et se rendit à la fenêtre. Les pensées se bousculaient dans sa tête ; Élisabeth, la sorcière et Antoine… mort empoisonné. Quel rôle avait bien pu jouer sa fille dans tout cela ? Où était-elle maintenant ?

« Avant toute chose, je dois faire parvenir un message à M. de Cailhaut et à Hyacinthe », résolut Marguerite.

Si Élisabeth était mêlée à ce tragique décès, alors il y avait peu de chances qu'elle fût encore dans la région. Néanmoins, c'était une piste à suivre. Gabriel avait raison, deux femmes seules ne pouvaient pas être passées inaperçues. Elle réprima un frisson et s'éloigna instinctivement de la fenêtre. Le froid ne l'envahissait pas de l'extérieur, mais de l'intérieur, de son ventre, de ses entrailles. La simple évocation de sa fille en compagnie de cette femme monstrueuse la torturait. Élisabeth allait-elle subir le même sort qu'Antoine ?

⤳

Amoureux, amour, folie ! Tous ces mots avaient soudain un sens, et quel sens !

Le jeune homme n'arrivait plus à penser à autre chose qu'à Aude. Il revivait leur nuit au moulin, encore et encore. Dans ses visions, tout était encore plus beau et plus pur. Et puis, bien sûr, il y avait cette marque, cette preuve, qui avait jeté en lui un trouble plus grand encore que la simple union de leurs corps. Aude était encore pucelle… Jamais aucun homme avant lui ne l'avait connue. Il reprenait peu à peu ses esprits, fort secoué par cette révélation. Dans l'aristocratie, une telle transgression forçait souvent les mariages et pouvait condamner un homme, s'il choisissait de ne pas réparer son geste. Aude lui avait donc sacrifié sa vertu. Nicolas voulait voir là une marque de l'amour que lui portait la belle, même s'il ne lui avait pas demandé une telle preuve. Non, Aude n'était pas de celles à qui l'on pouvait demander quoi que ce fût. D'ailleurs, c'était elle qui était venue le rencontrer. Pour l'aimer, elle avait tout risqué, et c'était sur son amant que pesait

maintenant une lourde responsabilité. La surprise de la découvrir vierge l'avait enorgueilli, mais sa fierté était moindre
que son trouble. Entre les jouvencelles et les filles légères, il
avait créé une alcôve pour les femmes comme Aude, qui, si
elles n'étaient pas libertines, avaient connu l'amour.

Quand sa raison l'abandonnait, il se voyait forcer la porte
de la maison de Corne-Raillac, expédier *ad patres* les ombres
qui la gardaient captive, puis disparaître avec elle. Ses
fantasmes, tantôt élaborés, tantôt dénués d'artifices, avaient
tous un point commun : Aude et lui se retrouvaient et ne se
quittaient plus.

Pour Nicolas, le temps passait sans que rien d'autre ne
l'affectât. Il avait pourtant reçu une lettre du secrétaire d'État
Louvois. Enfin, ce dernier lui avait obtenu une charge d'aide
de camp ! Le jour où la nouvelle lui était parvenue, Médéric,
surpris et assez content pour son compagnon, l'avait invité à
ripailler afin de célébrer l'événement. Le Hollandais n'avait
pas lésiné sur le vin ni sur la bonne chère et, le temps d'une
soirée, Nicolas était parvenu à occuper ses pensées à autre
chose qu'à sa sirène. Durant le souper, Médéric avait alimenté
la conversation, relatant des batailles auquel il avait participé,
lui laissant entrevoir les chemins menant à la victoire, attisant
son envie de gloire. À la fin de la veillée, Nicolas, les sens
embrouillés par le vin, s'imaginait ornant Notre-Dame d'une
tapisserie d'étendards pris à l'ennemi.

— À quel âge peut-on être nommé maréchal ? Je pourrais
bien devenir le plus jeune maréchal que l'histoire ait connu !
clama-t-il en regagnant son hôtellerie.

Médéric Vennheimer lui souriait sans paraître irrité le
moins du monde par les fanfaronnades de Nicolas. Ce sourire
était celui d'un homme qui était parvenu à ses fins, soit le distraire et ainsi le prévenir de tout geste irréfléchi. En attendant
l'arrivée du comte de Montcerf, Médéric tenait à garder le fils
de ce dernier loin des complots de la Des Œillets et des mystérieuses cantatrices. Nicolas l'avait compris, mais ne l'avait

pas fait remarquer. Les intentions de son compagnon étaient de le protéger de lui-même et ses inquiétudes témoignaient de l'attachement qu'il ressentait à son endroit. Toutefois, ce n'était qu'une trêve, un court répit.

Inévitablement, au lever du jour, l'astre de son cœur répandait la lumière crue de son amour brûlant.

Nicolas n'était pourvu d'aucune défense contre l'amour. Devait-il en chercher la cause dans son éducation, rythmée par des utopies romanesques ? Il n'en savait rien. D'ailleurs, sa nature humble et généreuse lui évitait de se pénétrer de fausses idées sur sa singulière destinée, soit qu'il figurait parmi les bienheureux qui avaient connu l'amour terrestre. Son arrivée fortuite avait uni à jamais Margot et Xavier, et cela l'avait, lui, prédestiné à connaître le grand amour.

27

Dette de faveur

— Monsieur de Louvois, dit-il, saluant avec déférence, alors qu'une cavalcade de beaux mots défilait dans son esprit. Je suis comblé de vous revoir enfin !

— Monsieur de Razès, relevez-vous, je vous prie, l'accueillit François Michel Le Tellier, marquis de Louvois, secrétaire d'État à la Guerre. Prenez place !

Le jeune homme choisit un tabouret et fit pivoter son épée pour s'asseoir avec élégance. Même s'il recevait chez lui, la toilette du marquis était recherchée, ce qui conforta Nicolas dans le choix de vêtements qu'il avait fait. Un serviteur discret leur servit du vin.

— J'ai déjà mangé, mais je peux vous faire porter un goûter.

— Sans façon, merci, répondit Nicolas.

— Soit ! Votre père étant toujours occupé à ses affaires, je ne l'ai pas encore vu, mais j'ai cru bien faire en hâtant le dénouement de l'affaire qui nous intéresse. Voyons ! Si je ne m'abuse, il était question d'une charge d'aide de camp. Or, pour le moment, comme vous ne l'ignorez pas, le traité de Nimègue nous force à un repos quasi complet. Je crains que vos fonctions soient limitées, mais le maréchal de Créqui pourrait, dès la semaine prochaine, vous rencontrer.

— Alors, je servirai sous M. de Créqui ? J'aurai fort à faire juste en l'accompagnant, renchérit le jeune homme. Les conseils d'État, les différents corps militaires, la diplomatie, j'ai tout à apprendre.

— Évidemment, appuya le secrétaire d'État. M. de Créqui est un homme occupé qui ne laisse que peu de temps libre à ses subordonnés. Avez-vous eu le temps de vous familiariser avec la ville ?

— À peine. Les affaires de mon père m'ont laissé peu de répit.

Il jeta un regard interrogateur au jeune homme. De toute évidence, Louvois ne comprenait pas à quoi Nicolas faisait référence. Brusquement, Nicolas se demanda s'il payerait pour son zèle, mais il était déjà trop tard pour reculer.

— Je voulais vous remettre ceci. Ce sont des lettres qui sont venues en ma possession par mégarde, mais que je me trouve dans l'impossibilité de retourner à leur destinataire, dit Nicolas en présentant les missives subtilisées chez la demoiselle Des Œillets.

Le secrétaire d'État accepta les lettres et parut vouloir demander des éclaircissements, mais il se ravisa et décida de les lire. Le jeune homme vit qu'il parcourait les lignes de plus en plus rapidement.

— Monsieur de Razès ? Expliquez-moi comment ces lettres se sont trouvées entre vos mains.

— Par une demoiselle du nom de Des Œillets, avoua Nicolas.

Louvois blêmit en entendant le nom.

« Jusqu'à présent, tu n'es pas trop mal, pensa le jeune homme. Mais un gentilhomme qui admet avoir dérobé le bien de quelqu'un… »

— Cette personne sait-elle que vous êtes en possession de ses lettres ?

— Je crains que oui, affirma Nicolas en revoyant l'expression de rage de celle qui avait tenté de l'abattre d'un coup de feu.

— Je vois, fit Louvois, pensif.

Nicolas aurait pu jurer qu'il lisait de la déception dans le faciès sérieux du haut fonctionnaire.

— Mon père, le comte de Montcerf, ne sait pas que j'ai eu commerce avec cette demoiselle. C'est en cherchant à le retrouver que j'ai, par méfortune, eu maille à partir avec elle.

— Fort bien ! Il est heureux que vous m'ayez remis ces lettres. Quelqu'un d'autre sait-il que…

— Non. Seulement vous et moi, affirma Nicolas avec un sourire discret, guettant la réaction du secrétaire d'État, qui, finalement, ne semblait pas trop mécontent.

Lorsque Nicolas de Razès sortit, le laissant seul, le marquis de Louvois considéra les lettres qu'il tenait. À dessein, il n'avait pas demandé au fils du comte de Montcerf de lui expliquer par quel moyen il était entré en possession de ces lettres. Le fonctionnaire ne voulait pas compromettre son allié, ni lui exposer inutilement les plans qu'il tramait. Le jeune homme était-il même conscient de ce que ces lettres pouvaient représenter ? Il était peu probable qu'il eût rencontré son père, lequel avait été sérieusement blessé et était toujours à l'extérieur de Paris. Donc, il en déduisait que le jeune homme, voulant prouver sa valeur, avait choisi d'agir de son propre chef et avait repris l'enquête de son père là où ce dernier l'avait laissée. Louvois, sans plus attendre, déchiffra le contenu de la correspondance. La Des Œillets et ce « milord », dont plusieurs accusés avaient fait mention, ourdissaient bien un complot contre la Fontanges et, ce qui était pis, contre le roi.

La fortune lui souriait pour la première fois depuis des lunes. Enfin, il détenait un secret que personne, pas même La Reynie ni Colbert, ne soupçonnait encore. Un élément clé qui pouvait innocenter la marquise de Montespan, s'il choisissait de le permettre.

❧

— Qu'est-ce que j'apprends ? Vous partez ? demanda Sabine à Xavier.

Le comte de Razès avait le visage rouge et couvert de sueur.

— Si je puis monter sur cet étalon, oui, affirma-t-il par défi en tenant l'attelle qui lui enserrait la cuisse.

Il disait cela comme s'il s'agissait d'un raisonnement logique ! Craignant qu'il fît une chute, Sabine souleva sa robe et se précipita vers lui rapidement. Le pied de Xavier bascula dans l'étrier.

— Laissez-moi vous aider ! Enfin, vous êtes fou ! Pourquoi cette précipitation ?

Grognements. Râles. Grognements. Voyant que Xavier s'entêtait et qu'il n'avait pas l'intention d'expliquer ses motifs, elle se contenta de tenir le cheval par la bride. Il parvint à grimper et à se mettre en selle tant bien que mal. Malgré sa guérison rapide, le gentilhomme ne pouvait encore que difficilement marcher sur sa jambe et ses côtes l'élançaient toujours ; le médecin lui avait recommandé de garder le lit encore plusieurs jours.

— Ah ! Je savais bien que je pouvais y arriver ! s'exclama Xavier, triomphant.

Il n'était pas beau à voir, avec son cache-œil grossièrement taillé dans du coton, ses cheveux en bataille et ses vêtements dépareillés.

— Ainsi, vous partez pour Paris sur l'heure ? s'enquit Sabine.

— Non. Il est trop tard, je ne pourrais pas atteindre la ville avant la nuit.

— Alors, vous allez descendre de cheval ?

— Je vais aller voir si je peux trotter un peu, répondit Xavier, guilleret. Vous voulez bien ouvrir la porte des écuries ?

Sabine le regarda sans réagir.

— Vous n'y avez pas pensé, avant de vous lancer dans votre entreprise ? Venez l'ouvrir vous-même, lui intima Sabine, autoritaire. Si vous êtes capable de monter, vous pouvez descendre, non ? Ma foi, vous êtes pire que la duchesse de Fontanges, Xavier.

Celui-ci se rembrunit.

— Sabine, je dois retourner à Paris. M. de Louvois m'a écrit. Nicolas s'est trouvé impliqué dans des affaires qui pourraient le mener à de graves conséquences. Mes inquiétudes étaient fondées, je le crains, et j'ai déjà beaucoup trop tardé.

— Votre fils n'est plus un enfant. Si vous êtes à ce point inquiet, je peux envoyer un courrier ce soir même…

— Non, ma décision est prise. Un mois, c'est miracle que je sois resté tout ce temps alité.

Sabine poussa un soupir qui sentait la capitulation. Xavier lui sourit.

— Je ne veux pas chevaucher trop longtemps, juste le temps de dégourdir ce vieil étalon. Je ne le pousserai pas trop, il n'a pas l'air d'être sorti très souvent.

— Vous auriez dû me prévenir que vous vouliez nous quitter. Quand cela doit-il se faire ?

— Je comptais partir demain à l'aurore. J'allais vous en faire part, lui assura-t-il.

— Je vais demander qu'on vous accompagne. Votre état est encore inquiétant, Xavier.

— Fi ! Je prendrai du repos dès mon arrivée à Paris. Ce n'est pas quelques lieues qui me feront périr… J'ai vu pire !

La religieuse hocha la tête. Elle savait qu'il disait vrai. À bout d'arguments, elle tira le loquet, et aussitôt Xavier sortit de l'écurie et s'élança au grand galop.

❦

Nicolas avait gardé précieusement, en gage d'amour, le souvenir de la nuit d'extase qu'il avait passée dans les bras de sa cantatrice. Jusqu'à présent, la certitude que lui et Aude avaient prononcé un serment symbolique le gardait dans un état de jubilation. Certes, ni l'un ni l'autre n'avaient parlé de mariage ni d'alliance. D'ailleurs, le mariage était ce qui lui paraissait le plus sûr et le plus horrible moyen pour renier à deux êtres le droit de s'aimer librement. Trop souvent synonyme de malheur, de commerce et d'autorité familiale, le mariage n'était ni plus ni moins qu'un joug.

— À quoi avez-vous songé, mon neveu ? lança Claudine, le visage déformé par la désillusion et la peine.

Le jeune homme, figé sous le coup des reproches de sa tante, renonçait à s'expliquer.

— Nous allons nous assurer que cette navrante situation sera réparée comme il se doit, assura Claudine, qui prenait un ton formel, bien qu'elle s'adressât à Oksana.

Cette dernière, plus glaciale que jamais, ne disait mot. Nicolas arrivait à peine à soutenir son regard.

« Qu'a dit Aude à sa mère pour qu'elle soit aussi dure ? Ne comprend-elle pas que c'est par amour et non, comme elle le suppose, par calcul ou manipulation de sa part ? » ragea Nicolas, fâché.

— Mon neveu, dites quelque chose ! le pria Claudine.

— Je crains de ne pas pouvoir expliquer mon geste, ma tante, avoua Nicolas. Lorsque Aude est venue me trouver… je ne croyais pas… enfin.

Il s'était volontiers convaincu qu'il avait subi le choix de la demoiselle et qu'il n'était aucunement responsable du méfait, puisqu'elle l'avait entraîné sans qu'il fût conscient de son état de pucelle. Cependant, il se voyait mal arguer cela sans passer pour le dernier des mufles.

— Vous ne pensiez pas qu'Aude était une jouvencelle naïve ! ragea Oksana à l'endroit de Nicolas. Une jeune femme éprise à en perdre la raison… au point de sacrifier son avenir ?

Claudine, encore abasourdie par la révélation du lien entre Aude et sa préceptrice, et se sentant partiellement responsable de l'acte de son neveu, consentait à l'humiliation de ce dernier. Le jeune homme ne l'en blâmait pas, d'autant plus qu'il lui avait sciemment caché son geste.

— Cessez de déverser sur moi votre rage, se révolta Nicolas. Peut-être ne connaissez-vous pas la demoiselle comme je la connais…

— Comment osez-vous ! explosa Oksana. C'est ma fille, et pour elle, pour elle, j'ai tout sacrifié ! Des années durant, j'ai tremblé à l'idée qu'on attente à sa vertu de vile façon. Et c'est par vous, monsieur de Razès, qu'est venu le coup. Vous avez abusé…

— Je l'aime, se défendit Nicolas. Je la protégerai de cet homme, de ce monstre, à qui vous l'avez…

— Nicolas ! l'arrêta Claudine, incapable d'en entendre davantage.

Oksana fit un mouvement vers lui pour le gifler. Il y avait une telle violence chez elle que le jeune homme songea qu'il était impossible que cette haine lui fût toute destinée. Malgré cela, et parce qu'il croyait fermement à l'amour qu'il éprouvait pour Aude, il accepta la réaction de la femme. Nicolas ferma les yeux. Mais l'impact ne vint pas. Oksana se tenait toujours devant lui, la main dans l'air. Quelque chose l'avait retenue.

— J'aime Aude, répéta-t-il.

Les lèvres d'Oksana tremblèrent. Nicolas ressemblait à son père. Xavier de Razès. Cet homme à qui elle devait beaucoup. Des années plus tôt, il avait pris sur lui le blâme lorsqu'elle avait abattu, d'un coup de pistolet, l'homme qui l'avait violée. Sans lui, son destin aurait pu être bien plus noir encore.

❧

Les jointures de Vincent blanchirent tandis qu'il serrait les poings. Il se raccrochait à la promesse qu'il avait faite à Xavier de ne pas donner libre cours à sa colère. « C'est le retour de la petite Fontanges », raillaient les uns ; « on l'avait presque oubliée », murmuraient les autres. Vincent s'efforçait de sourire. Or, il savait que ces courtisans ne répandaient pas leur fiel sans motif: il devait y avoir du vrai dans ce qui se disait autour de lui. Mais Angélique ne semblait ni voir ni entendre le sifflement des vipères. Elle avançait, gracieuse, sur la terrasse aménagée par Le Nôtre; le lieu, majestueux et scénique, offrait un cadre parfait à ses charmes. La jeune femme exultait de joie contenue et de bonheur, ce qui la rendait encore plus remarquable; toutes les têtes se tournaient sur son passage. C'était une sorte de vengeance symbolique, pour Vincent, de voir que, malgré toutes leurs méchancetés, ils ne parvenaient pas à amoindrir sa beauté. Les attaques, les médisances, la maladie semblaient aujourd'hui n'avoir aucune prise sur elle. Accompagnée de toute sa suite de demoiselles, de quelques pages et gentilshommes, la duchesse de Fontanges allait droit vers le roi Louis XIV. À la demande du comte de Montcerf, Vincent de Coulonges avait suivi la duchesse jusqu'à Saint-Germain. Le moment n'aurait pu être mieux choisi. La journée était parfaite, le soleil éclairait les parterres et, au loin, l'escadron des courtisans se pressait pour jouir de sa chaleur. La promenade du monarque tirait à sa fin. Comme plusieurs curieux, Vincent suivait Angélique des yeux, inquiet de voir l'accueil que le roi lui réserverait. L'une de ces silhouettes était celle de la marquise de Montespan. Même si elles n'étaient plus les favorites, le roi aimait maintenir ses maîtresses dans son entourage, même longtemps après qu'il les avait délaissées. Il avait agi ainsi avec La Vallière lorsqu'elle était tombée en défaveur. C'était un caprice particulièrement cruel. Or, la marquise de Montespan ne souffrait pas d'être humiliée ni jetée comme un vieux mouchoir.

— Je crois que l'on va assister à un divertissement particulièrement délicieux, lui confia un homme qui s'était glissé à sa droite.

Vincent lui lança un regard noir, mais l'homme, qui tentait de dissimuler sa soixantaine sous une épaisse couche de poudre, ne s'aperçut de rien, puisqu'il était captivé par le spectacle.

« J'aurais dû m'en douter, pensa Vincent en reconnaissant le marquis de Vardes. Décidément, la cour n'est qu'un nid de vipères ! »

Angélique de Scorailles, duchesse de Fontanges, faisait maintenant face au groupe des promeneurs. En tête, le roi Louis XIV, magnifique dans sa vigoureuse quarantaine, lui souriait avec un plaisir qui n'était pas feint.

— Relevez-vous, mademoiselle de Fontanges, dit le roi en lui prenant la main, geste qui ne passa pas inaperçu. Nous sommes heureux de vous revoir. Cette journée était déjà plaisante, mais votre arrivée y ajoute beaucoup d'agrément.

— Sire, murmura la demoiselle, dont la main délicate tremblait dans celle du souverain. Je suis heureuse d'être enfin de retour.

Quelques intimes du roi murmurèrent des commentaires élogieux à l'égard de la jeune femme, ce qui acheva de lui colorer les joues. Ici et là, des demoiselles, et même quelques dames, étaient coiffées « à la Fontanges », ce que, dans son émerveillement, la jeune duchesse remarqua à peine.

— Sire, s'éleva la voix de la marquise de Montespan. Quel dommage que Mlle de Fontanges n'ait pu profiter de la visite des grottes et des nouvelles statues du parterre ! Ce soir, la cour entière ne parlera que des projets de M. Le Nôtre pour les jardins de Versailles ! J'en suis toute contrite pour elle.

Le roi, qui prenait plaisir à faire la visite de ses jardins, fut sensible au commentaire de son ex-maîtresse. Les paroles de la marquise étaient d'une affabilité inespérée et Louis, qui vit là un moyen de profiter de la présence de la jeune femme, s'enthousiasma.

— Que nenni, Mlle de Fontanges ne sera pas en reste, annonça-t-il. Monsieur Le Nôtre, auriez-vous l'obligeance de recommencer cette visite, qui nous a beaucoup plu et qui nous a permis d'entrevoir ce que sera Versailles ?

— Je m'en ferais une joie et un plaisir, Votre Majesté, s'inclina le jardinier du roi, aussi grand courtisan.

— Oh, s'étonna la duchesse. Votre Majesté…

— J'insiste, votre présence nous a manqué et nous entendons vous faire savoir combien il nous est aimable de vous revoir tout en beauté et si bien remise.

Ce commentaire fut accueilli par un bourdonnement de voix. Certaines femmes avaient déployé leurs éventails pour pouvoir chuchoter à couvert. Les courtisans spéculaient sur l'avenir de la favorite.

— Quelle diablesse ! commenta Vardes, d'un ton admiratif.

Vincent pâlit. Il avait découvert, lui aussi, avec quelle finesse la marquise de Montespan avait décidé de renverser sa rivale. Même à cette distance, il pouvait distinguer le visage de l'ancienne maîtresse, qui arborait un air de triomphe cruel. Mais il était trop tard, déjà, un groupe restreint de gens repartait vers les jardins. La Grande Terrasse surplombait la Seine, et l'allée principale faisait près d'une lieue de longueur. Les grottes étaient situées à différents niveaux sur les autres parterres. Ce soir, il y aurait bal et fêtes. La marquise soupçonnait-elle, ou peut-être savait-elle, que la duchesse était toujours faible ? Vincent s'approcha de la marquise de Montespan. Elle portait une robe ample, agrémentée de falbalas, qui dissimulait sa silhouette alourdie par les nombreuses grossesses. Son visage éclairci par le blanc de céruse n'avait plus l'éclat d'antan. Sa chevelure blonde, coiffée en bouclettes, était retenue par un diadème de perles. Si certains trouvaient qu'elle avait toujours la même beauté aristocratique, le gentilhomme, aussi sensible à la beauté de l'âme qu'à celle du corps, réprima une grimace de dégoût.

— Madame la marquise, dit-il en saluant l'ancienne favorite.

Françoise-Athénaïs de Rochechouart le considéra avec hauteur, alors que son regard se faisait interrogatif.

— Ne cherchez pas, vous ne me connaissez pas. Je suis Vincent de Coulonges, chevalier de Chambon, gentilhomme de la suite de la duchesse de Fontanges.

— Monsieur ? Puis-je vous aider… Vous êtes perdu, peut-être ? se moqua-t-elle. Votre duchesse est là-bas, vous voyez, le petit point blondasse… Sans trop vous presser, vous pourrez la rejoindre.

Quelques témoins se mirent à rire, alors qu'un rictus malin se dessinait sur la bouche de Vincent.

— Riez, madame, c'est bien tout ce que vous pouvez faire, chuchota Vincent, entre ses dents serrées, car vous savez que votre règne est fini. Si un malheur survenait, on dirait de la duchesse de Fontanges qu'elle se sera éteinte trop vite, alors que vous, madame, vous empestez déjà la mort.

Le visage de la marquise se contracta d'une façon affreuse ; ses traits devinrent haineux. Comme une vipère que l'on a agacée, elle se préparait à cracher son venin. Vincent recula instinctivement.

— La différence entre nous, c'est que la petite prétentieuse n'a jamais senti autre chose que le purin de sa campagne, railla la Montespan.

— Peut-être, il est vrai qu'elle n'est pas très friande des parfums et des poudres d'apothicaire dont vous raffolez, paraît-il ?

Cette fois, la marquise de Montespan en eut le souffle coupé.

« Bravo ! » jubila Vincent, qui savait pourtant qu'il venait de commettre une imprudence. Les courtisans qui les entouraient n'avaient pas pu ouïr ce dernier trait, mais il suffisait de voir l'expression de la Montespan pour comprendre que le jeune homme avait eu le dessus. Or, peu de gens, sinon personne, à la cour pouvaient se vanter d'avoir cloué le bec à la maîtresse du roi.

« Vraiment, elle n'est plus ce qu'elle était », diraient les plus mauvaises langues ce soir-là.

Vincent évita de se mêler à la foule des flagorneurs dont il redoutait les sautes d'humeur et se dirigea plutôt vers une dame vêtue avec plus de sobriété, qui, dans sa mémoire, était une ancienne amie de sa mère à l'époque où elle s'appelait simplement Mme Scarron.

— Madame, salua-t-il, espérant qu'elle se souvînt de lui. Vous trouver ici me cause un vif soulagement.

— Monsieur de Coulonges, vous voilà tel que je vous ai connu, hardi et prompt à la répartie ! Cependant, je ne sais si vous êtes atteint de déraison pour venir ainsi taquiner le serpent dans sa tanière.

Tandis qu'il s'éloignait de l'escadron qui s'amusait de la défaite de la marquise de Montespan, Vincent résolut de ne plus quitter la duchesse de Fontanges car, favorite ou pas, la jeune femme avait besoin de quelqu'un qui veillât sur elle et la protégeât de ses ennemis.

28

Rebondissements

De pâle, il devint livide, tandis que M. Goulet le regardait de ses gros yeux de crapaud, bavant à l'idée de connaître le contenu de la lettre.

— Y aura-t-il autre chose, monsieur de Razès ? demanda-t-il en s'élevant, comble d'impertinence, sur la pointe des pieds, dans l'espoir de pouvoir lire ne serait-ce qu'un mot.

Cette fois, Nicolas perdit patience et fusilla le tenancier de son regard noir et ténébreux.

— Vous me barbez avec vos « y aura-t-il autre chose », vous voyez bien que je lis, non ? Et que le contenu de cette lettre est… intime ! Personnel ! Bref, du vent ! Du vent !

Tournoyant sur lui-même comme un coq qui a perdu des plumes, M. Goulet s'éloigna en rouspétant. Nicolas n'avait rien à faire des curieux qui le dévisageaient en chuchotant. La lettre qu'Aude venait de lui envoyer le troublait à un point tel qu'il aurait fait la même scène quand bien même il se serait trouvé dans une église. Ses pensées se bousculaient à une vitesse folle.

— Vous l'avez tancé ? lança Médéric, qui se joignait à lui pour le souper.

Nicolas, pris de court par l'arrivée soudaine du Hollandais, ne chercha pas à cacher la lettre. D'ailleurs, l'affaire était trop grave.

— Oui. Je suis excédé par cet avaricieux, bavard comme une pie borgne ! éclata Nicolas. Puis il ajouta, ignorant le rire de Médéric, qui s'amusait apparemment beaucoup: J'ai un rendez-vous ce soir. Un rendez-vous galant, je crois.

— Fort bien, je me ferai discret. Où ? Ici ?

— Non, euh… Au Pré-aux-Clercs, en bordure de la Seine, affirma Nicolas, qui avait mémorisé le nom du lieu.

— Le Pré-aux-Clercs ? répéta Médéric, perplexe. Avec qui ?

— Avec la demoiselle Aude, laissa tomber Nicolas, dont le cœur se mit à battre la chamade à la simple perspective de la revoir.

— Celle dont vous m'avez parlé ? La fille qui chantait pendant la soirée ?

— Celle-là même, répondit Nicolas, content de voir que son compagnon se rappelait les détails de ses aventures.

— Pas question ! C'est un piège, déclara catégoriquement le Hollandais.

Le visage de Médéric était devenu tout à coup aussi fermé que celui d'un gabelou, et le jeune homme, qui ne savait à quoi attribuer ce revirement, resta muet un moment, rassemblant ses esprits.

— Tout le monde sait que le Pré-aux-Clercs est l'endroit tout désigné pour les duels. Votre père ne vous l'a jamais dit ?

— Les duels sont interdits. D'ailleurs, la demoiselle a signé la lettre de sa main. Du moins…

— Montrez-moi ! demanda Médéric.

Nicolas, cette fois, décida que c'en était trop. Le contenu de la missive était personnel et il ne tenait pas à étaler devant son compagnon les détails de sa relation. Il plia le papier et le glissa dans sa veste. Il irait rejoindre Aude, quoi que Médéric en dît ou en pensât.

— Nicolas, votre père a dit que vous deviez vous garder des intrigants, évoqua l'homme d'un ton paternaliste. Cette demoiselle n'était-elle pas en lien avec l'homme qui voulait vous tendre un piège ? Celui que j'ai suivi jusqu'à l'hôtel du duc de Luxembourg ?

— C'est vrai, mais vous n'êtes pas mon chaperon ! Vous êtes, il hésita à employer le mot valet, qui ne représentait pas son sentiment sincère, mon compagnon. J'ai revu Aude. Deux fois plutôt qu'une, et je suis toujours là.

Médéric, abasourdi, serra les dents.

— Je l'ignorais.

— Je sais. Elle est venue me trouver le soir où vous êtes sorti au Val d'amour. Elle a bravé son maître pour me voir et, depuis, ce dernier est encore plus hargneux. Je crois qu'il veut la faire cloîtrer. C'est ce qu'elle soupçonne. Je dois aller la voir…

— Bien, bien, inutile de m'en dire davantage, l'arrêta Médéric Vennheimer. Je vais vous accompagner.

— J'y consens, accepta le jeune homme. Il est possible toutefois qu'elle revienne avec nous. Vous ne vous opposerez pas à cela ?

Médéric soupira et répondit par la négative.

— Pour quelle heure le rendez-vous est-il fixé ?

— À la tombée de la nuit, mais je tiens à y être peu après le crépuscule. Aude va venir me rejoindre dès qu'elle pourra se sauver.

Médéric songea que cela ne lui donnait pas beaucoup de temps pour mettre son plan à exécution. Il eut une pensée pour son maître, feu le comte de Montcerf, en se rendant à sa chambre.

« Fais ce que dois », décida-t-il en souhaitant que Nicolas comprît et qu'il ne lui en tînt pas rancune.

❧

Le gamin dissimula sa frimousse dans les jupes de sa mère et celle-ci posa une main protectrice sur son front. Élisabeth s'efforça de sourire à la dame, comme elle avait vu Alix le faire précédemment. La ville d'Aigueperse était beaucoup plus accueillante de jour, avec ses toits de chaume, son église et sa chapelle qui lui rappelait vaguement celle de Montcerf. En compagnie de celle qui l'avait sauvée d'un trépas certain,

Élisabeth se sentait plus sereine qu'elle ne l'avait été depuis la mort d'Antoine. Du reste, pénétrer dans la ville était une épreuve qu'elle s'était imposée. Si elle voulait survivre dans ce monde, elle devait pouvoir faire fi de son passé et aller de l'avant. Pour ce faire, la première étape était de retourner là où le crime avait été commis. Traverser le pont et passer la porte lui avaient demandé beaucoup de courage. Alix, qui ne savait rien de son histoire, avait remarqué son trouble, mais elle s'était contentée de lui glisser :

— Ils savent tous que nous ne sommes pas de *leur* ville, mais ne t'en fais pas trop, tant que tu ne fais pas d'esbroufe, que tu ne les déranges pas, tout va bien se passer.

La blonde avait raison. Jusqu'à présent, rien n'allait de travers. Élisabeth détournait son regard de la tour et de l'auberge et parvenait alors à bloquer le souvenir de cette nuit avec la Filastre.

Elle s'approcha d'un étal qui présentait des couvertures, des toiles de catalogne et des mannes. Le commerçant la regarda, l'air vaguement intrigué par son visage inconnu.

— Vous cherchez quelque chose ? Tout ce qui est là est à vendre, ma fille, et ce n'est pas de la camelote, voyez !

Il tendit le bord d'une couverture de laine vers Élisabeth qui y passa la main. Les mailles étaient bien serrées et paraissaient chaudes ; elle indiqua, par un signe de tête, son intérêt.

— Tu as de quoi te l'offrir, ma belle ? C'est qu'on fait bon jeu, bon argent, ici…

Élisabeth chercha Alix des yeux. Afin de pouvoir circuler à son aise, elle avait laissé sa jument avec cette dernière. Sur la place où se dressait le marché, il y avait une variété de tout : de bruits, de villageois, d'animaux et de produits divers. En ce moment, il y avait aussi, sur des tréteaux, une troupe ambulante qui se préparait à jouer une farce.

— Alors ? insista le marchand.

La jeune femme repéra la femme qui se tenait près de la scène, avec les animaux. Elle fit signe à l'homme de patienter et se dirigea vers sa compagne. Un groupe de jeunes gens s'étaient rassemblés autour des comédiens et Élisabeth se faufila parmi eux. Rassurée, elle vit que non seulement on la laissait passer, mais que certains badauds, des gens de son âge, la saluaient. Alix se retourna lorsqu'elle posa la main sur son épaule.

— Alors ? lança-t-elle à son endroit. Tu as trouvé ce que tu cherchais ?

En plus de ne pas lui avoir posé de question indiscrète, la femme n'avait pas eu l'air incommodée à la vue de son argent. Élisabeth hocha la tête et désigna la direction du marchand.

— Bertrand Saignol, il vend cher, lui. Tu veux que je vienne avec toi ?

La jeune femme réfléchit un moment, puis décida qu'elle essayerait de conclure l'affaire toute seule. Ainsi, lorsque Alix ne serait plus là, elle pourrait se débrouiller par elle-même. Elle prit Cassandre par la bride et la tira derrière elle. La jument, bien qu'elle n'eût plus aussi fière allure depuis qu'elle vivait dans la forêt, attirait sur elle bien des regards. De par sa tête racée de coursier arabe, sa crinière fournie et sa robe noire, personne n'aurait pu la confondre avec un cheval de trait.

— Elle est à vous, cette bête-là ? questionna suspicieusement le vendeur lorsqu'elle arriva à son comptoir.

Élisabeth hocha la tête et lui fit signe qu'elle voulait une couverture et une catalogne. Il la scruta avec une attention soutenue. La jeune femme, bien que méfiante, fit celle qui ne se rendait compte de rien. Comme elle ne pouvait pas parler, elle se contenta de sortir ses louis et de les montrer au marchand.

« Bon jeu, bon argent », pensa-t-elle en se disant que, si elle entamait les négociations avec de la monnaie bien sonnante, cela tempérerait les soupçons de l'homme.

Or, c'était là bien mal connaître l'instinct chauvin et méfiant qui conduisait la multitude rurale. L'œil du commerçant vacillait entre la jument et le visage de la jeune femme, avec de temps à autre un écart vers la foule des villageois.

— Tu n'es pas de la région, toi ?

Élisabeth désigna les couvertures et appuya ses poings fermés sur ses hanches. L'homme se contenta de frotter le bas de son menton avec sa main, indifférent à l'expression de l'irritation de la jeune femme. C'est alors qu'Alix apparut. Son arrivée changea brusquement la donne. Élisabeth avait bien vu qu'Alix intimidait les habitants et que les femmes, surtout, s'écartaient de son chemin.

— Alors, Saignol, on fait des misères à mon amie ? Ne te laisse pas emberlificoter par lui…

— Tu la connais, cette fille, toi, Alix ? s'enquit le marchand, qui les toisait toutes deux avec défi.

Élisabeth se força à ne pas baisser les yeux.

— Si je la connais, si je la connais ? Mais oui, pour sûr !

Élisabeth ne put que bénir la gentillesse d'Alix qui lui accordait, en quelque sorte, sa protection. Pourtant, elle aurait préféré ne pas avoir eu à compter sur Alix encore une fois et, surtout, elle souhaitait éviter que la blonde ne se compromît pour elle.

— C'est quoi, son histoire ? Parce que, avec un cheval comme celui-là…

— Tu cherches des noises, mon bon Saignol, affirma Alix, l'air un tantinet plus bourru qu'à l'habitude.

— Non pas ! Mais elle veut m'amadouer avec son argent, que dis-je, son or, parce qu'elle est riche, en plus ! Tu as de drôles de relations, Alix.

La suspicion semblait grandir autour d'eux et la jeune femme se mit à discerner une sorte de rumeur qui portait, jusqu'à elle, des présomptions, voire des accusations. Entre dire qu'elle tentait d'amadouer cet homme et suggérer qu'elle voulait le charmer ou l'enchanter, il n'y avait qu'un pas.

« Tu as vu son cheval… ai jamais vu ça, un cheval tout noir… y paraît que ça vient de contrées lointaines ! »

« Fille… seule… débauchée. »

« C'est un poison. »

Ce dernier mot fut soufflé si près de son oreille qu'Élisabeth ouvrit la bouche comme pour crier, pour se défendre d'une accusation. Mais elle était sans voix et, tout autour, le murmure ne cessait de s'amplifier. Elle tourna les talons et tira Cassandre par la bride. Ses joues la brûlaient comme si elles étaient marquées au fer rouge, et elle respirait de moins en moins aisément. Sa jument hennit et refusa d'avancer. Lorsque la jeune femme se tourna, elle vit qu'un homme, un vieillard, la retenait par le harnais.

— Attends, où vas-tu ? lança Alix en la rejoignant.

Élisabeth ouvrit de grands yeux, des yeux qui commandaient, qui ordonnaient qu'on la laissât partir. Elle ne pouvait parler, mais son visage témoignait éloquemment de sa peur.

« Je dois fuir, pendant que je le peux », exprima-t-elle avec son regard à l'autre femme.

— *Filha*, glissa la blonde, le marchand Saignol, il croit que tu te mêles de sorcellerie. Il semble qu'un homme, un étranger, recherche une fille avec un cheval, c'est ce qu'il m'a dit. Ton nom, c'est bien Laboissière ?

Cette fois, la panique s'empara de la jeune femme. Un cercle de curieux s'était formé, et certains s'enhardissaient à crier des injures.

« Va-t'en d'ici ! »

« Si c'est une sorcière, il faut la dénoncer ! »

Alix, vainement, essayait de croiser le regard d'Élisabeth.

« Impossible de fuir », songea Élisabeth, qui voyait la foule se refermer lentement sur elle.

Lorsqu'un projectile l'atteignit au bras, la jeune femme poussa un râle sourd et éleva ses mains au-dessus de sa tête. C'était moins la douleur que la honte d'être ainsi la cible des ruraux qui dictait sa conduite. On la huait de toute part, et les fruits pourris, les cailloux et les détritus s'abattaient sur elle comme une pluie de haine. Dans le chaos, elle entendait Cassandre hennir et piaffer. Elle avait lâché sa bride, sans le vouloir, par pur réflexe, et devinait que ce ne serait pas long avant que l'animal, dans sa peur, ne heurtât quelqu'un. Des larmes se mirent à couler sur ses joues.

∾

Nicolas se courbait pour enfiler ses bottes lorsque soudain, derrière lui, le plancher de sa chambre craqua.

— Médéric ? Vous êtes…

Un coup lui percuta l'arrière de la tête. Le corps du jeune homme chuta au sol dans un bruit sourd.

— Désolé, Nicolas ! murmura le vieil Hollandais. C'est une dette qui me pèse depuis trop longtemps.

Avec soin, il étendit le petit-fils d'Hector de Razès sur le lit puis, rapidement, il le bâillonna et lui lia les mains et les pieds. Puis, il sortit de la chambre et referma derrière lui. Le cliquetis de ses armes et de ses éperons fit lever la tête des convives qui soupaient tranquillement.

∾

Un cri autoritaire s'éleva et imposa le silence dans le marché. Élisabeth sentit un plaid recouvrir ses épaules. Un bras puissant l'entraînait hors du tumulte. Ses pieds ne la portaient qu'à demi. Elle ouvrit les yeux, croyant qu'il s'agissait d'Alix, mais constata que ce n'était pas elle. C'était un homme dont les robustes épaules et la large poitrine avaient dompté la foule agitée.

— Morbleu ! tonna la voix dans ses oreilles. Je vais vous occire si vous ne vous poussez pas !

Apeurés, les habitants se dispersèrent. Élisabeth sentit que l'homme la soulevait délicatement et l'emmenait loin du bruit. Pantelante et résignée, elle se laissa faire sans protester. Lorsqu'il la reposa sur le sol, elle tremblait de tous ses membres.

— Élisabeth ? Morbleu, c'est bien vous.

Le regard de Hyacinthe de Cailhaut la couvait, incrédule. Ses yeux bleus reflétaient l'abomination dont il venait d'être le témoin. Il toucha la tempe de la jeune femme et une douleur aiguë la fit gémir. Elle posa ses mains sur sa figure pour se cacher. À ce moment précis, Élisabeth aurait souhaité être morte.

༄

Afin de hâter les recherches, Hyacinthe de Cailhaut et son père s'étaient séparés. Ce dernier avait pris la route du sud, vers Aurillac, alors que Hyacinthe poussait son exploration dans le nord du Puy-de-Dôme. Il se trouvait au village de Montpensier lorsque la lettre de la comtesse lui était parvenue. Éperonnant son cheval, il avait dévalé la butte de Montpensier à un rythme infernal. Au loin, l'immensité des Puys se découpait sur le ciel chargé de nuages gris. Avant même d'entrer dans la ville fortifiée, un pressentiment inexplicable l'avait saisi : il savait qu'il allait retrouver Élisabeth. Sur une branche d'un chêne, près du pont volant où il avait freiné sa course, sifflait une fauvette grise. Le chant ricaneur de l'oiseau attira son attention et Hyacinthe fronça les sourcils.

« Fauvette... la la lonla », chanta, en écho, la voix d'Élisabeth dans sa tête.

Le reste de la complainte, que la jeune femme avait l'habitude de fredonner en s'accompagnant au luth, lui échappait. Hyacinthe dévisagea les charretiers qui ralentissaient son progrès. C'est alors que le murmure lui parvint. L'impression était des plus étrange. Il ne voyait pas ce qui se déroulait à l'intérieur des murs, mais il avait la certitude que, d'une façon ou d'une autre, la fille de la comtesse était en danger. Hyacinthe considéra le pont, le fossé et la charrette. C'était bien sa chance ! De nature réfléchie, il n'avait pas coutume de se lancer dans une entreprise sans avoir pesé le pour et le contre. Or, cette fois-ci, il ne s'agissait pas de penser mais d'agir. Il abandonna sa monture et grimpa sur le chariot qui tangua lourdement, bondit sur le deuxième convoi et, finalement, atterrit sur le pont. Il passa outre les collecteurs et courut en direction de la rumeur à en perdre haleine.

— Mon cheval est à l'extérieur des murs, dit-il à la femme blonde dont il ignorait l'identité, mais qui semblait prendre un intérêt sincère au sort d'Élisabeth. Je vais devoir aller le chercher.

Le molosse, fidèle à sa maîtresse, grognait chaque fois qu'un émeutier s'approchait trop près d'eux. Si la majorité des gens s'étaient dispersés, il y avait encore un petit groupe d'excités qui les montraient du doigt. Des hommes, surtout, qui n'appréciaient pas qu'un étranger vînt se mêler de leurs affaires.

— Je viens avec vous, décida Alix, et puis vous ne pouvez pas rester ici, monsieur, pas avec elle… Sitôt que le bailli sera alerté…

Elle ne finit pas sa phrase et nul besoin n'était de le faire. Hyacinthe comprenait le danger qu'ils encouraient en tardant trop. Un peu plus et ces furieux allumeraient un brasier !

— Venez ! dit-il, consentant à ce qu'elle se joignît à eux.

La blonde prit les rênes de Cassandre. L'animal ne protesta pas. La rare intelligence de la jument lui avait évité de tomber entre de mauvaises mains. Par ailleurs, lorsque Élisabeth était entourée de toute part par la foule, c'est la tête noire de la fougueuse jument que le jeune homme avait repérée. Hyacinthe, qui tenait Élisabeth contre lui, sentait son souffle haletant et son corps secoué de spasmes. Elle n'avait pas dit un mot. Il n'était pas certain qu'elle fût consciente de ce qui se déroulait autour d'elle. Lorsqu'ils prirent le chemin de Montpensier, elle ne réagit pas non plus.

— Vous la connaissez, alors ? lança la blonde.

Alix le regardait depuis un bon moment avec une curiosité grandissante. D'après Hyacinthe, la blonde devait totalement ignorer qui était la jeune femme.

— Je ne sais pas ce qu'elle vous a raconté, répondit-il, ou ce que vous pensez, mais elle n'a pas envoûté ni empoisonné ce jeune homme. Elle n'aurait pas pu.

— Elle ne m'a rien dit.

— C'est cette sorcière, qui est arrivée d'on ne sait où, qui l'a empoisonné avec des gants, marmonna Hyacinthe, se portant à la défense de la jeune femme.

— Sieur, la *filha* n'a soufflé mot. Elle ne peut pas parler.

Hyacinthe se figea subitement. Ils étaient dans un pacage, quelque part aux abords de Montpensier.

— Comment ?

À la demande du jeune homme, Alix relata les détails de leur rencontre. L'idée d'une Élisabeth couchée dans la forêt, à mi-chemin entre vie et trépas, l'épouvantait. Or, comme Alix ignorait le début de l'histoire, Hyacinthe pouvait seulement conclure qu'elle s'était retrouvée là à cause des intrigues de la Filastre. Le jeune homme, moins doué en guérisseur qu'en preux chevalier, laissa la demoiselle aux soins d'Alix. Assis devant l'âtre d'une auberge de campagne, il rumina de noires pensées qui incluaient la poursuite de cette Filastre et sa mise au gibet.

Au même instant, dans sa chambre, Élisabeth regardait ruisseler l'eau sur sa peau bleuie par les hématomes. Exilée à l'intérieur d'elle-même, dans un mutisme cette fois bien volontaire, la jeune femme résolut de retrouver celle qui était la vraie responsable de la mort d'Antoine.

29

Les trois comtes de Montcerf

Le trajet de Chelles à Paris lui faisait regretter sa monture. L'animal, abattu brutalement par le coup de feu qui lui était destiné, était mort comme un héros, en pleine bataille.

« Le pauvre se faisait vieux. C'est probablement bien ainsi », se répétait Xavier, un peu nostalgique.

Ce cheval avait été le premier étalon de son haras. Celui qui était à ses côtés lorsqu'il était revenu s'installer en Auvergne. La bête avait été un témoin symbolique de la nouvelle vie qu'il avait bâtie avec sa femme, puis ses enfants. Nicolas, et même Élisabeth, s'attristerait de sa mort. Xavier souhaitait sincèrement pouvoir leur dire que le coupable avait été châtié pour ce crime, mais rien n'était moins sûr. Retrouver ce criminel pouvait s'avérer une tâche ardue, d'autant que le malfrat avait pris la fuite depuis longtemps. Maintenant, il lui tardait de rentrer chez lui ! La pudeur l'avait empêché de s'épancher auprès de Sabine, mais son besoin subit de quitter l'abbaye était grandement motivé par sa hâte de se retrouver auprès des siens. Il pensait à Margot, à qui l'absence de Nicolas devait peser lourdement, et à l'enfant qu'elle portait en son sein. À Montcerf, c'était le temps des récoltes. Fouchtra ! Il aurait déjà dû être rentré. Imperceptiblement, le cheval hâta la cadence. Xavier le ressentait dans sa jambe, encore faible, et dans ses côtes meurtries.

« Holà, doubler la vitesse ne me fera pas rejoindre ma femme plus vite, se dit-il ; au contraire, à cette vitesse, je risque de rouvrir mes blessures et de ne pas pouvoir reprendre la route. »

Il voulait arriver à Paris avant la nuit, car les chemins autour de la capitale étaient souvent mal entretenus donc plus hasardeux. Le jour déclinait à une rapidité qui le surprit. Il arriva en bordure de la ville sous un ciel crépusculaire. La lune n'avait pas sa brillance habituelle et paraissait couverte d'une robe grise. Xavier pénétra dans Paris et s'orienta vers l'Hôtellerie des Ormes, sur la rive droite de la Seine.

Le palefrenier le regarda avec une sorte de soulagement qui lui fit remarquer qu'il aurait peut-être dû avertir le tenancier qu'il quittait l'auberge pour quelque temps. Persuadé que son absence se résumerait à quelques jours, il n'en avait pas vu la nécessité.

— Alors, maître Goulet, on n'est pas content de me revoir ? lança-t-il au tenancier, dont les sourcils surpris semblaient vouloir toucher le haut du front.

— Si, si, monsieur le comte, répondit ce dernier, qui se remettait de son effarement. Vous ne nous aviez laissé aucun ordre quant à votre chambre et à vos affaires…

— Ah ! C'est donc ça. N'ayez crainte, je vais m'acquitter de ma dette. En attendant, vous devriez pouvoir me dire où je peux trouver mon fils.

Le tenancier l'examinait avec une curiosité déplacée. Énervé, Xavier se dit qu'il devrait le gifler une fois pour toutes.

— Alors, monsieur Goulet ? La chambre de mon fils ?

Tout à coup, un bruit de chute résonna contre le plafond de la grande salle, et Xavier en déduisit que cela venait d'une chambre située juste au-dessus de sa tête. Il tendit l'oreille, mais aucun nouveau son ne se fit entendre.

— Troisième porte à gauche, annonça M. Goulet. J'espère qu'ils n'ont rien détruit.

Le comte de Montcerf maudit le bourgeois et escalada les marches à une vélocité qui aurait fait se pâmer le médecin qui avait soigné sa jambe.

— Nicolas ?

Il perçut un murmure étouffé. La poignée de la porte lui refusa l'accès. Tant pis pour elle, songea-t-il en forçant l'entrée d'un coup d'épaule. À la deuxième secousse, le cadre céda et il pénétra dans la chambre. Son fils reposait sur le sol, ficelé aux poignets et aux chevilles. La main sur son arme, il regarda autour. Personne en vue. Il conclut, en se précipitant sur Nicolas, que ce dernier venait de se jeter en bas du lit.

— Père ?

— Qui ? Que s'est-il passé, Nicolas ?

Il aida son fils à se relever. Le jeune homme oscillait entre la consternation et le soulagement d'être enfin libéré.

— Vous êtes blessé ? Qui vous a ainsi attaché ?

Les questions qu'il formulait empêchaient Xavier de se laisser emporter par une trop grande émotion. Lorsque Nicolas, remis de sa surprise, se décida à parler, Xavier l'étreignit avec vigueur. Son pressant besoin de revenir à Paris ne l'avait pas mené à tort. S'il n'était pas revenu…

— Je crois, père, que c'est Médéric qui m'a assommé et contraint de cette façon. Je ne l'ai pas vu, mais…

— Médéric ! Pourquoi ?

Brièvement, Nicolas lui expliqua les circonstances : Aude, le rendez-vous, les réticences de Médéric, puis sa soudaine résignation.

— Mais, tout de même, cela me paraît un peu excessif, à moi ! tonna Xavier.

Bien qu'il ne lui eût épargné aucun fait majeur, Nicolas, embarrassé d'avoir à blâmer son compagnon, s'était gardé de raconter la vive obsession de Médéric pour les complots et, en particulier, pour la personne du duc de Luxembourg.

— Et où serait-il allé, à présent ? demanda Xavier.

— Au Pré-aux-Clercs, sur la rive gauche.

Le comte de Montcerf ne prolongea pas la discussion, déjà il se remettait en selle.

— Vous êtes encore souffrant, père, fit remarquer Nicolas, qui l'imitait.

Xavier fit la moue.

— Qui est cette fille, celle qui vous a envoyé la lettre ?

— Elle se prénomme Aude, et c'est la fille de dame Oksana.

Pourquoi avait-il dit dame Oksana ? À sa connaissance, l'ancienne courtisane n'avait jamais été mariée. Il ignorait même jusqu'à son nom de famille. Le jeune homme sentit alors qu'il souhaitait ainsi amoindrir l'étendue de ses déboires personnels aux yeux de son père. Ce n'était pas tout à fait ainsi qu'il avait imaginé leurs retrouvailles.

☙

La mort du comte de Montcerf avait pesé sur la conscience de Médéric durant de longues années. Ses tentatives pour faire la paix avec les événements du passé ne lui ayant apporté aucune satisfaction, Médéric en avait conclu qu'il n'y avait qu'un seul moyen pour se libérer de sa culpabilité. Bien sûr, il savait qu'Hector de Razès ne l'avait pas chargé de cette dette ; c'était lui qui en avait fait son fardeau. Or, Médéric approchait de cet âge auquel les hommes de son siècle choisissaient d'écrire leurs mémoires ou, s'ils ne devenaient pas le gagne-pain des médecins et des apothicaires, se retiraient dans leurs châteaux. Lui n'avait ni femme ni enfant à regarder grandir et éprouvait une amertume d'ancien soldat à voir s'éteindre les traditions et les valeurs de son temps. Toutefois, il allait vers son destin, non pas en homme qui attend la mort ou qui la souhaite, mais comme celui qui sent venir le moment qu'il a longuement espéré. L'envie de se battre, car ce rendez-vous ne pouvait être autre chose qu'un piège, était moins déterminante à ses yeux que le fait de protéger Nicolas. Il alluma sa pipe et attendit en savourant le calme du Pré-aux-Clercs. Sous ses yeux, la Seine s'écoulait, noire et lisse ; la lune se faisait discrète, et la nuit était particulièrement ténébreuse.

☙

374

Nicolas déboucha sur la rue de la rive gauche après avoir contourné l'île de la Cité. Ils avaient à peine échangé quelques mots. La cavalcade retenait toute l'attention de son père. Nicolas doutait fort qu'il fût en état d'accomplir un quelconque exercice physique. En outre, Xavier ne tenait en selle que par la force de sa volonté ; visiblement, il ne s'était pas entièrement remis de ses blessures. Or, Nicolas persistait à croire que Médéric avait commis une méprise en se substituant à lui. Dans quelques instants, tout cela serait tiré au clair et il retrouverait Aude. L'hôtel de La Rochefoucault s'élevait près de la berge. Xavier dirigea son cheval vers le pré et Nicolas le suivit. L'endroit n'avait rien d'un lieu propice pour croiser le fer. De beaux hôtels, l'abbaye de Saint-Germain et le quai tout proche…

— Êtes-vous certain, père, que c'est bien l'endroit où Médéric s'est rendu ?

Au demeurant, il s'attendait à voir Aude surgir de l'ombre d'un moment à l'autre. Le cœur battant, elle soupirait, impatiente de le revoir. Bien qu'il ne fût pas en colère contre Médéric, l'éventualité que son retard eût causé du tort à Aude lui était intolérable ; il ne le lui pardonnerait pas aisément.

L'écho métallique de deux épées qui se croisaient parvint jusqu'aux deux cavaliers. Comme un seul homme, ils commandèrent à leurs chevaux de s'élancer vers le bruit. Nicolas entreprit de doubler son père. Mercure étant plus vif et plus rapide, ce ne fut pas difficile.

— Nicolas ! gronda Xavier entre ses dents.

En contrebas, presque sur le quai, un combat d'une rare violence se déroulait. Nicolas abandonna son père et se précipita vers les duellistes, en tirant sa lame.

« Grand dieu, ce n'est pas un duel, pensa-t-il, c'est une exécution ! »

Il comptait trois silhouettes noires, qui en traquaient une quatrième. La forte carrure du Hollandais se remarquait même au cœur de la mêlée. Sans réfléchir, il fonça, l'arme à la main.

— Fouchtra ! jura Xavier en se laissant glisser au sol.

Il chuta plus ou moins gracieusement, et se releva aussitôt. La bande de terrain qui le séparait des combattants n'était pas large, mais la pente se révélait pénible à descendre. Le quai était plongé dans une obscurité presque totale. Aucune lanterne pour éclairer les environs, l'idéal pour un guet-apens. Xavier savait qu'il était en position de faiblesse et cela le faisait rager. Désavantagé physiquement et ignorant l'identité de leurs ennemis, le gentilhomme savait que les risques étaient énormes et les chances d'en sortir vainqueur bien minces. Pourtant, il brandit son épée et s'élança vers les combattants. Il se tenait à quelques enjambées de son plus proche adversaire lorsqu'une exclamation déchira la nuit.

— Pour Montcerf ! cria la voix de Médéric, qui jetait du même coup toute l'énergie qui lui restait dans la bataille.

Xavier, consterné, vit le Hollandais tomber à genoux avant de s'étendre face la première contre le sol. Médéric s'était abattu tel un chêne centenaire, et tous les hommes reculèrent, s'éloignant de sa masse imposante. Le comte de Montcerf, bouillonnant de rage, en profita pour surprendre l'homme qui lui présentait son dos.

— Avec les traîtres, c'est traîtreusement que je me bats !

Dans leurs costumes noirs, on ne pouvait se méprendre sur leurs intentions. Médéric l'avait compris et avait décidé de protéger Nicolas contre le sort funeste qui l'attendait. Mais pourquoi ? Il aurait pu ne pas s'y rendre.

Le duelliste gémit en se retournant. Xavier l'avait touché au flanc droit, mais le spadassin, déterminé, ne s'avouait pas vaincu. Il lança plusieurs attaques contre Xavier. La puissance de ses coups faisait plier la rapière du comte. L'inertie de sa jambe limitant grandement ses mouvements, il devait se contenter de la position défensive. Tôt ou tard, la brute commettrait une erreur qui lui serait fatale.

D'abord emporté par l'excitation, il s'était lancé à la défense de Médéric, qui tenait les trois hommes à distance. L'un d'eux avait déjà une profonde estafilade au front. Son feutre était tombé, et Nicolas vit qu'il avait l'oreille droite marquée par une brûlure. Depuis le début, Médéric avait donc dit vrai… En un éclair, le jeune homme vit défiler les visages d'Aude, du duc de Luxembourg et de ce satané Corne-Raillac. La colère gronda dans sa poitrine. Lorsque le spadassin abattit son épée sur lui, Nicolas fit dévier le coup. Il enfila feinte, attaque, parade avec une vivacité à donner le vertige. Bondissant d'avant en arrière, il cherchait à déstabiliser son adversaire. Enfin, il atteignit l'homme sur le revers de la main. L'homme à la brûlure tenta de reculer. Nicolas le comprit et, impitoyable, le frappa encore. L'homme poussa une plainte atroce ; le coup avait entaillé son épaule jusqu'à l'os. Il s'écroula dans son sang. À l'instant où le gentilhomme aurait pu pousser son premier cri de victoire, c'est la voix de Médéric qui résonna dans le pré. Le vieil aventurier s'effondrait, entraînant les illusions de Nicolas. En effet, dès ses premiers pas d'escrimeur, il avait rêvé de ce combat qui aurait dû être la consécration de toutes ses joutes amicales dans les pâturages de Montcerf.

Nicolas, enflammé, se rua vers son père. Les deux autres ferrailleurs se battaient avec la même violence que l'homme à la brûlure, et Xavier, malgré son adresse, se fatiguait à parer leurs coups.

« Au diable les artifices ! Voyons si ces rustres goûtent leur propre médecine », songea Nicolas, qui servit une botte efficace sur le jarret de son adversaire.

À peine le spadassin eut-il le temps de se retourner que Nicolas l'assaillait à nouveau. En levant sur lui son épée, il reconnut celui qui avait insulté sa mère lors de la fête du duc de Luxembourg. Cela intensifia sa colère. Rapidement, les hommes comprirent qu'ils n'étaient pas de taille à lutter contre la fougue de Nicolas et l'habileté de Xavier.

— Pitié ! gémit l'homme en mordant la poussière.

Nicolas allait lui porter le coup fatal quand le bras de son père l'en empêcha.

— Arrêtez !

L'injonction lui fit recouvrer ses esprits. Son adversaire était tombé. Le troisième homme avait lâché son arme et tenait sa main qui saignait profusément.

— Qui t'a ordonné de venir ici ? le questionna Xavier, avec une froide maîtrise sous laquelle on sentait sourdre une rage contenue.

Nicolas s'élança vers Médéric. Il s'agenouilla à son côté et posa une main sur son dos. Ses lèvres émirent un faible râle.

— Médéric ! appela Nicolas, désespéré.

— Je devais le protéger, murmura le mourant, d'une voix si ténue que le jeune homme se demanda s'il avait bien entendu. Hector, me voilà… quitte… enfin !

Nicolas, ébranlé, se pencha dans l'herbe humide de sang. Il tenta de redresser la tête du Hollandais.

— Nicolas, l'arrêta son père, Médéric n'est plus !

— Il m'a parlé ! s'exclama Nicolas, qui retenait avec peine ses larmes.

— J'ai entendu, répondit Xavier.

L'émotion de Nicolas rajouta à sa propre tristesse. Médéric avait été son protecteur, son ami, son tuteur, depuis le décès de son père. Xavier connaissait les remords qui le rongeaient : le Hollandais s'était toujours senti responsable de la mort de son maître et, aujourd'hui, il avait réglé ses comptes comme il l'entendait.

— Nous devons y aller, dit Xavier à son fils. Les hommes du guet seront bientôt là.

Nicolas, toujours accroupi, ouvrit la main de Médéric pour prendre son arme. Le jeune homme retenait ses sanglots avec beaucoup de peine. Xavier ressentait la douleur de son fils et, respectueusement, le laissa récupérer l'arme du vieil aventurier.

— Nous reviendrons lorsqu'il fera jour, Nicolas. Ces reîtres ont été engagés pour tuer. Le duc de Luxembourg, ou quelqu'un qui le connaît, a voulu vous tendre un piège. Lorsqu'il s'apercevra que la tentative a raté…

Nicolas se releva, la tête baissée pour cacher ses larmes, et passa l'épée de Médéric à sa ceinture. Ensuite, il héla Mercure qui répondit fidèlement.

— Je dois retrouver Aude. Elle est sans doute en danger…

— Je vous accompagne, trancha Xavier, décidé à suivre son fils.

Bien que son père fût blessé et faible, Nicolas savait que toute tentative de le raisonner était inutile. Par ailleurs, la présence de son père donnerait du poids à sa démarche car, pour retrouver Aude, il aurait besoin du concours de sa mère.

ᕙᕗ

— Si Oksana s'oppose à notre intervention, je crois pouvoir trouver les arguments pour la convaincre.

Nicolas se rangeait derrière la confiance que manifestait Xavier. Dans les circonstances, il n'imaginait pas que l'ancienne courtisane pût les accueillir avec ressentiment. On avait essayé de le tuer… Qui sait ce que Corne-Raillac avait pu faire subir à Aude ? Sous ses dehors de riche mécène, ce musicien n'avait pas plus de scrupules que son ami le duc de Luxembourg. En outre, il fournirait à Oksana les preuves de la malignité de cet homme. Les reîtres qui avaient piégé Médéric avaient été payés par un homme qui lui ressemblait en tout point. Grand et maigre, au sinistre visage de corbeau, Corne-Raillac ne pouvait être confondu avec personne.

Toutefois, Xavier, à qui il avait rapporté les soupçons de Médéric ainsi que l'histoire de l'homme à la brûlure, semblait croire que le duc de Luxembourg devait être au courant de l'embuscade.

— La veille de mon départ pour l'abbaye de Chelles, le duc de Luxembourg m'avait convié à son hôtel. Je soupçonne qu'il avait appris que je travaillais pour Louvois, révéla Xavier. Le secrétaire d'État à la Guerre a cherché à le discréditer de plusieurs façons au cours de son procès et il n'a pas été difficile à Luxembourg de m'associer à ce complot…

— Mais ce n'était pas le cas, n'est-ce pas ? demanda Nicolas, consterné par la révélation concernant Louvois. Vous avez protégé la jeune favorite dans sa retraite… Vous avez enquêté sur la Des Œillets !

Xavier ne sut pas mentir à son fils. S'il est vrai que la vengeance du duc était démesurée et foudroyante, il ne pouvait prétendre avoir la conscience claire. En homme d'honneur, il aurait pu refuser les fonctions de taupe que lui avait proposées le secrétaire d'État à la Guerre. Cela lui aurait épargné le malaise et la honte de devoir se justifier auprès du duc de Luxembourg.

— L'honneur est une chose qu'on perd en une seule incartade. Il suffit d'un mauvais coup de dé, d'un mot de travers, d'une ambition ou d'un orgueil aveugle.

Nicolas évita de croiser le regard de son père. Ils approchaient de la maison de Claudine. C'était la seule personne qui pouvait leur indiquer le lieu de résidence de la mère d'Aude. Le comte de Montcerf frappa à la porte. Lorsqu'elle s'ouvrit, révélant un serviteur à moitié éveillé, Nicolas prit la parole, tandis que le vieux majordome dardait un regard inquiet sur Xavier.

— Monsieur, je suis navré de l'heure indue, mais nous voudrions voir ma tante, Mme de Roquesante.

Le domestique bredouilla quelques mots d'excuse, puis les invita à l'intérieur. Quelques instants plus tard, Claudine se précipitait vers eux.

— Par tous les saints ! Xavier ! s'exclama la femme, les cheveux blonds désordonnés. Vous êtes blessé !

Nicolas vit son père retenir une grimace de douleur.

— Oh… ce n'est qu'une vieille blessure… Que ma che-vauchée dans la campagne a réveillée. Mais je vous rassure, notre équipée tire à sa fin, lança-t-il, d'un ton qui se voulait désinvolte. Euh, j'aimerais beaucoup pouvoir m'attarder, mais voilà que mon fils s'est épris d'une jeune femme qui, paraît-il, aurait des ennuis.

— La demoiselle Aude ? lança Claudine avec un malaise évident. A-t-elle… Ah ! Non ! A-t-elle subi les contrecoups de l'amour, Nicolas ?

— Il ne s'agit pas de cela, ma tante, intervint le jeune homme, profondément embarrassé. Je… nous devons aller trouver sa mère… Oksana. Il serait trop long de vous narrer le détail de notre aventure, je vous prie simplement de me croire.

Claudine le considéra avec sévérité, mais l'état de Xavier la persuada que le temps n'était pas aux remontrances.

— Je reviens, annonça-t-elle en s'esquivant.

Nicolas leva les yeux vers son père, qui le couvait d'un regard impassible, mais lucide. Nul doute qu'il avait saisi l'allusion à son geste et aux conséquences que celui-ci aurait pu avoir pour Aude.

— Voilà l'adresse, fit Claudine. Promettez-moi de voir un médecin, Xavier, vous n'avez vraiment pas bonne mine !

Ils quittèrent la demeure des Roquesante et foncèrent vers le faubourg Saint-Jacques.

Désormais, Xavier connaissait la nature de la liaison de son fils avec Aude. Claudine avait épargné à Nicolas la tâche ingrate de devoir avouer lui-même son geste. Sa tante l'avait-elle volontairement trahi ? Nicolas préférait y voir un instant d'égarement, imputable à l'heure tardive où ils s'étaient pré-sentés à la porte de son hôtel.

Si Xavier avait accueilli la nouvelle avec impassibilité, il le connaissait suffisamment pour savoir que, sitôt la demoiselle en sécurité, il reviendrait sur le sujet de sa méconduite envers Aude.

Entre la rancune d'Oksana et les sermons de son père, Nicolas galopait vers la demeure de la musicienne en souhaitant ardemment que le destin lui réservât un dénouement plus glorieux.

∾

De toute évidence, Oksana ne dormait pas. Son regard bleu clair oscilla entre Nicolas et Xavier, puis elle ouvrit la porte toute grande et, d'un geste, les invita à entrer. Le jeune homme, fébrile, attendit que son père expliquât les raisons de leur venue, mais c'est elle qui parla la première.

— Aude n'est plus ici. Il est venu la chercher un peu avant le souper, laissa tomber Oksana.

Elle se maîtrisait, mais sa voix chevrotante trahissait son angoisse.

— Que s'est-il passé ? demanda posément Xavier.

Dans son accoutrement, il avait l'air d'un spadassin ; ses bandages n'aidaient en rien. En dépit de cela, la mère d'Aude semblait pénétrée par son puissant charisme, et Nicolas fut ébahi de l'entendre dire :

— Je crains que dans sa fureur il ne décide de l'enfermer pour de bon… Allez me la chercher, je vous en supplie.

Une peur qu'il n'avait jamais cru possible de ressentir s'empara de Nicolas.

— Où est-elle ?

— Pour le moment, elle doit encore être chez lui… Le sieur de Corne-Raillac loue un hôtel dans le Marais, rue des Petits-Champs. Mais, dès demain, il la fera conduire au faubourg Saint-Martin, au couvent.

« Le vaurien ! maudit Nicolas, il faut que cela cesse, une fois pour toutes ! »

— Pourquoi croyez-vous qu'il voudrait s'en prendre à elle ? Qu'a-t-elle fait ? questionna Xavier, dérouté par les paroles d'Oksana.

— Depuis longtemps, je le suspecte d'éprouver pour elle un sentiment qui dépasse celui d'un tuteur envers sa protégée. Jusqu'à aujourd'hui, il n'avait fait que l'admirer de loin, sa pureté le retenant de céder à son désir. Bien qu'elle ait souvent provoqué sa colère, il lui pardonnait tout.

— Ce n'est pas de l'amour, c'est de la jalousie, ça, commenta Xavier.

— Or, cette fois, elle est allée trop loin, continua-t-elle en regardant fixement Nicolas. Elle lui a avoué ses sentiments pour vous. Elle lui a tout dit.

Nicolas ouvrit la bouche, incrédule. Devait-il comprendre qu'Aude avait intentionnellement cherché à causer ce drame ?

— Pourquoi ?

Oksana hésita. Admettre la vérité revenait à reconnaître ses torts et cela ne lui venait pas aisément.

— Elle n'en pouvait plus de vivre ainsi. Je crois que, pour elle, tout était préférable à cette fausse liberté.

— Nous allons la chercher et vous la ramener, certifia Xavier, moins ébranlé que son fils. Après quoi, nous rectifierons la situation comme il se doit.

Entre Oksana et Xavier, il semblait exister une sorte de complicité subtile ; alors que Nicolas s'attendait presque à devoir les présenter l'un à l'autre, il se sentait étrangement exclu de l'échange.

— Il veut la forcer à l'épouser et, si elle s'entête, il l'enverra croupir au couvent… murmura Oksana, son visage défait exprimant ce qu'elle ressentait à cette cruelle éventualité.

Elle paraissait si fragile que Nicolas sentit s'effacer toutes les préventions qu'il avait eues à son égard.

— Hum, dit Xavier. Préparez vos effets, Oksana. Vous ne pourrez pas rester ici.

Sur ces surprenantes paroles, Nicolas quitta le modeste logis en compagnie de son père. Il n'osait pas poser de questions et réfléchissait à ce qu'il convenait de faire maintenant.

Mais, d'abord, pourquoi la mère d'Aude ne pourrait-elle plus rester chez elle ?

— Je répugne à régler cette affaire à la pointe de mon épée. Il y a déjà eu assez de sang versé comme cela, laissa tomber Xavier, qui réfléchissait tout haut.

— Ce serait commode, pourtant. J'embrocherais ce pourceau avec mon coutelas, tellement il est maigre !

— Nicolas, je ne suis pas d'humeur à plaisanter.

Le jeune homme aurait voulu protester puis, plein d'audace, s'élancer à l'assaut de l'hôtel de Corne-Raillac pour réclamer le cœur de celle qu'il aimait. Il n'était plus d'âge à renoncer par soumission paternelle mais, encore bouleversé par la mort de Médéric, il accompagna son père jusqu'à l'Hôtellerie des Ormes sans se rebiffer.

30

Aux portes de Paris

Au moment où le voyage d'Élisabeth et de Hyacinthe se terminait, les enquêteurs soumettaient à la question[5] l'homme qui, se faisant passer pour un domestique, avait apporté le poison à la duchesse de Fontanges. Grâce aux informations fournies par Xavier de Razès, ils avaient finalement réussi à mettre la main au collet de cet écuyer qui était retourné à Paris après s'être enfui de l'abbaye de Chelles. Tous espéraient que son interrogatoire apporterait des éclaircissements sur le complot des bouteilles d'eau.

On ne savait que peu de choses sur lui, outre qu'il était au service d'un certain marquis de Termes, un homme que l'on soupçonnait d'avoir un penchant pour l'alchimie et la sorcellerie. Or, la question ne laissait personne indifférent, fût-il un homme d'armes endurci. Cette fois, cependant, les bourreaux n'eurent pas la main assez délicate et l'homme périt sous la torture en emportant son secret avec lui. Lorsqu'il apprit que l'écuyer était mort pendant le supplice, Xavier ne sourcilla même pas; rien ne l'étonnait plus. Tous les moyens étaient bons pour camoufler les actes de la Des Œillets. Les preuves qu'une cabale d'empoisonneurs existait et œuvrait contre la favorite du roi et, peut-être, contre le roi lui-même étaient pourtant entre les mains influentes du secrétaire d'État Louvois. Grâce à l'intrépidité de Nicolas, la Des Œillets et son complice,

---

5. Nom que portait la torture à laquelle on soumettait les accusés dans le but de les faire avouer.

cet Anglais mystérieux qui signait « milord », ne dormaient plus sur leurs deux oreilles.

Protéger la personne du roi signifiait, plus que tout, s'assurer qu'il ne serait pas éclaboussé par un scandale aussi grave que celui qui compromettait ses deux anciennes maîtresses. Même si cela demandait d'agir au mépris de la justice ou de laisser courir les coupables.

Parmi les criminels de bas étage, une femme était toujours recherchée par les autorités : elle se faisait appeler la demoiselle de Laboissière. À Paris, on la connaissait surtout comme la complice de la Chappelain, une femme dangereuse, qui admettait avoir voulu empoisonner la favorite du roi, la jeune duchesse de Fontanges. Or, cette Laboissière avait disparu quelque part en Auvergne, alors que la police de Paris la faisait suivre. La dernière fois qu'elle avait été vue, c'était à Aigueperse, rôdant autour d'un homme singulier, dont on disait qu'il était un peu sorcier. Il n'y avait rien là de surprenant. Toute cette affaire avait révélé que les devins et autres charlatans de cet acabit se voisinaient comme les membres d'une sous-société. Elle avait laissé, dans son sillage, le corps d'un jeune tailleur, Antoine Millet, qui avait défunté sous l'effet d'un poison violent. Dans sa main, on avait trouvé une paire de gants de femme de très belle étoffe. Les autorités d'Aigueperse étaient restées impuissantes après la mort du jeune homme, qui avait provoqué la panique parmi la populace. Les empoisonneurs de Paris allaient-ils répandre leurs criminelles activités dans toute la France ? Le phénomène, telle une maladie honteuse, incitait les villes et les villages aux abords de la capitale à fermer leurs portes aux étrangers. Tandis que la Chambre ardente interrogeait la fille de la Voisin et que les argousins poursuivaient toujours la fameuse Laboissière, celle qui avait chevauché sans relâche depuis Aigueperse arrivait enfin sous les murs de Paris.

— Je suggère que nous entrions par cette porte, qu'en dites-vous ? proposa Hyacinthe de Cailhaut à sa compagne.

Elle opina du chef sans le regarder, ses yeux noisette étaient rivés sur l'impressionnante agglomération de maisons, de clochers et de murailles qui formaient un tout plus ou moins cohérent, parsemé de champs et quadrillé de chemins. Depuis qu'ils avaient quitté l'Auvergne, elle n'avait prononcé aucune parole. Sa seule tentative de communiquer avait été de lui faire comprendre qu'elle voulait se rendre à Paris et qu'il était libre de venir avec elle. Hyacinthe de Cailhaut en avait conclu qu'elle désirait rejoindre son père et son frère, mais aujourd'hui il n'était plus du tout certain que ce fût là son intention. Il avait bien tenté, au cours des derniers jours, d'obtenir des précisions, mais elle ne donnait nullement l'impression de vouloir l'éclaircir sur ses projets. Malgré ses efforts pour accéder à ses pensées, c'était comme s'il voyageait en compagnie d'une étrangère muette, sourde, voire méfiante. Hyacinthe éprouvait une affection sincère et candide pour Élisabeth, et c'était ce sentiment qui lui avait insufflé la volonté de la suivre et de la protéger. N'était-ce pas la raison pour laquelle la comtesse de Montcerf lui avait confié la tâche de retrouver et de ramener sa fille ?

Ils approchaient maintenant des immenses portes. Le jeune homme jeta un coup d'œil en direction d'Élisabeth. Le groupe qui se pressait à l'entrée de la ville mettait la jeune femme mal à l'aise. Hyacinthe avait remarqué qu'elle exprimait un inconfort visible lorsqu'elle était entourée d'inconnus. Sa nervosité se manifestait de différentes façons ; son souffle s'accélérait et son regard scrutait ceux des quidams qui avaient une allure peu amène. Elle n'avait pas eu besoin de lui dire ce qui se passait dans sa tête, il savait qu'elle craignait que la foule ne se retournât contre elle. Sa jument, Cassandre, devenait craintive elle aussi.

— Élisabeth, ce n'est pas la peine de nous presser, nous pouvons attendre, lui glissa Hyacinthe, se faisant réconfortant. Je suis éreinté, j'ai l'estomac vide et le gosier sec… Paris sera toujours là après le souper, non ?

Le regard de sa compagne brilla de reconnaissance. Sans un mot de plus, ils gagnèrent une auberge située non loin de là et s'attablèrent.

～

Dire qu'elle s'était résignée était convenir que Vivien Fosseux avait eu le dessus, or Aude n'entendait pas donner cette satisfaction à son prétendu maître et tuteur. Déjà, sa tenue blanche et sans parure lui donnait, malgré elle, un air soumis de petite brebis. Cet aspect du châtiment semblait plaire infiniment à l'homme… Elle percevait le regard dominateur qui se posait sur elle lorsqu'il croyait qu'elle portait son attention ailleurs. Dans le petit carrosse qui l'emportait vers le couvent, elle s'efforça d'afficher un air paisible.

— Je suis heureux de voir que vous vous préparez à faire pénitence, lui dit Vivien Fosseux, sieur de Corne-Raillac. Les sœurs des Madelonnettes ne sont pas commodes avec les filles licencieuses, vous faites bien d'y préparer votre âme…

— Vous saviez que c'est aux Madelonnettes que la reine mère avait fait enfermer la célèbre Ninon de Lenclos ? lança Aude d'un ton enjoué. On raconte que tant d'hommes affligés se sont pressés aux portes du couvent que les sœurs ont été forcées de la libérer. Si cela est vrai, je peux peut-être espérer connaître un sort semblable ?

Le sieur de Corne-Raillac leva la main à la hauteur de son visage, puis referma ses longs doigts maigres en imaginant qu'ils se resserraient sur le cou de l'insolente.

— J'en doute, ma très chère Aude, car personne, à part moi, les nonnes et ce cocher, ne sait que c'est là que je vous conduis, rétorqua-t-il avec méchanceté.

— N'empêche ! reprit-elle sur le même ton badin. C'est un honneur de pouvoir se comparer à cette Ninon de…

Cette fois, la gifle retentit sur la joue de la demoiselle. Le coup la projeta contre le dossier du banc, où elle demeura immobile quelques secondes, le temps de se ressaisir. De sa main tremblante, de rage plus que de douleur, elle replaça calmement ses boucles blondes.

— À votre sortie, mademoiselle, j'entends que vous serez guérie de votre arrogance, et que vous serez docile, comme il sied à une dame, ordonna Corne-Raillac d'une voix menaçante.

« Il n'y a que les juments que l'on veuille dociles », se révolta la fille d'Oksana, qui se retint cette fois de faire son commentaire à voix haute.

Ils approchaient du faubourg Saint-Martin. Par la fenêtre, elle distinguait l'enceinte du couvent que l'on contournait. Son cœur se mit à battre plus vite. La perspective d'être emmurée l'indignait. Sa seule consolation était que dans ce lieu, au moins, elle n'aurait plus à subir cet être ignoble qui dirigeait sa vie depuis de longues années. Peu importe le traitement qu'on lui réservait à l'intérieur de ces murs, elle avait décidé de ne jamais regretter le temps précieux qu'elle avait volé pour être auprès de Nicolas. Chaque fois qu'elle pensait à son amant, son cœur s'emportait, comme si tous les tambours du roi résonnaient à l'unisson pour une marche d'honneur.

— Vous devriez l'oublier, ce jeune libertin auquel vous songez encore ! On m'a assuré qu'il ne reviendrait jamais fleureter près de votre jardin, susurra Corne-Raillac, de sa voix doucereuse et sardonique.

La jeune femme le dévisagea. Avait-il fait occire son amant ? Elle savait le vieil homme fou de jalousie, mais tout de même pas au point de commettre un crime aussi lâche. Pourtant, elle aurait dû s'en douter, car son tuteur côtoyait des gens qui avaient leurs propres motifs pour se venger de Nicolas de Razès. Pour ces nobles seigneurs de la cour, le jeune homme n'était pas même une nuisance, c'était une broutille…

Soudain, une secousse ébranla le petit carrosse qui s'arrêta brusquement. Vivien Fosseux soupira et jeta un coup d'œil ennuyé par la fenêtre. Aude l'imita. Au lieu des murs du couvent, qu'elle aurait dû apercevoir, le paysage ressemblait à celui du faubourg, passé la porte Saint-Martin.

— Cocher, interpella le sieur de Corne-Raillac en frappant la paroi de la diligence avec sa canne à pommeau d'argent. Nous avons dépassé le couvent, ce n'est pas dans le faubourg du Temple…

C'est alors que s'éleva une forte voix masculine, au timbre goguenard :

— Monsieur, vous êtes sur les terres du marquis des Tributs, et si vous souhaitez vous prévaloir du droit de passage, nous vous prions de bien vouloir lui céder une partie de vos biens…

— Ha ! La mauvaise farce que voilà, maugréa le sieur de Corne-Raillac, s'apprêtant à sortir du carrosse.

À peine avait-il ébauché un mouvement que la portière s'ouvrit toute grande pour laisser paraître un homme masqué et sombrement vêtu. Son air ténébreux fit grand effet sur les deux passagers : Aude poussa un cri aigu, tandis que le sieur de Corne-Raillac, immobile, considérait avec crainte la longue épée que tenait le bandit.

— Que voulez-vous ? trembla Vivien Fosseux en brandissant sa canne devant lui, apparemment inconscient du ridicule de la chose.

— Et si vous sortiez, pour que nous puissions discuter plus aisément ? proposa le marquis des Tributs.

Avant que Vivien Fosseux n'eût eu le temps de protester, un coup de feu se fit entendre. Il pâlit et, docilement, se plia à la suggestion du « marquis », non sans avoir, auparavant, jeté un regard inquiet à sa protégée. La demoiselle s'était évanouie, ses boucles éparses sur le cuir de la banquette.

— Voilà qui est mieux, approuva l'homme masqué lorsqu'il sortit enfin. Maintenant, vous voyez le fossé, là ?

Le sieur de Corne-Raillac tituba. Il voyait surtout le corps du cocher, étendu face contre terre, et le complice du soi-disant « marquis », masqué lui aussi, qui brandissait un pistolet dans sa direction.

— Vous allez descendre dans ce trou et vous y terrer. Et si l'envie vous prenait de nous gêner, mon ami ici se ferait un plaisir de vous traiter avec la même considération qu'il a eue à l'égard de votre cocher. Allons, on se presse !

— La demoiselle… commença le maître de musique d'un ton suppliant.

Le marquis lui répondit par un sourire cruel, secondé par une attaque vicieuse sur la cuisse du sieur de Corne-Raillac. La pointe de l'épée l'avait à peine effleuré, mais le vieil homme gémit à chacun des pas qui le menèrent au bord du fossé. Les mâchoires serrées, Corne-Raillac chut sans grâce dans la boue. Xavier s'approcha alors du corps du cocher.

— Debout ! ordonna-t-il.

Nicolas se releva avec un sourire victorieux.

— Allez, nous devons partir d'ici.

Sans prendre le temps de retirer son déguisement, le jeune homme monta dans le carrosse pour rejoindre Aude. Le complice de Xavier s'avança et retira le masque qui couvrait son visage.

— Félicitations !

— Combien de temps avons-nous avant qu'il ne tente de ressortir de là, à votre avis ? demanda Oksana en remettant le pistolet à Xavier.

Le comte de Montcerf haussa les épaules et prit l'arme.

— On ne devrait pas traîner, mais je suggère qu'on leur laisse une minute…

Le cœur battant, Nicolas s'approcha de la demoiselle inconsciente. Ses boucles blondes encadraient son visage délicat qui, dans son état de pâmoison, dégageait une sensualité incroyable. Le jeune homme posa sa main sur la peau nue du poignet de sa belle. Soudain, d'un mouvement vif, un stylet traversa sa chemise et lui entailla légèrement l'avant-bras. Nicolas poussa un cri tandis qu'Aude sautait en bas du coche. Vacillant sous l'effet de la douleur qui irradiait dans son bras, le gentilhomme écarquilla les yeux devant l'audace de la jeune femme. Il reprit ses esprits et s'élança à la suite d'Aude qui s'était mise à courir en direction de la porte Saint-Martin.

« Elle va alerter la garde ! pensa Nicolas, stupéfait par le revirement de situation. Quel courage, quelle fougue ! »

La demoiselle courait, sans se retourner, comme si le diable lui-même était à ses trousses. Tandis qu'il gagnait du terrain, Nicolas fut pris d'une forte émotion, car il sentait qu'elle courait pour aller le retrouver, lui.

— Aude ! cria-t-il enfin, lorsqu'il fut assez proche pour qu'elle l'entendît.

La demoiselle s'arrêta subitement, abasourdie de reconnaître cette voix. Elle fit volte-face. Le large feutre était tombé de la tête de Nicolas et sa perruque pendouillait d'un côté de son visage, mais Aude l'avait reconnu.

— Nicolas ! souffla-t-elle, haletante.

— Aude... Je suis venu te... Ouille ! gémit-il en se tenant le bras.

Il ne put terminer sa phrase. La demoiselle s'élança vers lui et l'embrassa. Nicolas, ému, répondit à son baiser en l'enlaçant passionnément.

∽

Hyacinthe se désolait en considérant les restes du repas : le chapon dodu, le poisson en sauce et le fromage. Il avait espéré que, devant tant de bonnes choses, Élisabeth retrouverait son appétit d'antan. Son séjour dans la forêt avait amaigri sa silhouette autrefois pulpeuse et, depuis qu'ils s'étaient retrouvés, elle touchait à peine à la nourriture. Bien sûr, ses tentatives pour la faire manger n'étaient pas très subtiles et il se doutait que la fille du comte voyait clair dans son manège. Qu'y pouvait-il ? Il avait tant de raison de s'inquiéter pour elle...

— L'aubergiste m'a recommandé la tarte aux pommes. Qu'en dites-vous ?

Le visage d'Élisabeth se figea aussitôt dans une expression indescriptible. C'était comme s'il venait de prononcer une obscénité.

— Ça ne va pas, Élisabeth ? demanda Hyacinthe, confus.

Il jeta un regard par-dessus son épaule pour vérifier que personne d'hostile n'était entré dans la salle commune. Élisabeth, comme de coutume, ne répondit pas.

— Bon, pas de dessert, alors ! Allons-y, si vous le voulez bien. Le temps d'entrer dans la ville, et il va nous falloir trouver un lieu pour passer la nuit. Connaissez-vous le nom de l'auberge où logent Nicolas et votre père ?

Quoiqu'il n'eût pas l'aisance de conversation de son compagnon d'enfance, Hyacinthe avait fait un effort conscient pour paraître désinvolte. Or, il fut le premier surpris du résultat.

— Je… ne… veux pas les rejoindre, prononça Élisabeth d'une voix éraillée. Je…

Hyacinthe, dans un respect absolu, attendit qu'elle finisse sa phrase. Les sons sortaient manifestement de la bouche de la jeune femme au prix d'un immense effort.

— Retrouver… empoisonneuse.

La voix de la jeune femme n'était qu'un mince filet et son timbre, rauque, la transformait complètement. C'était un autre changement auquel il allait devoir s'habituer.

Hyacinthe hésitait entre son devoir envers la comtesse de Montcerf et son rôle de protecteur auprès d'Élisabeth. Tout serait si simple si elle était sa sœur et lui son frère car, bien qu'elle ne fût qu'une femme, c'était la fille de son seigneur et il n'avait aucun droit sur elle.

— Je veux retrouver cette femme autant que vous, l'assura Hyacinthe, mais Paris est une grande ville et ni vous ni moi ne sommes très expérimentés dans… la poursuite de criminels. En revanche, avec de la chance, votre père sera là et il saura sûrement que faire.

Il avait donné son opinion, malgré le regard suppliant que lui lançait la jeune femme. Pour la première fois depuis qu'il l'avait retrouvée, Élisabeth lui montrait des signes d'émotion. De toute évidence, elle voulait qu'il demeurât à ses côtés.

— Je veux bien vous aider à la retrouver, mais avez-vous seulement pensé que, si l'on vous prend, vous risquez de finir vous aussi en prison ?

Élisabeth fit oui de la tête, ce qui n'apaisa pas les angoisses du jeune Auvergnat, bien au contraire.

— Morbleu ! murmura-t-il sombrement.

La jeune femme se leva et, spontanément, lui tendit la main. Elle l'entraîna à l'extérieur, vers les chevaux qui les attendaient dans le pacage voisin. Hyacinthe s'attendait à la voir monter sur la jument, mais ce n'est pas ce qu'elle fit. Élisabeth lui montra la selle de l'animal... ou plutôt, non, elle lui désigna la marque du sceau sur la cuisse de Cassandre. Hyacinthe secoua la tête, il ne voyait pas où elle voulait en venir.

— La marque du haras ? Les armoiries de Montcerf... Est-ce important ?

— Fi... lastre, dit-elle en désignant la jument.

Hyacinthe comprit tout à coup ce qu'elle tentait de lui faire comprendre. La comtesse leur avait indiqué que deux chevaux manquaient. L'empoisonneuse était en possession de l'autre monture ! Ce nouvel élément pourrait peut-être leur permettre de retracer la Filastre. Il fallait compter sur la possibilité que la sorcière eût gardé la jument et qu'elle ne se méfierait pas d'eux car, pour qui était habile, rien n'était plus facile que de camoufler l'empreinte d'un fer. En somme, il leur faudrait compter sur beaucoup de chance.

༄

— Encore une fois, as-tu, oui ou non, travaillé pour une dénommée Chappelain, prénom Madeleine ? interrogea le lieutenant du guet Desgrez.

Malgré des dehors assurés, la femme était sur le point de céder. La rigueur avec laquelle on la traitait depuis qu'elle avait été arrêtée avait eu raison de sa superbe. En outre, les commissaires du Châtelet avaient mis aux arrêts des dames mieux parées et de bien meilleure naissance que cette Dumesnil, qui faisait la fière parce qu'elle avait servi dans la suite de la duchesse de Fontanges.

— Cette dame prétend te connaître, et selon les informations qu'elle nous a livrées sur toi…

La Dumesnil avait été appréhendée alors qu'elle revenait vers Paris, après avoir été libérée de ses fonctions auprès de la duchesse de Fontanges. En premier, elle avait cru que c'était les manigances de ce Razès, qui se gardait d'elle à un point tel qu'il l'avait empêchée d'approcher la duchesse lorsque cette dernière prenait ses repas. Mais, maintenant, elle comprenait que cet homme n'avait rien à voir avec son arrestation ; c'est cette Chappelain, le diable l'emporte, qui l'avait dénoncée !

— Oui, j'ai été servante chez cette Madeleine Chappelain. C'était il y a longtemps… D'ailleurs, si on me demande n'importe quoi sur cette gueuse…

— Épargne-toi cette peine, ton amie est déjà passée aux aveux.

Sur ce, Desgrez se leva et sortit de la pièce exiguë où était détenue la Dumesnil. Il l'entendit lancer quelques protestations, revenir sur ses aveux puis, finalement, injurier le geôlier dans un langage qui n'avait rien à envier à celui des harengères des faubourgs.

— Monsieur Desgrez, dit un homme du guet qui venait vers lui d'un pas pressé. Grande nouvelle ! Les archers ont pris la fille Laboissière aux portes de la ville. Cette démone a été conduite au Petit Châtelet.

Le lieutenant passa une main sur sa moustache avec un air de contentement. Enfin ! Et dire qu'il croyait devoir faire son deuil de cette arrestation !

— A-t-elle protesté ? demanda l'adjoint principal au lieutenant de police La Reynie.

— Dame ! Il paraît qu'elle s'est débattue comme une harpie.

— Je m'y attendais…

— Elle n'était pas seule, d'ailleurs. Un grand blond, probablement un complice, était avec elle.

Desgrez fonça les sourcils. Sa nuit serait bien remplie, finalement. Le soir tombait vite en ce mois de septembre, il ne devait pas s'attarder s'il voulait se rendre à temps.

꙳

Une dame vêtue de rouge glissa le long de l'allée centrale, entre les banquettes de l'église presque déserte. Ses escarpins produisaient un petit claquement, étouffé par sa robe à deux traînes qui frôlait le sol. Néanmoins, lorsqu'elle s'approcha de la tête aux cheveux courts et noirs, celle-ci se tourna lentement dans sa direction. Claude de Vins, demoiselle Des Œillets, reconnut alors la devineresse qui devait lui fournir le poison qui la débarrasserait définitivement de la Fontanges et de son amant. Elle s'assit sur le banc suivant et ouvrit le livret de psaumes qu'elle avait apporté.

— J'ai eu des complications, chuchota la pythonisse de sa voix rauque.

La Des Œillets garda les yeux baissés sur son missel.

— Avez-vous la poudre, comme promis ? demanda-t-elle finalement.

— J'ai toujours le poison, mais je n'ai plus les gants. Il me faudrait de l'argent pour m'en procurer d'autres, avoua Françoise Filastre, dite la demoiselle de Laboissière.

La femme en rouge froissa la page du livre entre ses doigts. Encore des obstacles ! D'abord, la Voisin, puis la Chappelain et, finalement, cette Laboissière. N'y avait-il personne en qui elle pouvait placer sa confiance ?

— Vos complices ont été arrêtés, pointa la Des Œillets, morose. De plus, la Dumesnil a perdu sa place auprès de la Fontanges.

Elle s'arrêta de parler tandis qu'un petit groupe de fidèles passait à leurs côtés.

— Pourquoi avoir choisi de me rencontrer en ce lieu ?

— L'abbé Lapierre est un homme sur qui on peut compter, répondit la Filastre. Je peux me faire engager au service de la duchesse. Il me faudrait juste quelques semaines…

La demoiselle Des Œillets dardait son œil sombre sur l'autel et le crucifix. Depuis que cet obscur Nicolas de Collibret avait dérobé ses lettres, elle n'était plus en paix. Les espions de Louvois rôdaient autour de son hôtel, elle le sentait, comme des loups attirés par l'odeur du sang. Même si elle parvenait à ses fins, pourrait-elle encore disparaître en Angleterre ? Ses alliés anglais s'étaient lâchement rétractés, la laissant seule avec une cabale de sorcières dont la dernière, cette Laboissière, était recherchée par les hommes du guet.

— La Fontanges, cette petite sotte, clame à qui veut l'entendre que la Montespan a tenté de l'empoisonner. Elle voit des complots partout. Il vous faudrait un miracle pour réussir à vous placer dans sa maison.

« Un miracle de plus ou de moins, songea la devineresse. Je suis à Paris, alors qu'un mois plus tôt je n'étais nulle part. »

— Il y a peut-être un autre moyen. Je pourrais tenter de lui vendre les gants, suggéra la Filastre, qui ne voulait pas s'avouer vaincue.

— Et le roi ? Non, je crois qu'on devrait attendre. Dans un mois, lorsque ces messieurs de la Chambre ardente se seront calmés…

La Filastre voulut argumenter, mais la femme en rouge se dressa de toute sa hauteur. Elle voulait se venger du roi et de sa favorite, mais qu'est-ce que cette devineresse espérait dans ce projet d'empoisonnement ? On lui avait dit que la Laboissière était un monstre, qu'elle avait fait un pacte avec Satan en échange de son âme. L'ancienne servante de la Montespan frémit en parcourant le chemin de croix. Elle se targuait d'avoir la protection du roi. Certes, auprès de ce dernier, elle n'avait jamais eu la même faveur que la Montespan, mais elle était tout de même la mère d'un de ses enfants. Cependant, l'acharnement avec lequel on traquait ses complices l'inquiétait ; avait-elle surestimé son immunité ? Non, il valait mieux qu'elle se fît oublier pendant quelque temps. D'autant plus qu'elle commençait à croire qu'une force mystérieuse protégeait le roi et la nouvelle favorite. Sinon, comment expliquer que toutes ses tentatives eussent échoué ?

31

La fin du voyage

— Alors, on va cesser de me mentir, ordonna l'homme du guet.

Malgré sa résistance, on avait mené la prisonnière dans cette pièce qui ressemblait fort à un cachot. L'homme du guet et les trois archers qui l'accompagnaient surveillaient l'endroit. Son compagnon était ailleurs, dans une autre pièce. Élisabeth était toujours sous le choc de la rudesse avec laquelle on l'avait arbitrairement arrêtée. Hyacinthe avait eu beau clamer à cor et à cri qu'il y avait méprise, personne ne l'avait écouté.

— Je… articula-t-elle avec difficulté.

Sa voix l'abandonnait et c'était probablement mieux ainsi. Si elle l'avait pu, elle aurait injurié ce mufle.

— Je vais t'aider un peu, Laboissière, la railla l'argousin. Tu as acheté un poison chez un sorcier d'Aigueperse. Ta complice, la Chappelain, nous a déjà dit que c'était pour faire mourir le roi et sa favorite, la demoiselle de Fontanges.

Élisabeth tressaillit et lui lança un regard ahuri. Le roi ? La demoiselle de Fontanges ? Apeurée, elle tira sur ses liens.

— Pas… moi… Laboissière ! lança-t-elle de sa voix brisée.

L'homme lui sourit avec une cruauté qui la déconcertait. Dans son regard réjoui, elle voyait briller la lueur des flammes du bûcher.

— Et ça ? dit-il en jetant devant elle un morceau de parchemin roulé.

Élisabeth considéra le document avec une tension grandissante. C'était le papier que la Filastre lui avait demandé de remettre à l'apothicaire, celui qu'elle avait perdu à Aigueperse… Elle se revit, coiffée du bonnet de la Filastre, se rendant de nuit jusqu'à la demeure du soi-disant apothicaire. Ce nom qu'elle avait donné, Laboissière, ce devait être le vrai nom de la Filastre !

— Je dois… trouver… Filastre, murmura-t-elle, les yeux mouillés de larmes.

Tout était maintenant clair et, pourtant, la vérité arrivait trop tard.

❧

Le lieutenant Desgrez poussa la porte de la cellule. La silhouette de la devineresse était tapie dans un coin de la pièce. Sa longue chevelure foncée recouvrait ses épaules, ses bras, jusqu'à ses genoux. Il ne voyait pas son visage.

— On a bien cru t'avoir perdue pour de bon, lorsque tu as disparu après avoir empoisonné ce tailleur. C'était ton amant ? C'est pour cela que tu l'as tué ? Pour une gueuse comme toi, un crime de plus ou de moins, hein ?

Elle ne bougea pas.

— Mes hommes m'ont dit que tu ne pouvais pas, ou plutôt, que tu ne voulais pas parler, précisa Desgrez, froidement. Tu parleras ! Elles parlent toutes. La question n'épargne personne. Quand bien même tu ne parlerais pas, tes complices nous en ont dit suffisamment sur ton compte pour que tu croupisses à Vincennes le restant de tes jours. Assassiner le roi et la duchesse de Fontanges, c'est du joli, ça ! La seule chose qui me tracasse, c'est ce parchemin… c'est un pacte, c'est ça ? Un pacte avec Satan ?

Le lieutenant s'approchait, menaçant, de la sorcière. Lorsqu'il en fut assez près, il saisit son poignet entre ses doigts puissants et le secoua afin de tirer la prisonnière de son apathie.

Élisabeth chancela. Ses cheveux s'écartèrent de son visage et elle leva sur l'homme un regard chargé de haine. Brusquement, le lieutenant Desgrez relâcha son étreinte, médusé par l'apparence et, surtout, par la jeunesse de la femme.

Élisabeth remarqua sa réaction, mais sa résignation était telle qu'elle se contenta de le fixer avec mépris.

— Lève-toi ! ordonna-t-il en reprenant ses esprits. Allez ! Fais ce que je te dis !

Élisabeth obéit à contrecœur. Il la dévisageait sans pudeur, avec une intensité et une autorité qui réussirent à faire peur à la jeune femme. Elle baissa les yeux et se concentra pour ne pas pleurer.

— Qui es-tu, fille ? Car tu n'es pas la demoiselle Laboissière, empoisonneuse et faiseuse d'anges, qui travaillait pour la Chappelain.

La jeune femme ouvrit la bouche, muette de stupeur.

— Certes, tu lui ressembles. Avec dix ans de moins. Alors, réponds !

— Élisabe… Razès… articula-t-elle avec difficulté. Comte de Mont… Montcerf. Père.

Le lieutenant Desgrez écarquilla les yeux. Si cette fille était celle qu'elle disait être, il voulait bien être damné.

— Tu es la fille du comte de Montcerf ? En admettant que ce soit vrai, qu'est-ce que tu faisais avec le parchemin du pacte ?

— Sorcière… a fait… passer moi… pour elle.

Le lieutenant Desgrez s'assombrit. Il avait entendu bien des choses tordues depuis qu'il enquêtait pour la Chambre ardente, mais celle-là le déroutait totalement.

༄

Élisabeth finissait de se vêtir. On lui avait apporté des vêtements propres. Pas très loin, Hyacinthe attendait, lui aussi, de rencontrer le lieutenant. Elle avait le sentiment de traîner partout le fantôme d'Antoine derrière elle… Parfois, elle ressentait sa présence, comme une ombre qui pesait sur ses épaules. Désormais, elle ne pouvait plus se défiler. La seule voie qui s'ouvrait à elle était celle de la vengeance. Élisabeth se faisait l'effet d'être partie en croisade. Sa croisade. Nul besoin pour elle de se rendre en Terre sainte, comme jadis les chevaliers, pour expier ses péchés. Elle avait tout risqué pour que la mémoire d'Antoine trouvât la paix. Elle avait été jusqu'à compromettre sa propre vie. Maintenant, il ne lui restait plus qu'à souhaiter que ce lieutenant la croie. Elle n'aurait de répit que lorsque la Filastre aurait payé pour son crime.

« Que vais-je faire lorsqu'elle aura été réduite en cendres ? Je n'aurai jamais assez de courage pour rentrer en Auvergne… » se dit-elle en songeant aux espérances déçues de ses parents.

Tôt ou tard, elle devrait bien y retourner. L'apparition de Hyacinthe avait imposé cette réalité dans son esprit troublé. Hyacinthe, qui lui rappelait si fort Montcerf, sa jeunesse, sa vie.

Tout comme elle, le jeune homme devait être nerveux. Elle avait exprimé la volonté qu'il fût présent pendant l'entretien. Élisabeth était impatiente de livrer les informations à ce Desgrez. Elle ne comptait plus se dérober. D'ailleurs, elle avait déjà fui une fois, et cela ne lui avait rien rapporté…

❦

L'homme leur indiqua les sièges devant lui. Hyacinthe se tourna vers Élisabeth. Son regard sérieux, accentué par ses épais sourcils, exprimait sa consternation muette devant l'allure de ce soi-disant chasseur de sorcières. Comme les bourgeois des villes, il était coiffé d'une perruque, vêtu d'un long manteau, et portait un fleuret, cette sorte d'épée longue et fine avec laquelle, avait-il ouï, on ne pouvait pas trancher la plus fine dentelle.

— Vous êtes le lieutenant Desgrez ?

— Lui-même, monsieur.

— Je suis Hyacinthe de Cailhaut, lança un peu hardiment le jeune homme. Mon père est un chevalier du comté de Montcerf, en Auvergne.

— Vieille noblesse auvergnate ? demanda l'enquêteur en sortant une boîte de feuilles de tabac. Assoyez-vous, je vous en prie !

— Euh, mon père, par sa mère, qui était de la maison Guilhem... continua Hyacinthe spontanément, non sans une certaine fierté. Mais, enfin, je crois que nous devrions procéder à cet entretien...

— J'y venais, monsieur de Cailhaut, lança le lieutenant Desgrez. Alors, que savez-vous de cette demoiselle Laboissière, que mes hommes n'ont pas encore réussi à attraper ?

— Voilà, cette fille nous a volé un cheval. La jument provient du haras de Montcerf et, comme toutes les bêtes de l'élevage, elle porte la marque des Montcerf à la cuisse, expliqua le jeune homme en tendant une feuille sur laquelle il avait dessiné le sceau de l'écurie. La bête est d'une qualité remarquable pour qui s'y connaît. C'est une jument née d'un croisement arabe et andalou. Un tel animal...

Le lieutenant tenait le papier entre ses doigts qui dégageaient une forte odeur de tabac. Plus Hyacinthe parlait, plus son œil semblait rétrécir, devenant petit et aiguisé.

— De quelle couleur, la robe de cette jument ? lança-t-il à brûle-pourpoint.

Le jeune homme se tourna vers Élisabeth. Le lieutenant Desgrez examina plus attentivement la jeune femme. Ses yeux noisette bordés de cils noirs, son épaisse chevelure brune, son minois délicat : l'ensemble était fort aimable. En revanche, il y avait dans son attitude quelque chose qui s'apparentait aux criminelles qu'il avait interrogées. Une sorte de méfiance...

— Couleur... baie, émit Élisabeth de sa voix cassée. Son nom... Circé.

— Hum, le renseignement pourrait se révéler utile, mais gageons que la Laboissière ne remettra pas les pieds à Paris. Dans quel but reviendrait-elle ? On a eu ses complices… Faudrait-il qu'elle soit désespérée.

— Elle va… revenir, insista Élisabeth. Coupé ses cheveux… Aigueperse. Pris la jument… partie… Nord. Nom… Françoise Filastre.

Le lieutenant leva un sourcil. Cette jouvencelle ne pouvait pas avoir plus de dix-sept ans. Or, la détermination qu'il lisait dans son regard l'impressionna. Selon toute probabilité, la fille du comte de Montcerf avait des raisons bien à elle de souhaiter l'arrestation de la devineresse. Peut-être connaissait-elle le jeune homme mort à Aigueperse ?

— Je vais transmettre la nouvelle description de cette Filastre à tous mes hommes. Ainsi que les détails concernant le cheval, ajouta-t-il en fixant le dessin de la marque au fer.

⁓

Ils avaient devancé la diligence. C'était une journée magnifique pour chevaucher. Le trajet avait paru long, beaucoup plus long que dans son souvenir. Mais, aujourd'hui, ils arrivaient à Montcerf. Enfin ! Depuis qu'ils avaient quitté Paris, Nicolas s'était préparé à ce moment. Comment sa mère allait-elle réagir ? Qu'allait-elle penser de toute cette aventure ? Mais, surtout…

— Oh, s'extasia Aude, en contemplant le paysage bucolique qui s'étendait devant eux.

Les pâturages éclataient de teintes vives sous la caresse du soleil. Les vallons qui encadraient le village fourmillaient d'activités rurales. Les récoltes, nota Nicolas, semblaient plus abondantes que l'an dernier. Le père de Hyacinthe avait vu juste.

« La malchance ne peut pas s'acharner sur nous indéfiniment », pensa Nicolas, resserrant ses bras autour de la taille de la jeune femme.

— Regarde, dit-il à Aude, tandis qu'il poussait Mercure à entamer la descente. Le château est juste derrière le bois que l'on aperçoit là.

— Ne devrions-nous pas attendre ton père ?

Aude n'avait pas tort, mais il était si impatient de lui présenter sa mère et sa sœur.

— Ils arriveront bien assez vite. Allons !

À n'en pas douter, Mercure savait qu'il rentrait à la maison. Le cheval augmenta la cadence et, quelques minutes plus tard, ils traversaient le village au grand galop. Les maisons, les chaumières défilaient autour d'eux. Les badauds, surpris, n'avaient pas le temps de pousser des acclamations que déjà ils étaient loin. C'était probablement mieux ainsi. Nicolas n'aurait pas su comment présenter Aude. Puis, surtout, il tenait à ce que sa mère fût la première à apprendre la nouvelle. Déjà, les contours du château prenaient forme à travers les feuilles. Plus qu'un tournant avant…

— Qui va là ? appela une voix inconnue.

Nicolas ralentit. Un homme venait à leur rencontre : cheveux longs, de taille moyenne, et vêtu d'habits qui appartenaient à son père.

— Je suis ici sur mes terres, nommez-vous ! lança-t-il, sur la défensive en pressant Aude contre son torse.

L'homme le dévisagea avec un mélange d'étonnement et de soulagement.

— Nicolas ? Dame ! Mon neveu, vous ne me reconnaissez pas ?

Le jeune homme poussa une exclamation de surprise.

— Oncle Gabriel ?

Alors que le frère de sa mère venait vers eux, Nicolas ne pouvait détourner les yeux de son accoutrement. Il avait peine à croire qu'il s'agissait bien de son oncle, l'incorrigible courtisan.

— Mon neveu ! Vous êtes seul ? Et votre père ?

— C'est une longue histoire, répliqua Nicolas en souriant. Il nous suit… Où est ma mère, la comtesse ?

— N'avez-vous pas reçu notre lettre ? demanda Gabriel, l'air soucieux.

Nicolas sentit alors que quelque chose n'allait pas. Non seulement son oncle, un modèle de galanterie, ignorait la demoiselle qui se tenait devant lui, mais tout dans cet accueil était singulier.

— Ma mère se porte-t-elle bien ?

— Il s'agit de votre sœur, Nicolas. Vous auriez dû recevoir, enfin, j'aurais cru…

À ce moment, le bruit d'une cavalcade les fit se retourner, et Nicolas en déduisit que c'était le coche de son père qui arrivait à vive allure. Il ordonna à Mercure de se presser pour dégager la voie. Son oncle s'esquiva avec lui. La diligence surgit au tournant du taillis. Élisabeth… Il avait soudain les paumes moites. Plein d'appréhension, il interrogea Gabriel des yeux.

— Votre mère sera heureuse de vous revoir, affirma Gabriel de Collibret, le visage empreint de tristesse.

Quelques minutes passèrent, qui durèrent une éternité pour le jeune homme. En traversant le village, le comte de Razès avait immédiatement saisi qu'une mauvaise nouvelle les attendait. Un drame avait dû se produire en son absence. Le premier visage familier lui avait fourni l'explication de cette étrange impression. Aussitôt, Xavier avait ordonné au cocher de filer droit au château.

— Gabriel ? interrogea Xavier, reconnaissant l'homme qui portait ses vêtements.

— Xavier !

L'expression désolée qui se peignit sur le visage de Gabriel bouleversa le comte de Montcerf. Sous l'impulsion, il s'approcha de son beau-frère et lui donna l'accolade.

En d'autres circonstances, il n'aurait probablement pas été enchanté de découvrir Gabriel de Collibret chez lui, mais il venait d'apprendre la disparition de sa fille.

— Margot est très affectée par le drame. Tout cela l'a beaucoup éprouvée, et son état… révéla Gabriel qui anticipait avec anxiété la réaction de son beau-frère.

— Quoi ? Comment va-t-elle ?

— Elle va mieux, Xavier, pourtant, on craint qu'elle perde l'enfant. Elle doit garder le lit, sur l'ordre du médecin. Bien qu'elle soit hors de danger, elle reste très fragile.

Nicolas, Xavier et les deux femmes se regardèrent. Gabriel fronça les sourcils. Cette arrivée impromptue le soulageait tout en le laissant perplexe. Qui étaient ces deux femmes, dont une, au moins, ne lui était pas tout à fait inconnue ? Maintenant que Xavier était de retour… il n'aurait plus de cause pour demeurer en Auvergne. D'autant que, depuis deux semaines, le prince de Condé le priait de revenir à Chantilly, il s'était mis en tête de lui faire prendre femme. Ces projets d'alliance, en plus de tout le reste, lui donnaient le tournis.

— Élisabeth a disparu ? demanda à nouveau Nicolas, comme si cette fois son oncle allait lui donner une réponse différente. C'est ridicule ! Elle ne serait pas partie ainsi.

— M. de Cailhaut et son fils sont allés à sa recherche, mais je crois que Margot pourra, mieux que moi, vous donner tous les détails. C'est une devineresse qui l'aurait incitée à fuir.

— Une devineresse ? fit Xavier.

Gabriel inspira profondément. Il répugnait à prendre sur lui le blâme de la fugue de sa nièce, bien qu'il eût toujours su que ce moment arriverait.

— Xavier, je crois que vous devriez aller voir Margot, suggéra Oksana de sa voix douce et calme.

Soudainement, un souvenir très ancien remonta à la mémoire de Gabriel de Collibret. Une certaine courtisane du Marais qui, après bien des galanteries, était devenue musicienne. Elle avait animé quelques salons, avait eu un succès mitigé, puis s'était éclipsée de la vie mondaine. Il se souvenait qu'à l'époque il avait été chagriné par le triste sort de la courtisane. Autrefois, Margot et Oksana avaient été très proches, lorsqu'elles rivalisaient de popularité rue des Tournelles. Sa présence ici, en ce moment éprouvant, ne pouvait être qu'une bonne chose pour sa sœur.

— Venez, mon fils ! dit Xavier.

Laissé seul avec les deux femmes, Gabriel leur adressa un sourire penaud. Il considéra la jeune beauté qui était apparue aux côtés de son neveu.

— Aude, intervint Oksana. Laisse-moi te présenter Gabriel de Collibret, le frère de la comtesse de Montcerf. Gabriel, voici ma fille, Aude.

D'où elle était, Élisabeth pouvait voir le brasier qui consumait le corps de la sorcière. La foule était dense et agitée ; la jeune femme était soulagée de ne pas être mêlée aux badauds qui assistaient à l'exécution. À sa droite se tenait Hyacinthe, raide et tendu. Il ne disait mot. Elle savait que la Filastre était déjà morte, asphyxiée par la fumée, mais, comme hypnotisée par le funeste spectacle, elle ne pouvait s'en détacher. Ce n'est que lorsque les flammes disparurent qu'elle se tourna vers son compagnon :

— Nous pouvons y aller, maintenant, affirma-t-elle d'une voix calme.

Hyacinthe avait décidé de la suivre encore, même si elle lui avait affirmé que le trajet jusqu'à Mirmille serait rapide et qu'elle ne courait aucun risque. Lorsqu'elle lui avait annoncé que son intention n'était toujours pas de rentrer immédiatement en Auvergne, le jeune homme s'était troublé. Élisabeth comprenait qu'il ne considérerait son devoir accompli que lorsqu'elle aurait regagné Montcerf.

32

Les derniers aveux

Toute la maisonnée était bouleversée par les tristes événements qui affectaient la famille de la châtelaine. En pénétrant à Montcerf, Oksana avait eu vaguement l'impression d'ouvrir un livre ou, plutôt, une sorte de coffre secret, où Marguerite rangeait ses objets précieux. Les plans que Xavier et elle avaient faits, lorsqu'il l'avait invitée à les suivre, avaient perdu de leur importance. Le projet d'un mariage entre Nicolas et Aude planait dans l'air, comme les parfums de la forêt qu'ils avaient traversée, et malgré elle Oksana s'inquiétait qu'il ne s'évaporât. Dès le premier soir, pourtant, Xavier avait fait aménager des appartements confortables pour elle et sa fille sur le même étage que leur famille. Pour elle, qui venait de quitter le faubourg Saint-Jacques, les tours, les fenêtres étroites, les plafonds aux caissons armoriés, tout cela dégageait une ambiance romantique. Elle passait la majorité de ses journées dans la maison, se faisant discrète, afin de laisser leur intimité aux châtelains. En outre, il n'y avait pas qu'eux qui exprimaient leur envie de se retrouver seuls. Entre Aude et Nicolas, le lien se fortifiait chaque jour. Cependant, si Oksana veillait, avec un souci maternel, à ce qu'une certaine distance demeurât entre les futurs époux, c'était surtout pour la forme. Elle ne tenait pas à ce qu'un éclat de passion ternît la réputation de sa fille avant même que les épousailles fussent célébrées. Elle était à Montcerf depuis trois jours et, tout en grattant son luth dans le petit salon, elle pouvait presque se figurer que le temps s'était arrêté. La pièce, avec ses tabourets, son horloge et son jeu d'échecs, lui rappelait avec précision l'hôtel de la rue des Tournelles. L'endroit exhalait la présence de Margot.

— Toujours aussi douée ! murmura une voix.

L'ancienne courtisane leva les yeux pour découvrir une femme d'une trentaine d'années à la chevelure couleur d'ébène et aux yeux vert jaune.

— Margot !

La visiteuse ne savait quelle attitude adopter. Une seconde passa, où elle vit défiler son passé peu glorieux : ces années où, seule avec sa fille, elle s'était sentie délaissée, confinée dans l'impécuniosité. Puis, finalement, elle dispersa ses sombres rancunes.

— Bonjour Oksana. J'ai suivi le son de ton luth.

— Je ne t'ai pas entendue entrer, avoua timidement la blonde en s'approchant à pas lents. Alors, pour quand attends-tu ce petiot ?

Marguerite sourit. Leur relation avait toujours été empreinte d'une grande pudeur ; la fierté, inhérente à leur caractère, imposait cette sorte de distance respectueuse. Et, pourtant, elles n'avaient eu que très peu d'amitiés aussi marquantes dans leur vie respective. La comtesse de Montcerf savait que son amie n'aborderait pas le sujet d'Élisabeth, sauf si elle-même faisait d'abord le premier pas.

— Quelque part en octobre, répondit Marguerite, caressant son ventre rond et lourd. Ça semble encore si loin…

Il y eut un silence pendant lequel elles s'observèrent à la dérobée ; chacune comptait les marques que les années, jonchées d'épreuves diverses, de joies et de peines, avaient laissées sur l'autre. Finalement, elles eurent la même impression étrange : celle de se regarder dans un miroir.

— Je tenais à te dire que si je ne t'ai pas écrit davantage, ce n'est pas par indifférence. En fait, que tu aies été ici ou ailleurs n'aurait rien changé. Après le départ d'Aleksei, lorsque j'ai appris que j'attendais un enfant…

— J'aurais dû insister, intervint Marguerite à son tour. J'ai laissé mourir mes sentiments pour ceux qui peuplaient mon passé. Je ne savais par où commencer pour apprivoiser ma nouvelle situation et, surtout, pour surmonter mes regrets.

— Je comprends.

— Je suppose que je t'imaginais vivant la vie que j'aurais eue si je n'avais pas épousé Xavier. Pourtant, je n'étais pas malheureuse, mais j'enviais ta chance.

La châtelaine poussa un soupir éloquent. Lentement, le mal-être qui la hantait depuis des années se dissipait.

— C'est seulement au moment où j'ai rencontré Nicolas que j'ai compris ton sacrifice, avoua Oksana. Tu as embrassé ton rôle de mère, de comtesse et d'épouse. J'ai tout de suite compris qu'il ignorait ce que tu avais fait pour les tiens, ce par quoi tu étais passée.

Il y eut un silence. Durant cet intermède, les deux femmes songèrent aux années formatrices de la rue des Tournelles, où chacune, à sa façon, avait décidé de mener une vie hors du commun. Finalement, Marguerite rompit leur quiétude.

— Nicolas n'a jamais su. Ni lui, ni ma fille… Toutefois, lorsqu'il est parti pour Paris, je savais que plus rien ne serait jamais pareil.

Oksana eut un sourire qui égaya son visage au teint pâle. Ses traits droits et graves s'étaient accentués, lui donnant encore plus l'apparence d'une de ces déesses de l'Antiquité tout en marbre dont le roi souhaitait agrémenter les jardins de Versailles.

— Sans vouloir me montrer trop présomptueuse, je présume que tu ne t'attendais pas à tant de changements ? glissa Oksana, qui référait à la présence d'Aude.

Une expression indéchiffrable se peignit sur le visage de Marguerite.

— Non. Ce revirement est tout à fait inattendu. Nicolas voulait faire carrière dans les armes. Qui aurait pu prévoir que mon fils me reviendrait si vite, mais sans me revenir complètement ? Cela dit, j'ai hâte de rencontrer ta fille.

Une bouffée d'émotion monta aux joues de la visiteuse. Malgré ce qu'elle traversait, Margot faisait preuve de la même dignité que dans le souvenir de son amie.

— Aude est impatiente de te connaître, mais elle comprend, tout comme moi d'ailleurs, que dans les circonstances… Enfin, Margot, je veux que tu saches…

Marguerite sentait la volonté d'Oksana de trouver les bons mots, les mots justes… Comme chacun ici tentait de le faire.

— J'ignore ce que l'on t'a raconté ou non à mon sujet, continua Oksana courageusement, mais lorsque j'ai choisi de me séparer de ma fille, c'était parce que je voulais qu'elle fût élevée comme une demoiselle, loin du déshonneur dont je n'ai jamais pu m'affranchir. C'était pour moi le plus grand sacrifice, et si j'ai trouvé la force de le faire, c'est que j'étais convaincue qu'elle en serait plus heureuse.

— Pourquoi me racontes-tu cela ? demanda la châtelaine, perplexe.

Oksana ne l'avait pas habituée aux confidences spontanées.

— Parce que je sais que tu as fait la même chose pour Élisabeth. Tu souhaitais la soustraire aux difficultés que tu as rencontrées. Toi et moi savons mieux qu'aucune autre ce qu'il en coûte d'être libre lorsqu'on est femme.

Marguerite sourit avec nostalgie. Elle reconnaissait chez son ancienne amie cette sagesse, acquise à force de se heurter aux exigences d'un monde masculin.

❧

Xavier pénétra dans la chambre de sa femme alors qu'elle venait à peine de se lever. La naissance était attendue d'un jour à l'autre maintenant. Marguerite le regarda et se força à sourire. De toute évidence, elle n'avait pas beaucoup dormi, ses yeux étaient cernés et son corps entier montrait des signes de fatigue.

— Bonjour, dit-elle avec calme.

Depuis qu'ils avaient appris que Hyacinthe avait retrouvé Élisabeth aux environs d'Aigueperse, ils étaient tous deux plus sereins. Le jeune homme avait écrit pour leur annoncer son intention de suivre et de protéger la demoiselle. Même s'il n'en disait guère plus sur les projets d'Élisabeth, ils en avaient déduit qu'elle ne prévoyait pas de rentrer à Montcerf, du moins pas immédiatement. Margot avait très mal pris la nouvelle. Sa culpabilité face à sa fille se mêlait à la peur, aux doutes et au ressentiment. Lui-même avait plus d'une fois failli prendre son meilleur cheval pour aller la quérir. Or, il avait retenu la leçon et ne souhaitait plus s'éloigner de Montcerf. Savoir que Hyacinthe était à ses côtés le rassurait… Par ailleurs, Nicolas ne lui avait-il pas prouvé qu'il devait faire confiance à ses enfants ?

Il attendit que Margot fût assise avant de lui tendre la missive qui venait d'arriver.

— Un messager vient de l'apporter, annonça-t-il. Je crois que c'est Élisabeth…

Elle le regarda, comme foudroyée par ce qu'il venait de dire.

— Ouvre ! l'encouragea-t-il.

D'une main tremblante, la châtelaine de Montcerf brisa le sceau. Xavier s'assit à sa gauche et se pencha à son tour.

❧

Une fois que Xavier eut quitté sa chambre, Marguerite se laissa aller à ses émotions.

Elle s'efforçait de ne pas s'épancher devant son mari, pour qui la fugue d'Élisabeth avait aussi été fort éprouvante. De plus, l'échec de son équipée à Paris, sa désillusion, la mort de Médéric, les frasques de Nicolas, tout cela représentait déjà son lot de soucis. Compte tenu de la fragilité de son épouse,

Xavier ne lui avait pas tout révélé de ses péripéties dans la capitale. Nicolas s'était montré plus loquace.

Malgré son humeur amoureuse, le jeune homme avait acquis une certaine maturité. Il ne s'était agi que de quelques mois, mais Margot l'avait trouvé changé. Sa réaction face à l'absence de sa sœur, en particulier. Dès qu'il serait debout, elle lui annoncerait que sa sœur avait écrit. Certes, la lettre était succincte, mais qu'importe ? Tout ce qui comptait, c'était que sa fille fût bien vivante et qu'elle envisageât de revenir à Montcerf après Noël. Par ailleurs, ce n'était pas une mauvaise nouvelle qu'elle souhaitât visiter sa famille en Champagne. Élisabeth avait toujours été proche de son grand-père, qui la chérissait en retour. Leurs régions étant très éloignées l'une de l'autre, ils ne se rendaient pas fréquemment visite. En fait, Alain de Collibret n'était venu qu'une seule fois en Auvergne. Malgré la distance, Margot et lui avaient remédié à cette contrariété par une correspondance nourrie et assidue. Sachant que sa fille était probablement déjà à Mirmille, la comtesse prit sa plume et composa une lettre à son attention.

Ma chère Élisabeth,

J'ai appris votre projet de séjour à Mirmille avec un soulagement teinté de nostalgie. Évidemment, j'aurais souhaité que vous soyez à mes côtés pour la venue de l'enfant, cependant votre lettre me comble de joie. Je ne peux vous taire le souhait de votre frère et de votre père, qui espèrent que votre séjour ne se prolongera pas. Quant à moi, je vous encourage à profiter de la vie à Mirmille, qui peut être si douce, surtout pendant l'hiver.

Votre départ, ma fille chérie, m'a grandement chagrinée, mais m'a causé moins de tourments que la crainte de n'avoir pas su mieux vous deviner. Je vous prie de croire que si je vous ai blessée, je m'en repens et escompte que l'avenir nous permettra de remédier à cela. Jamais je ne vous aurais imposé de prendre pour époux un homme qui ne vous conviendrait pas. À cet égard, je souhaite avoir la chance de vous faire certaines confidences qui, j'espère, ne vous viendront pas trop tardivement.

Votre mère, Margot

La Filastre avait brûlé en place de Grève. Mais, sous la question, elle avait tenu des allégations troublantes concernant la marquise de Montespan. La sorcière l'avait accusée d'ourdir un complot contre le roi et sa favorite. Or, ni Élisabeth de Razès ni les juges de la Chambre ardente ne devaient connaître ces propos. Le lieutenant de police La Reynie, partagé entre le devoir de rendre la justice et les pressions pour éviter que le scandale n'éclatât, n'osait plus bouger. L'affaire des poisons prenait des proportions effroyables. C'est dans cette lourde atmosphère qu'un coup d'éclat se produisit. Le roi Louis XIV ordonna au tribunal de suspendre les procédures. Alors que la Chambre avait été constituée comme une entité autonome ayant tous les pouvoirs, le souverain venait brusquement d'en bloquer les rouages juridiques.

Dans le royaume en émoi, Élisabeth de Razès surgissait à Mirmille. Alors que, dix-huit ans plus tôt, un autre procès avait déchiré la noblesse, Margot avait elle aussi trouvé refuge en Champagne.

— Élisabeth, ma chère petite-fille ! s'exclama Alain de Collibret, alors qu'elle descendait de cheval. Venez que je vous embrasse, mon enfant !

La jeune femme tendit les rênes de sa monture à son compagnon et s'élança vers son grand-père. Il l'étreignit avec une sincère affection. Lorsqu'ils se séparèrent, la rumeur de son arrivée avait alerté toute la demeure du baron de Mirmille. Sa grand-tante et son grand-oncle l'attendaient, ainsi que leurs nombreux descendants. Rapidement, l'accueil qu'on lui fit acheva d'apaiser ses récentes souffrances. Hyacinthe, qui la quittait très rarement, fut ému de la voir ainsi refleurir, redevenir celle dont il chérissait le souvenir.

Bien sûr, les rumeurs du procès de la Chambre ardente faisaient écho jusqu'en Champagne. La famille de Collibret, et principalement Alain, n'était pas insensible à l'opinion populaire qui critiquait le roi de vouloir protéger la noblesse.

— Ce n'est pas d'hier que la justice répond à l'autorité royale ! On enferme le peuple dans les cachots, alors que les empoisonneurs, eux, sont à la cour. Déjà, à mon époque…

Le vieil homme se permettait des commentaires qui choquaient Hyacinthe, mais ce dernier se gardait bien de manquer de respect au grand-père d'Élisabeth. De son côté, la jeune femme faisait la sourde oreille aux conversations qui concernaient ce qui se tramait à Paris. Pour Élisabeth, la vraie coupable avait déjà payé.

೧

Un peu avant Noël, Gabriel de Collibret fit irruption à Mirmille. Il était de retour auprès du prince de Condé, mais avait pris congé pour célébrer les Fêtes avec sa famille. Cette apparition subite troubla Élisabeth, qui ne sut pas immédiatement comment agir à l'égard de son parent. Heureusement, le gentilhomme ne tarda pas à proclamer à toute la famille la nouvelle de son prochain mariage avec une jeune femme de la lignée des Bourbons. Même si elle ne redoutait plus qu'on lui imposât un mariage, Élisabeth en fut grandement soulagée.

— Félicitations pour vos épousailles, mon oncle ! fit-elle en se glissant à la droite de Gabriel.

Le gentilhomme la regarda avec attendrissement et, spontanément, la prit dans ses bras.

— Je suis navré du tort que je vous ai causé, ma nièce, et j'espère que vous me pardonnerez, le temps venu, mon manque de jugement.

Élisabeth hocha la tête en silence.

— Si je puis ajouter ceci : vous manquez cruellement à votre mère, qui a été fortement éprouvée par votre absence…

— Je vais retourner à Montcerf au printemps, affirma Élisabeth. Elle m'a écrit, le saviez-vous ?

— Oui. Je crois que vous avez beaucoup de choses à vous dire.

— Je le crois aussi.

Leur échange fut interrompu par Alain de Collibret.

— Mon fils, puis-je vous entretenir un moment ?

Gabriel se leva et, avant de s'éclipser, fit un sourire chaleureux à Élisabeth. Elle ne le revit pas. Dès le lendemain, le fils cadet d'Alain de Collibret repartait auprès de son maître, le prince de Condé. Son départ surprit tout le monde, Élisabeth la première. N'avait-il pas formulé le souhait de célébrer les Fêtes avec sa famille ? Elle n'eut pas le loisir de s'interroger à ce propos ; quelques jours plus tard, une autre situation, bien plus triste, accabla la famille des Collibret. Alors que le froid sévissait aux abords de Mirmille, Alain de Collibret était alité, aux prises avec une forte fièvre.

Épilogue

Dans la cour du château, les touffes d'herbe émergeaient entre les derniers vestiges de l'hiver.

— Alors, je vais devoir commencer à t'appeler monsieur le comte, à ce qu'il paraît ? lança le grand blond à l'endroit de Nicolas.

Ce dernier fit un petit sourire. Il s'attendait un peu à ce que son ami d'enfance le raillât.

— Pas avant le mariage, pas avant le mariage, mon cher monsieur de Cailhaut, mais alors, le premier qui oublie de me donner mon titre, je le rosse à coup sûr !

Hyacinthe de Cailhaut lui fit un sourire chaleureux. C'était la première fois, depuis leur arrivée, qu'il se retrouvait seul avec son compagnon. Il avait l'impression que des années s'étaient écoulées depuis leur dernière rencontre.

— C'est une nouvelle épée que tu as là, pointa Hyacinthe de Cailhaut. Tu as eu l'occasion de l'exercer ?

Nicolas posa une main sur la longue rapière qui ne le quittait plus. C'était pour lui un honneur de porter l'arme qui avait appartenu à Médéric.

— Tu veux t'y frotter ? Je te préviens, elle en a vu, des batailles…

Élisabeth, penchée à la fenêtre de la chambre de sa mère, perçut le bruit des lames. Elle jeta un coup d'œil à sa sœur, qui dormait, emmaillotée dans ses langes. Le bébé, rose et grassouillet, portait le joli prénom d'Anne-Marie. Combien de fois avait-elle imaginé son retour, alors qu'elle était sur les routes avec Hyacinthe ? Finalement, ils étaient rentrés à Montcerf. Tout s'était déroulé si vite, comme un tourbillon. Les visages nouveaux, les présentations, les effusions d'émotions, les conversations animées ; au bout d'une heure, elle en était étourdie, et c'est avec soulagement qu'elle avait accueilli le moment où, enfin, elle s'était retrouvée seule avec sa mère.

— Mère, je suis si heureuse de vous revoir.

Margot, que la présence d'Élisabeth attendrissait, se contenta de sourire et de caresser les boucles brunes de sa fille.

— J'ai vu que vous m'aviez ramené Circé. Elle aussi, j'ai cru ne jamais la revoir.

Élisabeth sourit. Le moment était si parfait ! Il lui pesait de devoir lui annoncer la triste nouvelle.

— Mère, je dois malheureusement vous annoncer une grave nouvelle : votre père est décédé.

Marguerite la regarda avec étonnement d'abord, puis, pénétrée par l'annonce, sa figure devint grave. Élisabeth lui relata les derniers jours de son grand-père. Comment il avait été affaibli par une toux, puis le mal s'était répandu dans ses poumons.

— Oh, ma fille, son départ me cause un grand chagrin. Je me console de savoir que vous étiez là pendant ses derniers instants.

— Il m'a confié ceci pour vous, hésita Élisabeth en lui tendant une épaisse liasse de lettres, nouées par un ruban.

Le papier avait été comprimé par l'effet du temps et de la poussière, certains coins en étaient même jaunis.

— J'ai cru comprendre qu'il s'agissait d'une correspondance de votre mère.

Marguerite prit le volumineux paquet. Pensait-il qu'elle voudrait les avoir ?

— Il m'a dit que vous devriez les lire et que… cela vous éclairerait sur sa vie. Il m'a aussi donné ceci.

Élisabeth lui tendit un loquet en argent, lourd et grossiè-rement ciselé, suspendu au bout d'une chaîne. Le bijou ne datait pas d'hier: il avait cette facture caractéristique des orfèvres du début du siècle. Marguerite n'avait jamais vu cette parure... ou alors? Elle se tourna vers sa fille, l'interrogeant du regard.

— Au demeurant, il était fort malade lorsqu'il m'a dit qu'il vous devait la vérité à son sujet.

— Que voulez-vous dire? demanda Marguerite, qu'un sentiment étrange envahissait.

Élisabeth baissa les yeux. Il y avait quelque chose d'in-juste dans cette responsabilité qui lui incombait.

— Il s'agit de votre mère, je crois... mais il délirait. Je ne suis pas certaine d'avoir tout compris, avoua Élisabeth, mal à son aise.

Lorsqu'elle fut seule, Marguerite examina le vieux loquet. Il lui semblait l'avoir déjà vu... Mais les souvenirs qu'elle avait de sa mère étaient flous. La châtelaine, hésitante, défit le ruban qui enserrait le courrier. Elle prit la première missive. L'écriture était hâtive. Certains mots étaient même impossibles à lire, mais elle comprit que la lettre était adressée à sa mère, Madeleine.

Madeleine... Ton odeur... ton parfum... je suis fou de t'attendre.

Marguerite fronça les sourcils. Ce n'était pas l'écriture de son père. Celui-ci avait une main beaucoup plus soignée. Im-médiatement, sa curiosité l'emporta et elle regarda la signa-ture au bas de la feuille.

Louis de Bourbon-Condé

Le prince de Condé!

« Pourquoi mon père m'a-t-il envoyé ces lettres? Qu'est-ce que cela signifie? » songea Margot en jouant distraitement avec le loquet en argent.

En juillet 1681, alors que la Chambre ardente reprenait ses fonctions, une lettre de Vincent de Coulonges parvint à Montcerf. Elle était adressée à Xavier et l'informait du décès de la duchesse de Fontanges, qui s'éteignait alors qu'elle n'avait pas vingt ans. Depuis son départ de l'abbaye, la duchesse avait vu sa santé décliner lentement, et son incapacité à suivre les activités de la cour avait entraîné sa disgrâce. C'est entourée d'un troupeau de médecins, mais isolée de tous, que la petite Auvergnate avait trépassé. Xavier de Razès, comme plusieurs, soutint qu'elle avait miné sa santé à vouloir trop bien servir le roi. La décision de Louis XIV d'interdire l'autopsie, alors que la Chambre ardente prononçait chaque jour des condamnations, contribua à répandre le bruit qu'elle était morte sous l'effet d'un poison lent.

Quant à la demoiselle Des Œillets, interrogée par les hommes de Louvois, elle nia catégoriquement tout commerce avec les devins et autres accusés. Lorsqu'elle fut confrontée aux prisonniers de Vincennes, qui la reconnurent sans équivoque, cette ancienne servante de la marquise de Montespan s'acharna à les démentir, jurant qu'elle ne connaissait aucun d'entre eux et qu'elle n'avait jamais eu de relations avec qui que ce fût. Elle ne fut jamais compromise et termina sa vie dans une grande piété.

Remerciements

To Isabelle, for the weekly pesto pasta and for everything else.

À Katrine Desmarais, pour avoir spontanément accepté de partager avec moi ses connaissances et sa passion des chevaux.

À Maïa, qui a eu la générosité de me transmettre un peu de sa magie.

J'en serais encore à écrire le premier chapitre si je n'avais pas eu autour de moi ces gens merveilleux qui m'ont offert leur précieux soutien tout au long de ce projet : ma mère Linda, David, Serge, Élisabeth, Sophie, Laurent, Carmela.

À Julie Simard, pour m'avoir accompagnée et soutenue dans cette aventure.

Puis, enfin, à François, mon compagnon, qui n'est jamais à court de mots, d'idées, de temps ni d'amour.